Über die Autorin:
Janina Venn-Rosky lebt seit vielen Jahren mit ihrem Mann und ihren zwei Kindern in Berlin. Sie schreibt Liebesgeschichten und Bücher über Farbe und Designtrends. Sie liebt das Meer, England, stimmungsvolle Teestunden und Earl Grey-Martinis. In Kiel und Hamburg hat sie Literatur, Anglistik, Kunstgeschichte und Design studiert.

Janina Venn-Rosky

Der Hühnerflüsterer, meine Oma & ich

Roman

© 2019 Janina Venn-Rosky, Grabbeallee 24, 13156 Berlin

Lektorat und Korrektorat: Anita Held / www.textstuebchen.de

Mehr Infos zur Autorin und ihren Büchern unter:
https://janinavennrosky.de

Besuchen Sie mich auf facebook: facebook.com/janinavennrosky.buecher

Alle Rechte vorbehalten. Nachdruck, auch auszugsweise, nur mit schriftlicher Genehmigung der Autorin. Personen und Handlung sind frei erfunden, etwaige Ähnlichkeiten mit real existierenden Menschen sind rein zufällig und nicht beabsichtigt. Markennamen sowie Warenzeichen, die in diesem Buch verwendet werden, sind Eigentum ihrer rechtmäßigen Besitzer.

ISBN: 9781701724693

für meine wundervollen kreativen Kinder
Lilly & Henry

INHALTSVERZEICHNIS

1. Ein Keks für Tinder — 7
2. Life on Instagram — 18
3. Nachricht von Oma — 26
4. Freitagabend — 39
5. Raus aufs Land — 48
6. Eine lange Nacht — 61
7. Die liebe Not mit dem Federvieh — 72
8. Sonntag auf dem Land — 84
9. Vier Jahreszeiten — 98
10. Ein Unglück kommt selten allein — 111
11. Von schlimm nach schlimmer — 124
12. Showdown — 135
13. Was nun? — 151
14. Allein unter Hühnern — 167
15. Auszeit vom Leben — 177
16. Ein Schlussstrich — 189
17. Final Goodbye — 202
18. Landleben — 223
19. Sommernächte — 234
20. Ein besonderes Geschenk — 250
21. Liebe im Hühnerstall — 266
22. Friede, Freude, Eierkuchen — 280
23. Oma im Haus — 297

1. EIN KEKS FÜR TINDER

»Schluss mit *Backen ist Liebe!* Schluss mit langweiliger Hausfrauenwerbung!«, schmetterte Anna durch den Meetingraum. Ihr blondes Haar fiel ihr seidig über die Schultern und nicht eine Strähne wagte es, aus der Reihe zu tanzen, so als hätten selbst die Haare unserer Art-Direktorin Angst vor ihr. Ihre Zähne strahlten wie aus der Zahnpastawerbung und ihre Augen blitzten kampflustig. Wie sie da vorne stand, war sie wieder einmal der Inbegriff der Perfektion. Nur dass diese Perfektion eiskalt und gnadenlos war. Sie hätte auch den amerikanischen Präsidentschaftswahlkampf managen können. Egal für welche Seite. Anna kannte keine Skrupel oder Moral. Für sie zählte nur das Gewinnen.

Bei der Intensität, mit der sie sprach, hätte man denken können, bei unserem Meeting ginge es mindestens um den Frieden im Nahen Osten oder den Kampf gegen den Klimawandel. Aber weit gefehlt. Was wir hier taten, war wesentlich profaner.

»Wenn wir Kekswerbung anschauen, was sehen wir dann?«, fuhr sie fort. »Genau! Glücklich lächelnde Hausfrauen, die ihren glatt geföhnten Kindern einen Teller Gebäck hinstellen.« Anna hatte es geschafft, einen megawichtigen Kunden für uns an Land zu ziehen: *Carlssen*. Zum 50-jährigen Jubiläum seines Traditionskekses spendierte sich der Keksgigant eine groß angelegte Kampagne. Die Verkäufe waren eingebrochen und dem alten Liebling sollte neues Leben eingehaucht werden. Ich verstand zwar nicht, warum man eine Leiche wiederbeleben musste, anstatt etwas Zeitgemäßeres zu entwickeln, aber gut. Mich fragte ja niemand. Ich war nur das kleine Licht, das ausbaden durfte, was unserem Chef Niels und seiner rechten Hand Anna alles einfiel.

Die Präsentation sprang zur nächsten Folie über. Eine Fünfziger-Jahre-Hausfrau lächelte uns entgegen, die blütenweiße Schürze adrett um die Hüften gebunden und die Brüste keck in die Kamera gereckt. Sie zog ein Tablett mit frisch gebackenen Keksen aus dem Backofen und strahlte, als hätte sie soeben den Heiligen Gral in ihrem Ofen entdeckt.

»Wisst ihr, was mich an diesem Bild stört?« Annas Blick glitt über die Runde. Sie versuchte, jeden einzelnen Agenturmitarbeiter mit ihren Augen zu fesseln. Unseren Chef hatte sie schon lange in ihren Bann gezogen. Ich war mir nicht sicher, ob es wegen ihrer gnadenlosen Effizienz oder ihres makellosen Aussehens war, aber er betete den Boden an, auf dem sie lief. Anna hingegen hielt ihn gekonnt auf Abstand. Sodass er nie ganz die Hoffnung verlor, einmal ihr Herz zu erobern, aber sich dennoch nie näher an sie herantraute. Sie war äußerst geschickt. Das musste ich ihr lassen.

»Die Hausfrau«, fuhr Anna mit Grabesstimme fort. »Sie glaubt immer noch, dass sie ihre Gefühle in Backförmchen pressen und so die Familie zusammenhalten kann. Gegen dieses Bild müssen wir ankämpfen. Wir wollen, dass die Leute Kekse kaufen, nicht, dass sie sie backen.« Ein unterdrücktes Kichern ging durch die Reihen.

Anna zeigte lächelnde Mütter, deren Lebensinhalt darin bestand, in einem blitzsauberen Zuhause Mann und Nachwuchs mit Gebäck bei Laune zu halten. Sie schüttelte entschieden den Kopf. »Stets geht es um die Hausfrau. Ich sage: Schluss damit! Holen wir uns die Macht über die Kekse zurück!«, schloss sie mit einem Donnerschlag. Sie atmete tief ein und ließ ihre Worte wirken. »Kekse sind Genuss«, fuhr sie mit samtiger Stimme fort. Sie beherrschte die Kunst von Zuckerbrot und Peitsche meisterhaft. »Sie sind Verführung. Wir müssen den Leuten Lust auf Kekse machen. Und mal ehrlich, machen euch diese Frauen Lust auf irgendetwas? Mir nicht. Unsere Zielgruppe sind nicht Muttis, die Selbstgebackenes in sich und ihren Nachwuchs hineinstopfen im Irrglauben, dadurch den Frust über ihr verpfuschtes Leben in den Griff zu bekommen. Wir wollen diejenigen erreichen, die ihre Zeit nicht am Backofen verplempern.«

Sie konnte es kaum abwarten, zu ihrem finalen Schlag auszuholen. Es musste sich gut anfühlen, wenn man so von sich überzeugt war wie sie. Wie es wohl war, den ganzen Tag im goldenen Glanz der eigenen Wichtigkeit herumzustolzieren?

Anna klickte weiter. Auf der Leinwand erschien das Bild eines Mannes, dessen offenes Hemd einen Blick auf seinen trainierten Oberkörper bot. Verführerisch lächelte er in die Kamera und biss in einen Butterkeks. »Liebe Kollegen, ich präsentiere euch den Single-Mann!« Bei dem breiten Strahlen, das Anna uns schenkte, hätte man meinen können, dieses Prachtexemplar wartete in ihrer Wohnung auf sie.

»Der Single möchte in seinen Bedürfnissen ernst genommen werden. Wir tun das. Die Frage ist: Was will er?

Worauf hat er Lust?« Genüsslich zog sie das Wort in die Länge. »Genau: auf Sex und Kekse. Warum verbinden wir nicht beides?«

Ich seufzte. Anna war in Topform. Dieser Auftrag war ihre große Chance. Sie spekulierte auf eine Partnerschaft, und ihre Aussichten stiegen gerade immens, wenn ich das Gesicht meines Chefs richtig deutete.

Ein weiterer Typ mit nacktem Oberkörper erschien vor unseren Augen. »Dieser Mann steht für unsere Zielgruppe. Er ist glücklich, ledig und gefühlte fünfundzwanzig – etwa zwanzig Jahre lang. Er ist ungebunden und hat keine Lust, daran etwas zu ändern. Er ist ein Genießer, der das Leben, die Frauen und Kekse liebt. Das sind goldene Zeiten für ihn. Niemals war es so leicht, jemanden kennenzulernen. Für ihn ist das nächste Date nur eine Wisch-Geste entfernt, denn wo hält sich unser Alpha auf?«

Sie blickte in der Runde umher, aber keiner traute sich, den Mund aufzumachen. Niemand wollte derjenige sein, der etwas Falsches sagte und Annas perfekten Vortrag ruinierte.

»Genau! Bei Tinder«, ließ sie die Bombe platzen. »Das ist der Ort, wo wir hinmüssen. Darauf fokussieren wir unsere Kampagne. Sex sells. Daran hat sich nichts geändert. Und das nutzen wir.« Auf der Leinwand erschien das überdimensionale Bild unseres Traditionskekses, altbekannt und ein bisschen angestaubt. Jeder von uns hatte mit Sicherheit schon Tausende dieser Kekse verputzt. Sie waren für mich der Inbegriff langweiliger Nachmittagsbesuche bei älteren Damen.

»Unser Keks ist der einzige Keks, den ein Mann braucht. Der Keks ist das ideale Tinder-Date für ihn. Er weiß es nur noch nicht. Aber wir bringen es ihm bei. Wir verpassen dem Keks ein Premium-Profil bei Tinder. Der gut aussehende Single wird nicht widerstehen können, wenn er ihm eingeblendet wird. Wenn unser Mann nach rechts wischt und den Keks likt, erhält er automatisch einen Rabattgutschein, den er im Supermarkt einlösen kann. Vielleicht veranstalten wir auch in einem angesagten Klub eine Tinder-Keks-Party, aber das ist noch nicht in trockenen Tüchern. Das bespreche ich noch mit unserem Kunden.« Sie holte Luft und ließ ihre Worte wirken.

War Anna endgültig verrückt geworden? Was zum Teufel taten wir hier? Tinder-Profile für Kekse entwerfen? Wann war mein Job so sinnfrei geworden? Wenn ich mich in der Runde umblickte, war ich die Einzige, der solche Gedanken durch den Kopf gingen. Alle anderen strahlten Anna an, als hätte sie eben die Formel zur Rettung der Welt verkündet.

»Unser Kunde will richtig Geld in die Hand nehmen. Wir fahren also die ganz großen Geschütze auf: TV-Spot, Anzeigen in den klassischen Männermagazinen, Plakatwerbung und alles, was dazugehört. Das will der Kunde, und das soll er kriegen. Aber: Wie immer wissen wir es natürlich besser als er.« Sie blickte in die Runde.

»Wenn es um Kekse ging, war bisher alles so fürchterlich brav. Wir sind anders. Schluss mit langweilig. Über die Kampagne sollen sich die Leute das Maul zerreißen. Der Fokus liegt auf Tinder. Unser Keks ist sexy. Seid auch sexy. Bis Ende der Woche erwarte ich von euch Ideen für die Plakatwerbung und den TV-Spot. Macht euch sexy Gedanken. Verführt unseren Single. Von den Textern will ich knackige Sprüche für den knackigen Keks. Und an die Frauen unter euch: Denkt wie ein Mann und fühlt wie ein Mann. Werft eure Hemmungen über Bord. Dieser Keks hat genug guten Geschmack. Wir brauchen keinen. Lasst eurer Fantasie freien Lauf. So in die Richtung: *Nicht alles ist nach 50 Jahren noch knackig. Dieser Keks schon.* Dazu zeigen wir eine frustrierte Fünfzigjährige und als Gegensatz unseren knackigen Keks.«

Ein Raunen ging durch den Raum. Ich konnte ein Stöhnen nicht unterdrücken. Fremdschämen hatte soeben ein neues Level erreicht. Hatte ich wirklich jahrelang studiert, um mir diesen Quark anzuhören?

»Kann man das heute noch so machen?«, warf unser Chef zögerlich ein. Da er normalerweise jedes Wort, das aus Annas Mund kam, für pures Gold hielt, hieß das schon einiges, wenn er öffentlich eine ihrer Ideen infrage stellte.

»Man kann nicht nur, man muss sogar«, entgegnete Anna entschieden. »Damit kommen wir ins Gespräch. Gib dem Ganzen einen ironischen Unterton, dann läuft das. Wenn du meinst, dass es zu geschmacklos ist, leg eine Schippe obendrauf. Als Witz verpackt kannst du alles sagen.«

Niels nickte begeistert. Irgendwie tat er mir leid. Sie manipulierte ihn nach Strich und Faden und er bekam es gar nicht mit. Sie war nur nett zu ihm, weil sie sich davon den Aufstieg in der Firma erhoffte. Er hingegen mochte sie wirklich – auch wenn ich es nicht nachvollziehen konnte.

»Allen Empörten sagst du, dass sie keinen Humor haben«, fuhr Anna fort. »Wir sind hier nicht im Klub der Weltverbesserer. Unser Job ist es, zu verkaufen. Dafür müssen wir die Aufmerksamkeit der Leute gewinnen, egal wie. Ein kleiner Skandal hat noch keinem geschadet.«

Ich konnte meinen Mund nicht länger halten, auch wenn es aussichtslos war. »Nun ja«, begann ich. Sofort verzogen sich Annas Augen zu schmalen Schlitzen. Ich würde trotzdem keinen Rückzieher machen. Irgendjemand musste ihr doch sagen, dass sie mit ihrer Kampagne das Image von Carlssen in Gefahr brachte. »So ein kräftiger Shitstorm kann einem Unternehmen durchaus schaden.«

»Ach Emma«, sagte Anna und funkelte mich an. »Sei kein ängstliches Huhn. Die Welt gehört den Leuten, die sich etwas trauen.« Mit einer nachlässigen Handbewegung schob sie mich ab ins Reich der langweiligen Bedenkenträger. Ich kannte Anna. Sie würde mir heimzahlen, dass ich ihre Idee öffentlich kritisiert hatte.

»Und jetzt ran an die Arbeit«, rief Anna energisch. »In einer Woche kommt der Kunde vorbei. Bis dahin will ich etwas Vorzeigbares haben. Überzeugt mich. Verführt mich. Und was noch wichtiger ist: Verführt unseren Mann.«

Wie alle anderen ging ich an meinen Arbeitsplatz zurück. Alles kam mir so surreal vor. Ich fühlte mich, als hätte ich gerade die Landung eines Alien-Raumschiffes miterlebt. Wir sollten ernsthaft ein Tinder-Profil für einen Keks anlegen? Noch viel beunruhigender als die Idee an sich war der Gedanke, dass Anna damit Erfolg haben könnte. Dass die Leute so etwas tatsächlich wollten.

Zu allem Überfluss war heute Montag. Ich wusste jetzt schon, dass ich den Rest der Woche hassen würde. Eine Schulter zum Anlehnen könnte ich gut gebrauchen, aber mein Freund Lars fiel da wahrscheinlich wieder mal aus. Wenn er nicht bei der Arbeit war, war er beim Sport. Und wenn er mal zu Hause war, hatte er in letzter Zeit ständig schlechte Laune. Ich ließ mich auf meinen Stuhl fallen und schaltete den Computer wieder an. Es half nichts, ich musste durch die Kekshölle hindurch.

»Emma!«

Ich zuckte zusammen. Warum musste Anna meinen Namen aussprechen wie ein Schimpfwort? Als sei ich ein besonders eigentümliches Insekt, das irrtümlicherweise die Urzeit überstanden hatte. Mit schnellen Schritten durchquerte sie den Raum. Sie verlor keine Zeit und begann mit dem Reden, bevor sie bei mir angekommen war. »Du kümmerst dich um das Redesign der Verpackung.«

Ich nickte. Verpackungsdesign war meine Spezialität. Ich mochte es, in 3-D zu denken.

»Mach was Animalisches, das die Helden anspricht, die sich einen Bart wachsen lassen, für tausend Euro ein Survivalwochenende belegen und glauben, sie wären gegen tödliche Viren und die Zombie-Apokalypse gewappnet.«

So abstrus das auch klang, ich wusste, was ihr vorschwebte. »Okay, ich kümmer mich drum«, erwiderte ich nur.

»Der Kunde hat gesagt, er will etwas mit Pfiff.«

Leider hatte Anna eine sehr eigene Vorstellung von Pfiff. In mir zog sich alles zusammen. Ich hasste die Kampagne jetzt schon. Sie stand für alles, was an meinem Job schrecklich war.

»Ich weiß, das ist nicht so dein Ding, aber freche Botschaften kommen beim Kunden gut an.«

Nicht zum ersten Mal hatte ich das Gefühl, sie konnte meine Gedanken lesen. »Knackig und sexy. Kriege ich hin.«

»Das will ich hoffen.«

Wäre es nach mir gegangen, würde ich alles ganz anders anfangen. Ich würde eine Kampagne entwerfen, nach der die Leute sich die Finger leckten, aber nicht wegen irgendwelcher anzüglichen Sprüche, sondern weil die Kekse so lecker aussahen, dass man meinte, das Plakat oder der Screen würden ihren Geruch verströmen. Mein Redesign hätte die Tradition betont. *Back to the Roots* und *Back to Nature*. Als hätte Oma persönlich in ihrer Landküche die Kekse gebacken. Aus besten Biozutaten versteht sich, in einer Verpackung aus recycelten Materialien, ohne Plastik und am besten kompostierbar. Alles so naturnah wie möglich. Wenn man jemanden mit Keksen verführen wollte, dann mit Sinnlichkeit, Genuss und Liebe zum Detail. Ich fand die Vorstellung, dass Backen Liebe war, immer noch ansprechender als die Idee, dass Konsum das größte Ideal war.

Aber Anna ging lieber den beliebten Weg des plumpen Sexismus. Und solange sie in der Agentur den Ton angab, musste ich ihn mitgehen. »Dieser Kunde ist mehr als wichtig für uns«, riss sie mich aus meinen Gedanken. »90 Prozent reichen nicht. Ich brauche 120 Prozent Minimum von dir. Stell dich darauf ein, dass du dein Zuhause diese Woche höchstens zum Schlafen siehst.« Sie machte auf dem Absatz kehrt und ging zu Niels, der sicher eine Lobeshymne auf ihre genialen Ideen singen würde.

Auf dem Weg wurde sie mit Komplimenten überschüttet. »Super, Anna!«, »Großartig!«, »Das wird eine coole Sache«, hörte ich von den anderen Schreibtischen. Waren das alles Heuchler oder fanden sie Annas Ideen wirklich gut? Ich seufzte. Schlimmer konnte es nicht kommen. Aber das Gleiche hatte ich auch schon gestern gedacht – und den Tag davor.

Dabei hatte ich mir nach dem Studium extra eine kleinere Agentur ausgesucht, weil ich meinte, dort würde es anders zugehen als bei den renommierten Werbeagenturen. Aber weit gefehlt. Das Gefühl, mit gnadenlosen Deadlines im Nacken zu arbeiten, kannte ich genauso wie die Kollegen in den großen Agenturen. Ganz zu schweigen davon, angemault zu werden, man könnte mehr Einsatz zeigen, wenn man nach einer Zwölf-Stunden-Schicht abends um acht nach Hause ging.

Bis 22 Uhr im Büro zu sitzen oder mich am Wochenende mit meinem Notebook in die Cloud einzuloggen, war für mich normal geworden. Wenn ich zu Hause war, arbeitete ich gern auf dem Sofa. Ich kochte mir einen leckeren Tee und stopfte mir fünf gemütliche Kissen in den Rücken. So konnte ich mir weismachen, dass es gar nicht so schrecklich war, am Wochenende zu arbeiten.

Nachdem Anna letzten Herbst im Unternehmen angefangen hatte, war alles schlimmer geworden. Ich hatte schnell gemerkt, dass sie launisch war und keinen noch so kleinen Fehler verzieh. Darum hatte ich mich richtig ins Zeug gelegt, um ihr alles recht zu machen. In den ersten Wochen hatte ich das Gefühl, ich käme ganz gut mit ihr zurecht. Aber seit der Weihnachtsfeier war es vorbei.

Die Feier war der Pflichttermin des Jahres. Wir durften sogar unsere Partner mitbringen – sofern wir trotz des Jobs welche hatten. Einmal im Jahr taten wir so, als wären wir eine große glückliche Familie. Nicht dort zu erscheinen, ging nicht, und wenn man mit zwei gebrochenen Beinen auftauchte.

Als mich am Nachmittag ein heftiger Migräneanfall heimsuchte, warf ich mir also ein paar Hammertabletten ein, um den Abend irgendwie zu überstehen. Ich erinnerte mich nur schemenhaft an die Feier, aber ich war mir sicher, nichts verbrochen zu haben, als leidend in der Ecke zu sitzen und alles nur durch einen Schleier wahrzunehmen.

Nach diesem Abend begannen die Schikanen. Dabei ging Anna äußerst geschickt vor. Alles war so subtil, dass es beinahe als Zufall hätte durchgehen können. Aber ich wusste, es war keiner. Immer häufiger knallte sie mir kurz vor Feierabend Arbeit hin, die dringend bis zum nächsten Morgen erledigt werden musste, oder ließ mich Sachen erneut überarbeiten, die sie beim Mittagsmeeting noch durchgewunken hatte.

Anstatt mich weiter in Grübeleien zu versenken, sollte ich mich lieber der Aufgabe widmen, die vor mir lag. Der einzige Vorteil an dem Auftrag war, dass der Kunde uns zur Inspiration großzügig mit Kekspackungen versorgt hatte. Ich riss die Tüte auf, die auf meinem Schreibtisch stand, biss in den Keks, schloss die Augen und versuchte verzweifelt, den Geschmack des staubtrockenen Omakekses mit Sex in Verbindung zu bringen. Das würde eine Herausforderung werden.

Um neun Uhr abends ging ich mit den ersten Entwürfen zu Anna. Mit gerunzelter Stirn blätterte sie den Stapel durch. Bei dem rasanten Tempo wusste ich, worauf das hinauslief. »Wenn du deine Oma zum Kaffeekränzchen einlädst, würde die sicher zu den Keksen greifen und sagen, wie hübsch die Packung doch ist. Ich hoffe, du verstehst, worauf ich hinaus will. Mehr Sex! Ich weiß, sexy liegt dir nicht, aber da musst du mal raus aus deiner Haut. Stell dir vor, du wärst eine heiße Frau, die einen knackigen Typen verführen will. Welche Kekspackung würdest du ihm hinhalten?« Mit spitzen Fingern hob sie meinen letzten Entwurf in die Höhe. »Diese wohl eher nicht.« »Okay, Anna. Ich fang noch mal von vorne an.« Ich unterdrückte einen Seufzer und ging mit den Entwürfen unterm Arm zurück zu meinem Schreibtisch. Annas dreiste Beleidigung ignorierte ich. Wenigstens war es Zeit, Feierabend zu machen. Nach dem Tag brauchte ich dringend einen Lichtblick, der mir sagte, mein Leben würde nicht bis in alle Ewigkeit so weitergehen.

Natürlich könnte ich kündigen. Aber irgendwie musste ich meine Miete zahlen, und wenn ich bei einer anderen Agentur anfinge, würde sich nicht groß etwas ändern. Auch da wäre ich die fleißige Arbeitsbiene, die effizient und ohne zu murren alles erledigt, was man ihr auf den Schreibtisch knallt. Ich würde mir ausdenken, wie man ein Waschmittel unters Volk brachte, das keinen Deut besser war als alle anderen, oder den fünfhundertsten Vanillejoghurt. Ich wollte einfach das Gefühl haben, meine Arbeit würde irgendeinen Sinn ergeben.

Vielleicht konnte ich mit Lars einen Wochenendtrip planen, dann hätte ich zumindest etwas, worauf ich mich freuen könnte, wenn ich morgen in die Agentur kam. Und vielleicht lief es dann mit unserer Beziehung auch wieder besser. Ich war definitiv mehr als urlaubsreif.

2. LIFE ON INSTAGRAM

»Ich bin zu Hause!«, rief ich, als ich die Tür öffnete. Ich lauschte. Keine Reaktion. Im Büro war Lars nicht. Heute war sein Homeoffice-Tag. Also war er sicher beim Squash. Am Wochenende stand ein wichtiges Turnier an.

Seit Lars bei dem neuen Start-up angeheuert hatte, bekam ich ihn kaum noch zu Gesicht, auch wenn wir in der gleichen Wohnung lebten. Zur Unternehmenskultur der Firma gehörte, dass man einen großen Teil seiner Freizeit dort verbrachte. Unbezahlt versteht sich, weil ja alle so tolle Freunde waren. Er führte ein atemloses Leben. Es konnte manchmal Mitternacht werden, bis er nach Hause kam.

Mein Blick wanderte durch den Eingangsbereich. Alles makellos wie immer. Nie stand irgendetwas am falschen Platz. Ich stellte meine Schuhe ins Regal. Seit ich mit Lars zusammenlebte, war ich viel ordentlicher geworden. In meiner alten Wohnung hatte ich meine Schuhe in, auf und neben mein chronisch überfülltes Regal gestapelt. Bei Lars fühlte es sich falsch an, die Schuhe einfach in die Ecke zu werfen.

Er hatte nichts zu meinem Schuhchaos gesagt, aber eine Woche nachdem ich eingezogen war, hatte er mein windschiefes Regal ausgetauscht gegen ein identisches zu den zweien, die im Flur standen. In einem befanden sich blank polierte Lederschuhe und im anderen die umfangreiche Turnschuhsammlung. Die Sportschuhe waren ebenfalls so gepflegt, dass sie aussahen, als wären sie noch nie getragen worden. Nur seinen Lieblings-Squashschuhen merkte man an, dass sie viel benutzt wurden. Aber die hatten für Lars auch den Status einer Helden-Trophäe.

Die Wohnung war das, was man unter einer Traumwohnung verstand. Als Lars mich vor einem Jahr gefragt hatte, ob wir nicht zusammenziehen wollten, war klar gewesen, dass ich zu ihm ziehen würde. Die Wohnung lag mitten im angesagten Friedrichshain und war sein Ein und Alles. Etwas Vergleichbares hätte man bei der angespannten Lage auf dem Immobilienmarkt zu dem Preis heute nie mehr gefunden.

Sie war stylish und geschmackvoll eingerichtet, wie eine Designerwohnung von Instagram. Mir war sie fast ein wenig zu chic. Sicher war das Jammern auf hohem Niveau.

Natürlich war es schön, einen Freund zu haben, der den Zahnpastadeckel auf die Tube drehte und nicht überall verschwitzte Sportsocken herumfliegen ließ, aber mir war alles ein bisschen zu makellos. Vielleicht lag es daran, dass ich mir nicht so perfekt vorkam wie Lars und seine Wohnung. Das war wahrscheinlich auch der Grund, weshalb ich in Gedanken immer noch von seiner und nicht unserer Wohnung sprach, obwohl ich seit einem Dreivierteljahr hier wohnte.

Was mich störte, waren gar nicht so sehr die schicken Möbel, sondern das Gefühl, dass nichts von alledem echt war. So als würde die Wohnung direkt einem Instagram-Post entspringen. Wenn ich mich umschaute, wirkte alles so inszeniert, dass ich mich fragte, wen er eigentlich damit beeindrucken wollte.

In meinem alten Zuhause, das ich mir mit meiner besten Freundin Sophie geteilt hatte, war alles viel gemütlicher und bunter gewesen. Ich mochte farbenfrohe Stoffe, plüschige Teppiche und kuschelige Kissenberge. Ich umgab mich gern mit Dingen, bei denen glückliche Erinnerungen hochkamen, wenn mein Auge an ihnen hängen blieb.

Wie jeden Abend führte mich der erste Weg auf meinen Balkon. Er war nicht groß, aber er war allein mein Reich. Lars verirrte sich selten hierher. Ab und zu kam er vorbei, um ein Foto zu machen, wenn die Blumen blühten oder die Erdbeeren reif waren. Wir befanden uns in der glücklichen Lage, zwei Balkone unser Eigen zu nennen, sodass er sich ansonsten lieber auf seinem sonnigeren Südbalkon aufhielt, wo er Espresso trank und zur Straße hinunterschaute.

Mit der Gießkanne machte ich meine kleine Runde über den Balkon, um die Erdbeeren, den Lavendel, die Minze und das Basilikum zu versorgen. Ich liebte es, nach der Arbeit die Blumen zu gießen. Das Ritual half mir beim Abschalten. Nach ein paar Minuten in meiner Grünoase fühlte ich mich geerdet.

Wenn ich am Wochenende ein paar freie Stunden hatte, saß ich gern hier und zeichnete die Blumen. Es entspannte mich, meiner Kreativität freien Lauf zu lassen, ohne Vorgaben und ohne ein Ziel. Das war das Gegenteil von dem, was ich den Rest der Woche machte.

Nachdem ich die Pflanzen gewässert hatte, ging ich in die Küche. Während ich darauf wartete, dass das Teewasser heiß wurde, warf ich einen Blick auf mein Handy.

Eine Nachricht von Lars. Er fragte, ob er nach dem Training etwas zu essen mitbringen sollte. Ich schrieb schnell zurück. Es kam zwar viel zu oft vor, dass wir uns etwas vom

Take-away holten, aber nach einem langen Arbeitstag war ich froh, wenn ich nicht auch noch kochen musste. Bis Lars nach Hause kam, würde ich mich aufs Sofa legen und entspannen. Vielleicht konnte ich ein bisschen surfen und einen schönen Ort für ein gemeinsames Wochenende finden. Für die Provence reichte die Zeit nicht, aber vielleicht für Paris oder Rom? Zwei gemeinsame Tage fernab vom Alltag würden uns guttun.

Ich ging hinüber ins Wohnzimmer, in dem ebenfalls alles aufgeräumt und ordentlich war. Die weiß gestrichenen Wände trugen zum makellosen Eindruck bei. An einer Zimmerwand prangte eine Betontapete, davor hingen Regale mit Lars' Vinylsammlung. Auf einem Schränkchen stand ein Plattenspieler. Wenn Lars etwas Zeit hatte, entstaubte er die Platten, sortierte sie neu oder schaute sie sich einfach nur an. Manchmal legte er sogar eine Scheibe auf. Ich mochte das. Wenn er in die Musik versunken war, bekam ich einen Einblick in den wahren Lars, der unverstellt Freude an der Musik hatte.

Neben einem großen Sofa war das Zimmer mit zwei Ledersesseln bestückt. Lars hatte eine ausgeprägte Vorliebe für Leder und Fell. Textilien hingegen waren gar nicht sein Ding.

Auf dem blank polierten Fischgrätparkett war kein einziger Teppich zu finden. Nicht einmal Vorhänge hingen vor den Fenstern, nur Rollos – aus Leder versteht sich. Selbst als Bettüberwurf diente ihm ein Fell. Ich hatte darauf bestanden, zumindest meine Kissensammlung in die Wohnung mitzunehmen. Möbel hatte ich kaum mitgebracht. Allzu viele hatte ich eh nicht besessen, und wenn, waren es billige Stücke aus Studentenzeiten, an denen mein Herz nicht sonderlich hing. Die hätten wirklich nicht neben Lars' Designerstücke gepasst.

Aber die Kissen waren nicht verhandelbar. Ohne einen Berg gemütlicher und bunter Kissen auf dem kühlen Sofa konnte ich nicht leben. Das hatte Lars zähneknirschend akzeptiert. Er selbst hatte ein einziges mit dem Adidas-Logo zur Sammlung beigesteuert. Ich hatte gar nicht gewusst, dass es so etwas gab.

Ich ließ mich aufs braune Ledersofa fallen. Wohlig seufzte ich auf, als ich zwischen den Kissen versank. Für einen Moment lag ich einfach nur da und ließ den Blick durch den Raum schweifen. Über der Wohnung hätte die Überschrift stehen können: *So wohnen Männer heute*.

Hinter dem Sofa verlief ein Sims, auf dem Lars seine Sportpokale aufgestellt hatte. Inmitten der Pokale standen ein paar Leuchtbuchstaben. *WINNER* war dort in großen Lettern zu lesen. Als ich sie das erste Mal sah, konnte ich mir ein Lachen nicht verkneifen. Lars hatte mir daraufhin ernsthaft erklärt, dass das Ganze positive Selbstaffirmation war. Um seine Ziele zu erlangen, sollte man sich mit dem umgeben, was man erreichen wollte. Wenn man den schwungvollen Verlauf seiner beruflichen und sportlichen Karriere betrachtete, war da vielleicht sogar etwas dran.

Mein Teewasser hatte längst gekocht, aber ich war viel zu müde, um aufzustehen. Langsam dämmerte ich weg, bis die Wohnungstür schwungvoll aufgerissen wurde.

»Emma? Bist du zu Hause?«

»Im Wohnzimmer!« Ich rieb mir die Augen und versuchte, wieder zu mir zu kommen.

»Ich habe Sushi mitgebracht«, rief Lars aus dem Flur.

»Super.« Ich streckte mich. Nach dem Essen würde ich direkt ins Bett fallen. Meine Urlaubsrecherche musste warten. Gähnend ging ich in die Küche und gab Lars einen Begrüßungskuss. »Wie war dein Tag?« Automatisch öffnete ich den Küchenschrank, um Teller herauszuholen.

Lars zuckte mit den Schultern. »Homeoffice halt.« Im Gegensatz zu den meisten Leuten war Lars kein Freund davon. Sein Chef hatte alle Mitarbeiter verdonnert, einen Tag die Woche von zu Hause aus zu arbeiten. Sie sollten über neue Projekte nachdenken und frei Ideen entwickeln, die dann dienstags in gemeinsamer Runde diskutiert wurden. Ich fand, das war eine gute Idee, aber Lars beschwerte sich. Er wäre lieber permanent an der Seite des Chefs gewesen, damit ihm nichts entging. Lars behauptete, ein Kollege würde extra immer beim Chef anrufen, wenn Lars nicht da war. Wahrscheinlich war er darum jeden Montag mürrisch, wenn ich nach Hause kam.

Ich öffnete die Plastikschalen und inspizierte das Sushi, das Lars mitgebracht hatte. Mir lief das Wasser im Munde zusammen. Er hatte an meine Lieblingssorten gedacht. California Rolls mit Lachs und die kleinen Makis mit Avocado. Dazu reichlich Sojasoße und Ingwer. Was das anging, war auf ihn Verlass. Zügig verteilte ich das Essen auf den Tellern.

Bevor Lars sich das erste Sushiröllchen in den Mund schob, zückte er sein Handy, um ein Foto für Instagram zu schießen. Ich verdrehte innerlich die Augen. Mal ehrlich, wen interessierte es, dass er sich ein paar kalte Fischstücke reinpfiff? Ich konnte mir genau ausmalen, was er dazu schrieb. »Nach einem harten Tag jetzt mit der Traumfrau das beste Sushi der Welt genießen - unbezahlbar. #lovemylife #harddaysnight« So was in der Art.

Es war natürlich schön, als *Traumfrau, schönste Frau der Welt* oder *Engel auf Erden* bezeichnet zu werden, aber irgendwie hatte ich das Gefühl, er schrieb gar nicht über mich, sondern über eine imaginäre Freundin, mit der er sein Instagram-Leben teilte. Und diese Frau hatte nicht besonders viel mit mir zu tun. In der Realität nannte er mich jedenfalls nur Emma.

Es kam mir manchmal so vor, als wäre die Hochglanz-Kopie seines Lebens, die er der Welt auf Instagram präsentierte, das, was wirklich für ihn zählte. Lars gab es nicht ohne sein Handy. Zuweilen fragte ich mich, ob er all das, was er den ganzen Tag so trieb, überhaupt mochte oder nur durchzog, weil es zum erfolgreichen Lifestyle, den er verkörpern wollte, dazugehörte.

Aber vielleicht sah ich alles auch zu kritisch. Wenn es Lars nun mal Spaß machte, bei Instagram eine Fantasiewelt aufzubauen, warum störte mich das eigentlich so? Möglicherweise sollte ich das Ganze etwas lockerer sehen.

Ich wollte mich lieber dem attraktiven Mann vor meiner Nase widmen, anstatt trüben Gedanken nachzuhängen, und wandte mich Lars zu. »Wie war's beim Sport?« Das war ein sicherer Gesprächseinstieg.

Sofort besserte sich seine Laune. »Keine Chance hat der gehabt. Das war kein Spiel, das war ein Massaker.« Er lachte. »Ehrlich, das hättest du sehen müssen. Gregor hat die meiste Zeit dem Ball nur hinterhergeguckt.« Begeistert und in aller Ausführlichkeit erzählte er, wie er seinen Trainingspartner vernichtend geschlagen hatte.

Das Sushi war mehr als zur Hälfte aufgegessen, als Lars mir auch eine Frage stellte. »Und wie war dein Tag?«

Ich holte tief Luft und berichtete ihm von Annas neuestem Coup. Als ich zu dem Part mit der Tinder-Kampagne kam, konnte er nicht mehr an sich halten.

»Das ist eine geniale Idee«, platzte er heraus. »Genau so muss man das machen.«

Ich schluckte. Lars arbeitete in einer Influencer-Agentur. Die sozialen Netzwerke waren sein Leben. Wenn es jemanden gab, der sich damit auskannte, dann er. Mir kamen Zweifel. Vielleicht war Annas Tinder-Idee doch nicht so blöd, wie ich dachte? Am Ende erreichte sie damit wirklich die Singles und solche, die es gern wären, und entfachte einen viralen Sturm?

Als Experte musste Lars es eigentlich wissen. Und wenn es doch an mir lag? Vielleicht stand ich mit meiner Art zu denken allein auf weiter Flur? Ich schob den Teller von mir. Die Gedanken trugen nicht dazu bei, meine Laune zu bessern. Rasch räumte ich das Geschirr in die Spülmaschine und entsorgte die leeren Verpackungen im Müll.

»Ich bin müde«, sagte ich. »Ich gehe ins Bett.«

»Alles klar. Ich setz mich noch ein Stündchen an den Rechner, um was fürs Meeting morgen vorzubereiten.« Er gab mir einen flüchtigen Kuss auf die Wange. »Gute Nacht.«

»Gute Nacht«, sagte ich leise und ging ins Bad, um meine Zähne zu putzen. Ich wollte nur noch schlafen. Ich hoffte sehr, dass die Welt morgen rosiger aussähe.

3. NACHRICHT VON OMA

Die Hoffnung, die mich Montagabend in den Schlaf begleitet hatte, hatte sich als trügerisch herausgestellt. Hinter mir lag eine grauenvolle Woche. Jeden Tag hatte ich bis spätabends an dem Entwurf für die neue Kekspackung gefeilt, nur um am nächsten Morgen von Anna mit einem neuen Tobsuchtsanfall wegen meiner angeblichen Unzulänglichkeit begrüßt zu werden. Pünktlich zum Wochenende hatte ich es nun endlich geschafft, einen Verpackungsentwurf zu produzieren, der Gnade vor ihren Augen fand. Ich seufzte. Diese Kekskampagne trieb mich in den Wahnsinn.

Anna war bei Niels, um den Entwurf absegnen zu lassen. Jetzt hatte ich einen kleinen Moment Freiraum, um mich weit weg zu träumen. Ich brauchte dringend Urlaub. Ich öffnete den Browser und klickte mich durch ein paar Traumziele.

Sizilien wäre schön. Oder die Toskana. Olivenbäume, Rotwein und laue Sommerabende genießen und gleichzeitig ein wenig italienische Kultur erleben. Oder einmal in die Provence zur Lavendelblüte fahren. Das würde mir gefallen. Da wäre es auch nicht heißer als in Berlin, nur ohne die stickige Hitzeglocke, unter der wir seit Tagen vor uns hin vegetierten. Die Chance, Lars zu einer Landpartie zu überreden, war leider gering. Auf dem Land langweilte er sich. Allerdings machten sich die Lavendelfelder auf Instagram gut. Vielleicht konnte ich ihn damit ködern. Aber selbst wenn ich ihn von der Provence überzeugen könnte, stand ich immer noch vor dem größten Problem: ihn überhaupt zu einem Urlaub zu überreden. Lars hatte es in den letzten Monaten nicht einmal geschafft, ein einziges Wochenende mit mir wegzufahren, wie sollte ich ihn dann drei Wochen nach Frankreich schleppen?

Er versicherte mir zwar ein ums andere Mal, dass er nur auf seine Beförderung wartete, um diese mit einem ausgiebigen Urlaub zu feiern, aber das Versprechen verschob sich Monat um Monat. Langsam glaubte ich kaum noch daran, dass dieser Urlaub jemals stattfinden würde, selbst wenn er diese dämliche Beförderung endlich bekam.

Aber das musste mich ja nicht vom Träumen abhalten. Gedankenverloren nahm ich meinen duftenden Kräutertee in die Hand. Das Aroma versetzte mich in die richtige Stimmung.

»Störe ich dich, Emma?«, erklang hinter mir Annas Stimme.

Ich zuckte so heftig zusammen, dass sich aus dem vollen Becher ein großer Schwall Tee auf meine Computertastatur ergoss. Hastig tupfte ich sie mit einem Taschentuch trocken. Wo kam Anna schon wieder her? Es gab niemanden, der die Technik des geräuschlosen Anschleichens so perfekt beherrschte wie sie. Ständig tauchte sie aus dem Nichts auf, stand vor, neben oder hinter mir, als hätte sie sich dorthin teleportiert. Das trug einiges zu ihrer einschüchternden Art bei.

Die Rettungsaktion meiner Tastatur kostete leider wertvolle Zeit. »Hi, Anna« sagte ich, warf das teegetränkte Tuch in den Mülleimer, schloss das Bild mit den Lavendelfeldern und drehte mich zu ihr, um ihr mein strahlendstes Lächeln zu schenken. Es bestand ja die winzige Chance, dass sie nicht gesehen hatte, dass ich während der Arbeitszeit auf einem Urlaubsportal war. Vielleicht dachte sie, ich hätte die Lavendelfelder aus Recherchegründen angeschaut. Obwohl das wenig glaubwürdig war, nachdem ich die ganze Woche an der Keks-Kampagne gearbeitet hatte. In die guten deutschen Traditionskekse gehörte kein einziger Krümel Lavendel.

Als ich in ihre eisigen Augen starrte, erkannte ich, dass sich diese Restchance soeben pulverisiert hatte. Sie wusste Bescheid. Ich war auf frischer Tat ertappt worden. Der Traum vom Süden hatte sich fürs Erste ausgeträumt.

»Gut zu sehen, dass du über freie Kapazitäten verfügst«, sagte sie mit ihrer frostigen Stimme. Sie hatte bestimmt lange geübt, um diese Kombination aus schneidendem Stahl und zersplitterndem Eis hinzubekommen. Selbst wenn Anna wütend war, war sie eiskalt. Als bestände die Gefahr, dass die Eisschicht, die ihr Herz umgab, schmelzen würde, wenn sie sich aufregte. Wenn Anna in der Nähe war, wurde die Luft fünf Grad kälter. »Ich muss mit dir über das Carlssen-Projekt reden«, sagte sie unter streng zusammengekniffenen Augenbrauen.

Worüber auch sonst? Alle waren kurz vorm Durchdrehen, weil Montag der große Kekskunde kam, um sich unser Konzept präsentieren zu lassen.

»Niels hat deine Verpackung genehmigt. Soweit alles gut. Es gibt da nur noch eine Sache.«

Ich seufzte innerlich. Mittlerweile kannte ich Anna gut genug, um zu wissen, dass das nichts Gutes bedeutete.

»Der Kunde hat sich noch mal gemeldet. Er will am Montag schon den fertigen Prototypen haben.«

Ich hätte es voraussehen müssen. Aber nachdem Anna von meinem Entwurf überzeugt gewesen war, hatte ich naiverweise angenommen, dass ich das erste Mal seit Monaten pünktlich ins Wochenende gehen konnte. Manchmal hatte ich das Gefühl, Anna saugte sich extra Aufgaben für mich aus den Fingern. Immer kurz bevor ich Feierabend machen wollte, fiel ihr ein, dass es noch etwas Dringendes zu erledigen gab. Anders als mit Schikane konnte ich mir das nicht erklären.

»Es ist also Bastelstunde angesagt«, wischte Anna meine Hoffnung auf das frühe Wochenende endgültig fort.

Warum musste sie das so verächtlich sagen? Egal was ich tat, sie belächelte es. Dabei war ich gut darin, Prototypen herzustellen. Ich arbeitete gern mit den Händen. Das wussten alle in der Agentur. Wenn es etwas zum Ausschneiden, von Hand zeichnen oder Kolorieren gab, wurde ich hinzugeholt.

Normalerweise hätte ich mich über die Aufgabe gefreut. Aber ausgerechnet heute wollte ich zum ersten Mal seit Langem mit Lars einen Kochabend verbringen. Mein ganzer Zeitplan drohte ins Wanken zu geraten.

»Ich kümmere mich drum.« Wenn ich eines gelernt hatte, dann, dass Diskussionen mit Anna zwecklos waren. Wenigstens hatte ich die Designs fertig. Ich musste die Prototypen nur noch ausdrucken, schneiden, falten und zusammenkleben. Ich war flott in so was. In ein, zwei Stunden wäre ich damit durch. Wenn ich mich ranhielt, würde sich die Kochsession nur ein wenig nach hinten verschieben.

Anna machte allerdings keine Anstalten zu gehen. Da es wohl nicht daran lag, dass sie meine Gesellschaft so schätzte, schwante mir Übles.

»Die Texter haben sich endlich bequemt, die Slogans fertigzustellen. Ist ja auch nicht so, dass es eilig wäre.« Ihre Stimme troff vor Sarkasmus. Ich verstand, dass sie gestresst war. Die Zeit drängte. Wie immer geschah alles auf den letzten Drücker und am Ende musste sie ihren Kopf hinhalten, falls etwas schiefging. Aber ich kannte Anna. Sie würde dafür sorgen, dass das nicht passierte. »Ich suche jemanden, der die Sprüche für die Präsentation aufhübscht. Ich habe da an dich gedacht.«

Ich starrte sie an. Das konnte nicht ihr Ernst sein. Sie hatte mir schon den Prototypen aufgehalst. Ich war nicht die Einzige, die an dem Projekt arbeitete. »Es wäre schön gewesen, etwas früher zu erfahren, dass das auch in meinen Bereich fällt«, konnte ich mir nicht verkneifen zu sagen.

»Tja, so ist das Leben in der Kreativbranche. Ein bisschen spontan muss man schon sein.«

Ich biss mir auf die Lippen. Wenn ich weiter protestierte, fiel ihr sicher noch etwas ein, das sie mir aufs Auge drücken konnte.

»Du findest die Dateien in der Cloud«, fuhr sie fort. »Die Typographie soll richtig maskulin wirken, ja? Die soll vor Testosteron nur so strotzen. Wir wollen zeigen, dass Kekse auch etwas für echte Männer sind. Zumindest unser Keks. Er soll die männliche Identität bestätigen, das muss in der Schrift und in der Grafik rüberkommen, klar?«

Ich nickte. Mir war sonnenklar, was Anna sich vorstellte. Auch wenn ich es grauenvoll fand.

»Ich verlass mich auf dich.«

Aus ihrem Mund klang das nicht wie ein Kompliment, sondern wie eine Drohung. Natürlich wusste ich, was auf dem Spiel stand. Nichts durfte schiefgehen, wenn Niels und Anna dem Kunden unser Konzept vorstellten. Erstaunlicherweise kam Annas eisige Art bei den Kunden gut an, zumindest bei den männlichen. Sie sahen in ihr wohl so etwas wie eine Femme fatale. Zum Ausgleich war Niels da, der sehr charmant sein konnte. Die zwei spielten immer ein bisschen Böser Cop, Guter Cop und die Leute standen darauf, da machte der Keks-Kunde keine Ausnahme.

»Montagfrüh will ich alles auf meinem Schreibtisch liegen haben.«

So, wie sie das sagte, konnte man den Eindruck bekommen, dass sie Schlag sechs an ihrem Schreibtisch saß. Dem war aber nicht so. Das wusste ich sogar sehr genau, denn ich war montags die Erste in der Agentur. Wenn ich um halb acht das Büro betrat, war von ihr keine Spur zu sehen. Unser Chef verbrachte den Morgen mit seinem Personal Trainer und das nutzte Anna gnadenlos aus. Wenn Niels nicht in der Agentur war, war auch von Anna meist nichts zu sehen.

»Wenn du fertig bist, kannst du Feierabend machen«, sagte sie gönnerhaft. »Ich gehe jetzt. Ich habe noch einen Auswärtstermin.«

Wer's glaubte. Der Auswärtstermin führte Anna bestimmt zum Friseur oder ins Wellnessstudio. Anna machte Freitagnachmittag keinen Finger krumm.

»Schönes Wochenende«, sagte sie zum Abschied. Ich meinte, ein wissendes Lächeln auf ihrem Gesicht zu sehen, bevor sie sich abwandte und zur Tür stolzierte. Als ob sie sich über einen Witz amüsierte, den nur sie verstand. Egal. Mir lag nichts daran, Annas Witze zu verstehen. Wenigstens würde sie gleich weg sein und ich konnte ohne eine ihrer Schikanen weiterarbeiten.

Ich schüttelte den Kopf und wandte mich meinem Schreibtisch zu. Gleich fünf. Den gemütlichen Kochabend zu zweit konnte ich mir abschminken. Wie es aussah, würde es wieder auf das typische Take-away-Menü hinauslaufen.

Am besten rief ich Lars sofort an. Ich wählte seine Handynummer. Wahrscheinlich war er selbst noch bei der Arbeit. Er hob beim ersten Klingeln ab. »Hi Emma. Was gibt's?«
»Hallo. Wo steckst du?«
»Ich bin zu Hause.«
»Schon?«, fragte ich überrascht.
»Unser Projektbericht war fertig, da hat Michael uns alle ins Wochenende geschickt. Und bei dir? Machst du dich gleich auf den Heimweg?«
»Das sieht leider nicht danach aus«, seufzte ich.
»Warum?«
»Anna hat mir einen Stapel Arbeit auf den Schreibtisch geknallt. Muss natürlich alles bis Montag fertig sein. Es tut mir leid, aber ich sitze hier noch ein paar Stunden fest.« An mir nagte das schlechte Gewissen. Es war lange her, dass wir einen gemütlichen Abend miteinander verbracht hatten.

»Da kann man nichts machen«, sagte er. »Die Arbeit geht vor. Mach dir keinen Kopf. Ich bin eh ziemlich erledigt und ganz froh, wenn ich mich vor den Fernseher hauen kann.«

Ich verspürte einen Stich bei seinen Worten. Hätte er nicht ein wenig enttäuscht sein können, dass aus unserem gemeinsamen Abend nichts wurde? Wahrscheinlich hatte er sich einfach dran gewöhnt – so oft, wie ich abends länger arbeitete. Außerdem war sein Leben nicht viel anders als meins. Er selbst musste auch ständig unsere Verabredungen verschieben oder absagen.

»Ich versuche, mich zu beeilen«, schob ich hinterher. »Dann können wir wenigstens gemeinsam essen, wenn es mit dem Kochen schon nicht klappt.«

»Sicher. Bringst du auf dem Heimweg was vom Chinesen mit? Ruf doch von dort aus an, ja? Dann kann ich dir sagen, was ich möchte.«

»Klar, mache ich.«
»Prima. Bis später dann.«
Und schon war er weg. In mir rumorte es. Nicht, dass es ein großer Umweg war, beim Chinesen reinzuspringen, aber es wäre eine nette Geste gewesen, wenn er für uns beide gekocht hätte, nachdem er früh Feierabend hatte und ich lange arbeiten musste. Aber Lars war kein Mann für Gesten. An ihm war definitiv kein Romantiker verloren gegangen.

Genug von Lars. Wenn ich heute noch nach Hause kommen wollte, sollte ich mich besser ans Werk machen. Ich öffnete die Datei mit den Sprüchen. *50 Jahre alt und knackig wie am ersten Tag.* Ich stöhnte auf. Das fing schon gruselig an. Ich überflog die Zeilen. Ein Satz war schlimmer als der andere. Ich hatte keine Ahnung, wo ich ansetzen sollte. Es fiel mir schwer, meine Vorbehalte auszuschalten, aber genau das musste ich, wenn ich in den nächsten Stunden ein paar brauchbare Ideen ausarbeiten wollte.

Es war ja nicht das erste Mal. Mit der Zeit hatte ich eine gewisse Routine entwickelt. Doch auch wenn ich gut darin war, hieß das noch lange nicht, dass ich es guthieß.

Ich war immer noch dabei, die Sprüche des Grauens durchzulesen, da klingelte es. Wer rief denn Freitagnachmittag direkt auf meinem Apparat an? Es gab nur eine Handvoll Leute, die überhaupt diese Durchwahl hatten.

»Hallo?«, meldete ich mich kurz angebunden. Mein Gegenüber sollte ruhig hören, dass ich schwer beschäftigt war.

»Hallo. Spreche ich mit Emma Baumgärtner?«
»Ganz genau. Mit wem habe ich das Vergnügen?«
»Erik Larsen. Ich bin der Nachbar deiner Oma. Entschuldige bitte, dass ich einfach so bei dir anrufe.«

Mein Herz setzte einen Schlag aus. »Ist ihr etwas passiert?« Meine Oma wohnte in einem Dorf etwa zwei Stunden von

Berlin. Wir standen uns sehr nahe, aber seit ich meinen stressigen Job in der Agentur hatte, fand ich immer seltener die Zeit, sie zu besuchen.

»Nein, nein. Ihr geht es gut.« Er machte eine Pause. »Also, so gut auch wieder nicht. Ich mache mir Sorgen um sie.«

»Was fehlt ihr denn?« Ich spürte, wie sich mein Hals zusammenzog. Meine Oma war mein Ein und Alles.

»Ich weiß nicht genau. Sie scheint mir nicht so fit zu sein wie sonst. Da du ihre nächste Verwandte bist, fand ich, du solltest es wissen.«

»Warum ruft sie mich nicht selbst an?«, wunderte ich mich. »Als ich neulich mit ihr gesprochen habe, sagte sie, es sei alles in bester Ordnung.« Ich würde meiner Omi immer zu Hilfe eilen, wenn sie mich brauchte. Das sollte sie eigentlich wissen.

»Sie ist zu stolz.« Er stockte. »Und sie will dich nicht stören. Du hast immer so viel zu tun, sagt sie.«

Ich biss mir auf die Lippen. Früher hatten wir uns beinahe jedes Wochenende gesehen. Aber dann hatte mein Job mehr und mehr meiner Zeit gefressen, wobei ich immer unzufriedener wurde. Nicht nur meinen Freund bekam ich immer seltener zu Gesicht, auch meine Oma musste darunter leiden. Wenn ich abends nach Hause kam, war ich erschöpft. Ich aß eine Kleinigkeit und danach war es meist so spät, dass ich mich nicht traute, noch anzurufen, oder viel zu müde war. Nicht zum ersten Mal fragte ich mich, was für ein Leben ich führte und ob dieser Job das alles wert war.

Meine Gedanken schweiften ab. Ich rief mich zur Ordnung. Jetzt ging es um meine Oma. »Okay. Was schlägst du vor?«, fragte ich den unbekannten Nachbarn.

Er schwieg einen Moment. »Mach dir am besten selbst einen Eindruck. Vielleicht gelingt es ja dir, sie zu überreden, einen Arzt aufzusuchen. Auf mich hört sie nämlich nicht.«

Das konnte ich mir lebhaft vorstellen. Wer es schaffte, Oma zum Arzt zu schleifen, hatte einen Tapferkeitsorden verdient. Ich versprach ihm, mich darum zu kümmern. Er gab mir seine Handynummer, dann legten wir auf.

Ich schluckte. Das klang nicht gut. Man würde kaum eine Wildfremde anrufen, wenn man sich nicht wirklich Sorgen machte. Vor allem, da Oma immer über den griesgrämigen Spießer schimpfte, der vor einiger Zeit nebenan eingezogen war. Ich war ihm noch nicht begegnet. Oma und er pflegten nicht gerade das, was man gute nachbarschaftliche Beziehungen nannte. Aber anscheinend konnte man ein Meckerfritze sein und sich trotzdem Sorgen um seine Nachbarn machen. So griesgrämig, wie Oma sagte, klang er gar nicht.

Der Telefonanruf ließ mir keine Ruhe. Bevor ich mich nicht vergewissert hatte, dass es Oma gut ging, würde ich mich sowieso nicht konzentrieren können. Rasch wählte ich ihre Nummer. Ich wollte aus ihrem Mund hören, wie es ihr ging.

Sie nahm erst nach einer Weile ab. »Ja?«

Klang sie ein wenig außer Atem oder bildete ich mir das ein? »Hallo Oma, hier ist Emmi.« Sobald ich mit ihr sprach, fiel ich automatisch zurück in meinen Kosenamen.

»Emmi, mein Schatz! Schön, von dir zu hören. Ist alles in Ordnung bei dir?«

Ich musste unwillkürlich lächeln. Wenn meine Oma *Emmi* sagte, fühlte ich mich geborgen wie unter einer dicken Daunendecke. »Es ist viel zu tun. Sonst läuft alles.«

»Mit Lars ist auch alles in Ordnung?«

»Dem geht es gut.« Obwohl wir bald zwei Jahre zusammen waren, konnte ich die Male, an denen sich die beiden begegnet waren, an einer Hand abzählen. Ich hätte mir gewünscht, dass er mehr Anteil an meinem Leben nahm, und meine Oma gehörte nun einmal dazu.

»Das ist schön.« In ihrer Stimme lag ein wartender Unterton. »Gibt es sonst irgendwas Neues bei dir?«

»Nein, nichts. Ich wollte nur hören, wie es dir geht. Es ist ja eine Weile her, dass wir miteinander gesprochen haben.«

»Das ist lieb von dir, Kindchen. Du kennst das ja, bei mir tut sich nicht viel. Wann sehe ich dich denn mal wieder hier draußen?« In ihrer Stimme schwang die Erwartung, ich würde sagen, es sei im Moment schlecht, wie ich das meistens tat.

Aber heute nicht. Wenn es Oma nicht gut ging, war ich für sie da. Da konnten Anna und ihre Kekse sagen, was sie wollten. Entschlossen sagte ich: »Lars ist morgen beim Turnier und ich hatte gehofft, ich könnte am Wochenende vorbeikommen, wenn du nichts Besseres zu tun hast.«

»Ich wüsste nicht, was ich mit meiner Zeit Besseres anstellen könnte, als sie mit dir zu verbringen.«

Mir wurde warm ums Herz. Auf einmal verspürte ich riesige Sehnsucht nach ihr. Ich konnte es kaum abwarten, sie in die Arme zu schließen. »Was hältst du davon, wenn ich gleich heute fahre, dann hätten wir mehr Zeit füreinander? Es ist so schön, bei dir aufzuwachen.«

»Großartig. Ich werde gleich alles für dich herrichten.«

Panik überkam mich. Das Letzte, was ich wollte, war, dass sie wegen mir in eine Putz- und Kochorgie verfiel und sich verausgabte. Ich wusste ja nicht, was an den mysteriösen Hinweisen ihres Nachbarn dran war. »Nein«, warf ich ein.

»Ist wirklich alles okay bei dir?«, fragte Oma irritiert.

Ich mäßigte meinen Tonfall. »Ja. Sicher. Ich meinte, es wird wahrscheinlich spät, bis ich komme. Eine Stulle reicht mir dann völlig. Und das Bett beziehen wir nachher gemeinsam. Dann geht das doch viel schneller.«

»Wenn du meinst.« Sie war hörbar verwundert. Zum Glück hakte sie nicht weiter nach.

»Ich mache mich bald auf den Weg, Oma. Es ist Freitag, da kann ich ruhig einmal früher Feierabend machen.« In einem normalen Unternehmen wäre das wohl so. Aber in unserer Firma waren die Zustände niemals normal.

»Dann legen wir jetzt am besten auf. Umso schneller bist du bei mir. Wir haben ja nachher alle Zeit zum Sprechen. Und fahr vorsichtig, hörst du?«

»Mach ich doch immer, Oma. Ich freu mich auf dich.«

»Ich mich auch.«

Ich legte auf und atmete tief durch. Dass ich zu meiner Oma fahren würde, stand völlig außer Frage. Aber was sollte ich mit diesen Entwürfen machen? Es würde einen Riesenärger geben, wenn sie Montagfrüh nicht auf Annas Schreibtisch lagen. Wenn ich die Arbeit nur mitnehmen könnte. Bei Oma hätte ich genug Zeit, die Prototypen zu erstellen und die Sprüche zu gestalten. Ausdrucken konnte ich sie schnell am Montag. Der Haken an der Sache war, dass das leider verboten war, zumindest was die Bögen mit den Prototypen anbelangte. Sensibles Material durfte die Agenturräume nicht verlassen. Undenkbar, wenn etwas verloren ginge und den falschen Leuten in die Hände fiele. Andererseits – es würde ja keiner mitkriegen.

Ich war montags sowieso die Erste. Dann käme ich halt sicherheitshalber eine halbe Stunde früher als sonst. Um die Uhrzeit würde mir garantiert niemand begegnen. Was sollte den Keks-Prototypen in der Einöde schon passieren? In Sonnenfelde war Industriespionage kein Thema.

Ich sah auf die Unterlagen vor mir und spürte, wie mir der Schweiß ausbrach. Wenn ich das machte, durfte ich mich nicht erwischen lassen. Ich blickte mich um. Da Anna mir die Restarbeiten für die Präsentation am Montag zugeschanzt hatte, waren die meisten Kollegen im wohlverdienten

Wochenende. Nur am anderen Ende des Büros sah ich zwei Kolleginnen, die in ihre Arbeit vertieft waren. Ich sollte die Ausdrucke mitnehmen. Das würde schon alles hinhauen. Jetzt war erst einmal Oma wichtig.

Bevor ich es mir anders überlegte, zog ich die Dateien mit den Kekssprüchen auf einen Stick, legte die Ausdrucke sorgfältig in eine Mappe und verstaute sie in meiner Tasche. Gut, dass ich immer mit einer überdimensionierten Handtasche herumlief. Man wusste nie, wann man sie brauchen konnte.

Klammheimlich verzog ich mich. Es musste ja keiner so genau wissen, wann ich gegangen war. Dann erschien es nicht ganz so unglaubwürdig, dass ich die Entwürfe am Freitag noch alle bearbeitet hatte.

4. FREITAGABEND

Erst im Auto fiel mir ein, dass Lars immer noch davon ausging, ich käme erst spät, und zwar mit einem fertigen Abendessen im Schlepptau. Er war kein Freund von Überraschungen, schon gar nicht, wenn es ums Essen ging. Ich griff nach dem Handy und wählte seine Nummer. Nach einer Weile gab ich auf. Er hob nicht ab.

Ich beschloss, dennoch beim Chinesen vorbeizufahren. Vor lauter Stress hatte ich heute Mittag nichts gegessen und ich wollte mich ungern mit knurrendem Magen auf den Weg zu meiner Oma machen. Ich schlug also die Route zum Imbiss ein. Als ich dort ankam, probierte ich noch einmal, ihn zu erreichen. Endlich ging er ans Telefon.

»Emma, was gibt's?«, lautete seine Begrüßung.

»Ich bin gerade beim Chinesen, was möchtest du?«

»Schon?«, fragte er überrascht und zögerte einen Moment.

»Wie kommt's? Ich dachte, du arbeitest bis spät.«

»Das ist eine lange Geschichte, die erzähle ich dir zu Hause.« Ich wollte ihm ungern am Telefon beichten, dass ich nach dem Essen nach Brandenburg verschwinden würde.

»Okay«, sagte er gedehnt. »Na gut. Dann bring mir doch die Lieblingsnudeln mit, du weißt schon welche.«

»Alles klar. Ich bin in etwa einer halben Stunde zu Hause. Deck doch schon mal den Tisch, ja?«

»Okay. Mach ich.«

Nach großer Begeisterung klang das nicht gerade. Er hätte sich ruhig freuen können, dass ich früher nach Hause kam. Meine Laune sackte in den Keller. Ich hatte immer öfter das Gefühl, uns trennten Lichtjahre. Früher hatte ich mich so wohl in seiner Nähe gefühlt. Wenn ich von Problemen bei der Arbeit erzählt hatte, hatte er mir zugehört. Er war für mich da gewesen und seine Energie hatte mich angesteckt. Aber wenn ich ihm jetzt etwas erzählte, hatte ich den Eindruck, als sei er nur halb dabei und in Gedanken ganz woanders.

Dass ich bei der schlechten Stimmung auch noch das ganze Wochenende wegfahren wollte, war nicht gerade günstig, aber manchmal musste man Prioritäten setzen. Und das Wohlbefinden meiner Oma kam vor allem anderen.

Es dauerte keine zwanzig Minuten, bis ich zu Hause ankam. »Hallihallo« rief ich, als ich die Wohnungstür öffnete. Ich stutzte. Irgendetwas war anders. Ein ungewohnter Duft hing in der Luft, der hier nicht hinpasste. Als ich das Wohnzimmer betrat, wurde der Geruch stärker. Ich schnupperte. Patchouli. Ich runzelte die Stirn. Wenn es etwas gab, das ich nicht mit Lars in Verbindung brachte, waren es Duftöle.

»Bin gleich da«, vernahm ich Lars' Stimme aus dem Bad. Ich stellte das Essen ab, öffnete die Balkontür und griff nach der Gießkanne. Bevor ich es im Trubel zwischen Tasche packen und dem Gespräch mit Lars vergaß, goss ich die

Blumen lieber jetzt. Bei dem Wetter hatten sie es bitter nötig. Als ich nach meiner kleinen Runde wieder hineinkam, deckte Lars gerade den Tisch. »Hi.« Er gab mir einen flüchtigen Kuss zur Begrüßung. »Ich habe einen Bärenhunger.«

Er hatte eigentlich immer Hunger. Da er aber fast täglich trainierte, war er trotz der Unmengen, die er in sich hineinschaufelte, schlank wie ein Hering. Ich wünschte, ich könnte auch so viel Disziplin aufbringen, aber nach einem Zwölf-Stunden-Tag fehlte mir einfach die Energie. Mit einem Seufzer ließ ich mich auf den Stuhl sinken und sah Lars zu, wie er das Essen aus den Pappkartons auf die Teller verteilte.

»Bist du auf einmal spirituell geworden?«

Er runzelte die Stirn. »Wieso?«

Ich wedelte mit dem Arm in der Luft. »Na, das hier. Patchouli? So kenne ich dich gar nicht.«

Er blickte mir nicht in die Augen. »Ich wollte eben eine gemütliche Atmosphäre kreieren. Tut mir leid, wenn dir das nicht passt.«

»So meine ich das doch gar nicht«, protestierte ich. Meine Güte, der war aber empfindlich. Höchste Zeit, dass er etwas zu essen bekam. »Es ist nur sonst nicht so deine Art.«

»Was? Für eine gemütliche Atmosphäre zu sorgen?«, entgegnete er patzig.

Ich verdrehte die Augen. Der wollte aber auch alles falsch verstehen. »Nein. Duftöle. Als ich in meiner alten Wohnung mal ein Duftlämpchen angemacht habe, hast du dich beschwert, es riecht wie in einem Ökoladen.«

»Ich wollte eben etwas Neues ausprobieren. Du sagst doch immer, ich soll nicht so festgefahren sein.«

»Ich find's gut. Ich mag Patchouli«, lenkte ich ein. Ich wollte nicht wegen eines Duftöls streiten. Selbst Lars hatte wohl manchmal unvorhergesehene Anwandlungen. Vielleicht konnte ich ihn ja doch zu dem Frankreich-Urlaub überreden. So weit war der Weg von Patchouli zu Lavendel gar nicht. »Wie war dein Tag?«, fragte ich ihn. Wenn er ein wenig über sich selbst reden konnte, stieg seine Laune eigentlich immer. »Gut. Lief alles prima.« Das war typisch für Lars. Ich war bis heute nicht dahintergekommen, ob wirklich alles immer glatt lief oder ob er es nicht zugab, wenn mal etwas schiefging. Bevor er die Gabel in die Nudeln steckte, machte er sein obligatorisches Instagram-Foto. Das Verrückte war, dass die Leute tatsächlich diese Bilder likten. Täglich wuchsen seine Followerzahlen, wie er mir gern und stolz erzählte. Neulich hatte er die 20.000 geknackt. Wenigstens stellte er sein Telefon während des Essens lautlos. Vielleicht lag es aber auch nur daran, dass er so eine Fressmaschine war. Mir blieb es ein Rätsel, wie er gleichzeitig so viel reden und essen konnte.

Innerhalb weniger Minuten hatte er mir in allen Details von der Inkompetenz seines Kollegen berichtet, das erste Bier inhaliert und den Teller leergeputzt. Während er davon erzählte, wie sein Chef ihn über den grünen Klee gelobt hatte, weil er einen dicken Auftrag an Land gezogen hatte, wanderten meine Gedanken zu meiner Oma. Klang sie wirklich mitgenommen oder hatte ich mir das eingebildet?

»Und bei dir?«, fragte er schließlich. »Ich dachte, du hattest noch so viel zu tun. Bist du so schnell fertig geworden?«

Ich schüttelte den Kopf. »Um alle Entwürfe fertigzustellen, hätte ich noch Stunden gebraucht.«

»Dann hast du die Arbeit liegen gelassen?« Irritiert legte er seine Gabel beiseite.

»Nein«, erwiderte ich und klopfte auf die Riesentasche, die auf dem Stuhl neben mir lag. »Die Prototypen sind hier drin und den Rest habe ich auf dem Stick.«

Lars riss entsetzt die Augen auf. »Das ist nicht dein Ernst. Du weißt, dass du die nicht mitnehmen darfst.«

»Reg dich wieder ab. Das merkt schon keiner.«

»Und wenn doch?«

Ich runzelte die Stirn. Man könnte meinen, es ginge um seine Arbeit. Aber Lars nahm meinen Job auch fast so wichtig wie seinen. Für Überstunden hatte er vollstes Verständnis. Seine Unterstützung half mir, mein absurdes Arbeitspensum überhaupt zu bewältigen. Wenn ich zu Hause auch noch jemanden gehabt hätte, der maulte, wenn ich abends spät von der Arbeit kam, hätte ich das gar nicht ausgehalten. »Es ging eben nicht anders.« Jetzt war wohl der Moment gekommen, ihm von meinem Wochenendausflug zu erzählen. »Mir ist etwas Wichtiges dazwischengekommen.«

»Und was?«

Mein Magen zog sich zusammen. Warum fühlte sich das wie ein Verhör und nicht wie ein Gespräch an? Eine Unterhaltung sollte in einer Beziehung anders ablaufen. »Der Nachbar meiner Oma hat angerufen. Ihr geht es nicht so gut.«

»Wieso ruft er dich denn an?«

»Na ja. Ich bin ihre einzige Verwandte. Wen sollte er sonst anrufen, wenn er sich Sorgen macht?«

»Und was hat das mit deiner Arbeit zu tun?«

»Er meinte, ich sollte vorbeikommen und nach ihr schauen.« Ich suchte seinen Blick und hoffte, darin etwas wie Verständnis oder Mitgefühl zu finden, aber vergeblich.

»Und was hast du zu ihm gesagt?«

»Dass ich mit ihr rede.«

Er schwenkte langsam seine Bierflasche in der Hand und sagte bissig: »Vermutlich hast du das bereits gemacht.«

»Natürlich habe ich das«, antwortete ich grollend. Wenn er nicht bald aufhörte, würde ich ihm an den Hals springen. Ich hatte meine Oma angerufen, um Himmels willen, und nicht betrunken mit irgendeinem windigen Typen geflirtet. Er hatte kein Recht, diesen Tonfall an den Tag zu legen.

»Und was sagt sie?«, fragte er unterkühlt.

»Sie behauptet natürlich, dass es ihr gut geht. Aber du kennst sie ja.« Noch während ich das sagte, fiel mir auf, dass das nicht wirklich stimmte.

»Vielleicht geht es ihr ja gut. Was, wenn ihr Nachbar einfach total übertreibt?«

»Was, wenn nicht?«, schnappte ich zurück. »Wenn ihr irgendetwas passiert, werde ich mir das nie verzeihen.«

Lars hörte wohl an meinem Tonfall, dass es mir ernst war.

»Wenn es beschlossene Sache ist, brauchen wir ja nicht weiter darüber zu reden. Du solltest dann aber wirklich die Zeit bei deiner Oma zum Arbeiten nutzen.«

Ich seufzte. Was die Arbeit anging, kamen Lars und ich auf keinen gemeinsamen Nenner. Mehr und mehr fühlte ich mich wie in einem Hamsterrad. Lars verstand das nicht. Er hätte am liebsten vierundzwanzig Stunden am Tag gearbeitet, wenn er gekonnt hätte. Immer wenn ich versuchte, mir kreative Freiräume zu schaffen, schaute er mich komisch an. Er schien es mir vorzuwerfen, dass ich Auszeiten brauchte – und dass ich die gern mit ihm verbringen würde.

»Ich habe zunehmend das Gefühl, dass du dich bei der Arbeit nicht hundertprozentig einbringst«, fing er wieder an.

Ich rollte mit den Augen. Wollte er jetzt ein Jahresend-Gespräch anfangen? »Niels ist mit meiner Arbeit zufrieden«, erwiderte ich.

»Das reicht nicht. Mit *zufrieden* kommst du nirgendwohin. Du musst sie begeistern. Das ist der Weg zum Erfolg.«

Ich ärgerte mich. So oft hatte ich ihm schon von meinen Problemen erzählt, von Annas Schikanen. »Du weißt, dass das nicht an mir liegt. Egal, was ich tue und wie viel ich arbeite, Anna ist nie begeistert von irgendetwas, das ich mache.«

Unter zusammengekniffenen Augenbrauen blickte Lars mich an. »Du hast die falsche Einstellung zu deinem Job. Schau mich an. Mein Job und mein Leben sind ein und dasselbe. Ich stehe 24/7 unter Strom. Ich brenne rund um die Uhr für das, was ich tue. Wofür brennst du?«

Vielleicht bildete ich es mir ein, aber seit Lars vor einem Jahr den Job bei dieser Influencer Marketing Agentur angefangen hatte, wurde er jeden Tag ein bisschen ungenießbarer. Er sagte damals, das Ganze würde ihn auf ein anderes Level heben. Ich fragte mich ernsthaft, ob auf diesem Level Platz für mich war und ob ich mich überhaupt auf dieser Ebene aufhalten wollte. »Du wirfst mir vor, dass ich mich um meine Oma kümmere?« Ich konnte es nicht fassen.

»Sei ehrlich zu dir selbst, Emma. Du willst in die Pampa, weil du eine Pause vom Leben brauchst. Deine Oma ist nur die willkommene Ausrede. Du solltest dich fragen, wo du hinwillst.«

Ich konnte nicht begreifen, dass er ausgerechnet jetzt den alten Streit aufwärmte. »Manchmal gibt es eben Dinge, die wichtiger sind als die Arbeit. Aber für dich wohl nicht.«

»Ach Emma, jetzt werd nicht albern. Ich will nur, dass du etwas aus deinem Leben machst.«

»Vielen Dank, das tue ich bereits. Aber es wäre schön, wenn dir etwas daran liegt, ein Teil davon zu sein.«

»Meine liebe Emma, darf ich dich daran erinnern, dass du diejenige bist, die unseren gemeinsamen Abend absagt? Ich könnte mich jetzt auch aufregen und darauf herumreiten, dass du mich sitzenlässt.«

Und warum tust du es dann nicht, fragte ich mich. Einer spontanen Eingebung folgend sagte ich: »Komm doch mit.

Meine Oma würde sich freuen. Außerdem hätte ich eine Meinung mehr, wie es ihr wirklich geht.«

Er schüttelte den Kopf. »Ich kann das Turnier nicht ausfallen lassen. Mein Chef kommt extra hin, um zuzuschauen.«

Lars' Chef war begeisterter Squash-Fan. Als er erfahren hatte, dass Lars in seiner Jugend zweifacher Landesmeister gewesen war, war er schlagartig zum neuen Lieblingsmitarbeiter aufgestiegen. Lars spielte zwar Klassen besser als er, aber er war schlau genug, seinen Chef manchmal gewinnen zu lassen. Er versprach sich wohl davon, die Karriereleiter noch schneller zu erklimmen.

Ich seufzte. Mir war zwar klar, dass Lars sein Turnier nie absagen würde, aber ich hätte mich gefreut, wenigstens ein wenig Bedauern aus seiner Stimme herauszuhören.

Um ehrlich zu sein, war ich froh, dass er keine Zeit hatte. Natürlich wollte ich, dass er und meine Oma sich näherkamen. Schließlich war sie meine Familie, seitdem meine Eltern vor vielen Jahren bei einem Autounfall ums Leben gekommen waren. Aber wenn Lars mit dabei war, lief der Besuch nie so harmonisch ab, wie ich mir das wünschte. Ich hatte oft das Gefühl, er war gar nicht richtig bei uns, sondern in Gedanken woanders, als zählte er nur die Stunden, bis er die Einöde endlich wieder verlassen konnte.

Um herauszufinden, wie es meiner Oma ging und ob sie etwas auf dem Herzen hatte, fuhr ich wirklich besser allein. Falls mit ihr alles in Ordnung war, umso besser. Dann würde ich ein gemütliches Wochenende mit ihr verbringen und ein wenig Energie tanken, bevor ich am Montag wieder in die »Keksfabrik« musste.

Ich wollte mich kurz vor der Abfahrt nicht weiter mit Lars streiten und versuchte einzulenken. »Es tut mir leid, dass aus unserer Kochsession nichts wird. Ich hatte mich darauf gefreut.« Das gemeinsame Kochen war etwas, das uns beide verband. Als wir uns kennenlernten, hatten wir viel zusammen gekocht. Ich liebte es, mit ihm ausgefallene Rezepte auszuprobieren. Wir hatten richtig Spaß dabei. Mir fehlten diese Abende. Ich verstand zwar, dass Lars nach einem langen Tag keine Lust mehr hatte, ein aufwendiges Menü zu kochen, aber ich vermisste das Gefühl, gemeinsam Zeit zu verbringen statt nebeneinanderher zu leben.

Zwischen uns gab es durchaus Momente, in denen ich den Eindruck hatte, er vergaß die Welt da draußen und war hier bei mir. Aber diese Momente wurden immer seltener.

Lars hatte wohl genauso wenig Lust wie ich auf diese ermüdende Diskussion und wir beendeten das Essen schweigend. Danach räumte er das Geschirr ab, damit ich in Ruhe meine Sachen packen konnte.

Das war schnell erledigt. Ein paar warme und bequeme Klamotten waren alles, was ich für ein Wochenende auf dem Land brauchte – neben meinem Notebook und den Prototypen natürlich.

Nachdem ich meine Tasche fertig gepackt und mir über die Schulter geworfen hatte, schaute ich mich in der Wohnung um. Ich wünschte, ich könnte sagen, dass ich Heimweh hätte, wenn ich weg war. Und ich wünschte, Lars würde mich ein bisschen vermissen. Aber vermutlich würde er meine Abwesenheit gar nicht merken, weil er den ganzen Tag mit seinem Squash beschäftigt war.

Nun ja, Sonntagabend würde ich zurückkommen. Vielleicht tat es uns gut, bis dahin getrennt den Dingen nachzugehen, die wir liebten. Ich hoffte, wir würden uns freuen, wenn wir uns wiedersahen. Aber sicher war ich mir da nicht.

5. RAUS AUFS LAND

Keine halbe Stunde später hatte ich die Sachen im Auto verstaut. Ich schlug den Kofferraumdeckel zu. Lars lehnte am Wagen und musterte mich. Ich hatte keine Ahnung, was in ihm vor sich ging. Ich wusste ja nicht einmal, wie es in meinem eigenen Kopf aussah, von meinem Herzen ganz zu schweigen.

Sein Blick war distanziert. »Also dann«, sagte er.

»Also dann«, antwortete ich. Der Streit hing mir noch nach. Ich hasse es zu streiten, und noch mehr hasste ich es, im Streit auseinanderzugehen. Ich stand vor ihm und blickte zu ihm auf. Er beugte sich zu mir für einen Abschiedskuss. Doch der war den Namen nicht wert. Kaum spürte ich seine Lippen auf meinen, löste er sich auch schon wieder von mir.

Er trat einen Schritt zurück und steckte die Hände in die Hosentaschen. »Viel Spaß und fahr vorsichtig.«

»Danke. Ich wünsche dir viel Erfolg morgen beim Turnier.«

Er nickte. Er stand einfach nur da und wartete, dass ich fuhr. Kein Wort, dass er mich vermissen würde, dass er sich freute, wenn ich zurück wäre. Aber ich brachte auch nichts über die Lippen. Ich konnte die Distanz zwischen uns beinahe greifen. Mit einem Lächeln, das ich nicht fühlte, und einem letzten Winken ließ ich mich auf den Fahrersitz gleiten und schloss die Tür. Ich schnallte mich an und drehte den Zündschlüssel. Der Motor schepperte ein paarmal müde, dann ging er aus. Nicht schon wieder. Genervt verdrehte ich die Augen. Ich hatte diese Woche einen Termin für die Werkstatt vereinbaren wollen. Aber vor lauter Kekspackungen hatte ich einfach keine Zeit gefunden. Ich probierte erneut, aber außer einem weiteren Stottern brachte der Motor nichts zustande.

Lars klopfte gegen das Fenster.

Ich ließ die Scheibe runter. Ich wusste genau, was jetzt kam.

»Lass mich raten, du hast diese Woche wieder nicht in der Werkstatt angerufen?« Ihm war mein Auto schon lange ein Dorn im Auge. Es passte ihm gar nicht, dass ich in so einer Schrottgurke herumfuhr, wie er sie immer nannte. Wenn es nach ihm ginge, hätte ich mir längst einen neuen Wagen zugelegt. Aber ich hing an meinem kleinen Ford Fiesta, mit dem ich schon viel erlebt hatte.

»Ich hatte keine Zeit«, erwiderte ich knapp und versuchte ein drittes Mal, den Motor zu starten. Er durfte doch nicht ausgerechnet heute den Geist aufgeben. Wie sollte ich sonst zu meiner Oma kommen?

»Soll ich mal ran?«

Ich ärgerte mich. Jetzt tat er wieder so, als wäre er Kfz-Mechaniker, dabei hatte er genauso wenig Ahnung von Autos wie ich. »Wieso? Meinst du, du kannst den Schlüssel besser im Schloss rumdrehen als ich?«

»Einen Versuch wäre es doch wert.«
Ich schüttelte den Kopf und versuchte es verbissen ein weiteres Mal. Endlich sprang das Auto an. »Geht doch«, erwiderte ich triumphierend.
»Na dann, gute Fahrt. Hoffen wir mal, dass er bis Sonnenfelde durchhält.«
»Das wird schon.« Da machte ich mir keine Sorgen. Wenn der Wagen erst mal lief, war alles in Ordnung. Ich fuhr das Fenster wieder hoch, winkte ein letztes Mal und lenkte mein Auto aus der Parklücke heraus. Zufrieden lehnte ich mich zurück und drehte das Radio voll auf. In höchstens zwei Stunden würde ich bei meiner Oma sein.

Als ich die Stadtgrenze auf der Straße Richtung Norden hinter mir ließ, spürte ich, wie meine Schultern sich entspannten. Je weiter ich mich von Berlin entfernte, desto weiter rückte der Arbeitsstress in den Hintergrund.

Die Gedanken an Lars ließen sich leider nicht so leicht abschütteln. Ich war mir nicht sicher, ob er sich geändert hatte oder ob nur meine Wahrnehmung eine andere war. Ich hatte ihn als offenen und unternehmungslustigen Typen kennengelernt. Die ersten Monate mit ihm zogen in meinen Erinnerungen wie ein bunter Wirbel an mir vorüber. Wir hatten so viel Spaß miteinander gehabt.

Zum ersten Mal gesehen hatte ich Lars bei einem Firmen-Event. *Start-Up-Battle* nannte sich das Ganze. Das war eine üble Veranstaltung. Ein Start-up trat beim Paintball gegen das andere an. Ich hasste Team-Events. Sie dienten nach außen hin der Teambildung, aber intern war es nur eine weitere Möglichkeit, dass die, die es sich erlauben konnten, die fertigmachten, die es nicht draufhatten. Lars und ich gehörten zu den letzten Überlebenden. Er, weil er alle anderen abgeballert hatte und ich, weil ich mich die ganze Zeit hinter meinem größten Arbeitskollegen versteckt hatte, der auf einmal getroffen wurde. Plötzlich standen wir beide uns gegenüber. Er hatte mich im Visier, es gab kein Entkommen für mich. Ich schloss die Augen und erwartete den Einschlag des Farbgeschosses, aber er drückte nicht ab. Lars war durch und durch Sportler. Er maß sich mit Ebenbürtigen, aber Leute abzuschießen, die dazu gezwungen wurden mitzumachen, war nicht sein Ding. Sein Team gewann trotzdem, da sein letzter verbleibender Teamkollege solche Hemmungen nicht kannte und mir in den Rücken schoss. Dass er mich verschont hatte, rechnete ich Lars hoch an. So waren wir ins Gespräch gekommen.

Von da an ging alles schnell. Er gefiel mir. Er sah gut aus, war charmant und energiegeladen. Ich mochte seinen Tatendrang. Sein Leben schien niemals still zu stehen. Er bemühte sich um mich. Am liebsten hätte er mir die ganze Welt gezeigt – zumindest die hippen Großstädte. Fast jedes Wochenende fuhren wir gemeinsam weg. Ich war eigentlich gar nicht so der Jetset-Typ, aber wer beschwert sich schon, wenn der Freund einen nach Venedig einlädt? Dabei brauchte ich das alles gar nicht. Ich war einfach froh, mit ihm zusammen zu sein, und genoss seine Nähe. Aber irgendwann änderte sich alles. Ich nahm es zuerst gar nicht so wahr. Ich fand es ganz normal, dass nach den ersten Monaten die Ausflüge weniger wurden. Aber nicht nur sie wurden weniger, auch die gemeinsamen Wochenenden bildeten die große Ausnahme.

Nachdem Lars mitbekommen hatte, dass der Stuhl seines Kollegen wackelte, hängte er sich noch stärker in seinen Job rein. Er wollte mehr als sein Konkurrent leisten, mehr neue Kunden gewinnen. Ständig versuchte er, seinen Chef zu beeindrucken. Auch mein Arbeitspensum nahm Stück für Stück zu, vor allem seit Anna da war. Und die Zeit, die Lars und ich miteinander verbrachten, wurde immer weniger.

Ich sehnte mich nach den ersten Monaten unserer Beziehung zurück. Es waren nicht die Reisen, die mir fehlten, sondern das Gefühl, dass er es genoss, mit mir Zeit zu verbringen. Er war liebevoll gewesen. Ich erwartete nicht, dass ein Mann mich auf Händen trug, aber dass er mich an sich heranließ. In letzter Zeit kam er mir hingegen oft unerreichbar vor. Irgendwie waren uns die Gemeinsamkeiten abhandengekommen.

Ich war mir oft unsicher, ob wir überhaupt eine Zukunft hatten. Nicht nur er hatte sich verändert, auch ich war zunehmend gereizt. Möglicherweise verließ Anna ja eines Tages durch ein Wunder unsere Agentur und ich wäre weniger gestresst. Und Lars bekäme endlich seine Beförderung und entspannte sich. Vielleicht würde dann alles wie früher.

Jetzt waren meine Gedanken doch wieder bei der Arbeit angelangt. Wenn man aber auch illegal aus der Firma entwendetes Firmeneigentum auf dem Beifahrersitz liegen hatte, war es schwer, das zu ignorieren.

Ich erinnerte mich, wie hoch motiviert ich gewesen war, als ich meinen Job angetreten hatte. Es war meine erste Arbeitsstelle. Ich war naiv genug gewesen zu glauben, dass in einem kreativen Unternehmen automatisch eine gute Arbeitsatmosphäre herrschte. Bei all den fantasiebegabten Menschen, die einen umgaben, und Ideen, die in der Luft hingen, musste man sich doch wohlfühlen. Wie sehr ich mich getäuscht hatte.

Ich sehnte mich nach der Freiheit meines Studiums zurück, als ich mich in den Werkstätten der Hochschule ausprobieren konnte. Ich liebte das freie kreative Arbeiten. Bei meinem Job hatte ich hingegen das Gefühl, dass ich meine Kreativität an Dinge verpulverte, die es nicht wert waren. Unsere Arbeit kam mir so unwirklich vor, als würden wir nur so tun, eine Aufgabe zu erfüllen. Die zehnte Kampagne für einen neuen Rasierer oder Lippenstift fühlte sich nur noch bedeutungslos an.

Ich seufzte. Wenn ich doch diese elende Keksgeschichte schon erledigt hätte. Aber wenn ich früh aufstand, war ich vor dem Mittagessen mit der Arbeit fertig und hatte den Rest des Tages Zeit für meine Oma. Ich ließ das Fenster hinunter und ging vom Gas. Ich musste nicht hetzen. Tief atmete ich die Landluft ein. Wie froh ich jedes Mal war, wenn ich die Autobahn verließ und auf die Landstraße einbog. An mir zogen die Getreidefelder vorbei, auf denen die Mähdrescher große Staubwolken aufwirbelten. Ich mochte es, zwischen den Feldern hindurchzufahren. Hier fühlte ich mich zu Hause. Obwohl ich die meiste Zeit meines Lebens in der Großstadt verbracht hatte, war ich im tiefsten Inneren ein Landei.

Wenn ich zurückdachte an die endlosen Sommertage bei Oma, hatte ich das Gefühl, dass ich damals an einem Tag mehr gelebt hatte als heute in einer Woche. Zeit war etwas, das einfach da war, nichts, das man sich nehmen musste. Wenn ich dieses Gefühl nur in die Gegenwart holen könnte.

Sonnenfelde. Zwei Stunden später fuhr ich an dem Ortsschild des kleinen Dorfes vorbei, in dem meine Oma wohnte. Ich bog von der Hauptstraße in das Sträßchen ein, das zum Haus meiner Oma führte. Viele Leute lebten hier draußen nicht. Zudem wohnte Oma am Ortsrand. An ihr Grundstück grenzte nur noch das Gebäude ihres Nachbarn.

Omas Haus lag auf einem Hügel, windgeschützt hinter alten knorrigen Bäumen und von Wildrosenhecken verborgen. Es war immer spannend, ob mein altersschwaches Auto es den Berg hinaufschaffte, aber auch diesmal ließ mich mein tapferes Gefährt nicht im Stich.

Ich parkte den Wagen auf der Kiesauffahrt, schnappte mir meine Reisetasche und ging mit einer Mischung aus Sorge und Vorfreude zur Tür. Ich hoffte so sehr, dass es Oma gut ging. Ich hatte noch nicht einmal den Klingelknopf ganz runtergedrückt, da öffnete sie mir auch schon die Tür.

»Emmi, da bist du ja!« Mit dem altbekannten Lächeln im Gesicht, das ich so liebte, breitete sie die Arme aus und zog mich an sich. Eine Woge von vertrautem Geruch nach Apfelkuchen, Gemüsegarten und Lavendelshampoo hüllte mich ein. Ich fühlte mich augenblicklich geborgen, umsorgt und mindestens zehn Jahre jünger.

»Hallo Omi«, erwiderte ich und atmete tief durch. »Schön, wieder hier zu sein. Du hast mir gefehlt.«

»Das Vergnügen könntest du öfter haben, das weißt du.« Ich hörte den vorwurfsvollen Unterton, aber ich nahm es ihr nicht übel. Sie hatte ja recht. Zerknirscht drückte ich sie noch einmal an mich. »Ich weiß, Oma. Ich werde in Zukunft wieder öfter vorbeikommen.«

»Wieso? Hast du dich von Lars getrennt?«

»Nein. Ich möchte dich einfach öfter sehen.«

»Na, komm doch erst einmal rein. Die Kuchenzeit ist zwar schon eine Weile vorbei, aber willst du trotzdem ein Tässchen Tee und ein paar Kekse? Ein Stückchen Apfelkuchen ist auch noch da.«

»Das wäre großartig.« Meine Oma machte den besten Apfelkuchen der Welt. Nie könnte ich ein Stück ablehnen.

Ich folgte ihr mit meinem Gepäck. Wenn ich das Haus betrat, hatte ich das Gefühl, ich machte eine Zeitreise in die Sommer meiner Kindheit. Und es war eine sehr schöne Reise.

Ich ließ die Tasche im Flur stehen und setzte mich an den Küchentisch. Liebevoll strich ich über die Wachstischdecke. Ich fragte mich, ob es noch dieselbe war wie früher. Zumindest trug sie das gleiche blau-weiße Karomuster mit den Birnen drauf. Ich erinnerte mich zurück an die langen

Sommerabende, an denen wir hier gesessen hatten, vor uns die Waschschüsseln voller Beeren, Erbsen oder Bohnen, die meine Oma einmachte, während ich ihr dabei half. Im Hintergrund fing der Wasserkessel gemütlich an zu brodeln. »Wo ist Neptun?«, fragte ich.

»Ach, der stromert draußen herum. Du kennst ihn ja.«

Ich nickte. Der Kater war freiheitsliebend wie eh und je.

Ich beobachtete, wie meine Oma den Tee zubereitete, ein paar Kekse auf den Teller mit dem Apfelkuchen legte und beides vor mir abstellte. Bildete ich mir das ein oder war sie ein wenig kurzatmig? Sie wirkte angestrengt, aber vielleicht war ich auch paranoid wegen des Anrufs.

Sie musterte mich, während ich am Tee nippte und die Gabel im Kuchen versenkte. Offensichtlich war ich nicht die Einzige, die versuchte, hinter die Fassade der anderen zu dringen. »Warum bist du wirklich hier? Da steckt doch mehr hinter diesem plötzlichen Besuch.« Sie hob den Zeigefinger. »Und versuch nicht, mir etwas vorzumachen. Ich kenne dich. Du bist nicht spontan.«

Ich erwiderte ihren prüfenden Blick mit einem Lächeln. Jemand anderes wäre vielleicht beleidigt gewesen, aber ich nicht. Sie hatte recht. Ich war nicht spontan und es machte mir überhaupt nichts aus. Ich hasste ungeplante Ereignisse. Meine Horrorvorstellung war, dass jemand eine Überraschungsparty zu meinem Geburtstag veranstaltete. Zum Glück konnte Lars nichts ferner liegen, als so etwas zu organisieren. Was das anging, befanden wir uns auf einer Wellenlinie.

»Ist mit dir und Lars wirklich alles in Ordnung?«, unterbrach sie meine Gedanken.

Das konnte man nun nicht direkt sagen, aber über ihn wollte ich nicht sprechen. »Ich hab dich so lange nicht gesehen, jetzt möchte ich erst einmal erfahren, wie es dir geht.« Ich griff ihre Hand und drückte sie. In ihren Augen sah ich, dass ich sie nicht restlos überzeugt hatte. »Ich hab mir ein bisschen Sorgen um dich gemacht.«

Sie runzelte die Stirn. »Warum denn das?«

»Na ja, ich war lange nicht hier und du bist immer ganz allein und hast niemanden, der nach dir sieht.«

Oma verschränkte die Arme vor ihrer Brust. »Hast du beschlossen, dass ich zum alten Eisen gehöre und nicht mehr auf mich selbst aufpassen kann?« Streng blickte sie mich an. Wenn es eine Sache gab, die sie nicht leiden konnte, dann, dass jemand ihre Selbstständigkeit infrage stellte.

»Nein. Natürlich nicht.« Ich machte eine Pause. Jetzt musste ich wohl oder übel mit der Wahrheit herausrücken. »Es ist nur – ich bin nicht die Einzige, die sich Sorgen macht.«

Verblüfft schaute Oma mich an. »Tatsache? Hast du einen Anruf von meinen Hühnern bekommen?«

Ich musste lachen. Omas Hühner waren ihr Ein und Alles. Ich selbst hielt es da eher mit Kater Neptun. Er hatte einen Heidenrespekt vor ihnen, seit Harald, der Hahn, ihm als junger Kater ordentlich eine verpasst hatte. Die Narbe von seinem Abenteuer trug er noch immer. Ansonsten hatte der Rabauke vor nichts und niemandem Angst, aber die Hühner flößten ihm Respekt ein.

Mein Blick fiel auf meine Hand. Die Narbe, die ich von jenem Tag davongetragen hatte, war verblasst, aber eine feine Linie erinnerte daran, dass ich diejenige gewesen war, die Neptun vor dem tobenden Hahn gerettet hatte.

»Ich wäre wohl die Letzte, die deine Hühner anrufen würden«, sagte ich. »Nein, dein Nachbar hat mich angerufen.«

Oma riss die Augen auf. »Du machst Scherze. Was wollte er? Sich über Ruhestörung beklagen? Oder hat ihm eines meiner Hühner ein Ei in den Garten gelegt?«

»Nein«, sagte ich ruhig. »Er macht sich Sorgen um dich.«
Oma schnaufte verächtlich. »Mein Nachbar? Das kann ich mir nicht vorstellen. Der würde eher ein Feuerwerk veranstalten, wenn es mit mir zu Ende ginge.«
Ich schnappte nach Luft. »Niemand hat gesagt, dass es mit dir zu Ende geht. Aber es ist doch nett, dass er sich Sorgen macht. Am Telefon klang er jedenfalls sympathisch.«
»Also, ich weiß ja nicht, was der wieder im Schilde führt, aber sicher nichts Gutes.« Missbilligend blickte sie mich an. »Und dir hätte ich ein wenig mehr Menschenkenntnis zugetraut.« Sie schnaubte. »Sympathisch – dass ich nicht lache.«
»Ich habe nur zwei Minuten mit ihm telefoniert«, protestierte ich. »Außerdem kann man doch grantig sein und sich trotzdem Sorgen um seine Mitmenschen machen.«
Oma zuckte mit den Schultern. »*Man* kann schon.« Sie zeigte durchs Fenster aufs Nachbarhaus. »Aber *der* nicht. Seit der hier ist, macht der nur Ärger. Ich weiß nicht, wieso er dich angerufen hat, aber es steckt sicher nichts Gutes dahinter. Vielleicht will er den Eindruck erwecken, dass ich mich nicht mehr um die Hühner kümmern kann, damit ich sie weggeben muss. Das würde ihm gefallen. Aber daraus wird nichts, das verspreche ich dir.« Ihre Augen funkelten entschlossen.
Na, zwischen dem Nachbarn und meiner Oma schien ja ein richtiger Kleinkrieg zu herrschen. Umso seltsamer, dass er mich angerufen hatte. Der Sache musste ich am nächsten Tag unbedingt auf den Grund gehen. »Mit dir ist also wirklich alles in Ordnung?«
Oma runzelte die Stirn. »Ja, doch. Ich hoffe sehr, du bist nicht nur deswegen gekommen. Sonst hast du nämlich den ganzen Weg umsonst gemacht.«
Ich hörte ihr an, dass sie gekränkt war. Mir brannte das Herz. Ich wollte nicht, dass sie dachte, ich wäre nur hier, weil

ich annahm, sie sei krank. Sie hatte mir gefehlt, all die letzten Wochen, in denen ich sie nicht gesehen hatte.

»Bleibst du heute trotzdem hier, auch wenn ich nicht mit einem Fuß im Grab stehe?«, fuhr sie fort.

»Oma! Hör bitte auf, so zu reden. Wenn ich darf, bleibe ich sehr gerne«, schob ich versöhnlicher nach.

»Du *darfst* immer. Die Frage ist nur, ob du *willst*. Pflichtbesuche habe ich nämlich nicht besonders gern.«

Ich stand auf, ging um den Tisch herum und schlang die Arme um sie. »Dich zu sehen, ist nie ein Pflichtbesuch.« Ich spürte, wie sie sich entspannte.

»Dann wäre das ja geklärt. Und nun lass uns über etwas Spannenderes als meine Gesundheit reden. Erzähl mir von deinem Leben.«

Ich zuckte mit den Schultern. »Was möchtest du hören?«

»Was ich hören möchte?«, fragte sie mich entgeistert. »Wie es dir geht! Was macht der Mann deines Herzens? Wie läuft es bei der Arbeit? Das sind die Dinge, die mich interessieren. Und früher hast du mir von dir aus davon erzählt.«

Ich biss mir auf die Lippen. Wenn ich genau darüber nachdachte, konnte ich nicht eine dieser Fragen zufriedenstellend beantworten. »Lars hat ja dieses Turnier, darum konnte er leider nicht mitkommen«, begann ich zögernd.

Meine Oma sah mich prüfend an. »Hätte er das denn ansonsten gemacht?«

»Er ist nicht so ein Landmensch, weißt du?«

»Muss man ein Landmensch sein, um am Leben seiner Freundin teilzunehmen?«, empörte sich Omi. »Er soll ja nicht herkommen, weil Sonnenfelde der Nabel der Welt ist, sondern weil du ihm etwas bedeutest und er mehr über dich und deine Familie erfahren will. Ein Mann sollte dir das Gefühl geben, dass du ihm wichtig bist. Hast du dieses Gefühl bei Lars?«

Als wir uns kennenlernten, hatte ich so gefühlt. Aber ich konnte nicht sagen, dass wir uns im Lauf der Monate nähergekommen waren. Wir waren bis zu einem gewissen Punkt gekommen und da stehen geblieben oder, schlimmer, wieder umgedreht. Das Feuer loderte nicht mehr. Und langsam gingen mir die Ideen aus, wie ich es wieder entfachen könnte.

»Ich habe jedenfalls nicht das Gefühl, dass er dich glücklich macht«, sagte Oma.

Ich schluckte. Momentan war ich in der Tat nicht besonders glücklich. »Es läuft gerade nicht so toll. Aber man kann doch nicht bei jedem Problem sofort hinschmeißen.«

Sie wiegte ihren Kopf hin und her. »Es stimmt zwar, dass eine Beziehung auch Arbeit ist, aber man muss schon wissen, wozu man diese Arbeit auf sich nimmt. Du musst ein gemeinsames Ziel vor Augen haben.«

Ich biss mir auf die Lippen. Meine Oma war ein sehr warmherziger Mensch, aber auch sehr direkt, was dazu führte, dass sie ihr Herz auf der Zunge trug.

Oma legte ihre Hand auf meinen Arm. »Ich würde dich gerne mehr strahlen sehen, wenn du von ihm redest. Du solltest dir selbst die Frage beantworten können, warum du mit Lars zusammen bist. Und es sollte eine gute Antwort sein.«

Ich dachte nach. Ich wusste genau, wie allein ich mich gefühlt hatte, bevor ich Lars kennenlernte. Mein Job erfüllte mich nur halb und meine beste Freundin Sophie, die neben Oma der wichtigste Mensch in meinem Leben war, bekam ich kaum zu Gesicht. Als toughe Unternehmensberaterin gondelte sie ständig in der Welt herum. Sie liebte das Leben, das sie führte. Von ihr abgesehen hatte ich nicht viele Freunde, ein paar Bekannte von der Arbeit, aber die sah ich sowieso den ganzen Tag, mit denen wollte ich nicht auch noch den Feierabend verbringen. Als Lars in mein Leben getreten war, fühlte es sich an, als wäre ein Stück da, das vorher gefehlt hatte. »Er hat mir das Gefühl gegeben, irgendwohin zu gehören. Dass jemand für mich da ist.«

Oma schluckte. Ich wusste, woran sie dachte, auch wenn sie kein Wort sagte. Wir sprachen selten über meine Eltern. Das Thema war für uns beide zu schmerzhaft, auch nach all den Jahren. Sie nickte bloß. Dann erhob sie sich. »Ich beziehe jetzt dein Bett. Und danach mache ich dir etwas zu essen.«

»Ich bin aber nicht hier, um mich bedienen zu lassen«, protestierte ich. »Lass mich das machen.«

Oma stemmte die Hände in die Seite. »Ich werde ja wohl noch meine Enkelin ein wenig verwöhnen dürfen, wenn ich sie nach drei Monaten mal wieder zu Gesicht kriege!«

Schockiert blickte ich Oma an. Drei Monate? So lange war das wirklich her?

6. EINE LANGE NACHT

Das Haus meiner Oma war der perfekte Spielplatz für neugierige Kinder wie mich. Es gab unzählige Ecken und Winkel, Schränke und versteckte Türen, hinter denen geheimnisvolle Dinge verwahrt waren. Und das Beste war: Als Kind durfte ich überall hin. Außer ihrem Giftschrank, in dem sie Medikamente und andere gefährliche Sachen aufbewahrte, gab es bei Oma keine verschlossenen Türen. Was hatte ich die Ferien bei ihr geliebt. Der Sommer begann für mich, wenn wir auf den Hof meiner Oma vorfuhren. Sobald ich das Auto verließ, waren Schulstress, Ärger mit den Freundinnen und auch der erste Liebeskummer verflogen. Hier konnte ich vier Wochen lang tun und lassen, was ich wollte.

Zu diesem Hexenhäuschen gehörte aber auch eine steile Treppe, die zum ausgebauten Dachboden führte. Oma hatte ein Zimmer für mich einbauen lassen, sobald ich regelmäßig die Ferien bei ihr verbrachte. Sie hatte immer gewollt, dass ich ihr Haus als mein Zuhause betrachtete, erst recht nachdem das mit meinen Eltern passiert war.

Ich war damals fünfzehn Jahre alt. Ich weiß noch, dass es ein heißer und schwüler Tag war, ich hatte ihn am See verbracht. Abends fuhren meine Eltern in die Kreisstadt ins Kino. Sie befanden sich auf dem Heimweg, als das Unwetter losging. Die Polizei erzählte uns später, dass ein entgegenkommender Autofahrer auf der regennassen Straße die Kontrolle über seinen Wagen verlor und in sie hineinraste. In seinem SUV hatte er sich sicher gefühlt und war viel zu schnell unterwegs. Er überlebte. Meine Eltern hingegen hatten keine Chance.

In der ersten Zeit nach dem Unfall wohnte ich bei meiner Oma, aber das ging nicht für immer. Ich hätte zwar aufs Gymnasium in der Kreisstadt wechseln können, aber ich mochte meine Berliner Schule. Nachdem mir meine Eltern genommen worden waren, wollte ich nicht auch noch alle Freunde verlieren.

Bis zum Schulabschluss waren es nur zwei Jahre. Die Eltern meiner Freundin boten mir an, bei ihnen zu wohnen. Sophie war wie ich Einzelkind. Wir waren in der gleichen Straße aufgewachsen und im Lauf der Jahre so etwas wie Schwestern geworden. Wenn wir in den Urlaub fuhren, fuhr sie mit und umgekehrt war es genauso. Für sie war es keine Frage, dass ich bei ihnen wohnen konnte. So schlief ich unter der Woche bei Sophie und verbrachte die Wochenenden bei meiner Oma.

Ich schüttelte den Kopf, um die Gedanken zu verscheuchen. Das alles war lange her. Ich folgte Oma die Treppen hinauf. Diesmal hörte ich sie deutlich schnaufen. »Oma, lass mich das machen.«

Sturköpfig, wie sie war, ging sie weiter. Oben angekommen nahm ich ihr das Bettzeug aus dem Arm und zeigte auf einen Stuhl. »Da setzt du dich hin, bis du wieder zu Atem kommst.«

»Meine Güte, kannst du streng sein«, maulte sie, setzte sich aber folgsam. Heute würde sie nichts mehr tun, so viel stand fest. Wenn wir wieder unten waren, würde ich sie in den Ohrensessel verfrachten und ihr ein paar Stullen schmieren. In wenigen Minuten hatte ich das Bett hergerichtet. Die Atmung meiner Oma hatte sich glücklicherweise wieder beruhigt. »So, das wäre geschafft«, sagte ich betont fröhlich. »Die Tasche packe ich später aus.«
Oma stemmte sich aus ihrem Sessel hoch und ging Richtung Treppe. Ich sollte vorgehen, schoss es mir durch den Kopf. »Warte, Oma«, rief ich, aber sie setzte schon den Fuß auf die Treppe und begann, die steilen Stufen hinabzusteigen. Mein Blick fiel auf ihre Füße. Dass sie aber auch immer in diesen rutschigen Samtpuschen herumlaufen musste.

»Halt dich am Geländer fest«, sagte ich noch zu ihr, aber da war es auch schon zu spät. Ihr Fuß rutschte auf der Stufe weg. Verzweifelt griff ich nach ihrem Arm, um sie festzuhalten, aber sie glitt mir durch die Finger. Ich hörte nur noch das entsetzliche Poltern, mit dem sie die Treppe hinunterstürzte, und ihr Stöhnen, als sie unten angekommen war.

»Oma!«, schrie ich. Mein Herz schlug mir bis zum Hals, als ich die Treppe hinunterraste. »Oma!«

Sie lag am Fuß der Treppe und versuchte, sich mit den Armen aufzustützen. Wenigstens war sie bei Bewusstsein.

»Oh Gott, Oma. Kannst du mich hören?«

»Ich bin auf mein Bein gefallen, nicht auf meinen Kopf«, sagte sie mit einem Stöhnen. »Natürlich kann ich dich hören.«

Immerhin hatte sie ihren bissigen Humor nicht verloren. Das war ein gutes Zeichen. Ich sah in ihr blasses Gesicht und dann auf ihr Bein, das sie in einem sehr unnatürlichen Winkel ausstreckte. Das war mit Sicherheit gebrochen. Es schien mir keine gute Idee, sie in diesem Zustand zu bewegen. »Ich ruf den Notarzt. Der ist sicher ruckzuck hier. Dann kommst du ins Krankenhaus und alles ist ganz schnell wieder gut.« Ich wusste nicht, wen ich mit den Worten mehr beruhigen wollte, sie oder mich. Mit zitternden Händen kramte ich das Smartphone aus der Hosentasche. Funkloch. Na toll. »Bin gleich wieder da, Oma.« Ich sprang auf und lief hinüber ins Wohnzimmer zum Telefon. Meine Hände zitterten, als ich die Nummer wählte. Es läutete und läutete. Endlich ging jemand ran. »Meine Großmutter ist die Treppe hinuntergestürzt«, rief ich ins Telefon. »Sie braucht sofort einen Krankenwagen.«

»Ist sie bei Bewusstsein?«

Ich erklärte der Dame, was passiert war und wie es meiner Oma ging. Dann gab ich die Adresse durch.

»Wir sind leider unterbesetzt, es kann eine Stunde dauern, bis jemand bei Ihnen vorbeikommt.«

Ich war fassungslos. »Das kann nicht Ihr Ernst sein!« Hier lag meine achtzigjährige Oma mit einem vielleicht gebrochenen Bein, und für den Notruf reichte das nicht, um sich ein wenig zu beeilen.

»Ich kann Ihren Unmut verstehen, aber ich habe niemanden zur Verfügung, der schneller da sein kann. Wie gesagt, spätestens in einer Stunde ist jemand bei Ihnen.«

An der Routine in ihrer Stimme hörte ich, dass sie so etwas ein Dutzend Mal am Tag sagte. Man musste wahrscheinlich einen Herzinfarkt haben, um sie zu etwas mehr Eile zu animieren. Es war sinnlos, mit ihr zu streiten. Ich wollte meine Oma nicht länger allein auf dem kalten Steinboden liegen lassen, deshalb beendete ich das Gespräch.

Ich half ihr, dichter an die Wand zu rutschen, damit sie sich zumindest anlehnen konnte. Sie stöhnte auf, als sie ihr Bein etwas bewegen musste. Ich brachte ihr ein paar Kissen und eine Decke, damit sie es zumindest etwas wärmer hätte. Das war zwar besser, aber immer noch unbequem. Allein konnte ich ihr aber auf keinen Fall zum Sofa helfen. Aber wenn ein kräftiger Mann mit anpackte, könnte ich sie bestimmt vom Boden hochbekommen und vielleicht sogar in mein Auto hieven. Dann könnte ich sie selbst ins Krankenhaus bringen und müsste nicht auf den Rettungswagen warten.

Kurz entschlossen stand ich auf. Ich würde den Nachbarn fragen. Grantig hin oder her. Er hatte schließlich angerufen, weil er sich um Oma Sorgen machte, da würde er mir sicher helfen. Ich griff automatisch nach meinem Handy, nur um es mit einem Seufzen wieder einzustecken. Ach ja. Das Funkloch. Zu Oma sagte ich: »Der Krankenwagen ist unterwegs. Das kann aber noch etwas dauern. Ich schau mal, ob ich nicht nebenan Hilfe holen kann.«

»Tu, was du nicht lassen kannst, aber ich sag dir gleich, dass du dir den Weg sparen kannst.« Sie unterdrückte ein Stöhnen. Sie riss sich sicher nur meinetwegen zusammen.

»Ach, so schlimm wird er schon nicht sein.«

Ich rannte den kurzen Weg zu seinem Haus hinauf und klingelte Sturm. Ein mürrisch dreinblickender mittelalter Mann öffnete mir.

»Guten Abend. Entschuldigen Sie die späte Störung. Meine Großmutter ist gestürzt und ich brauche dringend Hilfe.«

Er musterte mich. »Haben Sie einen Krankenwagen gerufen?«, fragte er mit nüchterner Stimme.

»Ja, aber da sie bei Bewusstsein ist, meinen die, es hätte Zeit. Aber sie muss schnellstens ins Krankenhaus.«

Verständnislos blickte er mich an. »Ja, dann fahren Sie sie doch. Ein Auto werden Sie ja haben, oder nicht?«

Mitgefühl und Hilfsbereitschaft sahen anders aus. »Sie hat sich vermutlich ein Bein gebrochen. Ich kann sie unmöglich allein tragen.«

»Da kann ich Ihnen nicht helfen.« Er klopfte sich auf den Rücken. »Bandscheibe. Sie müssen wohl warten, bis der Krankenwagen eintrifft. Es geht ja nicht um Leben und Tod.«

Ich schäumte vor Wut. Wieso tat der Giftzwerg erst so, als ob er sich um meine Oma sorgte, wenn er sie jetzt einfach liegen lassen wollte. »Ich dachte, ihr Wohlergehen liegt Ihnen am Herzen.« Meine Stimme zitterte vor Empörung. »Warum haben Sie mich überhaupt angerufen, wenn sie Ihnen egal ist?«

»Ich? Wie kommen Sie denn darauf?«

»Sie haben mich doch heute Nachmittag angerufen, ich sollte hierherkommen und nach ihr sehen.«

Verständnislos blickte er mich an. »Ich weiß nicht, wovon Sie da sprechen. Und jetzt machen Sie, dass Sie zu Ihrer Großmutter gehen. Sie wollen die alte Frau doch nicht so lange allein lassen. Der Krankenwagen wird schon noch kommen.« Mit den Worten schloss er die Tür.

Oma hatte recht. Der Kerl war fürchterlich. Aber mit wem hatte ich gesprochen, wenn es nicht der Nachbar war? Doch die Lösung dieses Rätsels verschob ich auf später. Ich musste dringend zu Oma zurück.

»Bin wieder da, Oma«, rief ich, als ich das Haus betrat. Ich erschrak. Ein großer dunkelhaariger Mann beugte sich über sie. Das war auf keinen Fall der Notarzt. Außerdem hatte ich draußen keinen Wagen gesehen.

»Was machen Sie hier?«, fuhr ich ihn an. Ich wünschte, meine Oma hätte einen Kamin, dann hätte ich nach dem Kaminhaken greifen können. So musste der Regenschirm aus dem Schirmständer herhalten. Man konnte ja nicht wissen, was für ein Kerl das war.

Er drehte sich um. Ich sah seine Augen aufblitzen. Er nickte zu dem Schirm in meiner Hand. »Den kannst du wieder weglegen. Ich bin der Nachbar.«

Ich packte den Schirm etwas fester. »Ihr Nachbar? Komisch, bei dem war ich gerade.«

»Nicht ihr direkter Nachbar. Ich wohne am anderen Ende der Straße. Ich bin Erik. Ich habe dich angerufen.«

Daher kam mir die Stimme bekannt vor. Ich lockerte den Griff und legte den Schirm weg. »Ach so. Das erklärt einiges.«

»Ich wollte nur bei Rosemarie vorbeischauen, um zu erfahren, ob du hergekommen bist, und da habe ich sie hier gefunden. Hast du einen Krankenwagen gerufen?«, fragte er.

»Ja, aber der braucht eine Stunde hierher. Und der Nachbar – also der nebenan – wollte mir auch nicht helfen.«

»Du willst deine Oma selbst hinfahren?«, fragte er erstaunt.

»Wer weiß, wann der Krankenwagen kommt. Wenn die schon sagen, sie brauchen eine Stunde, dauert es am Ende noch zwei.«

»Ich kann euch übrigens wunderbar hören«, mischte sich Oma ein. »Wie wäre es, wenn ihr zwei mit mir anstatt über mich redet.«

»Entschuldige, Oma.« Ich kniete mich neben sie und streichelte ihren Arm. »Du hast es ja gehört. Es kann noch etwas dauern, bis der Notarzt kommt, aber mit Eriks Hilfe kriegen wir dich sicher gut in den Wagen. Dann sind wir schneller da.«

Oma winkte ab. »Lass gut sein, Emmi. Ich weiß, du meinst es gut, aber ich fühle mich nicht in der Lage, durch die Gegend zu hüpfen. Ich warte lieber auf den Krankenwagen.«

»Je schneller wir im Krankenhaus sind, desto besser«, versuchte ich sie umzustimmen. »Du hast doch Schmerzen.«

»Die halte ich schon aus.«

»Aber Oma ...«

»Kein ›Aber Oma‹, Kind«, sagte sie streng. »Das ist immer noch mein Bein. Und wenn ich sage, wir warten auf den Krankenwagen, dann machen wir das. Und jetzt wäre ich froh, wenn du aufhören würdest, mit mir zu diskutieren. Das ist nämlich ganz schön anstrengend.«

Ich biss mir auf die Zunge. Natürlich wollte ich sie nicht aufregen, aber ich musste doch irgendetwas tun können?

Erik hatte inzwischen noch ein paar Polster und Kissen geholt und versuchte, es meiner Oma so angenehm wie möglich zu machen. Er hatte ihr noch mal angeboten, sie aufs Sofa zu tragen, aber sie hatte dankend abgelehnt. »Ich bleibe genau hier sitzen, bis der Krankenwagen kommt.«

Beruhigend legte Erik ihr die Hand auf den Arm. »Das wird jetzt sicher nicht mehr lange dauern.«

»Okay«, sagte ich zu Oma. »Dann pack ich schon mal eine Tasche für dich, falls sie dich über Nacht dabehalten.«

Erik nickte. »Das ist eine gute Idee.« Er lächelte mir aufmunternd zu. Schnell suchte ich das Nötigste zusammen. Zum Glück kannte ich mich bei Oma aus wie in meiner eigenen Wohnung, sodass ich innerhalb von fünf Minuten alles Wesentliche eingepackt hatte.

Als ich fertig war, machte ich ihr einen Kamillentee. Viel mehr als Tee trinken und beruhigend mit ihr reden konnten wir jetzt nicht tun.

Endlich rollte der Rettungswagen auf den Hof. Exakt eine Stunde war seit meinem Anruf vergangen. Ein Stein fiel mir vom Herzen, als zwei freundliche Rettungsassistenten mit ihren leuchtenden Jacken hereinkamen. Ich schilderte ihnen kurz, was vorgefallen war, und nach wenigen Minuten hatten sie Oma sanft auf die Trage gehoben. »Will einer von Ihnen im Wagen mitfahren?«, fragte der Sanitäter.

»Ich«, rief ich aus.

»Gut. Dann holen Sie Ihre Sachen und wir können los.«

Ich schnappte mir Omas Übernachtungstasche und meine Handtasche.

Erik begleitete uns zum Rettungswagen. »Ich komme gleich hinterher«, sagte er.
Verblüfft schaute ich ihn an.
»Du musst ja nachher wieder zurückkommen.« Daran hatte ich gar nicht gedacht. »Danke. Das ist nett.«
Er nickte. »Wir sehen uns gleich.«
Ich stieg ein, der Sanitäter schloss die Tür und wenige Augenblicke später machte der Krankenwagen sich auf den Weg. »Es ist zum Glück nicht allzu weit und die Straßen sind um die Uhrzeit frei«, sagte der Sanitäter. »In einer halben Stunde müssten wir da sein.«

Als wir an der Klinik vorfuhren, ging alles ganz schnell. Oma wurde direkt von Krankenpflegern empfangen und zur Untersuchung mitgenommen. Auf dem Weg durch den Flur überreichte ich dem einen die Krankenhaustasche.
Er nahm sie entgegen und nickte mir zu. Ich hörte ihn noch etwas von Röntgen murmeln, dann verschwand Oma hinter einer Tür. Ich nahm im Warteraum Platz. Hoffentlich konnten sie ihr schnell helfen.

»Und, hast du schon mit einem Arzt gesprochen?«
Ich drehte mich um. Erik sah mich besorgt an. »Nein. Sie wird noch untersucht.«
Er setzte sich neben mich. »Es kommt sicher bald jemand.« Sanft legte er mir die Hand auf den Arm. »Jetzt ist sie im Krankenhaus und ihr wird geholfen.«
Erst bei dieser kleinen Geste spürte ich, wie angespannt ich war. Dankbar blickte ich ihn an. Es tat gut, nicht allein warten zu müssen, auch wenn ich nicht mehr als seinen Namen kannte.

Nach einer gefühlten Ewigkeit kam endlich ein übermüdet wirkender Arzt zu mir. »Frau Baumgärtner?« Ich nickte. Er reichte mir die Hand. »Dr. Lindner. Die gute Nachricht zuerst: Ihre Großmutter hatte Glück im Unglück. Ihr Kopf hat den Sturz unbeschadet überstanden.«

Ich schluckte. »Und die weniger gute Nachricht?«

»Ihr Bein ist leider gebrochen. Wir werden operieren müssen. Ich habe den OP-Termin auf Montag festgesetzt.«

»So lange muss sie warten?« Ich konnte es kaum glauben. Wir hatten erst Freitagnacht.

»Ich weiß, das ist nicht ideal. Aber am Wochenende haben wir hier nicht die Kapazitäten dafür. Seien Sie unbesorgt. Ihr geht es soweit gut. Sie hat Schmerzmittel bekommen und schläft. Morgen können Sie nach ihr sehen.«

Natürlich war ich erleichtert, dass es nur ihr Bein erwischt hatte, aber ich war immer noch aufgewühlt. Ich hatte sie nach der Untersuchung nicht einmal mehr gesehen. »Gut, dann komme ich morgen wieder«, sagte ich widerstrebend. »Auf Wiedersehen und gute Nacht.«

»Gute Nacht.« Mit schnellem Schritt ging der Arzt davon.

Ich biss mir auf die Lippe. »Ich fühle mich schrecklich, sie hier allein zu lassen«, sagte ich zu Erik.

»Ich fahre dich heim. Hier kannst du heute nichts mehr tun.« Er legte sacht die Hand auf meinen Rücken. Gemeinsam gingen wir hinaus auf den Parkplatz.

»Ist das eigentlich normal, dass sie zwei Tage auf die OP warten muss?«, fragte ich ihn.

»Das sollte es nicht sein. Aber es ist leider traurige Realität. Es gibt hier einfach zu wenig Ärzte.«

»Ich hoffe nur, es geht ihr bald wieder gut.«

»Das wird schon. Deine Oma ist zäh.« Er öffnete die Autotür für mich. »Dann lass uns mal zurückfahren.«

Wir fuhren schweigend durch die Nacht. Langsam kamen meine Gedanken zur Ruhe. Erik hatte recht. Oma war niemand, der sich unterkriegen ließ. Aus dem Augenwinkel musterte ich den Mann neben mir. Ich wusste immer noch nicht mehr über ihn, als dass er im gleichen Dorf wohnte. Aber meine Neugierde musste warten. Ich war zu erschöpft, um ihn auszufragen. Ich wollte nur ins Bett und schlafen. Er schien das zu spüren und versuchte glücklicherweise gar nicht erst, ein Gespräch anzufangen.

Eine halbe Stunde später hielt er vor Omas Tür.»Da wären wir«, sagte er.»Kommst du allein klar?«
»Sicher. Danke für deine Hilfe«, erwiderte ich etwas steif.
Er überlegte.»Soll ich dich morgen wieder hinfahren?«
»Nein danke, nicht nötig. Ich fahre selbst.«
»Okay. Alles klar. Dann eine gute Nacht.«
Ich stieg aus. Nachdem die Tür hinter mir ins Schloss gefallen war, hörte ich den Motor aufheulen und bald war Erik in der Nacht verschwunden.

Ich ging hinauf in mein Zimmer über die Treppe, die mir ein mulmiges Gefühl verursachte. Ich putzte nur noch flüchtig die Zähne. Meine Klamotten ließ ich einfach zu Boden fallen und sank völlig erschöpft ins Bett.

7. DIE LIEBE NOT MIT DEM FEDERVIEH

Etwas kitzelte mich an der Nase. Verschlafen griff ich mir an die Nasenspitze und erfasste etwas Pelziges. Erschrocken zuckte ich zusammen, bis ein Schnurren an mein Ohr drang. Ich öffnete die Augen und sah ein grau gestreiftes Katzengesicht vor mir. Neptun. Der alte Kater war noch genauso verschmust wie als kleines Kätzchen. Zärtlich strich ich ihm über den Kopf. »Guten Morgen, Neptun«, sagte ich. »Hast du wieder den Weg in mein Bett gefunden?« Schon immer hatte er am liebsten bei mir geschlafen. Mich störte das nicht. Mein Herz hing an dem kleinen freiheitsliebenden Tiger. Außerdem wärmte er mir wunderbar die Füße.

Er schaute mich an und maunzte. »Na, du fragst dich, wo die Omi steckt, was?« Ich kraulte zärtlich seine Wange. »Ich fürchte, da muss ich dich enttäuschen, mein Alter. Das wird noch etwas dauern, bis sie aus dem Krankenhaus zurückkommt. Du wirst solange mit mir vorliebnehmen müssen.« Ich reckte mich. Wie spät es wohl war? Ich warf einen Blick auf mein Handy. Sieben Uhr.

Ein Hahnenschrei drang durchs Fenster. Ich saß senkrecht im Bett. Omas Hühner! Die hatte ich ganz vergessen. Die warteten sicher ungeduldig auf ihr Futter. Neptun hingegen war eine richtige Landkatze. Er kam und ging, wie er wollte, und wenn es ihm mit dem Futter zu lange dauerte, fing er sich eine Maus. Um ihn musste ich mir keine Sorgen machen. Er ging auch gerne ein paar Tage auf Wanderschaft. Darum fühlte er sich bei Oma so wohl, die genauso freiheitsliebend war wie er. Er kam immer wieder zu ihr zurück.

Aber die Hühner! Was sollte ich mit denen anfangen? Ich schüttelte mich. Wenn ich nur daran dachte, das Hühnergehege zu betreten, stellten sich mir die Nackenhaare auf. Harald, der aggressive Schrecken meiner Kindheit, machte zwar schon lange nicht mehr den Hühnerhof unsicher, aber mit seinen Nachfolgern hatte ich gar nicht erst versucht, Freundschaft zu schließen.

Mit einem mulmigen Gefühl schwang ich die Beine aus dem Bett. Es half nichts. Unmöglich konnte ich in die Klinik fahren und Oma sagen, dass ich die Hühner nicht gefüttert hatte. Ich musste einen günstigen Moment abpassen. Wenn sich alle am anderen Ende des Geheges aufhielten, würde ich ihnen schnell eine Schale mit Futter hineinstellen. Was sie fraßen, wusste ich. Schließlich hatte ich Oma oft genug geholfen, die Leckerbissen für ihre Hühner zuzubereiten. Ich seufzte. Erst einmal würde ich duschen gehen. Dann hatte ich ein paar Minuten, um mich seelisch darauf vorzubereiten. So lange mussten die Tiere sich gedulden.

Frisch geduscht trat ich in den Garten und atmete die klare Luft gierig ein. Ein friedliches Gackern kam aus dem Hühnergarten. Ich ging hinüber, um herauszufinden, woher die unvermutet gute Laune rührte. Ich hatte eher empörtes

Protestgeschrei erwartet. Als ich einen Blick in das großzügige Hühnergehege warf, staunte ich nicht schlecht. Inmitten der Hühnerschar saß Erik und fütterte sie mit Leckerbissen direkt aus der Hand. »Guten Morgen«, sagte ich erstaunt. »Was machst du denn hier bei den Hühnern?«

Er gab Bertha, dem Lieblingshuhn meiner Oma, den letzten Wurm und stand auf. »Guten Morgen, Emma. Vor lauter Trubel sind wir gar nicht dazu gekommen, über die Hühner zu sprechen. Da dachte ich, ich komme vorbei und schaue, ob du Hilfe brauchst. Ich war mir nicht sicher, ob du noch schläfst, darum war ich so frei, das Körnerfutter aus dem Schuppen zu holen und mich im Garten zu bedienen. Frisches Wasser haben sie auch bekommen. Ich hoffe, es stört dich nicht.«

Ich unterdrückte einen erleichterten Seufzer. »Ganz im Gegenteil.« Er ahnte nicht, was für ein Stein mir vom Herzen fiel, als ich realisierte, dass ich zumindest für heute drum herum kam, den Hühnerstall zu betreten.

Er öffnete das Gatter. »Willst du hereinkommen?«

Hastig schüttelte ich den Kopf. »Nicht nötig. Aber kann ich dir ein Frühstück als Dankeschön für deine Hilfe anbieten?«

»Zu einem Frühstück sage ich nicht Nein.«

»Magst du ein Frühstücksei? Es sind ja genug da.«

»Gern.«

»Hart oder weich?«

»Ich mag es am liebsten, wenn das Eigelb noch flüssig ist.«

Ich lachte. »Okay. Ich gebe mir Mühe, das hinzukriegen.«

Er lächelte zurück. »Ich mache noch kurz sauber und sammle die frischen Eier ein.«

»Lass dir Zeit.« Erleichtert, weg von den Tieren zu kommen, setzte ich Wasser auf und deckte den Tisch. Als das Wasser brodelte, spürte ich das alte heimelige Gefühl in mir hochsteigen. Alles, was ich sah, hatte eine Geschichte, und von den meisten Geschichten war ich ein Teil. Wie oft hatte ich diesen Brotkasten geöffnet, um mir abends nach dem Schwimmen noch eine Stulle zu schmieren, und wie viel heißen Kakao hatte ich schon aus meiner Lieblingstasse getrunken. Ich seufzte. Selbst Omas Tiefkühltruhe löste mehr Gefühle in mir aus als die Küche, die ich mir mit Lars teilte.

Ich öffnete eine Dose Katzenfutter für Neptun. Kaum hatte ich das Futter in seinen Fressnapf gefüllt, strich der Kater auch schon um meine Beine.

Kurz darauf kam Erik herein. »Ich wasch mir nur schnell die Hände«, sagte er und verschwand im Gäste-WC. Dann nahm er am gedeckten Tisch Platz. Er erweckte den Anschein, als sei er ein regelmäßiger Gast hier. Wieso hatte Oma nie von ihm erzählt? »Tee oder Kaffee?«

»Kaffee«, sagte er.

Ich öffnete die Tür des Hängeschränkchens, wo meine Oma, seit ich denken konnte, ihren löslichen Kaffee aufbewahrte. Ich füllte drei Löffel in die Tasse und goss heißes Wasser drauf. Nach dem Umrühren schob ich ihm den Becher hin. »Milch und Zucker stehen auf dem Tisch.«

»Danke«, erwiderte er, »aber ich trinke ihn immer schwarz.«

Ich nahm meine Tasse in die Hand und nippte an meinem Tee. »Wie kommt es, dass du dich mit Hühnern so gut auskennst?« Ich wollte das Frühstück nutzen, um ein paar Informationen aus ihm herauszulocken.

Er schnitt ein Brötchen in der Hälfte durch. »Ich züchte sie. So habe ich auch deine Oma kennengelernt.« Er lächelte. »Ob du es glaubst oder nicht, Hühner verbinden. Außerdem ist der Ort klein. Hier kennt jeder jeden.«

»Lebst du schon lange hier?« Ich konnte mich nicht erinnern, ihn je zuvor gesehen zu haben.

»Seit einem Jahr.«

Ich nickte. Bei meinen letzten Besuchen hatte ich die Zeit im Garten genossen, meiner Oma in der Küche geholfen oder ein Buch im Ohrensessel gelesen. Bis ans andere Ende des Dorfes verschlug es mich fast nie. Wenn ich in Sonnenfelde war, wollte ich so viel Zeit wie möglich mit Oma verbringen. Nachdenklich blickte Erik mich an. »Wie ist das gestern denn nur passiert?« Ich merkte, dass er nicht vorwurfsvoll klingen wollte, aber der kleinste Hinweis reichte aus, dass ich mich schlecht fühlte. Ich machte mir ja selbst Vorwürfe. Ich hätte resoluter sein müssen. Ich hätte ihr verbieten sollen, die blöde Treppe hinaufzusteigen.

»Sie war nicht davon abzubringen, das Bettzeug hochzutragen«, erklärte ich. »Ich habe ihr das oben sofort abgenommen und sie zum Ausruhen in den Sessel verfrachtet. Alles passierte so schnell. Bevor ich irgendetwas sagen konnte, stieg sie in ihren Plüschpantoffeln die Treppe hinab und dann ist sie auch schon weggerutscht. Ich konnte nichts tun.« Die Tränen in meinen Augenwinkeln warteten nur darauf, beim kleinsten Vorwurf herauszuströmen.

Sein Blick wurde freundlicher. »Ich kenne sie. Sie versucht immer so zu tun, als sei alles in Ordnung. Du hast sie eine Weile nicht gesehen, da ist es dir vielleicht nicht aufgefallen, dass sie nicht so fit ist. Ich treffe sie jeden zweiten Tag, da bekommt man das schneller mit.«

Ich lief rot an. Wollte er behaupten, er würde meine Oma besser kennen als ich? Dann rief ich mir ins Gedächtnis, dass ich im letzten Jahr wirklich selten hier gewesen war. Für ihn musste es so aussehen, dass Oma und mich ein eher lockeres Verhältnis verband. Wie oft ich früher hier gewesen war, konnte er ja nicht wissen. »Nach dem Frühstück fahre ich zu ihr«, sagte ich, um auf andere Gedanken zu kommen.

»Soll ich dich fahren?«

»Nicht nötig. Ich nehme meinen Wagen.«

Er nickte. Nachdenklich rührte er in seiner Teetasse. »Wie lange bleibst du hier?«

»Sonntagabend muss ich nach Berlin zurück.«

Er runzelte die Stirn. »Wie soll es denn deiner Meinung nach hier weitergehen, wenn du nicht da bist?«

Ich wand mich. Nichts wollte ich lieber, als meiner Oma die Hand zu halten, wenn sie nach der OP aufwachte. Aber egal wie, ich musste die Prototypen Montagmorgen Niels auf den Schreibtisch legen, sonst konnte ich mir einen neuen Job suchen. »Ich muss in die Stadt und mit meinem Chef reden«, sagte ich mit fester Stimme.

»Kannst du das nicht am Telefon machen?«

»Nein.« Ich würde einen Teufel tun und ihm erklären, dass ich verbotenerweise Firmeneigentum mitgenommen hatte – das ging ihn nun wirklich nichts an. »Ich bin so schnell zurück, wie ich kann.«

Ich sah in seinen Augen, dass er mich nicht verstand. Die Stimmung zwischen Erik und mir war ungemütlich. Natürlich wäre ich lieber geblieben, aber ich musste die Modelle abliefern und das Team-Meeting hinter mich bringen. Und wenn ich schon da wäre, könnte ich gleich ein paar Tage Urlaub anmelden, um mich um Oma zu kümmern. Schließlich war das ein Notfall. Mit Glück wäre ich nach dem Meeting dann gleich auf dem Rückweg nach Sonnenfelde. Das schlechte Gewissen nagte an mir, aber was sollte ich tun? Ich konnte nicht alles in Berlin stehen und liegen lassen.

»Wie hast du dir das mit den Hühnern vorgestellt?«

»Na ja, ich werde sie wohl füttern müssen«, sagte ich ohne große Begeisterung. Mir brach der Schweiß aus, wenn ich daran dachte, dass ich in den Hühnerstall musste.

»Du magst die Tiere nicht sonderlich«, stellte er fest.

»Ich muss sie ja nicht mögen, um sie zu füttern«, entgegnete ich.
»Erstaunlich, wo deine Oma so eine Hühnerfreundin ist.«
Ich zuckte mit den Schultern. »Ich hab's eher mit Katzen.« Er brauchte nicht zu wissen, dass ein 40 Zentimeter großer Hahn mich in Angst und Schrecken versetzte.
Nachdenklich musterte er mich. »Vielleicht ist dies eine Gelegenheit, dein Verhältnis zu den Tieren zu verbessern? Hühner sind faszinierende Geschöpfe. Mein Vorschlag: Wir füttern gemeinsam die Hühner und ich zeige dir, wie du den Stall säuberst. Stück für Stück übernimmst du das dann.«
Scherzkeks, dachte ich. In der Theorie kannte ich mich bestens aus. Oma wurde ja nie müde, über die Hühner zu sprechen. Ich kannte sogar ihre Lieblingsspeisen. Natürlich wusste ich, wie man den Stall sauber machte. Ich brachte es nur nicht über mich. Aber wenn ich einfach so tat, als hätte ich keine Ahnung, kam ich vielleicht drum herum und er übernahm das.
»Danke. Das ist eine gute Idee«, sagte ich darum zögerlich.
»Also dann bis morgen! Und richte Rosemarie bitte liebe Grüße von mir aus. Ich hoffe, es geht ihr heute besser.«
»Das werde ich tun.«
Er nickte noch einmal, dann machte er sich auf den Weg.
Nachdenklich blickte ich dem Hühnerfreund meiner Oma nach. Er musste sie wirklich gern haben, wenn er sich so um sie und ihre Tiere sorgte. Wenn die Sache mit den Hühnern nicht wäre, würde ich mich vielleicht sogar freuen, ihn morgen wiederzusehen und mehr über ihn herauszufinden.
Aber jetzt würde ich die Hühner fürs Erste ganz weit in meinen Gedanken beiseiteschieben. Bewaffnet mit einer Gartenschere ging ich hinaus, um ein paar Zwergsonnenblumen zu schneiden. Meine Oma liebte die kleinen leuchtenden Sonnenflecken. Der Farbtupfer würde ihr guttun.

Sie hasste die Eintönigkeit von Krankenhäusern. Wenn sie mal jemanden dort besuchte, hatte sie den Rest des Tages schlechte Laune und war kurz angebunden. Ich glaubte, dass dort die Erinnerungen an den Tag in ihr hochstiegen, als sie in der Klinik erfahren musste, dass ihre Schwiegertochter und ihr einziger Sohn so schwer verletzt waren, dass die Ärzte nichts mehr für sie tun konnten. Die Blumen würden ein wenig Wärme ins kahle Krankenzimmer bringen und helfen, trübe Gedanken zu verscheuchen.

Ich wickelte ein feuchtes Küchentuch um die Blumenstiele, nahm meine Handtasche und ging zum Auto. Den Strauß legte ich vorsichtig neben mich auf den Beifahrersitz. Ich hatte Glück. Es brauchte zwar fünf Versuche, aber dann sprang der Motor an. Zufrieden lenkte ich das Auto vom Hof und machte mich auf den Weg zur Klinik.

Sachte klopfte ich an die Zimmertür und öffnete sie. Oma und ihre Zimmernachbarin waren beide wach. Mit einem müden Lächeln blickte Oma mir entgegen. »Hallo, mein Schatz.«

Ich erschrak. Ihre sonst immer wachen Augen sahen mich trübe an. Sanft drückte ich ihr einen Kuss auf die Wange. »Wie geht es dir? Hast du starke Schmerzen?«

Sie schüttelte den Kopf. »Ich weiß ja nicht, was die mir hier geben, aber es wirkt. Nur dass ich in einer Tour schlafen könnte. Der Doktor sagt zwar, ich hätte meinen Kopf nirgendwo angehauen, aber ich fühle mich völlig benebelt.«

»Schlaf so viel du kannst, Omi. Umso schneller vergeht die Zeit und schon ist Montag und du wirst endlich operiert.«

»So scharf bin ich da eigentlich gar nicht drauf«, versuchte sie einen Scherz.

Ich drückte ihre Hand. »Ich weiß, aber dann hast du es hinter dir.«

Omi nickte. Streng guckte sie mich an. »Wie geht es meinen Mädchen? Hast du sie gut versorgt?«

Ich lief rot an. Ich kam mir albern vor, dass ich solche Angst vor den kleinen Viechern hatte, aber ich traute ihnen nicht über den Weg. Harald, der hübsche bunte Hahn, war auch nett zu mir gewesen, bis er sich aus heiterem Himmel auf Neptun und mich gestürzt hatte. »Erik ist mir zuvorgekommen. Als ich rausging, hatte er schon alles erledigt.«

»Wenn Erik da war, muss ich mir ja keine Sorgen machen.« Zufrieden ließ sie ihren Kopf aufs Kissen sinken. Ich sah förmlich, wie die Anspannung von ihr abfiel. »Jetzt, wo ich weiß, dass es Bertha und den anderen gut geht, kann ich beruhigt ein Schläfchen einlegen«, sagte sie mit einem schwachen Lächeln. »Ich würde gern noch ein bisschen mit dir plaudern, aber ich brauche eine kleine Pause.«

»Kein Problem«, erwiderte ich. »Ich gehe einfach eine Weile in die Cafeteria und schaue nachher, ob du wieder wach bist.«

»Gut«, sagte sie und schloss die Augen.

Wenn es nur endlich Montag wäre. Sie in diesem Dämmerzustand zu sehen, tat weh. So kannte ich sie nicht. Ich hoffte, dass das tatsächlich an den starken Schmerzmitteln lag und wieder vorübergehen würde, sobald sie diese absetzte.

Leise nahm ich meine Tasche und das Notebook und machte mich auf den Weg Richtung Cafeteria. Da konnte ich mir ein paar Gedanken zu den blöden Keksprüchen machen.

Mit einem großen Cappuccino setzte ich mich an einen Tisch mit Blick in den Klinikgarten, fuhr den Computer hoch und öffnete die Datei.

Nachdem ich die Sprüche durchgelesen hatte, seufzte ich. Sie waren über Nacht nicht besser geworden. Ich konnte mir beim besten Willen nicht vorstellen, dass man mit solch ollen Kamellen auch nur einen einzigen Keks verkaufte kriegte.

*Auch mit 50 noch knackig – sonst gibt es dein Geld zurück.
Zum Anbeißen. Und immer verfügbar.
Diese Ecken und Kanten schmecken.
Beschwert sich nicht, wenn man dran rumknabbert.
Für alle, die es gern krachen lassen.
Wenn dein Keks knackiger als dein Date ist, weißt du, was zu tun ist.*

Kopfschüttelnd nahm ich mir den ersten Satz vor. Dann würde ich diesen dämlichen Sprüchen mal Leben einhauchen, auch wenn sich mir die Nackenhaare aufstellten. Aber es half nichts. Am Montag musste ich brauchbare Ergebnisse abliefern. Schließlich wollte ich meinen Chef dazu bringen, dass er mich sofort wieder gehen ließ. Ich machte mir nichts vor. Wenn er meinte, die Entwürfe müssten überarbeitet werden, würde er mir die Hölle heiß machen. Der Kunde ging vor.

Ich blendete alle Bedenken aus und hatte bald die Krankenhausatmosphäre um mich herum vergessen.

Drei Becher Kaffee später hatte ich es geschafft. Ich hatte fünf fragwürdige Sprüche ordentlich aufgehübscht und konnte nur hoffen, dass der Kunde mit mehr Geschmack gesegnet war als Anna und nach etwas anderem verlangte. Das Ganze konnte man unmöglich auf die Menschheit loslassen.

Höchste Zeit, nach meiner Omi zu sehen, die ihr Schläfchen inzwischen sicher beendet hatte. Auf dem Weg schaute ich im Stationszimmer vorbei, aber die Schwester konnte mir auch nicht weiterhelfen. Als ich sie nach der Schmerzmitteldosierung fragte, sagte sie nur, der Arzt hätte das so verordnet, und der war gerade nicht auf Station. Es war ja Wochenende.

Oma war wach, als ich ins Zimmer kam, sah aber immer noch mitgenommen aus. Ich hoffte wirklich, dass das nur an ihren Medikamenten lag.

Ich unterhielt mich noch eine Weile mit ihr, hörte mir lange Ermahnungen zur Hühnerpflege an und nickte schicksalsergeben. Jeder zweite Satz meiner Oma lautete: »Wenn du dir unsicher bist, frag Erik.« Er war anscheinend ihr neuer bester Freund. Vielleicht konnte sie mir Näheres darüber erzählen, was er machte, wenn er gerade keine Hühner fütterte.

Aber sie schüttelte nur müde den Kopf, als ich versuchte, sie auszufragen. »Das, meine liebe Emmi, musst du ihn schon selbst fragen. Außerdem kann ich gerade keinen klaren Gedanken fassen.«

»Ist gut, Omi. Du sollst dich nicht überanstrengen. Ich fahre jetzt lieber wieder nach Hause.«

Ich spürte, wie in ihr Erleichterung und Unmut miteinander rangen. Es passte ihr gar nicht, alleingelassen zu werden, andererseits konnte sie sich kaum wachhalten.

»Morgen komme ich wieder.«

»In Ordnung, Emmi. Und grüß mir Erik recht herzlich, hörst du? Sei nett zu ihm. Er ist ein wundervoller Mensch.«

Ich lächelte. »Und ein großer Hühnerfreund.«

Ein leises Lächeln glitt über ihr Gesicht. Für einen Moment war die Omi, die ich kannte, wieder da. »Und wie. Endlich habe ich jemanden, der mich versteht.«

Ich konnte nicht verhindern, dass mir das einen kleinen Stich versetzte. Es verletzte mich, dass sie ihm mehr vertraute als mir. Ich musste das in den Griff kriegen. Es konnte doch nicht sein, dass ich auf einen Mann eifersüchtig war, nur weil Oma sich gern mit ihm über ihre Hühner unterhielt.

Ich gab ihr einen Kuss zum Abschied, schnappte meine Sachen und verließ die Klinik.

Zurück im Haus machte ich mir einen großen Becher Kaffee und ging in den Garten, um die trüben Gedanken loszuwerden und ein wenig die Sonne zu genießen. Wann kam ich in Berlin schon mal dazu.

Mit dem dampfenden Kaffeebecher in der Hand setzte ich mich auf den gemütlichen Gartenstuhl auf der Terrasse. Oma hatte anscheinend längere Zeit nicht mehr klar Schiff gemacht. An vielen Ecken wucherte das Unkraut ungestört vor sich hin. Die Blaubeeren sahen prächtig aus und auch die Erdbeeren und Himbeeren leuchteten verführerisch mit ihren prallen Früchten, genau wie die roten Rispen der Johannisbeerbüsche. Hier gab es einiges zu tun.

Oma würde sich über ein paar frisch gepflückte Beeren freuen. Wenn ich schon nicht den Garten zu ihr schaffen konnte, wollte ich ihr morgen zumindest ein bisschen Sonnenaroma mitbringen.

Ich könnte außerdem einen Kuchen backen. Oma liebte Johannisbeerkuchen über alles.

Als ich den Kaffee ausgetrunken hatte, beschloss ich, mich zuerst um das Unkraut zu kümmern. Wenn alles ordentlich und gepflegt aussah, machte das Beerenpflücken viel mehr Spaß.

Ich stellte den Becher zur Seite und ging zum Schuppen, um die Gartenutensilien zu holen. Mit einem Lächeln registrierte ich, dass meine Werkzeuge an ihrem angestammten Platz standen. Ich freute mich aufs Unkrautjäten. Es brachte die Erinnerung zurück an lange Spätnachmittage, die ich mit Oma im Garten verbracht hatte, wenn ich ihr beim Unkrautjäten, Pflanzen, dem Abschneiden verblühter Blumen und dem Ernten half. Gut gelaunt machte ich mich ans Werk. Hier war ich in meinem Element.

8. SONNTAG AUF DEM LAND

Ein sachter Windhauch bewegte die Vorhänge, durch die sanftes Licht hereinschien. Da ich das Fenster nachts auf Kipp gestellt hatte, war mir heute wieder kein längerer Schlaf beschieden gewesen. Ich hätte es wissen müssen. Kaum war es hell, warf mich Hahn Harvey mit seinem kräftigen Krähen aus dem Bett. Was sein Stimmvolumen anging, stand er Harald in nichts nach. Neptun hingegen schlief noch selig zu meinen Füßen.

Eigentlich kam mir der frühe Tagesbeginn gelegen. Ich hatte gestern zwar die Keks-Sprüche fertig bearbeitet, aber den Prototypen musste ich noch zusammensetzen. Seufzend schob ich die Decke zur Seite. Nach einer kurzen Dusche und einem ebenso schnellen Frühstück, das aus einem großen Becher Kaffee und einer Banane für mich und einer Portion Katzenfutter für Neptun bestand, machte ich mich an die Arbeit. Ich wollte diese lästige Sache endlich aus dem Kopf bekommen. Eine Stunde später war ich fertig. Das war schneller gegangen als gedacht. Ich streckte mich und atmete tief durch. Der Rest des Tages gehörte mir.

Ich ging hinaus in den Garten. Bis es dunkel wurde, war ich gestern durch die Beete gekrochen und hatte Unmengen an Unkraut herausgezupft. Einiges, von dem ich wusste, dass die Hühner es mochten, hatte ich in den Hühnergarten geworfen, der Rest war auf dem Komposthaufen gelandet. Dann hatte ich den Garten ausgiebig gewässert.

Die Arbeit hatte sich ausgezahlt. Die Pflanzen wirkten frischer und auch der Rasen kam mir grüner vor. Jetzt sah es aus, wie ich es von meiner Oma gewohnt war. In ihrem Garten herrschte immer ein wenig Wildwuchs, aber dennoch sorgte sie für Ordnung und dafür, dass nicht die falschen Pflanzen den Garten eroberten.

Da ich nicht wusste, wann Erik vorbeikommen wollte, beschloss ich, mich zuerst um den Kuchen zu kümmern. Ich hatte Oma so oft beim Backen zugesehen, dass ich das Rezept auswendig kannte. Die Johannisbeerbüsche wogen so schwer unter ihrer Last, dass mir die Beeren fast von allein in die Schüssel fielen. Bald hatte ich genug für den Kuchen gesammelt.

Nachdem ich die Kuchenform in den Ofen geschoben hatte, deckte ich den Tisch. Vielleicht konnte ich Erik mit einem leckeren Frühstück bestechen und er übernahm wieder die Hühnerpflege. Auch wenn unsere Unterhaltung gestern etwas unentspannt gewesen war, fütterte ich immer noch lieber ihn als einen Stall unberechenbarer Hühner.

Ich verteilte gerade die Teller auf dem Tisch, da klopfte es an der Tür. Ich öffnete.

Erik stand vor mir und lächelte mich gut gelaunt an. »Guten Morgen«, sagte er.

»Guten Morgen.« Er sah wirklich gut aus, musste ich zugeben. Auch wenn er seine Zeit am liebsten mit Hühnern verbrachte. Das verwuschelte Haar, das ihm in die Stirn fiel, verlieh ihm einen leicht verwegenen Ausdruck. »Magst du mit frühstücken?«

»Gern. Ich habe noch nichts gegessen. Ich schlage vor, wir versorgen erst die Hühner und danach uns.«

Leider fiel mir keine Ausrede ein, also nickte ich. »Sicher.«

»Erst zeige ich dir, wie du den Stall säuberst. Um das Futter kümmern wir uns dann.«

»Okay«, sagte ich zögerlich. Ich hoffte, ich würde einen Weg finden, das Ganze mit möglichst viel Abstand zu den Hühnern und vor allem zu Harvey über die Bühne zu bringen.

»Wie geht es Rosemarie?«, fragte er, als wir hinüber zum Hühnergehege gingen.

»Sie ist müde von den Medikamenten und schläft fast die ganze Zeit, aber zumindest scheint sie keine starken Schmerzen zu haben.«

»Das ist das Wichtigste. Gestern wollte ich nicht mehr vorbeischauen, weil ich mir dachte, dass es sie zu sehr anstrengen würde, aber vielleicht könnte ich sie heute besuchen. Möglicherweise tut es ihr gut, wenn ich ihr von den Hühnern berichte.«

»Darüber würde sie sich sicher freuen.«

Sein Blick ruhte auf mir. »Bereit?«

Ich nickte. Zu mehr war ich nicht in der Lage. Mein Magen zog sich zusammen. Aber ich würde mir nichts anmerken lassen. Tief atmete ich durch. Ich würde das hinkriegen. Ich musste die Tiere nicht anfassen, sondern nur hinter Erik stehen und so tun, als würde ich aufmerksam zuschauen.

»Das tägliche Ausmisten geht schnell. Der Hühnerkot wird von dem Brett unter der Sitzstange aufgefangen. Deine Oma hat das praktisch angelegt. Du kannst es von außen rausziehen, um den Dreck mit dem Spachtel abzukratzen. Auch an die Legenester kommst du von hier ran. Du musst den Stall nicht mal betreten.«

Das wusste ich nur zu gut. Oma hatte das meinetwegen so gebaut, genau wie den zweiten Eingang zum Freigehege hinter dem Hühnerhaus. So musste ich nicht das ganze Gehege durchqueren, um zur Eierklappe zu gelangen, wenn ich die Frühstückseier einsammelte. Sie hatte gedacht, dass ich meine Angst ablegen würde, wenn ich Kontakt zu den Hühnern hielte. Aber es wurde mit der Zeit nicht besser.

»Die Damen sind meist mittags mit dem Legen durch, dann öffnest du die Klappe und entnimmst die Eier. Bei der Gelegenheit schaust du, ob die Nester sauber sind, wenn nicht, entfernst du die Verschmutzungen. Die Grundreinigung musst du nur alle paar Wochen machen, aber es schadet ja nicht, wenn du weißt, wie es geht, darum zeige ich dir das auch. Vielleicht möchtest du deiner Oma ja in Zukunft mehr unter die Arme greifen, wenn du wieder zu Besuch bist.«

Ich ärgerte mich. Was wusste der schon? Er hatte keine Ahnung, wie viele Kartoffeln ich ausgegraben, Unkraut gezupft und Johannisbeeren gepflückt hatte.

Er ging hinüber zum großen Schuppen, um die Schubkarre zu holen. Ich folgte ihm dicht auf den Fersen. Der alte Schuppen war eigentlich ein ungenutztes Nebengebäude, das aus Zeiten stammte, als das Haus meiner Oma ein kleiner Bauernhof gewesen war. Sie bewahrte darin neben Gartengeräten alte Möbel und alles mögliche andere Gerümpel auf, das sich im

Laufe der Jahrzehnte angesammelt hatte. Ich sah sogar einen ausgedienten Hühnerstall in der Ecke stehen. Als Kind hatte ich es geliebt, in dem alten Gebäude herumzustöbern.

Mit Karre, Schaufel und Besen bewaffnet ging es zurück ins Hühnergehege. Erik hatte eine Tüte frischen Löwenzahn dabei, die er auf einem Teller ans andere Ende des Geheges stellte. Die Hühner ließen sich nicht lange bitten und stürzten sich auf die Leckerei, zu meiner großen Erleichterung auch Harvey. »So haben wir fürs Erste unsere Ruhe.«

Ich biss mir auf die Lippen. Auch wenn die Hühner weit weg waren, wusste man nie, wie lange das so blieb. Erik machte sich daran, die Einstreu hinauszukehren. Ich half ihm, alles auf die Schubkarre zu verfrachten. »Es ist wichtig, gründlich nachzufegen. Auch die Federn, die in der Ecke liegen, müssen raus wegen der Parasiten. Wenn du fertig bist, streust du alles gleichmäßig mit Kieselgur aus. Das schützt die Hühner vor Ungeziefer.«

Ich schaute zu, was er tat, und nickte, als er die saubere Einstreu auf dem Boden und in den Legenestern verteilte und frische Zweige vor den Nestern anbrachte.

»So haben die Hühner einen geschützten Rückzugsort, wenn sie ihre Eier legen«, erklärte er. »Außerdem haben sie dann etwas, womit sie sich beschäftigen können. Darum lege ich in die Nester auch immer ein paar Kräuter hinein, zum Beispiel Salbei, Schafgarbe, Lavendel oder Klee. Die Hühner zupfen gern daran herum und es hält das Ungeziefer fern.«

»Interessant«, sagte ich, weil ich das Gefühl hatte, ich müsste wohl auch mal was sagen.

Er schaute mich erstaunt an. »Seltsam, dass du das nicht weißt. Deine Oma hält doch schon so lange Hühner.«

»Es hat sich eben nicht ergeben«, sagte ich knapp. Er durfte auf keinen Fall mitbekommen, dass ich das alles wusste, sonst müsste ich nämlich ganz allein Harvey und seinem Harem gegenüberzutreten, und das wollte ich unbedingt vermeiden. Also hörte ich brav seinen Erläuterungen zu.

Zügig arbeitete er weiter und erklärte jeden einzelnen Schritt. In null Komma nichts waren wir fertig. Die Hühner hatten inzwischen den Löwenzahn verputzt und kamen neugierig angelaufen, um ihr frisches Heim zu inspizieren. Ich fühlte mich gar nicht wohl, als sie auf uns zukamen. Zum Glück gab es die Pforte hinter dem Hühnerhaus. Durch sie konnte ich schnell verschwinden. »Sind wir hier fertig?«, fragte ich hastig.

Erik schaute mich überrascht an. »Ja. Jetzt müssen wir uns nur noch ums Futter kümmern.«

»Dann besorge ich schon mal das Grünzeug«, sagte ich und brachte rasch die letzten zwei rettenden Schritte zur Pforte hinter mich. Mir war alles recht, um der herannahenden Hühnerschar zu entwischen.

Er lächelte mich an. Offensichtlich gefiel ihm meine Initiative. Er wusste ja auch nicht, was dahintersteckte. »Gute Idee. Hol etwas Karottengrün. Salat, Zucchini oder Gurke. Was du so findest.«

»Okay«, sagte ich und war schneller durch die Tür hinaus, als er gucken konnte. Ich atmete erleichtert aus. Das war geschafft.

Als ich mit dem Grünzeug wiederkam, war Erik in der Außenküche zugange, die meine Oma wohlweislich außerhalb des Hühnergeheges am Schuppen installiert hatte. Er hatte die Tränke und den Futternapf bereits gesäubert. Ich stellte mich zu ihm, schnippelte fleißig das Gemüse und richtete alles auf einem Teller an, während er Wasser in die Tränke ließ und den Futternapf mit den Körnern befüllte. Jetzt musste nur noch alles zu den Hühnern hineingebracht werden.

»Prima. Nimmst du das Grünzeug? Ich trage den Rest.«

Mir fiel keine Ausrede ein. Darum nickte ich und folgte ihm in kurzem Abstand. Dann würde Harvey mich zumindest nicht zuerst sehen und sich auf Erik stürzen anstatt auf mich.

Erik stellte Tränke und Futternapf ab und strich einer kleinen Henne, die gierig angestapft kam, sanft über den Kopf.

Hastig stellte ich den Teller mit dem Grünzeug daneben. »Was hältst du davon, wenn ich schon mal Kaffee aufsetze?«, platzte ich heraus. Ich musste mich beherrschen, nicht davonzurennen. Hahn Harvey kam immer näher. Er hatte mich genau im Visier. Ich war mir sicher, dass er überlegte, ob er mich sofort angreifen oder erst einen Blick in den frischen Hühnerstall werfen sollte.

»Warum nicht? Wir sind sozusagen fertig.«

Ohne Harvey aus den Augen zu lassen, ging ich rückwärts zur Pforte. »Okay, bis gleich.« Als ich das Tor hinter mir schloss, merkte ich, wie ich zitterte. Das war das erste Mal seit Langem, dass ich mich mit den Hühnern im Stall aufgehalten hatte. Ich hätte vielleicht Stolz verspüren sollen, dass ich das geschafft hatte, aber ich hatte einfach nur Panik, dass ich es morgen wieder tun musste. Und wenn ich Pech hatte, auch noch allein.

Schnell ging ich ins Haus, bevor Erik einfiele, dass ich ihm doch noch bei irgendetwas helfen sollte.

Erleichtert wusch ich meine Hände. Heute musste ich zu den undurchschaubaren Viechern nicht mehr hinein. Ich stellte den Wasserkocher an. Vielleicht kam ich auch in Zukunft drum herum, mich allein mit den Hühnern abzugeben, wenn ich Erik immer mit Frühstück bestach. Lieber würde ich ihm jeden Tag ein Riesenfrühstück zubereiten, als das Hühnergehege zu betreten und Auge in Auge Harvey und Konsorten gegenüberzustehen. Ich setzte Wasser für die Eier auf, schnitt Brot ab und stellte Marmelade und Joghurt auf den Tisch.

Alles war so weit fertig. Wo Erik wohl blieb? Ob Harvey ihm in den Fuß gehackt hatte? Aber die Hähne hatten es ja normalerweise auf mich abgesehen und ließen andere Leute in Ruhe. Ich nahm eine kleine Schale mit nach draußen. Es ging doch nichts über Joghurt mit frisch gepflückten Blaubeeren zum Frühstück.

Aus dem Augenwinkel sah ich, dass Erik noch bei den Hühnern war. Ich pflückte meine Beeren und ging anschließend mit der Schüssel in der Hand hinüber zum Zaun.

Erik saß mitten im Hühnergarten, auf dem Schoß Henne Bertha, das dickste Huhn der Truppe. Sachte kraulte er ihre Federn. Eine kleinere vorwitzige Henne saß ihm auf der Schulter. Die anderen Hühner waren um ihn herum verteilt und nahmen zufrieden Mehlwürmer aus seiner Hand entgegen. Die Hühner liebten die kleinen ekligen Würmchen. Wie er da so entspannt zwischen ihnen saß, wirkte er, als sei er selbst ein Teil der Gruppe. Der Hahn im Korb.

Ich grinste. Erstaunlich, dass Harvey ihn in der Mitte der Schar akzeptierte. Vielleicht lag es daran, dass Erik ihm die dicksten Würmer zusteckte. Erik ging so in seiner Tätigkeit auf, dass er mich nicht einmal bemerkte. Der Hahn passte dafür umso besser auf. Er stieß einen Warnschrei aus, als er mich sah. Beunruhigt stoben die Hennen davon. Erik drehte sich mit einem Lachen zu mir. »Na? Harvey und du habt wohl noch keine Freundschaft geschlossen?«

Ich schüttelte den Kopf. Das würde auch so schnell nicht passieren.

»Harvey ist ein toller Hahn«, sagte Erik und strich ihm übers Gefieder.

»Ein Brabanter«, sagte ich, ohne groß nachzudenken.

Erik sah überrascht auf. »Das weißt du?
Ich zuckte mit den Schultern. »Seit ich denken kann, hat meine Oma einen Brabanter-Hahn gehabt.«
»Eine gute Wahl. Sie haben Charakter.«
»Nein«, platzte ich heraus. »Sie haben den bösen Blick.«
Erik brach in schallendes Gelächter aus. »Oje, der arme Harvey. Wie kommst du denn darauf? Wegen der dunklen Augenumrandung? Ich gebe zu, die Brabanter haben einen intensiven Blick, aber das ist ja gerade das Tolle an ihnen.«
»Du nennst ihn intensiv, ich nenne ihn stechend«, sagte ich.
»Und Charakter haben sie sicherlich, die Frage ist nur, was für einen.« Ich beobachtete ihn weiter, wie er die Hühner streichelte und dabei versuchte, allen gerecht zu werden. »Kennst du die Namen von allen Hühnern?«
Er lachte. »Aber sicher, jeden einzelnen. Die Damen deiner Oma haben alle ganz eigene entzückende Persönlichkeiten.«
»Und du magst sie alle?«
»Sie sind mir alle auf ihre Art ans Herz gewachsen. Aber die süße Bertha hier ist meine besondere Freundin.«

Neben Bertha kannte ich nur Harvey beim Namen. Auf Omas Hähne richtete ich seit jeher ein besonderes Augenmerk. Harvey selbst hatte mich zwar noch nicht angegriffen, aber wahrscheinlich nur, weil ich ihm keine Gelegenheit dazu gab. Die übrigen Tiere waren für mich einfach eine Schar bunter Federviecher in wechselnder Zusammensetzung.

Erik mit seiner Hühnerliebe lebte eindeutig in einem anderen Universum als ich. Aber es half nichts. Oma war im Krankenhaus. Ich war hier und Erik der Einzige, der mir half, mit den Viechern zurechtzukommen. Und weil ich im Moment sonst nicht viel für meine Oma tun konnte, musste ich da wohl durch. Ich straffte die Schultern. »Ich schlage vor, wir frühstücken und du erklärst mir die Persönlichkeiten der Hühner.«

Er lächelte. »Frühstück klingt gut. Aber um die Hühner kennenzulernen, brauchst du mich nicht. Das kannst du ganz allein.«

Oh nein. Ich würde das Hühnergehege nicht öfter als unbedingt notwendig betreten. Und dann auch noch allein ...

Er schien den Tumult in meinem Inneren zu bemerken. »Du musst nicht ins Gehege gehen. Setz dich in den Garten und schau ihnen bei ihrem Alltag zu. Du wirst sehen, es dauert nicht lang, dann lernst du, sie zu unterscheiden. Nicht nur das. Ihnen beim Sandbaden zuzuschauen und dem gemütlichen Gegacker zuzuhören, ist Entspannung pur.«

Skeptisch blickte ich ihn an.

»Hier kannst du deinen ganzen Stress loswerden.«

Im Garten konnte ich das auch. Allerdings wollte ich Erik nicht vor den Kopf stoßen. Hühner beobachten gehörte zwar nicht zu meiner Vorstellung eines gelungenen Sonntagnachmittags, aber gut. »Wenn ich aus dem Krankenhaus zurückkomme, will ich mich um die Johannisbeerbüsche kümmern. Da kann ich ja ab und zu einen Blick hinüberwerfen.«

Er schaute mich an. Sein Lächeln kam aus vollem Herzen. »Das ist doch ein Anfang.«

Wir gingen hinein und wuschen die Hände. Ich blickte auf meine Uhr. »Ich schaue mal eben, ob der Kuchen fertig ist.«

»Er duftet jedenfalls so gut, als wäre er es.«

Ich öffnete die Ofenklappe und machte mit einem Spieß eine Garprobe. Der Kuchen war perfekt. Ich zog die Topfhandschuhe über und stellte ihn auf den Herd zum Auskühlen. Sein köstlicher Duft verbreitete sich in der ganzen Küche.

»Der sieht genauso aus wie von deiner Oma gebacken«, sagte Erik, der sich neben mich gestellt hatte.

Das war ein großes Lob. »Danke. Das ist gut. Den habe ich nämlich für sie gebacken.«

»Da wird sie sich sicher freuen.«

»Ich hoffe es. Im Krankenhaus gibt es doch nie was Leckeres und ich weiß, wie pingelig sie ist. Sie isst nichts, was ihr nicht schmeckt. Dann hungert sie lieber.«

»Das glaube ich sofort.«

Wir setzten uns an den gedeckten Tisch. Die Stimmung zwischen uns war deutlich entspannter als gestern. Vor uns standen dampfende Kaffeebecher und wir ließen uns Toast, Joghurt mit frischen Beeren aus dem Garten und die leckeren Eier aus Omas Hühnerstall schmecken. Ein richtiges Sonntagsfrühstück. Solche aromatischen Eier hatte ich in Berlin noch nirgendwo gefunden.

»Wann willst du zu Rosemarie fahren?«

»Ich wollte noch ein paar Stunden im Garten arbeiten und sie dann besuchen.« Wenn meine Oma in einem ähnlichen Zustand wie gestern war, wollte ich sie nicht allzu lange stören. Länger als ein, zwei Stunden wollte ich nicht bleiben. Sie sollte sich gut ausruhen vor ihrem OP-Tag.

»Kann ich mitkommen?«

Überrascht blickte ich ihn an. Die Frage traf mich völlig unvorbereitet.

»Warum nicht«, sagte ich schließlich. Es wäre tatsächlich dumm, zwei Autos für den gleichen Weg zu benutzen, und Oma würde sich freuen, ihn zu sehen.

»Gut. Soll ich so gegen drei hier sein?«

»Okay.« Das passte. In der Zeit würde ich einiges schaffen.

Er stand auf. »Dann bis nachher. Ich wünsche dir viel Vergnügen im Garten. Und wirf ab und zu einen Blick zum Federvieh hinüber. Ehrlich. Es lohnt sich. Es gibt kaum etwas Beruhigenderes, als Hühner zu beobachten.«

Ich zog die Augenbrauen hoch. Da hatten wir zwei aber eine ganz konträre Vorstellung von Entspannung. Je länger ich die Riesenvögel anschaute, desto heimtückischer kamen sie mir vor. Jedes Mal wenn sie mich anblickten, hatte ich das Gefühl, sie planten den nächsten Angriff.

»Wir werden sehen«, erwiderte ich nur.

Er lachte. »Probier's einfach aus. Und danke fürs Frühstück.«

»Gern geschehen.«

Vor sich hin pfeifend ging er davon. Ich räumte die Küche auf und packte meine Sachen für Berlin. Danach machte ich mich mit zwei Eimern bewaffnet auf in Richtung Johannisbeerbüsche. Damit sie möglichst lange im Jahr in den Genuss frischer Früchte kam, hatte Oma frühe, mittlere und späte Sorten gepflanzt, sodass auch jetzt, Ende Juli, noch reichlich Beeren an den Sträuchern zu finden waren.

Ich wischte mir mit dem Handrücken über die Stirn. Mittlerweile war es ganz schön heiß geworden. Ich hatte das Beerenpflücken unterschätzt, vor allem bei den Temperaturen. Meine Güte, welche Unmengen an diesen Sträuchern wuchsen. Es waren kaum weniger geworden in den letzten Stunden. Ganz zu schweigen von den Blaubeeren und Stachelbeeren, die auch langsam reif wurden. Ich beschloss aufzuhören. Schließlich musste ich die Beeren noch einfrieren, bevor Erik kam.

Ich ging mit den Eimern in die Küche und versorgte die Früchte. Es zahlte sich aus, dass ich das schon etliche Male getan hatte. Ich füllte sie portionsweise in Gefrierbeutel. Zum Glück besaß Oma eine riesige Gefriertruhe, in der ich alle Schätze unterbringen konnte. Wie es aussah, hatte Oma eine Weile nicht mehr gepflückt. Mich beunruhigte der Gedanke. Normalerweise ging sie so sorgsam mit ihrem Garten um. Ich grübelte, ob nicht doch etwas im Argen lag, das nichts mit ihrem gebrochenen Bein zu tun hatte.

Ich füllte eine kleine Lunchbox für meine Oma mit den Leckereien aus dem Garten. Jetzt fehlte nur noch eine Schale Blaubeeren.

Gerade hatte ich mich hingekniet und die ersten Beeren gepflückt, als ich einen buschigen Schwanz um meine Beine streifen spürte. Ich drehte mich um und lächelte Omas Kater an, der mich auffordernd anmaunzte.

»Neptun!«, rief ich erfreut aus. »Na, bist du zurück von der Wanderschaft?« Ich streckte ihm eine Beere entgegen. Vorsichtig nahm er sie mit seinen Zähnen von meiner Hand.

Neptun machte zwar nach wie vor einen großen Bogen um die Hühner, aber er stromerte gern durch den Obst- und Gemüsegarten. Er liebte es, beim Blaubeerpflücken die ein oder andere Beere zu ergattern. Neben frisch gefangenen Mäusen hatte er eine besondere Vorliebe für die kleinen blauen Früchte. Nachdem er seinen Anteil Blaubeeren und Streicheleinheiten bekommen hatte, trollte er sich davon und verzog sich unter die Gartenbank. Wahrscheinlich war er müde von dem langen Ausflug.

»Und, bereit für die Abfahrt?«

Ich blickte auf und blinzelte. Die Sonne schien mir direkt ins Gesicht, sodass ich nur Eriks Umriss gegen die Sonne sah.

»Ich muss nur noch die Beeren einpacken und Neptun füttern, dann können wir los.« Auch wenn er jetzt friedlich in der Sonne döste, wusste ich, dass er mit einem Satz im Haus war, sobald er den Dosenöffner hörte. Meistens kam er schon an, wenn ich nur die entsprechende Schublade herauszog.

Nachdem ich Neptun versorgt hatte, packte ich die Beeren zu den anderen Leckereien. »Ich wäre dann so weit.«

Erik hielt eine Tasche hoch. »Kann ich die bei dir lassen? Ich habe etwas abgeholt und sie ist ziemlich schwer.«

»Klar. Ich lass dich nachher hier wieder raus.«

Ich öffnete die Autotüren. Hoffentlich machte mein Auto keinen Ärger. Doch der kleine Ford erhörte meine Gebete und sprang bereits beim zweiten Versuch an. Das hatte es ewig nicht mehr gegeben. Vielleicht bekam ihm die Landluft ja so gut wie mir und er erfuhr eine spontane Selbstheilung.

Gut gelaunt schlug ich den Weg Richtung Kreisstadt ein. Der Vorteil am Autofahren in der Einöde war, dass man nie im Stau stand. Ich genoss das gemütliche Fahren.

»Heute Abend willst du also nach Berlin zurück?«, fragte Erik mich von der Seite.

Ich seufzte. »Von wollen kann keine Rede sein. Aber wenn ich morgen früh nicht im Büro bin, kann ich mir einen neuen Job suchen.«

Er runzelte die Stirn. »Jeder kann einen familiären Notfall haben. Da wird dein Chef doch Verständnis aufbringen. Das Büro wird sicherlich auch mal ohne dich zurechtkommen.«

Ich schüttelte den Kopf. »Ich muss dringend etwas abgeben und wir haben ein wichtiges Meeting. Danach rede ich mit meinem Chef. Ich hoffe, ich kann dann gleich aufbrechen.«

Mir behagte der Gedanke nicht, dass ich wahrscheinlich nicht da war, wenn meine Oma aufwachte, aber was sollte ich tun?

»Ich kann sie Montag besuchen, falls du erst nachmittags wiederkommst«, bot Erik an.

Ich warf ihm ein dankbares Lächeln zu. »Das ist sehr nett. Damit würdest du mir einen Riesengefallen tun.«

»Das mache ich gern.«

Mir fiel ein Stein vom Herzen. So wusste ich zumindest, dass sie nicht allein war. Meine Oma mochte Erik. Sie würde sich freuen, wenn er bei ihr wäre. Mein schlechtes Gewissen nagte trotzdem weiter an mir.

9. VIER JAHRESZEITEN

Oma war zwar müde, aber ansonsten guter Dinge. Erik und sie fingen sofort an zu plaudern. Als ich beobachtete, wie vergnügt sie miteinander umgingen, war ich richtig froh, dass er dabei war. Er schaffte es, sie zum Lachen zu bringen, als er von den Hühnern erzählte.

Gemeinsam verzehrten wir die Leckereien aus der Lunchbox. Oma schob sich eine Handvoll Blaubeeren in den Mund und warf mir einen dankbaren Blick zu. In ihren Augenwinkeln funkelte es verdächtig. »Danke, Emmi, dass du mir ein Stück Zuhause mitgebracht hast. Wenn ich die Augen schließe, fühle ich mich fast, als sei ich daheim.« Ich lächelte sie an und drückte sie so fest an mich, wie ich mich traute. Ich war froh, dass ich sie ein wenig aufmuntern konnte.

»So, ihr Lieben«, sagte meine Oma, als wir den letzten Krümel Kuchen verzehrt hatten. »Habt vielen Dank für euren Besuch. Ich habe mich sehr gefreut, euch beide zu sehen, aber jetzt möchte ich ein kleines Nachmittagsschläfchen einlegen.« Ich strich über ihre Hand. »Aber natürlich, Omi. Ruh dich aus. Ich komme morgen, sobald ich aus Berlin zurück bin, ja?« Oma nickte entspannt. »Wegen mir musst du dich nicht stressen, Emmi. Ich lauf schon nicht davon. Solange ich meine Hühner gut versorgt weiß, ist alles in Ordnung.« Sie warf Erik ein strahlendes Lächeln zu. »Danke, dass du da warst. Und hab bitte ein Auge auf Emmi, ja? Sie hat's nicht so mit Hühnern.«

Das stimmte zwar, aber mir gefiel es nicht, das so ausgesprochen zu hören. Ich schluckte meinen Stolz hinunter. Ich sollte mich freuen, dass sie jemand gefunden hatte, der ihre Leidenschaft teilte und dabei hilfsbereit war. Es kam mir ja nur zugute, dass Erik so ein Faible für das Federvieh hatte.

Wir verabschiedeten uns von ihr und machten uns auf den Weg zum Auto. Der Nachmittag war richtig nett gewesen. Gut gelaunt ging ich neben Erik über den Parkplatz. Seine Gegenwart hatte meiner Oma gutgetan. Wenn ich mir vorstellte, ich hätte Lars mit dabei gehabt ... Was für ein Kontrast. Der hätte es keine zehn Minuten im Krankenzimmer ausgehalten, ohne ständig auf sein Handy zu schauen.

Und nachdem er sich erkundigt hätte, wie es ihr ginge, wäre ihm bestimmt kein weiteres Gesprächsthema eingefallen. Erik hingegen hatte sie zum Lachen gebracht mit lustigen Anekdoten von den Hühnern und seiner Schwester, die für ihn anscheinend den gleichen Unterhaltungswert hatten.

Ich hätte mich gern dafür revanchiert, dass er Oma unter die Arme griff und mir mit den Hühnern half. Ich überlegte. Alles war für meine Abreise gepackt und mein Magen knurrte.

»Was hältst du davon, wenn wir eine Pizza essen?«, fragte ich ihn, bevor ich es mir anders überlegte.

»Gern. Ich habe Riesenhunger. Das Frühstück ist lange her und der Kuchen, so lecker er auch war, hält nicht ewig vor.«

»Ich würde dich gern einladen, als Dankeschön für deine Hilfe.«

»Deine Oma ist eine gute Freundin für mich geworden. Seinen Freunden hilft man, wenn sie in Not sind. So einfach ist das. Da braucht man keine Pizza.«

»Lass es mich bitte trotzdem tun.«

Er seufzte. »Wenn du dich dann besser fühlst.«

Nachdem wir eingestiegen waren, steckte ich optimistisch den Schlüssel ins Zündschloss. Vorhin war mein Auto schließlich auch brav gewesen. In der Kreisstadt fühlte es sich anscheinend nicht so wohl wie bei Oma und gab sich zickiger denn je. Drei Mal versuchte ich erfolglos zu starten. »Das wird schon«, sagte ich und hoffte, dass das stimmte.

Erleichtert atmete ich auf, als das Auto beim fünften Versuch ansprang. »Auf geht's«, sagte ich und fuhr vom Krankenhausparkplatz auf die Hauptstraße. »Jetzt musst du mir nur noch verraten, wo es zur Pizzeria geht.«

»Fahr da vorne mal rechts.«

Ich setzte den Blinker und kurze Zeit später sah ich die Pizzeria. Ich blickte auf meine Uhr. Halb sechs. Das war zwar früh, um zu essen, aber ich musste ja nachher nach Berlin.

Erik öffnete die Tür des Restaurants und sofort kam uns der freundlich aussehende und leicht rundliche Gastwirt entgegen. »Buona sera, signorina! Erik, gut, dich zu sehen! Kommt rein. Wollt ihr draußen sitzen? Es ist wunderbar schattig im Garten, herrlich, viel schöner als hier drinnen.«

Ein kühles Fleckchen war verlockend. Seit Wochen hatte es nicht geregnet. Ich wusste kaum noch, wie sich ein Regenschauer auf der Haut anfühlte. »Das klingt gut«, sagte ich und wir folgten ihm.

Er hatte nicht zu viel versprochen. Der Platz, zu dem er uns führte, war herrlich zugewachsen und lauschig. Die Tische waren mit rot-weiß-karierten Tischdecken bedeckt. In der Mitte standen Kerzen. Der Gastwirt zündete eine für uns an und rückte mir den Stuhl zurecht. »Prego, signorina.«

»Danke.« Wir nahmen Platz. Erik bestellte ein Glas Wein, ich eine Orangenlimonade.

Ich lehnte mich zurück und genoss die Stille und die angenehme Temperatur. Es war so entspannt hier. Dies war die perfekte Gelegenheit, mehr über Erik herauszufinden. »Wie hast du meine Oma eigentlich kennengelernt«, fragte ich ihn.

»Hat sie nie von mir erzählt?«, stellte Erik die Gegenfrage.

»Schon möglich. Ehrlich gesagt höre ich nie so genau hin, wenn sie von ihren Hühnerzüchtern erzählt. Ohne dir zu nahe zu treten: Du bist nicht ihre erste Hühnerbekanntschaft.«

Er lachte. »Zum Glück neige ich nicht zur Eifersucht. Vor allem da ich die neueste Bekanntschaft bin.«

»Ich erinnere mich, dass sie mal erzählt hat, ein netter Züchter mit tollen Hühnern wäre neu in den Ort gezogen. Von Letzteren hat sie ganz viel erzählt.«

Er lachte. »Wahrscheinlich sollte ich beleidigt sein, dass die Persönlichkeit meiner Hühner meine eigene in den Schatten stellt, aber ich fühle mich geschmeichelt.«

Ich kniff die Augen zusammen. »Jetzt erinnere ich mich. Der Züchter war ehemaliger Tierarzt. Das bist du, oder?«

Erik nickte. »Ja, das hört sich ganz nach mir an.«

Ich konnte mir ein Grinsen nicht verkneifen. »Ich muss gestehen, dass ich mir dich 30 Jahre älter mit Bauchansatz und deutlich weniger Haar vorgestellt habe. Der nette Rentner halt, der seinen Lebensabend auf dem Land mit der Hühnerzucht verbringen will.« Ich nahm einen Schluck von meiner Limonade, die herrlich nach Sommer in Italien schmeckte. »Der perfekte Begleiter für meine Oma. Ich habe sogar schon heimlich die Hochzeitsglocken läuten hören. Der beste Weg zum Herzen meiner Oma führt definitiv über ihre Hühner.«

Erik lachte. »Na, wenn das so ist, darf ich mir ja vielleicht Chancen einräumen. Aber Spaß beiseite: Ich habe deine Oma wegen ihrer Ringelblumensalbe kennengelernt.«

Omas Ringelblumensalbe war legendär. Mit ihr behandelte sie alle kleinen und größeren Wehwehchen – sowohl beim Menschen als auch beim Federvieh.

»Ich war auf der Suche nach einer guten Salbe für eins meiner Hühner. Es hatte ein paar unschöne Wunden, die nicht heilen wollten. Da hat mir einer der Bauern die Salbe deiner Oma empfohlen. Und was soll ich sagen: Ein paar Tage später sah die kleine Henne aus, als sei nie etwas gewesen.«

»Die Salbe ist ein wahres Wundermittel. Ich erinnere mich gut an all meine aufgeschürften Knie, die sie damit behandelt hat. Aber nun zu dir. Züchtest du die Tiere beruflich oder nur hobbymäßig?«

»Nein, ich mache das nicht hauptberuflich. Ich beschäftige mich einfach gern mit den Tieren, genau wie deine Oma. Deshalb haben wir so eine Art kleinen Hühnerklub gegründet, in dem wir uns austauschen.«

»Prego, signorina.« Der Kellner brachte die Speisekarten und für einen Moment vertieften wir uns schweigend in die Auswahl.

»Ich nehme die *Vier Jahreszeiten*«, entschied ich mich schließlich.

Erik lächelte mich an. »Eine gute Wahl. Das ist auch meine Lieblingspizza.« Er winkte dem Kellner und bestellte die zwei Pizzen. Ich nahm eine große Flasche Wasser dazu. Nach der

Gartenarbeit in der Nachmittagshitze fühlte ich mich immer noch wie ausgedörrt.

Ich wandte mich wieder Erik zu. »Und was machst du sonst, wenn du nicht gerade Hühnern gut zuredest?«

»Ach, Verschiedenes. Unter anderem schreibe ich über sie. Ich arbeite an einem Buch. Damit lässt sich natürlich nicht das große Geld verdienen, aber ich finde es wichtig, dass das alte Wissen nicht verloren geht. Als Tierarzt kenne ich mich aus in der Tiermedizin. Die Arbeit in meiner Praxis hat mich am Ende aber nicht mehr glücklich gemacht. Es gibt so viele Menschen, die ihren Tieren keinen Respekt entgegenbringen.«

»Aber du hast den Tieren mit deiner Arbeit doch geholfen«, wandte ich ein.

»Das schon. Aber weißt du, wie es sich anfühlt, wenn ein Tierhalter mit einer völlig gesunden Katze ankommt, die er einschläfern lassen will, weil sie immer das Sofa zerkratzt? Und wenn du den Leuten dann erklären musst, warum du das nicht machen wirst? Das wollte ich nicht mehr.«

Unwillkürlich musste ich an Neptun denken. Unvorstellbar, dass irgendjemand sein Haustier loswerden wollte, nur weil es unbequem war. Wer tat denn so etwas?

Er erzählte mir einige witzige Geschichten aus seiner Praxis und die Zeit flog nur so dahin. Der Ober brachte unsere Pizzen, die weit über den Tellerrand reichten und einfach himmlisch schmeckten. Erik hatte nicht übertrieben. »Die ist so gut, die Pizza«, sagte ich genüsslich.

Erik lächelte. »Freut mich, dass du sie magst. Ich komme viel zu selten her.«

»Ach, also ich gehe mit dir hier gerne wieder hin«, sagte ich, ohne nachzudenken.

Als ich merkte, was ich gesagt hatte, lief ich rot an. Was war in mich gefahren? Bat ich Erik gerade um ein Date? Zumindest musste das für ihn so klingen. Dabei hatte ich es gar nicht so gemeint. Es war nur so nett mit ihm hier, dass ich das gern wiederholt hätte. Hoffentlich verstand er mich nicht falsch.

Aber er lächelte nur freundlich, als wäre nichts dabei. »Das können wir bei Gelegenheit gern tun.« Er fragte mich ein bisschen über meine Arbeit aus und war fassungslos, als ich ihm erklärte, wie der Alltag in unserer Agentur ablief. Kopfschüttelnd hörte er mir zu. »Warum tust du dir das an?«, fragte er mich und sah mir interessiert in die Augen.

Das war schwer zu beantworten. »Ich weiß auch nicht. Zufrieden bin ich nicht, aber ich sehe im Moment keine Möglichkeit, was ich sonst tun könnte. Und solange ich das nicht weiß, bleibe ich halt dort.«

Er nickte verständnisvoll. »Manchmal ist es nicht so einfach, einen Weg zu ändern, den man einmal beschritten hat.«

Ich wollte nicht länger über die Arbeit sprechen, also redeten wir über meine Oma. Ich erzählte von den Ferien, die ich bei ihr verbracht hatte – nur den Part mit meinen Eltern ließ ich aus. Ich wollte nicht, dass die nette Atmosphäre kippte, denn das tat sie unweigerlich jedes Mal, wenn ich erklärte, wie ich mit fünfzehn Jahren über Nacht Vollwaise geworden war.

Es war schön, sich mit jemandem auszutauschen, der meine Oma ebenfalls mit all ihren Eigenheiten ins Herz geschlossen hatte. Es verlieh mir ein gutes Gefühl zu wissen, dass sie einen Menschen in ihrer Nähe hatte, der für sie da war, wenn sie wieder gesund und ich zurück in Berlin sein würde.

Es war so gemütlich, dass ich ewig hätte bleiben können. Wir hatten uns richtiggehend festgequatscht. »Jetzt muss ich aber wirklich los«, sagte ich endlich. Die Zeit drängte.

Während wir auf die Rechnung warteten, schrieb ich Lars eine Nachricht, dass ich in einer halben Stunde losfahren würde. Hier hatte ich Empfang, das musste ich ausnutzen.

Zum Glück war Hochsommer, sodass es noch hell war, als ich vor Omas Haus vorfuhr. »So, da wären wir.«

»Danke für den Fahrservice«, sagte Erik, als wir ausstiegen. Ich lachte. »Das war ja wohl das Mindeste.«

»Und danke für den netten Abend.« Seine Stimme nahm wieder diesen samtigen Klang an und er blickte mir fast ein bisschen zu lang in die Augen. Daran könnte ich mich gewöhnen, ging es mir durch den Kopf.

Ich sollte mich zusammenreißen, schalt ich mich, und stattdessen zusehen, dass ich mich auf den Weg machte. Ich hatte einen Freund zu Hause. Außerdem war ich nur für ein paar Tage in Sonnenfelde. Ich suchte in meiner Tasche nach dem Haustürschlüssel. Es machte mich auf einmal ganz nervös, dass Erik so dicht neben mir stand. »Ich habe dir zu danken«, sagte ich schnell. »Ohne dich hätte ich die nette Pizzeria nie entdeckt. Oma steht nicht so auf Pizza, musst du wissen.«

»Das kann ich mir vorstellen.« Ein Schweigen hing in der Luft, als er mich hineinbegleitete, um seinen Rucksack zu holen. »Du fährst jetzt gleich?«, fragte er.

Ich nickte. »Ich hole nur meine Sachen, dann geht es los.«

Er wartete, bis ich alle Taschen eingesammelt hatte. Gemeinsam gingen wir nach draußen. Wieder blieb mein Blick an ihm hängen. Er hatte schöne Augen. In ihnen spiegelte sich die Wärme der Abendsonne wider.

Es wurde wirklich höchste Zeit, dass ich losfuhr. Ich verstaute mein Gepäck im Kofferraum und schlug die Klappe zu. »Also dann«, sagte ich.

»Ich wünsche dir eine gute Fahrt«, erwiderte er. »Und viel Erfolg mit deinem Chef.«

»Vielen Dank. Wenn dieses Meeting vorbei ist, sehe ich zu, dass ich so schnell wie möglich wieder hier bin.«

»Gut. Ich schau morgen so oder so bei deiner Oma vorbei.«
»Danke. Du tust mir damit einen großen Gefallen.«
»Keine Ursache. Ich mach das gern.« Sein Lächeln unterstrich noch die Wärme, die in seinen Augen lag. Es tat gut zu wissen, dass er morgen bei meiner Oma sein würde.

Ich öffnete rasch die Autotür. »Dann will ich jetzt mal losfahren. Also, bis morgen.«

»Bis morgen«, antwortete Erik.

Ich lächelte ihm ein letztes Mal zu und stieg in den Wagen. Meine Handtasche verfrachtete ich auf den Beifahrersitz und steckte den Schlüssel ins Schloss. Ein leises Röcheln – sonst passierte nichts. Ich schüttelte den Kopf. Immer das Gleiche. Ich versuchte es ein weiteres Mal mit demselben Ergebnis. Na ja. Auf der Hinfahrt hatte es auch fünf Versuche gebraucht. Das würde schon noch werden. Der nächste Versuch blieb wieder ergebnislos. Ich seufzte. Dieses Auto musste aber auch immer herumzicken, wenn es überhaupt nicht passte.

»Soll ich mal probieren?«

Ich rollte mit den Augen. Ich brauchte nicht noch einen Mann, der meinte, er könnte einen Schlüssel besser im Schloss herumdrehen als ich. »Nein, danke. Der braucht öfter ein paar Anläufe. Das klappt bestimmt gleich.« Hartnäckig versuchte ich es ein weiteres Mal.

Aber es tat sich nichts. Erik wartete derweil geduldig, während ich mich abmühte, bis ich schließlich nach dem fünfzehnten Versuch aufgab. »So ein Mist!«, fluchte ich. Wie sollte ich hier jetzt nur wegkommen?

»Soll ich vielleicht doch mal gucken?«

Ich zuckte mit den Schultern. Kaputtmachen konnte er an dem Auto nichts mehr und mein Ego war gerade mein kleinstes Problem. Ich stieg aus, drückte ihm die Schlüssel in die Hand und ging ein paar Schritte weg, um mich zu beruhigen.

Er drehte einige Mal erfolglos den Schlüssel herum, bevor er wieder ausstieg – wusste ich's doch. Dann öffnete er die Motorhaube. »Kommst du mal, Emma? Ich könnte deine Hilfe gebrauchen.«

»Sicher.« Ich ging zurück zu ihm.

»Dreh bitte den Schlüssel, wenn ich dir Bescheid sage.«

»Okay.« Ich setzte mich hinters Lenkrad, öffnete das Fenster und drehte auf Ansage den Schlüssel, während er an irgendetwas unter der Motorhaube herumfummelte. Es dauerte und dauerte. Ich konnte mir kaum vorstellen, dass er erfolgreich sein würde, aber da ich nicht besonders viele Alternativen hatte, ließ ich ihn einfach machen.

Als ich schon aufgegeben hatte und bereits am Überlegen war, wo um alles in der Welt ich einen Mietwagen auftreiben könnte, tauchte sein Kopf wieder über der Motorhaube auf.

»Du hast ein Problem mit den Kabeln. Hier ist was korrodiert. Das krieg ich hin. Ich muss sie nur abschleifen und mit Polfett versehen. Das dauert nicht lang. Das Fett habe ich zu Hause. Ich hol das schnell. Damit sollte das Problem fürs Erste gelöst sein.«

Ich warf einen Blick auf die Uhr. Es wäre ja schön, wenn er eine Lösung gefunden hätte, aber es wurde immer später.

»Und du meinst, das klappt?«

»Das klappt. Geh ruhig rein und mach dir einen Tee. Ich geb dir Bescheid, wenn ich fertig bin.«

Ergeben nickte ich. Ich hatte ja kaum eine andere Wahl, als darauf zu vertrauen, dass er wusste, was er da tat. Außerdem wirkte er so, als ob er wirklich etwas davon verstand. Ich drückte ihm also den Schlüssel in die Hand und ging hinein, um Teewasser aufzusetzen.

Erschöpft ließ ich mich in Omas gemütlichen Lehnsessel fallen. Ach, wie gut das tat, die Beine hochzulegen. Ich erlaubte mir, für einen winzigen Moment die Augen zu schließen. Nur bis das Teewasser so weit war.

»Emma?« Von ganz weit weg hörte ich eine Stimme. Irgendjemand rüttelte an meiner Schulter. Was sollte das? Ich schlief gerade so gemütlich.

»Emma? Ich bin fertig. Dein Auto springt wieder an.«
Ich schrak zusammen. Mein Auto. Ich war bei Oma. Und ich musste nach Berlin. Ich riss die Augen auf. »Okay. Alles gut. Ich fahr gleich los.«

Ich blickte in Eriks besorgte Augen. »Meinst du, das ist eine gute Idee? Du warst gerade im Tiefschlaf.«

Ich gähnte. Er hatte recht. Ich war todmüde. Aber ein Kaffee würde helfen. Ich musste ja schließlich nach Berlin. »Ach, ein Becher Kaffee, dann geht das wieder.«

»Nein, Emma. Das ist keine gute Idee. Du solltest lieber ein paar Stunden schlafen, bevor du fährst.«

Ich schaute auf die Uhr. Schon halb elf. Mittlerweile war es dunkel und ich war hundemüde. Eigentlich wollte ich nur noch ins Bett.

»Es ist keine gute Idee, übermüdet diese Landstraßen langzufahren«, fuhr er fort. »Wie wäre es, wenn du dich ein paar Stunden hinhaust und morgen ganz früh fährst?«

Das klang zu verlockend. Ich war mir tatsächlich nicht sicher, ob ich noch in der Lage war zu fahren. »Ich denke, genauso werde ich das tun.«

Er lächelte. »Das ist vernünftig. Früh morgens kommst du schnell durch. So weit ist es ja nicht nach Berlin.« Er hielt mir den Autoschlüssel entgegen. »Aber den kriegst du nur, wenn du mir versprichst, dass du wirklich erst morgen fährst.«

»Keine Sorge. Ich hol nur noch meine Taschen wieder rein, dann hau ich mich aufs Ohr.«

»Dann kann ich ja beruhigt nach Hause gehen.« Er überreichte mir den Schlüssel und begleitete mich nach draußen zum Auto.

Ich öffnete den Kofferraum und hängte mir die Taschen über die Schulter. »Kannst du. Und vielen Dank noch mal.«

»Kein Problem. Hab ich gern gemacht.« Er sah mich an, als wäre das wirklich keine große Sache.

»Du bist einer von diesen Typen vom Land, die alles können, oder?«

»Na ja. Die nächste Werkstatt ist nicht gerade um die Ecke. Da ist es schon von Vorteil, wenn man die grundlegenden Dinge selbst erledigen kann.«

»Jedenfalls vielen Dank. Und gute Nacht.« Ich gähnte.

»Dir auch eine gute Nacht, Emma.« Er verabschiedete sich mit einem Nicken und wandte sich zum Gehen.

Ich ging hinein und stellte meine Taschen im Wohnzimmer ab. Wenn ich um Viertel nach sieben da sein wollte, müsste ich gegen fünf los, dann hätte ich einen kleinen Puffer. Da fiel mir mit Schrecken Lars ein. Der machte sich bestimmt Sorgen, wo ich blieb. Da mein Handy wie üblich keinen Empfang hatte, griff ich zum Festnetztelefon.

Niemand hob ab. Wahrscheinlich machte er eine spätabendliche Joggingrunde. Ich sprach eine Nachricht auf den AB und ging nach oben in mein Zimmer, wo ich noch die Sachen für den nächsten Tag rauslegte. Den Wecker stellte ich auf vier Uhr. So hätte ich genug Zeit für eine Tasse Kaffee vor der Abfahrt.

Als ich im Bett unter der kuscheligen Daunendecke lag und durch das geöffnete Fenster nichts hörte als das Rauschen des Windes in den Bäumen, überkam mich ein wehmütiges Gefühl. Nur zu gerne würde ich einfach hierbleiben. Ich wollte morgen nicht in die Stadt. Ich vermisste nichts, wenn ich an

Berlin dachte. Meinen Job genauso wenig wie die unterkühlte Wohnung, die ich mir mit Lars teilte. Und wenn ich ehrlich war, vermisste ich Lars auch nicht besonders.

Ich schloss die Augen und merkte vor dem Einschlafen gerade noch, wie Neptun zu mir ins Bett hüpfte und es sich auf meinen Füßen bequem machte.

10. EIN UNGLÜCK KOMMT SELTEN ALLEIN

Genüsslich drehte ich mich um. Der Schlaf hatte gutgetan. Ich öffnete langsam ein Auge. Von draußen schien die sanfte Morgensonne durch die Vorhänge. Wie spät es wohl war? Schlagartig saß ich aufrecht im Bett. Wieso schien die Sonne durchs Fenster? Um vier Uhr sollte da draußen gar nichts scheinen. Hastig griff ich nach meinem Handy. Halb sechs. Mist. Mist. Mist. Das durfte doch nicht wahr sein! Wieso hatte mein Wecker mich im Stich gelassen?

Doch das war jetzt zweitrangig. Viel wichtiger war die Frage, wie ich es in zwei Stunden ins Büro schaffen sollte. Ich sprang aus dem Bett, was ein empörtes Miauen von Neptun nach sich zog, dessen Schönheitsschlaf schnöde unterbrochen wurde. Hastig schnappte ich mir die Klamotten, die neben dem Bett lagen. Warum musste mir das von allen Tagen ausgerechnet heute passieren? Und ich hatte nicht einmal Zeit für einen Kaffee.

Ich stürmte ins Bad. Wenn es für Kaffee nicht reichte, musste ich halt auf die harte Tour wach werden. Ich drehte das kalte Wasser in der Dusche auf und stellte mich für zwei Minuten darunter. Wach war ich jetzt. Ich trocknete mich ab, so schnell ich konnte, und zog hastig meine Kleidung über.

Wo war nur die verflixte Tasche mit den Prototypen? Panisch durchsuchte ich mein Schlafzimmer. Dann fiel es mir wieder ein. Ich hatte mein Gepäck unten abgestellt. Ich sprintete die Stufen hinunter.

Da war ja die Tasche. Sie lag unter dem Couchtisch. Ich runzelte die Stirn. Hatte ich sie nicht auf den Tisch gelegt? Egal. Ich schnappte sie mir und sah mich im Raum um. Ich hatte alles. Jetzt nichts wie rein ins Auto, dann würde ich es mit ganz viel Glück noch rechtzeitig schaffen.

Mit klopfendem Herzen betrat ich um kurz nach halb acht die Agentur. Ich musste mich beherrschen, dass ich nicht an unserer Mitarbeiterin am Empfang vorbeirannte, sondern sie stattdessen freundlich lächelnd begrüßte, als hätte ich alles im Griff. Ich scannte die Räume mit meinen Blicken ab. Puh. Gerade noch mal Glück gehabt. Von Anna und Niels war keine Spur zu sehen.

Ich ließ mich auf meinen Stuhl fallen und fuhr den Computer hoch. Für einen Moment schloss ich die Augen. Ganz ruhig. Niemand würde bemerken, dass die Prototypen das Gebäude verlassen hatten. Als Erstes öffnete ich die Entwürfe für die Kekssprüche. Während ich sie ausdruckte, rief ich meine Mails ab und holte mir eine Tasse Kaffee. Wach war ich zwar vor lauter Panik auch so geworden, aber den Kaffee brauchte ich jetzt, um mich nach der Aufregung zu beruhigen.

Während ich genüsslich einen Schluck Kaffee trank und zusah, wie die Entwürfe aus dem Drucker kamen, fiel langsam die Anspannung von meinen Schultern. Eines musste man unserer Agentur lassen – der Kaffee schmeckte richtig gut. Der Drucker spuckte die letzte Seite aus und verstummte. Ich stellte den Becher beiseite und griff nach der Tüte mit den Keksverpackungen. Das war ja alles noch mal gut gegangen. Jetzt musste ich die Sachen nur noch auf Annas Schreibtisch legen. Sobald mein Chef da war, würde ich ihn um ein Gespräch bitten und ihm meinen familiären Notfall erklären. Mit Glück kam ich mittags hier raus. Ich könnte Lars überraschen, der heute Homeoffice hatte. So früh würde er bestimmt nicht mit mir rechnen.

Da betrat Niels das Büro. Ganz schön früh war der heute dran. Ich konnte mir ein Lächeln nicht verkneifen. Ob Anna das wusste oder wie gewöhnlich erst in zwei Stunden aufschlug? Als er mit einem Nicken an meinem Schreibtisch vorbeiging, warf ich ihm mein strahlendstes Lächeln zu und schickte ein gut gelauntes »Guten Morgen« hinterher.

»Hi, Emma. Na, du hast ja gute Laune heute.«

Ich runzelte die Stirn. Hoffentlich hatte ich es nicht übertrieben. Vielleicht durfte man bei einem familiären Notfall nicht zu gut gelaunt sein. Ich beobachtete Niels, um herauszufinden, wann ein günstiger Moment war, um zu ihm hinüberzugehen. Das war der Vorteil an unserem verglasten Großraumbüro. Man war immer darüber im Bilde, was die Kollegen gerade machten. Niels hängte sein Jackett auf, schaltete den Computer ein und sah sich auf seinem Schreibtisch um. Dann öffnete er die Tür seines gläsernen Kabuffs und schaute sich im Raum um. Sein Blick blieb an mir hängen. »Ist Anna da?«

Ich schüttelte den Kopf. »Noch nicht. Aber kann ich helfen?« Ich wollte einen möglichst guten Eindruck machen, schließlich war ich in nicht allzu ferner Zukunft auf sein Wohlwollen angewiesen.

»Hast du die fertigen Prototypen? Die Entwürfe mit den Sprüchen würde ich auch gern sehen.«

Ich nickte. »Bring ich dir gleich rüber.«

»Prima. Ich bin gespannt.«

Just in dem Moment kam Anna hereingeschneit. Sie runzelte die Stirn, als sie sah, dass Niels bereits da war. »Was macht der schon hier?«, hörte ich sie murmeln.

Ich warf ihr mein breitestes Lächeln zu. »Guten Morgen, Anna«

Missgelaunt schaute sie mich an. Offensichtlich hatte Niels' Anwesenheit ihr einen Strich durch die Rechnung gemacht.

»Wo sind die Prototypen?«, fuhr sie mich an. Na, zumindest sie war noch ganz die Alte.

»Ich hab sie hier«, sagte ich und zeigte auf die Tasche.

Anna runzelte die Stirn. Mist, das war gar nicht geschickt gewesen. Nicht, dass sie sich noch fragte, warum ich sie in eine Tasche steckte, da sie doch das ganze Wochenende hier lagen.

»In der kleinen Tasche da?«, fragte sie auch prompt.

»Ja, ich wollte nicht, dass sie vollstauben übers Wochenende.« Das war zwar eine seltsame Ausrede, aber da Anna mich eh für komisch hielt, kam ich damit vielleicht durch. »Ich wollte sie gerade zu Niels bringen«, fuhr ich hastig fort.

»Na gut. Beeil dich ein bisschen. Ich bin dann bei Niels. Nimm auch die Entwürfe für die Sprüche mit.«

Ich nickte. »Klar. Ich komme gleich rüber.«

Als Anna weg war, atmete ich tief durch. Das war gerade noch mal gut gegangen. Ich griff nach der Papiertasche. Sah die heute früh auch schon so zerknautscht aus? War das bei der Autofahrt passiert? Ich konnte nur hoffen, dass die Prototypen nichts abgekriegt hatten. Was war das da oben am Rand? Das sah irgendwie angenagt aus. Mein Herz fing an zu rasen. Das waren eindeutig Bissspuren. Ich stöhnte. Das durfte nicht wahr sein. Ich öffnete die Tasche und griff vorsichtig hinein. Vielleicht war es ja nur die Tüte, und die Modelle hatten nichts abgekriegt. Langsam zog ich sie heraus und erstarrte. Ich schluckte. Neptun hatte letzte Nacht anscheinend nichts Besseres zu tun gehabt, als seine Zähne an den Prototypen auszuprobieren. Die Spuren ließen sich beim besten Willen nicht anders erklären. Er hätte auch direkt draufschreiben können: *Neptun war hier.*

Was sollte ich nur machen? Ein paar Meter weiter standen Niels und Anna und warteten. Wie, um Himmels willen, kam ich aus der Nummer wieder raus? Anna stolzierte auf mich zu. Hastig stopfte ich die Modelle wieder in die Tüte. Egal wie, ich musste Zeit schinden.

»Emma, wo bleibst du? Wir warten auf dich«, sagte sie mit extrem genervtem Unterton in der Stimme.

»Ich wollte gerade die 3-D-Animation auf den Stick ziehen, aber mein Computer macht mir einen Strich durch die Rechnung«, war das Erstbeste, was mir einfiel. »Da läuft gerade ein Riesen-Update.« Das war eine ziemlich gewagte Ausrede, aber eine bessere fiel mir in der Kürze der Zeit nicht ein. Sobald Anna einen Blick auf meinen Monitor werfen würde, sähe sie sofort, dass es kein Update gab.

»Hm«, machte sie. »Das ist ja ärgerlich. Na gut, dann hole ich mir eben erst mal einen Kaffee.« Mit diesen Worten dampfte sie wieder ab.

Erleichtert atmete ich auf. Ich hatte eine minimale Chance, die ganze Sache geradezubiegen. Sobald Anna außer Sichtweite war, ließ ich in Windeseile die Prototypen noch mal aus dem Drucker. Ich schluckte. Sie durfte mich nicht erwischen, schließlich machte mein Computer offiziell gerade ein Update. Wenn ich mich richtig ranhielt, konnte ich die Prototypen in einer halben Stunde fertig haben. Irgendwas musste mir doch einfallen, womit ich sie beschäftigen konnte, nachdem sie ihren Kaffee getrunken hatte. Der Drucker war fertig. Hastig drehte ich die Druckbögen um, als Anna aus der Küche kam, ihren Kaffeebecher in der Hand. Sie steuerte verdächtig auf meinen Schreibtisch zu. Das musste ich unbedingt verhindern. Sonst sah sie gleich, dass mein Computer einsatzbereit war. Ich sprang auf und hastete ihr entgegen.

Irritiert guckte sie mich an. »Na, wohin so eilig?«

»Ich muss nur mal schnell auf Toilette«, murmelte ich.

»Okay«, sagte sie gedehnt. »Ich bin dann bei Niels. Sobald du wieder an deinen Rechner kannst, um die Daten runterzuziehen, kommst du bitte.«

Ich nickte und ging weiter Richtung Toilette. Wieder verrann kostbare Zeit. Ich schloss die Tür hinter mir, wartete eine Minute und ging zurück zu meinem Schreibtisch.

Ich schluckte. Meine Präsentationsmappe war weg, ebenso die Tüte mit den zernagten Prototypen. Oh mein Gott. Ich blickte hysterisch um mich. Ich sah, wie Anna die Sachen auf Niels' Schreibtisch ablegte. Mir blieb die Luft weg. Hatte sie sich das einfach in meiner Abwesenheit gekrallt? Nun war alles zu spät. Jeden Moment würde Niels die Tüte öffnen und die zerknautschten Modelle mit den Bissspuren entdecken. Ich musste die Katastrophe irgendwie stoppen. Aber wie? Ich konnte ja nicht hinüberrennen und Niels die Tüte unter der Nase wegschnappen. Obwohl das genau genommen das Einzige war, was mir noch blieb.

Geistesgegenwärtig schnappte ich mir den Stick mit der 3-D-Animation und eilte hinüber.

»Das ging jetzt aber flott«, sagte Anna argwöhnisch. Sie wurde immer misstrauisch, wenn ich etwas schnell oder gut erledigte. Diesmal war ihre Skepsis ausnahmsweise angebracht.

»Ja. Das Update war dann durch.« Ich schielte zu der unheilvollen Tüte. Was sollte ich nur tun?

»Anna war so frei und hat die Sachen rübergebracht. Jetzt, wo du hier bist, können wir sie ja mal durchgehen.«

»Okay«, sagte ich und griff nach den Entwürfen für die Sprüche. Vielleicht kam mir ja noch eine zündende Idee.

»Ich möchte lieber zuerst die Prototypen sehen«, durchkreuzte Niels meine Pläne und griff nach meiner Tüte. »Brandenburger Kartoffeln?«, fragte er irritiert.

Ich biss mir auf die Lippen. Hätte ich nicht wenigstens eine andere Tüte nehmen können als die von Omas Dorfladen?

Niels beäugte die Tüte misstrauisch. »Hattest du nichts, was weniger verknautscht war?«

»Die lag in meiner Schreibtischschublade«, murmelte ich.

»Na ja, auf den Inhalt kommt es an, nicht wahr?«, sagte er lachend. Frohgemut griff er in die Tüte. »Dann wollen wir uns das Keksbaby mal anschauen.«

Ich lächelte gequält. Ein Feueralarm, schoss es mir durch den Kopf. Das wäre die Rettung. Aber dafür war es leider zu spät. Ich hielt die Luft an.

Langsam zog Niels eins der beiden Modelle heraus und hielt es in die Luft. Er hatte auch noch das mit den stärkeren Bissspuren erwischt. Niels starrte fassungslos den Prototypen an, während sein Kopf von Sekunde zu Sekunde roter anlief. Bebend vor Wut hielt er mir das Modell vor die Nase.

»Was, zur Hölle ...«, brüllte er quer durch den Raum. Alle Augen in der Agentur drehten sich zu uns. Verdammt. Wie konnte nur in so kurzer Zeit alles so schiefgehen? Vor zehn Minuten hatte ich gedacht, ich hätte alles noch mal hinbekommen, und war in Gedanken im Auto zurück nach Sonnenfelde gewesen. Jetzt fühlte es sich an, als hätte ich nur noch wenige Augenblicke zu leben.

Ich starrte auf das zernagte Papiermodell und hatte keine Ahnung, wie ich das erklären sollte. »Die Kekse sahen so zum Anbeißen aus«, versuchte ich einen müden Scherz. Der kam gar nicht gut an. Niels wirkte, als würde er mich gleich in der Luft zerreißen, und wenn Anna mich noch fünf Minuten länger so ansah, würde ich zu Eis erstarren. Ich holte tief Luft. Hier half nichts als die schnöde Wahrheit. In groben Zügen erzählte ich von dem Anruf und meinem Dilemma, die Arbeit zu erledigen und dennoch meiner Oma beizustehen.

Niels blickte kopfschüttelnd auf mich herab. »Ich kann nicht fassen, dass du dich so unprofessionell verhalten hast, Emma! Warum hast du nicht Bescheid gesagt? Dann hätte jemand anderes das übernommen. Bei familiären Notfällen hat doch jeder Verständnis.«

Tatsache? Verdutzt blickte ich ihn an. Ich hatte bisher nicht den Eindruck gehabt, dass er Verständnis aufbrachte, wenn jemand vor einem wichtigen Termin krank wurde und nicht zur Arbeit erschien. Aber gut zu wissen, dass er seine rücksichtsvolle Seite entdeckt hatte, denn zu allem Überfluss musste ich ihn ja heute noch um Urlaub bitten.

Er hielt mir das zerfetzte Modell hin. »Sorg unverzüglich für Ersatz. Es sind zwei Stunden bis zum Team-Meeting. Und diese Geschichte bleibt unter uns. Ich will nicht, dass sich rumspricht, dass wir nicht sorgsam mit sensiblem Material umgehen, ist das klar?« An seinem Tonfall hörte man, wie ernst es ihm damit war. Er blickte mich finster an. Seine Augenbrauen schienen sich fast zu berühren.

»Natürlich. Ich kümmere mich darum.«

»Gut. Beginn gleich damit.«

»Ich weiß, das war ein Riesenfehler«, platzte ich heraus. »Ich wusste mir nicht anders zu helfen. Niemals hätte ich gedacht, dass den Modellen etwas passieren könnte.«

»Es hat seine Gründe, warum es diese Regelung gibt.«

»Ich weiß. Das kommt nicht wieder vor.«

»Das will ich hoffen«, murrte er. »Du kannst jetzt gehen.«

»Was ist mit den Entwürfen für die Sprüche?«

»Die schau ich mir gleich mit Anna an. Du machst erst mal diese Prototypen fertig.«

»Okay«, sagte ich, bevor ich die Tür hinter mir zuzog, froh, dem Raum zu entkommen.

Nach einer Stunde konzentrierten Arbeitens war ich fertig. Vor mir standen zwei wohlbehaltene Kekstüten-Prototypen. Ich wollte sie so schnell wie möglich zu Niels bringen. Vielleicht stieg seine Laune dadurch wieder und ich konnte ihn dann nach dem Urlaub fragen.

»Emma!« Niemand außer Anna schaffte es, so viel Verachtung in dieses eine Wort zu legen.

Ich hob den Kopf. Ihre Augen blitzten. Es machte ihr einen Riesenspaß, dass ich in Ungnade gefallen war und sie jetzt hemmungslos auf mir herumhacken konnte.

Unaufgefordert nahm sie einen der Prototypen hoch. »Das sind die neuen Modelle?« Anna musterte sie mit einem derart stechenden Blick, dass ich das Gefühl hatte, sie würde gleich zwei Löcher ins Papier brennen. Zu ihrem offensichtlichen Missfallen fand sie aber nichts, was sie beanstanden konnte.

»Okay. Bring die zu Niels, damit er sie absegnet. Die Entwürfe für die Sprüche sind wir durchgegangen. Sind in Ordnung so.«

Ich sah ihr an, wie sehr sie sich überwinden musste, dieses Minimallob auszusprechen. »Prima. Ich freue mich.«

Darauf ging sie nicht weiter ein. Nichts könnte Anna weniger interessieren als die Tatsache, dass ich mich freute.

Vorsichtig griff ich meine Modelle und ging zu Niels' Büro. Ich straffte meine Schultern. Das würde nicht einfach werden.

»Komm rein, Emma«, sagte er, als ich an die Tür klopfte.

Ich trat ein. »Hier sind die Prototypen.« Ich legte sie auf seinen Schreibtisch und wartete.

Er nahm sie in die Hand, drehte und wendete sie und begutachtete sie von allen Seiten. »Warum nicht gleich so?«

Ich lächelte, unsicher, was ich darauf erwidern sollte. Ich wollte nicht erneut in ein Fettnäpfchen treten.

Niels schwieg. Er schien sich nicht im Klaren zu sein, was er mit mir anfangen sollte. Er seufzte. »Emma. Ich habe dich bisher als zuverlässige Mitarbeiterin kennengelernt.«

Das war doch schon mal ein guter Anfang.

»Ich hoffe, dass das heute ein Ausrutscher war, denn ich würde mich nur sehr ungern von dir trennen.«

»Natürlich. Ich verstehe.«

Für ihn war die Sache damit offenbar abgeschlossen. Im Gegensatz zu Anna war Niels zwar aufbrausend, aber nicht nachtragend. »Dann können wir uns wieder dem Tagesgeschäft widmen. All dieser Quatsch hat schon viel zu viel von meiner Zeit gekostet. Da wir jetzt alles beisammenhaben, können wir mit dem Team-Meeting loslegen. Sagst du den anderen Bescheid?«

Wie von Zauberhand gerufen stand Anna hinter mir. Mist. Jetzt hatte ich wieder die Chance vertan, mit Niels zu reden. Dann musste ich es im Anschluss an das Meeting versuchen.

Glücklicherweise verlief die Teambesprechung ohne Probleme. Alle waren begeistert von der Verpackung, und auch die Präsentation der Kekssprüche kam gut an, was ich kaum fassen konnte. Natürlich war ich froh, dass ich nichts nachbessern musste, sonst würde ich nur noch später zu Oma kommen. Andererseits war es unfassbar, dass alle die Sprüche witzig fanden. Zumindest waren nach dem gelungenen Meeting meine Chancen auf den Urlaub immens gestiegen.

Die anderen Mitarbeiter zerstreuten sich langsam. Nur Niels und Anna blieben noch da. Sie schaute mich direkt an. Das bedeutete nichts Gutes. »Ich habe jetzt einen Außentermin. Um 14 Uhr bin ich spätestens zurück. Um 15 Uhr ist dann das Kunden-Meeting. Bereitest du alles vor?«

Das war eigentlich ein Praktikantenjob, aber ich war in keiner guten Position, mich zu beschweren.

»Geht klar«, meinte ich darum nur.

»Okay. Wie gesagt, um 14 Uhr bin ich wieder hier.« Mit einem Nicken wandte sie sich ab und verließ das Büro. Ich atmete befreit durch. Ohne Anna in der Nähe war die Atmosphäre gleich lockerer.

Jetzt war die Gelegenheit. Ich musste mit Niels sprechen. Irritiert schaute er mich an, weil ich mich nicht so schnell wie üblich davonmachte.

»Also dann«, sagte er auffordernd und deutete zur Tür.

»Da gibt es noch eine Sache«, begann ich zögerlich.

»Und die wäre?«

»Ich weiß, das ist kein idealer Zeitpunkt, aber meine Oma wird heute operiert. Außer mir hat sie niemanden. Ich würde sie die nächsten Tage gern unterstützen.«

»Okay«, sagte Niels nachdenklich. »Was denkst du, wie lange sie im Krankenhaus sein wird?«

Ich zuckte mit den Schultern. »Das kann ich erst sagen, wenn ich weiß, wie die OP verlaufen ist. Aber ein paar Tage sicherlich.«

Er runzelte die Stirn. »Solch eine Open-End-Geschichte gefällt mir nicht besonders.« So viel zu seinem Verständnis. »Den Rest der Woche kannst du frei machen. Mehr ist nicht drin. Montag brauche ich dich wieder.«

»Danke, Niels«, sagte ich hastig. »In ein paar Tagen kann sie sicher nach Hause.« Ich hoffte inständig, dass das stimmte und sie sich bis Ende der Woche wieder halbwegs gesund und munter zu Hause eingerichtet hatte. Sonst wüsste ich auch nicht, was ich tun sollte.

»Und jetzt zurück an die Arbeit. Familie ist wichtig. Arbeit aber auch.«

Ich nickte.

»Nach dem Kunden-Meeting kannst du dann gehen.«

Ich biss mir auf die Lippen. Wenn ich daran teilnehmen sollte, würde ich es nicht rechtzeitig schaffen. Schließlich musste ich noch zu Hause ein paar Sachen zusammenpacken und Lars klarmachen, dass ich erst Sonntag wiederkäme. »Kann ich vielleicht schon vorher gehen?«

Niels runzelte die Stirn. »Ich weiß nicht, ob du dir im Klaren bist, was dieser Kunde für die Agentur bedeutet.«

»Doch, natürlich«, beeilte ich mich zu sagen.

»Gut. Dann wird es dir einleuchten, dass ich dich bei der Präsentation vor Ort brauche. Du bist die Verpackungsdesignerin. Du stellst das Produkt vor.«

Ich nickte. Es gefiel mir nicht, aber ich hatte das Gefühl, dass ich das Maximum ausgereizt hatte. »Natürlich«, sagte ich darum nur und ging zu meinem Platz.

Da ich nichts Besseres zu tun hatte, überprüfte ich den Konferenzraum. Ich schloss den Beamer für die Präsentation an und wies unsere Praktikantin an, die Getränke aufzufüllen und nachher ausreichend Kaffee zu kochen. Das musste ich nun nicht selbst machen. Ich verteilte noch Schreibblöcke und Kugelschreiber mit dem Agentur-Logo auf den Plätzen, und schon war ich fertig. Bis der Kunde kam, waren es noch fast drei Stunden und ich hatte nichts mehr zu tun.

Ich könnte die Zeit nutzen, um meine Sachen zu holen. Ich war zwar nicht erpicht darauf, erneut Niels zu bitten, aber es ging um Oma. Für die würde ich sogar ein Wellness-Wochenende mit Anna verbringen. Da es durchs Aufschieben nicht einfacher wurde, nahm ich meinen Mut zusammen und klopfte bei ihm an. »Darf ich kurz stören?«

Er blickte auf. »Ich hoffe doch, kein Hund ist ins Gebäude eingebrochen und hat die nächsten Entwürfe aufgefressen?«

Wenigstens hatte er seinen Humor wiedergefunden. »Nein. Den Entwürfen geht es gut. Ich wollte fragen, ob ich kurz nach Hause darf, um ein paar Sachen zu packen. Dann könnte ich nach dem Kundentermin direkt aufbrechen.«

Er seufzte. Dann zuckte er mit den Schultern. »Warum nicht. Die Entwürfe sind ausgedruckt, die Prototypen fertig. Du bist eh zu nicht viel in der Lage, wenn deine Gedanken woanders sind. Aber sieh zu, dass du um 14 Uhr zurück bist.«

»Klar. Danke. Ich beeile mich.«

»Gut.« Er senkte den Blick auf den Bildschirm. Das Thema war beendet.

Hastig verließ ich den Raum. Niels mochte es gar nicht, wenn man zu viel seiner Zeit beanspruchte. Ich holte meine Handtasche und machte mich auf den Weg zum Auto.

Das war doch gar nicht so schlecht gelaufen. Ich würde zwar später ankommen als gewollt, aber ich hatte mindestens zwei Stunden herausgeholt.

Auf dem Weg könnte ich Lars' Lieblingscroissants besorgen. Dann hätte er gleich bessere Laune, wenn ich ihm erzählte, dass ich sofort wieder weg wäre. Er würde die Woche ohne mich schon überstehen. Vor lauter Arbeit käme er wahrscheinlich sowieso nicht dazu, mich zu vermissen.

Ich schwang mich ins Auto und reihte mich in den zähen Verkehr ein. Schneller als gedacht kam ich zu Hause an und fand sogar einen Parkplatz direkt vor der Tür. Ich sprang beim Bäcker rein und holte zwei Mandelcroissants, die Lars so liebte.

11. VON SCHLIMM NACH SCHLIMMER

Erschöpft stieg ich die Treppen hinauf. Wie gern hätte ich mich eine halbe Stunde hingelegt, um ein bisschen runterzukommen. Aber das würde ich mir lieber verkneifen. Zum einen wurde die Zeit knapp und zum anderen wollte ich nicht das Risiko eingehen, ein zweites Mal zu verschlafen.

Ich schloss die Tür auf und trat ein. Irgendetwas war heute anders. Ich schnupperte. Ein fremder Geruch hing in der Luft. Hatte Lars wieder mit Duftölen experimentiert? Ich schnupperte. Patchouli war das nicht, aber irgendwie kam mir der Duft bekannt vor. Ich hängte meine Jacke auf. An der Garderobe hing ein unbekannter Mantel. Hatte Lars Besuch? Ich überlegte. Den Trenchcoat kannte ich irgendwoher.

Mit einem Mal durchzuckte es mich. Entweder Lars' Gast trug den gleichen Mantel wie meine Intimfeindin – oder Anna war hier. Ich schnupperte noch einmal. Das würde erklären, warum mir der Geruch so bekannt vorkam. Ich hörte Stimmengemurmel aus dem Wohnzimmer. Was, um alles in der Welt, wollte die hier? Ob sie mich wegen der Katzengeschichte unter vier Augen zur Rede stellen wollte? Eigentlich tat sie so etwas lieber vor versammelter Büromannschaft, damit möglichst viele die Demütigung mitbekamen. Woher wusste sie überhaupt, dass ich herkommen würde? Es könnte natürlich sein, dass sie inzwischen mit Niels gesprochen hatte. Ich ärgerte mich. Lars hätte mir ruhig eine Warn-SMS schicken können, damit ich gewusst hätte, was mich erwartete. Hoffentlich hatte er es wenigstens geschafft, sie in meiner Abwesenheit ein wenig zu besänftigen. Er konnte charmant sein, wenn er wollte. Vielleicht war der Großteil ihres heiligen Zorns ja inzwischen verraucht.

Ich folgte den Geräuschen. Langsam öffnete ich die Wohnzimmertür und wappnete mich, Annas Gesicht in meiner Wohnung vorzufinden. Doch es war nicht Annas Gesicht, das mich empfing, sondern ihr Rücken. Wie angewurzelt blieb ich stehen. Ich brauchte einen Moment, um das Bild zu verarbeiten, das sich mir bot. Es war einfach zu absurd. Ich wünschte, ich hätte nicht die Angewohnheit, so leise zu gehen. Dann wäre mir dieser Anblick erspart geblieben.

Anna trug ein hochgeschlossenes Lederoutfit. Der Rücken war so geschnürt, dass man genau sah, dass sie nichts darunter trug. Das allein war verstörend genug. Noch verstörender war allerdings die Tatsache, dass Lars vornübergebeugt über unserer Sofalehne lag und mir sein nacktes Hinterteil präsentierte, das von roten Striemen überzogen war. Anna holte mit einer Lederpeitsche aus und ließ die Fransen kräftig auf Lars' Pobacken sausen. Genussvoll stöhnte er auf, als die langen Lederstriemen auf seiner Haut aufklatschten.

Die beiden bemerkten mich nicht, sondern machten einfach weiter, bis mir die Handtasche polternd aus der Hand fiel.

Anna fuhr herum und starrte mich mit aufgerissenen Augen an. »Was machst du hier?«, herrschte sie mich an, als wäre das ihre Wohnung. »Warum bist du nicht im Büro?« Lars hatte zumindest noch den Anstand, peinlich berührt zu wirken, während er hastig die Unterhose und seine Jeans überzog.

»Die Frage lautet wohl eher: Was macht ihr hier?«, erwiderte ich fassungslos.

»Nun ja«, begann Lars, offensichtlich um eine Antwort verlegen.

»Ach, hör auf«, unterbrach Anna ihn unwirsch. »Das Herumgedruckse können wir uns sparen.«

»Wie lange läuft das schon so?«, fragte ich tonlos. Alles in mir schrie danach, aus dem Raum zu rennen, aber ich musste Klarheit haben.

Lars schwieg.

»Seit der Weihnachtsfeier«, sagte Anna mit fester Stimme.

Mir blieb der Mund offen stehen. »Aber ...«, ich rechnete nach, »das sind über sieben Monate.«

»Das sollte eigentlich eine einmalige Sache sein«, sagte Lars, als sei das eine Entschuldigung. Er schaute mich mit einem Dackelblick an. »Ich wollte dir nicht wehtun.«

Ich rollte mit den Augen. »Das hättest du dir überlegen sollen, bevor du dir von Anna den Hintern versohlen lässt.«

»Das ist einfach so passiert.«

Ich war kurz davor, Anna die Peitsche aus der Hand zu reißen. Die könnte ich gerade wirklich gut gebrauchen. »So etwas passiert doch nicht einfach mal so!«, fuhr ich ihn an.

Er zuckte hilflos mit den Schultern. »Bei der Weihnachtsfeier warst du so mies drauf. Du hast den ganzen Abend so still und leidend in der Ecke gesessen. Ich wollte nicht, dass

Anna einen schlechten Eindruck von dir hat. Darum hab ich das Gespräch angefangen. Ich hab das für dich getan. Ich wollte deine Karriere fördern.«

Ich schnaubte. »Ach, und dass ihr miteinander in der Kiste gelandet seid, sollte wohl auch meine Karriere fördern?«

»Natürlich nicht«, sagte er betreten. »Aber du bist irgendwann gegangen und plötzlich waren nur noch wir zwei am Tisch. Wir hatten beide ein Gläschen zu viel getrunken und dann führte eins zum anderen.«

»Und dann ist einfach so, ganz ohne euer Zutun, eine Affäre daraus geworden.« Meine Stimme wurde lauter. In mir brodelte es. Am liebsten hätte ich den Mistkerl am Kragen gepackt und vom Balkon gestoßen und Anna gleich hinterher.

»Wir haben ziemlich schnell gemerkt, dass wir ähnliche Vorlieben haben«, mischte sich Anna ein. »Wir beide haben ab und zu ein bisschen Spaß, das ist alles.«

Ich ignorierte sie und starrte Lars weiter an. Er strich sich die gegelten Haare aus der Stirn. »Mal ehrlich, Emma, zwischen uns läuft es doch schon eine ganze Weile nicht mehr so richtig. Im Bett herrscht auch Flaute. Besonders leidenschaftlich war das alles die letzten Monate jedenfalls nicht.«

Ich konnte nicht glauben, dass er vor Anna unser Sexleben ausbreitete. Aber für sie waren das wahrscheinlich alles längst keine Neuigkeiten mehr. Lars wand sich unter meinen Blicken. »Am Anfang habe ich noch gedacht, irgendwann wird es wieder besser und das Feuer kehrt zurück.«

»Ach, und so lange wolltest du dir mit Anna die Zeit vertreiben.« Ich schüttelte fassungslos den Kopf. »Wo wir schon bei *ehrlich* sind. Warum hast du mir das nicht gesagt? Wozu die ganze Heimlichtuerei?«

Lars blickte mich mit einer Kummermiene an. »Ihr arbeitet zusammen. Ich wollte nicht, dass Anna Probleme bekommt.«

»Wie rücksichtsvoll von dir.«

Anna schaltete sich ein. »Glaubst du, ich hatte Lust, dass du bei der Arbeit einen Zickenkrieg anfängst?« Genervt blickte sie mich an, als sei es mehr als lästig, mir zu erklären, was doch offensichtlich war.

Ich verschränkte die Arme vor der Brust. »Wahrscheinlich käme es dir auch nicht besonders gelegen, wenn Niels erfährt, wo du deine Außentermine verbringst.«

Annas Wangen liefen rot an, in ihren Augen funkelte es. Und sie hielt immer noch die Peitsche in der Hand. »Wage es ja nicht«, knurrte sie und baute sich vor mir auf. Wenn Blicke töten könnten, wäre ich in dieser Sekunde umgefallen. Aber sie machte mir keine Angst. Alles fühlte sich eigentümlich gedämpft an. Als würde ich die Dinge um mich durch einen Filter betrachten. Ich stand definitiv unter Schock. »Und mit der Partnerschaft kannst du dir das dann wohl auch abschminken«, sagte ich ruhig und fühlte eine finstere Genugtuung in mir aufsteigen.

Ich sah, wie es in Annas Kopf ratterte. Fieberhaft suchte sie einen Ausweg aus dem Dilemma. Wenn Niels von der Sache erfuhr, würde ihr das einen gewaltigen Strich durch die Rechnung machen. Aber Anna wäre nicht Anna, wenn ihr nicht sofort eine brillante Lösung eingefallen wäre.

Sie straffte die Schultern und setzte einen geschäftsmäßigen Gesichtsausdruck auf. »Wir benehmen uns jetzt wie erwachsene Menschen«, sagte sie beherrscht. »Die Karten liegen auf dem Tisch und wir wissen, woran wir sind. Ich habe eine große Zukunft in der Agentur vor mir. Solange Niels glaubt, dass ich Single bin, stehen meine Chancen nun mal am besten. Schau nicht so! Wenn er in Dinge, die nichts bedeuten, etwas hineininterpretieren will, ist das nicht meine Schuld. Ich behandle ihn nicht einmal besonders nett. Irgendwann wird er merken, dass das nichts wird. Aber erst, nachdem er mich zur Partnerin ernannt hat. Wir machen das so: Du behältst diese kleine Episode für dich und ich erzähle Niels bei Gelegenheit, wie große Stücke ich auf dich halte.«

»Das kannst du vergessen.«

Sie verschränkte die Arme. »Dann bleibt dir wohl nichts als zu kündigen.«

Irritiert blickte ich sie an. »Warum sollte ich kündigen? Ich habe nichts falsch gemacht.«

»Ich werde das Feld nicht räumen. Und selbst wenn du ihm alles erzählst, wird er mich nicht rausschmeißen. Schon gar nicht im Moment. Dafür bin ich zu wichtig für die Kekskampagne.« Sogar in ihrem freizügigen Lederoutfit gelang es Anna, businessmäßig zu bleiben. »Er braucht mich, ob er mich nun leiden kann oder nicht. Er wird erst mal sauer sein und sich aufregen, aber in ein paar Wochen ist Gras über die Sache gewachsen. Der kriegt sich schon wieder ein. Schließlich sind wir nicht zusammen oder so.«

Es war unfassbar. Anna war nichts peinlich. Ganz im Gegenteil. Sie war total in ihrem Element. Problemlösen war ihre Stärke. Und dieses Problem war eine spannende Herausforderung für sie.

»Pass auf«, fuhr sie fort. »Es gibt zwei Möglichkeiten. Grundvoraussetzung ist, dass du brav deinen Mund hältst. Erste Option: Du wählst den melodramatischen Weg und verlässt die Firma. Ich sorge dafür, dass du eine ordentliche Abfindung erhältst. Da tüftle ich mir etwas zurecht. Wir könnten uns etwas wegen Arbeitsüberlastung und unmenschlicher Arbeitsbedingungen zurechtlegen. Ich bearbeite Niels so lange, bis er Angst vor einer Klage hat und allem zustimmt.« Sie machte eine Pause. Das kannte ich. Jetzt holte sie aus zum triumphalen Geniestreich. »Oder die Alternative: Du reißt dich zusammen und bleibst. Das Leben in der Agentur wird deutlich angenehmer für dich sein als bisher. Ich schanze dir die guten Aufträge zu und Freitagnachmittag bekommst du auch keine Extraarbeiten mehr.«

»Dazu besteht ja auch keine Notwendigkeit mehr«, sagte ich sarkastisch. Endlich war mir klar, warum Anna mir diese ganzen Extraaufträge aufgedrückt hatte. Damit sie ungestört Zeit mit meinem Freund verbringen konnte. Nun, da die Katze aus dem Sack war, konnten die zwei sich ganz normal verabreden. Wie praktisch. Ich schüttelte den Kopf. Anna glaubte wirklich, dass das alles keine Konsequenzen für sie hätte. Jedenfalls keine negativen.

»Sei nicht so feindselig, Emma«, sagte sie so sanft, als spräche sie mit einem Kätzchen. Ich kam mir vor, als sei ich in einem abgedrehten Paralleluniversum gelandet. Anna war noch nie so nett zu mir gewesen wie jetzt gerade.

»Lass uns die Situation zufriedenstellend für alle lösen«, fuhr sie mit hypnotischer Stimme fort. »Falls du die Sache mit dem Kekskunden gut hinkriegst, könnte ich mich bei Niels für eine Gehaltserhöhung für dich einsetzen. Ich müsste nur ein paar Wochen warten, bis Gras über die Katzengeschichte gewachsen ist. Also, was sagst du? Wäre ich du, wüsste ich, was ich täte. So ein Angebot bekommt man nur einmal im Leben.« Triumphierend schaute sie mich an.

Ich konnte es nicht fassen. Sie zog vor meinen Augen eine SM-Nummer mit meinem Freund ab und versuchte, mir das als Chance meines Lebens zu verkaufen? Die Frau war unglaublich. Die schaffte es, ihrer Erbtante einen Grabstein zu verkaufen.

Lars meinte zu allem Überfluss, sich auch noch einschalten zu müssen. »Denk drüber nach, Emma. Das zusätzliche Geld kannst du gut gebrauchen, wenn du dir eine Wohnung suchst.«

Mir blieb der Mund offen stehen.

»Nun ja, es ist wohl in unser beider Interesse, dass du dir etwas Eigenes suchst«, fuhr er fort.

»Du willst das allen Ernstes besprechen, während Anna uns zuhört?« Ich funkelte die beiden böse an. Ich wusste nicht, wen ich im Moment mehr hasste. »Raus!«, brüllte ich Anna an. »Noch ist das immer noch auch meine Wohnung.«

Anna zuckte mit den Schultern. »Vielleicht können wir reden, wenn du dich wieder etwas abgeregt hast.« In aller Seelenruhe sammelte sie ihre verstreuten Sachen ein. »Denk über mein Angebot nach. Du wirst sehen. Wenn du wieder einen klaren Kopf hast, erkennst du die Vorteile des Arrangements. Wir sehen uns nachher beim Kunden-Meeting.«

Sie nickte Lars zu und wandte sich zum Gehen. Kurz vor der Tür blieb sie stehen. »Eine Sache würde mich noch interessieren. Was genau machst du nun eigentlich hier?«

Meine Restenergie verpuffte. Ich konnte nicht mehr streiten. »Ich wollte ein paar Sachen packen. Ich fahre nachher zu meiner Oma.«

Anna blickte mich überrascht an. »Weiß Niels davon?«

Ich nickte. »Ich habe mit ihm gesprochen. Ich sollte nur noch das Keks-Meeting mitmachen.«

»Verstehe. Na, dann beeil dich mit dem Packen. Sieh zu, dass du pünktlich zum Meeting da bist. Sonst wird das mit der Gehaltserhöhung schwierig.« Sie nickte mir zu und ging zügigen Schrittes zur Garderobe, wo sie sich den Trenchcoat überzog. »Ach, und eins noch, Emma. Kein Typ ist es wert, dass du dir seinetwegen Perspektiven verbaust.«

Die Tür fiel hinter ihr ins Schloss und meine gesamte Wut konnte sich wieder auf Lars richten. »Du hast gesagt, das sei unsere Wohnung und dass es keinen Unterschied mache, wessen Name im Mietvertrag steht!«

Lars zuckte mit den Schultern. »Dinge ändern sich. Schau dich doch um. Nichts von dem gehört dir.«

Ich schluckte. Seine Worte zogen mir den Boden unter den Füßen weg. Wie konnte ich nur so ahnungslos gewesen sein und nicht bemerkt haben, wie er mich hinterging? Aber wenn ich ehrlich war, wollte ich mich gar nicht mit ihm um die scheußliche Wohnung streiten. Ich ertrug es nicht länger, sein verlogenes Gesicht vor mir zu sehen. Bei der Vorstellung, hier auch nur eine einzige Nacht zu verbringen, wurde mir übel. Es war wirklich das Beste, wenn ich mir etwas Neues suchte. Und zwar sofort. »Keine Sorge. Ich will die Wohnung gar nicht. Wenn du nun bitte den Anstand hättest, mich allein zu lassen, damit ich meine Sachen packen kann.«

Er zögerte.

Ich verdrehte die Augen. »Keine Angst. Ich reiß mir schon nicht deine Spiderman-Sammlung unter den Nagel.«

»Okay. Aber es ist keine Eile nötig. Den Rest der Woche kannst du gern hierbleiben. Ich bin ja kein Unmensch.«

»Den Rest der Woche bin ich bei meiner Oma, falls du es vergessen hast. Und nach dem heutigen Tag will ich dein Gesicht nie wieder sehen.«

»Wie du willst.« Er zuckte mit den Schultern. »Ich geh zum Sport. Wenn ich wiederkomme, bist du wohl schon weg.«

»Das hoffe ich.« Ich konnte immer noch nicht fassen, was sich hier ereignet hatte. »Verrat mir noch eines, Lars. Warum ausgerechnet Anna?«

Lars musterte mich. »Sie ist eine Powerfrau. Sie weiß, was sie will, und das holt sie sich. Das hat mir bei dir gefehlt. Immer beklagst du dich. Über Anna, deinen Job, dein Leben. Ich hätte dich am liebsten geschüttelt und gesagt: Dann ändere doch etwas. Aber dazu fehlt dir der Mumm. Den hat Anna. Das war zur Abwechslung erfrischend.«

Ich konnte nicht fassen, wie abgebrüht Lars über mich sprach. »Ich habe dir überhaupt nichts bedeutet, oder?«

»Manche Dinge sind einfach Übergangslösungen, Bequemlichkeits-Arrangements. Nenn es, wie du willst.« Er zuckte mit den Schultern und wandte sich ab, um seine fertig gepackte Sporttasche aus dem Schlafzimmer zu holen. »Also dann. Mach's gut, Emma. Es tut mir leid, dass das so gelaufen ist.« Mit einem Nicken verschwand der Mann, mit dem ich die letzten zwei Jahre verbracht hatte, aus der Tür und aus meinem Leben.

Ich schluckte. Jetzt war keine Zeit für Rührseligkeiten. Meine Oma brauchte mich. Mit Tränen in den Augen packte ich meine Sachen, auch wenn ich mich kaum dazu in der Lage fühlte. Viel war es nicht, die meisten Dinge standen sowieso in Kisten auf dem Dachboden. Als ich bei Lars eingezogen war, hatten wir uns darauf geeinigt, dass es Quatsch wäre, den begrenzten Platz mit einer doppelten Ausstattung zuzustopfen. Die Sachen vom Dach würde ich später holen. Die bekam ich alle unmöglich in meinem Auto unter.

Schnell hatte ich meine Kleidung, Lieblingstassen und Badezimmerartikel eingeräumt. Mir kamen fast die Tränen, als ich meine Blumenzeichnungen von den Schlafzimmerwänden abnahm. Neben meiner Kissensammlung waren sie das Einzige, das etwas von mir ausstrahlte.

Mein Auto war schnell vollgeladen. Es tat mir in der Seele weh, dass ich nicht alle Pflanzen mitnehmen konnte, aber die passten beim besten Willen nicht ins Auto. Meine drei Lieblingstöpfe stellte ich in den Fußraum der Rückbank. Eine Vollbremsung durfte ich mir nicht erlauben. Ich hinterließ Lars einen Zettel, dass ich die Kisten vom Dachboden und die restlichen Pflanzen später abholen würde und er die Balkonblumen in meiner Abwesenheit gießen sollte. Das war ja wohl das Mindeste, was er mir schuldig war. Als Letztes schnappte ich mir die Tüte mit den Croissants. Wenigstens hatte ich Reiseproviant dabei, dachte ich bitter.

Als ich endlich im Auto saß, schloss ich für einen Moment die Augen. Was für ein Tag!

Ich startete den Motor. Wider Erwarten sprang er sogar beim ersten Versuch an. Erik hatte ganze Arbeit geleistet. Mit getrübter Stimmung machte ich mich auf den Weg zur Agentur. Mir graute davor, aber ich hatte es meinem Chef versprochen. Ich konnte nicht einfach verschwinden. Er hatte mich schließlich nicht betrogen. Ich hatte aber nicht die geringste Ahnung, wie ich es mit Anna in einem Raum aushalten sollte.

Wenn ich nur in der Lage gewesen wäre, einen klaren Gedanken zu fassen. Vielleicht könnte die Geschichte mit der Abfindung tatsächlich eine Lösung sein. Ich sollte nichts überstürzen. Vor allem in Anbetracht der Tatsache, dass ich von jetzt auf gleich eine neue Bleibe auf dem überzogenen Berliner Immobilienmarkt finden musste.

Irgendwie musste ich mich durch dieses Meeting quälen. Je schneller ich es hinter mich brachte, desto eher konnte ich zu Oma fahren. Und die war jetzt das Wichtigste. Zeit, mich um mein ramponiertes Herz zu kümmern, hatte ich später noch mehr als genug.

12. SHOWDOWN

Wie ferngesteuert fuhr ich in die Agentur. Ich stand so neben mir, dass ich nicht wusste, ob es überhaupt Sinn machte, hinzufahren. In fünf Minuten begann der Termin. Ich hatte keine Chance, pünktlich zu kommen. Das war allerdings mein kleinstes Problem. Was mich heute früh noch in Hysterie versetzt hatte, rang mir keine zwölf Stunden später nur ein müdes Schulterzucken ab. Mein ganzes Leben hatte sich in Rauch aufgelöst, was kümmerte mich da eine Standpauke von Niels?

Zwanzig Minuten später kam mein Auto vor der Agentur zum Stehen. Mein Herz krampfte sich zusammen. Das Gebäude war für mich untrennbar mit Anna verbunden. Ich brachte es kaum über mich, einen Fuß hineinzusetzen. Mir wurde ganz schlecht bei dem Gedanken, sie gleich wiederzusehen. Reiß dich am Riemen, sagte ich mir. Du ziehst dieses Meeting durch und dann hast du es hinter dir. Wahrscheinlich war die Veranstaltung sowieso schon halb vorbei.

Als ich den Meetingraum betrat, traf mich ein stechender Blick von Niels. »Du bist zu spät.«

»Entschuldigung«, murmelte ich. Ich wollte ihm nicht vor versammelter Mannschaft erklären, was der Grund für mein Zuspätkommen war. Ich blickte mich um. Vom Kunden war nichts zu sehen. »Habt ihr noch nicht angefangen?«

Niels schaute mich unter gerunzelten Brauen an. »Der Kunde verspätet sich. Trotzdem. Ich dachte, ich hätte mich vorhin klar ausgedrückt.«

»Nun ist Emma ja da«, sagte Anna beschwichtigend.

»Wir reden da später noch drüber«, sagte Niels mürrisch.

»Kleinkariertheit steht dir nicht besonders«, sagte sie leichthin. »Jetzt sollten wir uns auf die Präsentation konzentrieren, meinst du nicht auch?« Mit einem freundlichen Lächeln legte sie mir die Hand auf die Schulter. »Emma, du nimmst neben mir Platz. Ich hab deine Prototypen schon vorne bereitgestellt. Dann hast du direkten Zugriff darauf.« Das hatte es noch nie gegeben, seit Anna in der Agentur war. Sie schien ernst zu meinen, was sie vorhin gesagt hatte.

Wie ein Zombie folgte ich ihr und nahm Platz. Mechanisch nippte ich an dem Wasser, das Anna mir einschenkte. In meinem Kopf herrschte absolute Leere. Ich hatte keine Ahnung, was ich über die Kekspackung sagen sollte, die vor mir stand. Mir fiel nicht ein Wort ein. Vielleicht hatte ich ja Glück und der Kunde erschien nicht.

Da klopfte es und unsere Praktikantin Nora trat herein. »Herr Carlssen und seine Kollegen sind jetzt da.« Der Firmenchef persönlich ließ es sich nicht nehmen, beim Meeting dabei zu sein. Das hatte mir gerade noch gefehlt. Vier erschreckend gut gelaunte Männer in Anzügen betraten den Raum.

»Willkommen, die Herren«, rief Niels überschwänglich und begrüßte sie mit kräftigem Handschlag.

Anna tat es ihm gleich. »Herr Carlssen, schön, dass wir uns wiedersehen«, sagte sie mit betörendem Lächeln. Sie sah ihn an wie eine Schlange, die ihr Opfer hypnotisiert. Aber genau das tat sie auch gerade.

»Frau Hartmann. Wie schön, Sie zu sehen.« Sein Lächeln reichte von einem Ohr bis zum anderen. Ich fragte mich, wie er das hinbekam. Das musste schmerzhaft sein. »Ich krieg immer noch Lachkrämpfe, wenn ich an Ihre Vorstellung vom letzten Mal denke. Ich bin gespannt auf Ihre neuesten Ideen.« Das Unternehmen war seit Generationen in Familienhand. Der junge Herr Carlssen hätte sich auch *Unternehmenserbe* auf sein Jackett sticken können. Aus jeder Pore trieften Geld, teure Erziehung und das Bewusstsein, wenn schon nicht zum echten Adel, so doch zumindest zum Geldadel zu gehören.

Anna lächelte, als fände sie die Bemerkung witzig, dann wies sie auf die leeren Plätze. »Wir haben etwas Zeit verloren, also würde ich vorschlagen, wir fangen direkt an.«

Folgsam nickten die Kerle von der Keksfabrik. Niemand wollte dieser bezaubernden Frau die Zeit stehlen.

»Wunderbar.« Anna griff nach der Fernbedienung. »Ich habe eine gute Nachricht für Sie, meine Herren«, begann sie. Sofort hatte sie die Aufmerksamkeit der Anwesenden. »Die Herrschaft der Hausfrau ist vorbei.« Auf der Leinwand erschien das Bild einer erschrockenen 50er-Jahre-Hausfrau, die voller Panik auf ein Blech verkohlter Kekse blickte.

Heiteres Gelächter stieg aus den Reihen auf. Dabei war das noch gar nichts. Anna lief sich erst warm.

»Der moderne Mann hat es nicht mehr nötig, dass ihm jemand Kekse backt. Er kauft sie sich. Und nicht nur das. Er weiß, was er will, und das nimmt er sich.« Sie klickte weiter zu einem Bild von einem durchtrainierten attraktiven Mann, der gerade aus einer Bar kam, in jedem Arm eine hübsche Frau.

»Wir richten uns an den erfolgreichen Single, der sein Leben selbst in die Hand nimmt. Er hat es nicht nötig, sich von Mama oder einer Ehefrau verwöhnen zu lassen. Er führt einen lässigen Lifestyle, ist Erfolg gewohnt. Aber auch echte Männer brauchen eine Auszeit. Dieser Mann ist auf der Suche nach etwas Knackigem. Und wo geht er da hin? Ganz genau. Zu Tinder!«

Anna zeigte das Tinder-Profil des gut aussehenden Mannes. »Tinder ist die App für Männer von heute. Harmloses Vergnügen ohne Konsequenzen. Er ist auf der Suche nach einem knackigen Date.« Sie blendete eine neue Folie ein. Ein Paar in einem schicken Nachtklub. Die Frau guckte betreten aus der Wäsche, als sich der Mann vom Tisch erhob und mit einer Kekspackung in der Hand ging. *Wenn der Keks knackiger als dein Date ist, weißt du, was zu tun ist,* lief als Schriftzug unten durch. Es folgte eine Animation über die Tinder-App. Die Frau wurde nach links aussortiert, der Keks mit dem Swipe nach rechts als Favorit auserkoren.

Sie sprang zur nächsten Folie weiter. *Mit Knackgarantie* prangte in großen Lettern über der großformatigen Ansicht unseres Kekses. *Sind sie nicht knackig, gibt's dein Geld zurück,* war darunter zu lesen. »Leider gibt es dafür nicht immer eine Garantie im Leben.« Sie blendete einen Mann ein, der wehmütig auf seine erschlaffte Ehefrau blickte. »Aber wir können diese Garantie bieten!«, triumphierte Anna.

Ein untersetzter Mann in einem braunen Anzug räusperte sich. »Können wir das so machen? Ich bin mir nicht sicher, was der Werberat dazu sagen wird.« Sicher kam er aus der Rechtsabteilung.

Anna tat den Einwurf mit einem Schulterzucken ab. »So eine Rüge vom Werberat kratzt doch niemanden.« Leidenschaftlich schaute sie von einem zum anderen. Ihre Zuhörer hingen an ihren Lippen. »Lassen Sie mich Ihnen zeigen, was wir für Sie vorbereitet haben.«

Die Sprüche des Grauens wurden mit großem Gejohle aufgenommen. Anna erklärte detailreich, wie sie sich die Tinder-Kampagne vorstellte. »Wir sollten eine Party organisieren. Die können wir wunderbar mit der Tinder-Kampagne verknüpfen. Ich habe schon meine Fühler zu Tinder ausgestreckt. Die haben immer ein Interesse an aufregenden Aktionen.«

Anna war in ihrem Element. Sie leuchtete. Sie strahlte. Sie brillierte. Für sie war heute kein grauenvoller Tag. Nein, sie genoss ihn. Die Frau war wahnsinnig, eine andere Erklärung gab es nicht. Ihr musste das Ganze doch auch irgendwie zusetzen. Aber wenn dem so war, verbarg sie es meisterhaft.

»Der einzig wahre Keks. Du hast ihn dir verdient«, intonierte Anna theatralisch und beendete ihre Präsentation mit einem riesigen Standbild von unserem Keks. Begeisterter Jubel brandete auf. Die Keks-Mannschaft ließ sich sogar zu Standing Ovations hinreißen. Ich verdrehte innerlich die Augen. Willkommen in der Hölle des Neo-Chauvinismus.

»Kommen wir nun zur äußeren Hülle unserer knackigen Kerlchen. Sie werden begeistert sein. Unsere Verpackungskünstlerin hat sich selbst übertroffen. Emma, kommst du bitte nach vorne?« Sie nickte mir mit einem strahlenden Lächeln zu.

Der Kloß in meinem Hals war im Laufe ihres Vortrags immer größer geworden. Mühsam stand ich auf. Ich hatte keine Ahnung, was ich sagen sollte. Vor mir stand diese Kekspackung und mir fiel kein einziges Wort ein. Ich machte den Mund auf, aber es kam nichts.

»Da hat der knackige Kerl Ihnen ganz die Sprache verschlagen, was, Kleine?« Ein besonders schmieriger Keks-Kerl schaute sich beifallheischend in der Runde um. Seine Kollegen stimmten beifällig in sein meckerndes Lachen ein.

Als ich in die lachenden Gesichter blickte, war es vorbei. Mein letzter Rest an Selbstbeherrschung schmolz dahin. Als hätte jemand die gläserne Glocke, die mich bisher von meinen Gefühlen trennte, einfach hochgehoben. Mit einem Mal stürzten alle auf mich ein. Ich konnte die Tränen weder stoppen, noch konnte ich etwas sagen. Ich stand nur da mit der Kekspackung in der Hand und die Tränen rannen mir die Wangen hinab.

Anna ließ sich nicht aus der Fassung bringen. Sie stand auf und ging zu mir. »Komm, Emma«, sagte sie resolut. »Wir gehen mal einen Moment vor die Tür.« Sie lächelte in die Runde, als sei gar nichts los. »Ich bin gleich wieder bei Ihnen, meine Herren. Nora wird Ihnen solange einen Kaffee bringen.« Kaum hatte Anna ihren Namen ausgesprochen, stand Nora mit der Kanne in der Hand bereit und verteilte Kaffee an die Männer.

Mittlerweile war ich an meinem Schreibtisch angelangt und ließ mich auf meinen Stuhl fallen. Die Tränen rollten immer noch. Niels war uns gefolgt und blickte mich perplex an. So etwas war er nicht gewohnt. »Was ist los? Hast du schlechte Nachrichten von deiner Großmutter erhalten?«

Ich schüttelte den Kopf. Ich konnte ihm nicht erzählen, dass seine herzallerliebste Art-Direktorin meinen Freund auf unserem Sofa auspeitschte.

Anna schob ihn resolut zur Seite »Kümmere du dich um die Carlssen-Leute. Ich übernehme hier.«

»Okay«, sagte Niels verwundert. Er nickte mir hilflos zu, froh, sich nicht mit dieser verwirrenden Situation auseinandersetzen zu müssen, und hastete zurück zur Besprechung. »Entschuldigen Sie die kleine Unterbrechung, meine Herren«, hörte ich ihn im Hintergrund sagen, um dann mit gedämpfter Stimme etwas von einer familiären Tragödie zu murmeln.

Anna beugte sich zu mir. Für alle anderen musste es aussehen, als tröstete sie mich. Stattdessen blinzelte sie mir verschwörerisch zu. »Wie ich sehe, hast du dich für Variante A entschieden«, sagte sie so leise, dass es niemand außer mir hören konnte. »Soll mir recht sein.« Sie schenkte mir ein wohlwollendes Lächeln, wie einem braven Kind, das fehlerfrei ein Lied auf der Blockflöte vorgespielt hatte. »Das war ein mehr als überzeugender Auftritt. Jetzt kriegen wir das mit dem Burn-out gedeichselt. Die ganze Arbeit, dann noch das mit deiner Oma, das war einfach zu viel für dich. Überlass alles mir. Während du weg bist, bearbeite ich Niels, bis er Angst kriegt, dass du ihn um Haus und Hof klagst.«

Ich starrte Anna entgeistert an. Diese Frau spielte in einer anderen Liga. Ich war fast ein bisschen beeindruckt von ihrer Abgebrühtheit.

»Ich kläre die Wogen hinter dir. Du wirst dich wundern, wie mitfühlend ich sein kann. Die Keks-Heinis werden selbst ganz mitgenommen sein, wenn ich mit ihnen fertig bin. Du tauchst jetzt den Rest der Woche bei deiner Oma unter. Freitag wird Niels dich anrufen. Und glaub mir, dir wird gefallen, was er dir zu sagen hat.«

Fassungslos starrte ich in Annas aufgeregt blitzende Augen. Ihr machte das Ganze tatsächlich Spaß. Scheinbar traute sie mir so viel schauspielerisches Talent zu, dass sie meinte, ich hätte den Nervenzusammenbruch eben nur gespielt. Die Frau war unglaublich. Für eine verrückte Sekunde fragte ich mich, ob sie ein Mensch war. Vielleicht war sie eine andere Lebensform, die über keine Emotionen, aber dafür die doppelte kognitive Leistung verfügte.

Zumindest hatte sie es geschafft, mich aus meiner Schockstarre zu reißen. »Okay«, sagte ich und sammelte mechanisch meine Sachen ein. Bevor ich ging, musste ich tatsächlich eine

Umarmung über mich ergehen lassen. Aufmunternd klopfte sie mir auf den Rücken und sagte dabei so laut, dass es auch ja jeder hörte: »Das wird schon wieder. Denk jetzt erst mal an dich.« Von Anna im Arm gehalten zu werden, war mit Sicherheit die surrealste Situation, die ich je erlebt hatte.

Leise sprach sie in mein Ohr: »Und mal im Ernst, Emma. Männer sind ein netter Zeitvertreib, mehr nicht. Ich jedenfalls würde mir das Leben von keinem dieser Trottel kaputtmachen lassen. Nimm das alles nicht so ernst. Natürlich ist das, was wir hier machen, albern und sexistisch. Aber weißt du was? Mir ist das egal. Ich will Erfolg haben, und wenn diese Welt nun einmal schwachsinnige Spielregeln hat, spiele ich danach. Denk mal drüber nach.« Mit diesen Worten entließ sie mich noch verwirrter als zuvor.

Ich war unsagbar froh, als ich endlich in meinem Auto saß. Wie konnte nur innerhalb weniger Stunden mein Leben so den Bach runtergehen? Ich hatte herausgefunden, dass mein Freund mich mit meiner Vorgesetzten betrog, kein Dach mehr über dem Kopf und dann verlor ich auch noch meinen Job. Und das alles in anderthalb Stunden. Das sollte mir erst einmal jemand nachmachen. Schlagartig kamen meine Tränen zurück. Eine geschlagene Viertelstunde saß ich dort und ließ ihnen freien Lauf. Ich war extra hergefahren, um meinen Job zu retten, hatte sogar meine Oma am Tag ihrer Operation allein gelassen. Nun war ich meinen Job trotzdem los, da mochte Anna noch so viel säuseln. Niemals würde Niels anrufen, außer, um mir die fristlose Kündigung zu übermitteln. Ich hatte mein Leben total an die Wand gefahren.

Ich fuhr mir mit dem Handrücken über die Augen und wischte die letzten Tränen fort. Zumindest fühlte ich mich nach der Tränensturzflut etwas besser. Jetzt musste ich mich zusammenreißen und zu Oma fahren. Die brauchte mich. Ich hatte ein schlechtes Gewissen, dass ich so spät dran war. Wenigstens war Erik bei ihr gewesen. Ich sollte ihm mitteilen, dass ich losfuhr, aber ich konnte ihn jetzt nicht anrufen. Einen Vortrag über falsche Prioritäten im Leben vertrug ich heute nicht.

Zumindest musste ich mir keine Gedanken mehr darüber machen, dass ich nicht genügend Zeit für Oma hatte. Ich konnte so lange bei ihr bleiben wie nötig. Hoffentlich hatte sie die OP gut überstanden, aber ansonsten hätte sicher das Krankenhaus angerufen. Ich überlegte kurz, ob ich anrufen sollte, um nach ihr zu fragen, verwarf den Gedanken aber wieder. Ich musste weg, raus aus dieser Stadt und raus aus meinem alten Leben. Ich hielt es keine Minute länger hier aus.

Zwei Stunden später fuhr ich auf dem Klinikparkplatz vor. Es war fast fünf. Oma wunderte sich bestimmt, dass ich noch nicht da war. Hoffentlich machte sie sich keine Sorgen. Und hoffentlich ging es ihr gut.

Als ich an ihre Zimmertür klopfte, kam kein Laut von drinnen. Vorsichtig schielte ich hinein. Sie schlief. Sachte betrat ich den Raum und nahm an ihrem Bett Platz. Ich beobachtete ihre gleichmäßigen Atemzüge. Sie sah friedlich aus. Als sie nach einer halben Stunde noch nicht aufgewacht war, beschloss ich, mich bei der Schwester nach ihrem Gesundheitszustand zu erkundigen. Sie sah zwar aus, als ginge es ihr gut, aber ich wollte Gewissheit haben.

Im Flur traf ich auf eine Schwester, die für mich einen Blick in Omas Akte warf. »Alles okay, denke ich«, sagte sie.

»Also ist die Operation gut verlaufen?«

»Da müssten Sie morgen wiederkommen, wenn die Ärzte zur Visite da sind. Oder Sie warten, bis Ihre Großmutter wach ist. Dann kann sie Ihnen selbst erzählen, wie es ihr geht.«

Ich nickte, ging zurück ins Krankenzimmer und setzte mich wieder. Die Stille des Raumes wurde nur durch das leise Piepen medizinischer Apparate unterbrochen. Das Chaos in Berlin war weit weg. Hier gab es nur Oma und mich. Wie sie da so klein und zerbrechlich vor mir lag, zog sich mein Herz zusammen. Sanft strich ich über ihren Arm.

Ihre Augen flatterten. »Emma«, sagte sie leise und ein Lächeln glitt über ihr Gesicht. »Da bist du ja.«

»Omi!«, sagte ich erleichtert. »Wie geht es dir?«

Sie öffnete die Augen. »Soweit ganz gut. Etwas matschig im Kopf, aber der Arzt sagte, es ist alles problemlos verlaufen.«

»Das klingt doch gut.« Ich war froh, dass sie wach war, auch wenn sie noch etwas mitgenommen aussah. Sie war blass und ihre Lippen sahen spröde aus. »Möchtest du vielleicht einen Schluck Wasser?«, fragte ich sie.

Sie nickte. »Ja, gern. Ich fühle mich ganz ausgetrocknet.«

Ich griff nach der Flasche auf ihrem Nachttisch und schenkte ihr ein Glas Wasser ein.

»Danke.« Sie nahm ein paar Schlucke und stellte das Glas wieder ab. »Das tut gut. Du glaubst gar nicht, wie froh ich bin, dass ich diese OP nun hinter mir habe. Morgen bei der Visite frage ich den Arzt, wann ich nach Hause darf.«

Ich drückte ihre Hand. »Du vermisst dein Zuhause.«

»Hier hält man es ja nicht aus, gefangen in diesem Bett. Ich bin schon beinahe froh, dass ich so schläfrig bin. Im Schlaf vergeht die Zeit wenigstens.« Ihr Blick fiel auf die Uhr. »Immerhin. Fast ein Tag rum. Ich hoffe, du sitzt hier noch nicht allzu lange?«

Ich schüttelte den Kopf. »Nein, ich bin erst vor einer halben Stunde angekommen.«

Prüfend sah sie mich an. »Lief wohl heute nicht so reibungslos bei der Arbeit?«

»Nicht so ganz.« Ich wollte sie nicht mit meinen Problemen belasten. Für diese Geschichten war immer noch Zeit, wenn sie wieder auf den Beinen war.

»Du hast aber keinen Ärger bekommen wegen mir, oder?«

»Aber nicht doch!«, besänftigte ich sie. Oma war wirklich nicht schuld an dem Chaos, das sich heute abgespielt hatte.

»Ich will nicht, dass du meinetwegen Scherereien hast.«

»Mach dir keine Sorgen. Alles ist geklärt. Ich halte bei dir zu Hause die Stellung, solange es nötig ist.«

Sie lächelte mich zufrieden an. »Ein Gutes hat dieses ganze Dilemma ja. Endlich habe ich dich mal wieder länger um mich. Ich wünschte nur, die Umstände wären andere.«

»Das geht mir ganz genauso.« Ich strich über ihre Wange und sie legte ihre Hand auf meine. Eine Weile verharrten wir so. »Ich hab dich lieb, Oma.«

»Ich dich auch, Emmi. Aber jetzt wäre ich gern allein, wenn es dir nichts ausmacht. Morpheus ruft mich wieder.«

»Alles klar. Ich komm dann morgen wieder, okay?«

»Sicher. Ich freu mich drauf.«

»Ich mich auch. Bis morgen.« Ich gab ihr einen Kuss auf die Wange. Ihre Augen wollten wieder zufallen. Eine ungestörte Nachtruhe würde ihr guttun. Von der Tür aus winkte ich ihr ein letztes Mal zu.

Beruhigt ging ich zum Auto. Natürlich war sie müde nach der OP, aber davon abgesehen war sie guter Dinge gewesen. Ich hoffte, dass sie wirklich bald nach Hause kam. Das Krankenhaus war nichts für sie. Bevor ich zurückfuhr, schickte ich Erik eine SMS, dass ich wieder da war. Um mit ihm zu reden, war ich viel zu durcheinander.

Als ich auf den Hof meiner Oma rollte, saß er zu meiner großen Überraschung auf der Bank vor dem Haus. Ich schluckte. Mir blieb heute auch nichts erspart. Langsam stieg ich aus. »Hallo, Erik«, begrüßte ich ihn.

»Hallo, Emma. Du kommst spät«, stellte er fest.

»Ich war bis eben im Krankenhaus«, erklärte ich. »Oma hat lange geschlafen. Ich wollte bleiben, bis sie wach wird.«

»Hättest du nicht kurz anrufen können? Ich hab mir Sorgen gemacht.« Seine Augen verschwanden unter seinen Brauen. Heute spiegelte sich nicht die Abendsonne darin, sondern sie sahen eher grau umwölkt aus.

»Meiner Oma geht es gut«, versuchte ich ihn zu beruhigen. »Sie war müde, aber sonst okay. Sie vermisst ihr Zuhause. Sie kann es kaum abwarten, nach Hause zu kommen.«

»Als ich vorhin da war, hat sie geschlafen. Die Ärzte wollten mir nichts verraten, da ich nicht zur Familie gehöre. Aber die Familie ließ auf sich warten.« Er schüttelte den Kopf. »Ehrlich, Emma. Warum hast du dich nicht kurz gemeldet?«

Auf so eine Diskussion hatte ich heute wirklich keine Lust mehr. »Tut mir leid. Ich hatte einen ziemlich anstrengenden Tag.«

Seine Brauen hingen immer noch tief über seinen Augen. »Ich hab geglaubt, dass dir das hier wichtig ist und du so schnell wie möglich zurückkommst. Aber dann lässt du dir bis zum Abend Zeit und schickst bloß eine lausige SMS.«

Er hatte sich wirklich einen schlechten Tag für seinen Vortrag ausgesucht. Wenn ich eines nicht gebrauchen konnte, dann diesen miserablen Tag noch mit einem Streit darüber zu beenden, was ich alles falsch gemacht hatte.

»Ich hab schon geglaubt, dir wäre was passiert«, sagte er nun.

Ich schluckte. Jetzt erst verstand ich, dass er sich um mich Sorgen gemacht hatte. Wenn ich in einer etwas besseren Verfassung gewesen wäre, hätte ich ihn auch gern angerufen, aber dazu war ich vorhin einfach nicht in der Lage gewesen. Noch dazu war ich gar nicht auf die Idee gekommen, dass er sich Sorgen um mich machen könnte, wenn ich später auftauchte.

»Es tut mir leid«, sagte ich schließlich, »aber bist du vielleicht für den Bruchteil einer Sekunde auf die Idee gekommen, dass es nicht meine Schuld ist, dass ich erst so spät angekommen bin?« Ich spürte, wie die Tränen wieder in meine Augen drängten.

Auf einmal fühlte ich eine Hand auf meiner Schulter. »Entschuldige. Du hast recht. Ich weiß nichts von deinem Tag und es steht mir nicht zu, über dich zu urteilen.«

Ich strich mir eine einzelne Träne von der Wange. Wenn er jetzt auch noch nett wurde, konnte ich nicht dafür garantieren, dass ich nicht wieder in Tränen ausbrach.

»Und ich habe den Eindruck, dein Tag war heute nicht so besonders.« Seine Stimme war auf einmal ganz verändert. Warm und samtig.

Ich nickte. »Allerdings.«

Die grauen Wolken verzogen sich und Erik blickte mich offen an. »Ich mache dir einen Vorschlag. Du packst deine Sachen aus und ich mache uns in der Zeit eine Tasse Tee. Dann reden wir in Ruhe darüber, wie es mit deiner Oma weitergeht, und wenn du magst, erzählst du, wer dir den Tag so verhagelt hat.«

Ich nickte und ging zum Auto, um meine Koffer auszuladen. Ich trug sie nach oben ins Schlafzimmer. Dann räumte ich die Kisten mit meinen restlichen Sachen in den Schuppen. Die Arbeit tat mir gut und lenkte mich ab.

»Das ist ganz schön viel Gepäck«, bemerkte Erik ruhig, als ich schließlich in die Küche kam.

Ich zuckte mit den Schultern.

»Bleibst du denn länger?«, fragte er.

»Morgen ist der Arzt zur Visite da. Vielleicht erfahre ich dann, wie lange Oma noch im Krankenhaus bleiben muss. Bis Ende der Woche bin ich auf jeden Fall da.«

»Musst du dann wieder zur Arbeit?«

Ich schüttelte den Kopf. »Da muss ich vorerst nicht hin.«

»Oh«, sagte er und schaute mich bestürzt an. »Du hast aber nicht deinen Job verloren, oder?«

»Sieht ganz danach aus.«

»Das tut mir leid«, sagte er mit ehrlichem Bedauern in der Stimme. »Und was hast du jetzt vor?«

»Mich um meine Oma kümmern. Und dann mal schauen.«

»Hier ist ein guter Ort, um zur Ruhe zu kommen«, sagte er bedächtig. »Was ist mit deiner Wohnung in Berlin?«

»Habe ich auch nicht mehr.«

»Oh. Da hat es ja ganz schön gekracht bei dir.«

Ich nickte. Ich rechnete ihm hoch an, dass er nicht nachfragte, was genau los gewesen war, denn ich hatte nicht vor, die beschämenden Details meines grauenvollen Vormittags noch einmal Revue passieren zu lassen.

Stattdessen schob er mir einen Becher Tee hin und ein Schälchen mit Kandiszucker.

»Hier. Vielleicht hilft der ein bisschen.«

»Danke.« Ich versenkte drei große Stücke Zucker in meinem Tee und atmete dankbar den Teeduft ein. Dann stand ich auf und nahm aus dem Hängeschrank ein kleines Fläschchen Rum. Ich goss einen kräftigen Schuss in meinen Becher. Den hatte ich mir verdient. Ich nahm einen Schluck und fühlte, wie sich die Wärme in mir ausbreitete. Fast wie eine Umarmung. Mein Körper begann sich langsam zu entspannen und mich überfiel eine bleierne Müdigkeit.

Erik betrachtete mich aufmerksam. »Tut mir leid, dass ich überreagiert habe.«

»Schwamm drüber«, sagte ich. »Ich bin dir ja dankbar, dass du dich um meine Oma sorgst. Aber das tue ich auch. Mir wäre nichts lieber gewesen, als heute bei ihr zu sein.«

»Das glaube ich dir.«

Schweigend saßen wir für einen Moment nebeneinander und tranken unseren Tee.

»Es tut mir leid, dass du deinen Job verloren hast«, unterbrach Erik schließlich die Stille.

»Schon okay«, murmelte ich.

»Willst du darüber reden?«

Ich schüttelte den Kopf. Bloß nicht. Sonst würde ich gleich wieder in Tränen ausbrechen. Zum Glück bohrte er nicht weiter nach.

»Kann ich verstehen«, sagte er nur und nippte an seinem Tee. »Wir müssen noch über die Hühner sprechen«, sagte er nach einer Pause.

Fragend schaute ich ihn an. Was kam nun?

»Ich fahre morgen Abend für ein paar Tage weg. Kommst du allein mit den Tieren klar?«

Mir schnürte sich der Hals zu. Auch das noch. Mein Job war weg, meine Wohnung und mein Job, und als Ersatz hatte ich jetzt Harvey an der Backe, und das auch noch allein. »Es wird schon irgendwie gehen«, sagte ich nur. Was sollte ich auch sonst sagen? Ich konnte ja schlecht Erik anflehen zu bleiben, nur damit ich die Hühner nicht allein füttern musste.

Er stellte den Teebecher zur Seite. »Ich will dich auch nicht weiter stören. Du bist sicher müde. Es war ja ein ganz schön langer Tag. Soll ich dann morgen früh vorbeikommen und wir gehen alles noch mal zusammen durch?«

»Klar.«

»Du wirst sehen. So schwer ist das nicht.«

»Das sagst du.«

»Das sagst du morgen auch.«

Ich klärte ihn nicht auf, dass die Tiere und mich eine zwanzigjährige Geschichte der Antipathie verband. Irgendwie musste ich es ja hinkriegen. Ich konnte nicht erwarten, dass er jeden Tag herkam, um die Hühner meiner Oma zu versorgen.

»Dann will ich mal losgehen«, sagte er und erhob sich.

Ich brachte ihn zur Tür. »Danke, dass du für meine Oma da warst.«

»Nicht der Rede wert.«

Ich lächelte ihn an. Es war beruhigend zu wissen, dass sie jemanden in der Nähe hatte, der sich um sie sorgte. Ich würde nicht für alle Zeiten hierbleiben. Deshalb war ich erleichtert, dass ich auf Erik zählen konnte. »Ich wünsche dir eine gute Nacht.«

»Die wünsche ich dir auch. Erhol dich. Morgen sieht die Welt ganz sicher wieder anders aus. Es ist zwar ein alter Spruch, aber er stimmt.«

Mit einem warmen Lächeln ging er hinaus in die Dunkelheit. Nachdenklich schloss ich die Tür hinter ihm. Ich wurde nie ganz schlau aus ihm. Einerseits war er warm, herzlich und hilfsbereit, andererseits wirkte er so verschlossen. Ich konnte diese beiden Seiten nicht zusammenbringen.

13. WAS NUN?

Am nächsten Morgen saß ich vor meinem Kaffee und grübelte über die Wohnungsmisere nach. Ich musste dringend eine neue Bleibe suchen, allerdings war meine Chance, auf dem überhitzten Berliner Wohnungsmarkt eine Wohnung zu ergattern, gleich null. Ich hatte ja nicht einmal mehr einen Job.

Ich überlegte. Vielleicht konnte ich eine Weile bei Sophie unterkommen. Wir hatten eine tolle Zeit in unserer kleinen Studenten-WG damals. Während Sophie zielstrebig auf ihre Karriere in der Wirtschaft hinarbeitete, zog es mich in die kreative Richtung. Ich hatte immer gern gemalt und gezeichnet. Ich hätte gern freie Kunst studiert, aber Sophies Eltern rieten mir davon ab. Kreativität fanden sie gut, solange sie sich in geregeltem Rahmen abspielte. Grafik-Design klang für sie nach einer soliden Karriere und ich dachte auch, das könnte das Richtige für mich sein.

Sophie zog es nach ihrem Abschluss hinaus in die Welt. Sie ergriff jede Chance, die sich ihr bot. Sie wollte die große Karriere. Also folgten Praktika in verschiedenen Ländern und schließlich ein Job, der sie ständig woanders hinführte. Ihr WG-Zimmer behielt sie, aber ich bekam sie selten zu Gesicht.

Als es mit Lars und mir ernster wurde, zog ich aus unserer WG aus. Ich wollte mit jemandem zusammenwohnen, der abends nach Hause kam. Sophie kaufte sich ein schickes Apartment mit Blick auf die Spree. Sie hatte ein Faible für alles, was neu und modern war, während ich an alten Dingen hing. Meine Vorstellung von Gemütlichkeit deckte sich ziemlich genau mit der meiner Oma.

Ich hatte das Landleben immer geliebt. Nach meinem Abschluss spielte ich mit dem Gedanken, aufs Land zu ziehen, aber wie hätte ich im tiefsten Brandenburg einen Job finden sollen, noch dazu als Designerin? So blieb ich in Berlin, fing in der Agentur an und entfernte mich ungewollt immer weiter von meiner Oma, ihrem Häuschen und von Sophie.

Wenigstens telefonierten wir regelmäßig. Skype war für Menschen wie Sophie erfunden worden. Ich seufzte. Höchste Zeit, dass ich sie anrief. Ich musste ihr unbedingt von dem Drama der letzten Tage erzählen. Nicht dass sie es von Lars erfuhr, falls sie versuchte, mich bei ihm zu erreichen.

Eine Woge von Selbstmitleid begann mich zu überfluten. Lars war derjenige, der mich betrogen hatte, und dennoch saß ich nun hier, allein, ohne Wohnung und ohne Job. Das Leben war nicht fair.

Ich griff nach meinem Handy. Ich brauchte dringend jemanden, der mich aufbaute. Seufzend warf ich es zur Seite, als mir einfiel, dass ich keinen Empfang hatte. Von einer stabilen Internetverbindung ganz zu schweigen. Skypen würde also auch flachfallen. Blieb noch das Festnetztelefon.

Hoffentlich erreichte ich Sophie. Bei ihr wusste man nie, in welchem Teil der Erde sie sich befand und ob dort gerade Vormittag, Abend oder tiefe Nacht war.

Zu meiner Überraschung hob sie sofort ab.

»Emma! Wie schön, von dir zu hören!«

»Sophie! Du bist tatsächlich zu Hause!«

»Wie der Zufall es so will, bin ich gestern aus Schanghai zurückgekommen. Davor war ich in Hongkong und Singapur. Jetzt packe ich meinen Koffer aus und nachher wieder ein. Heute Abend geht es weiter nach Frankfurt.«

»Oje. Du hast mein tiefstes Mitgefühl. Wann bist du denn mal wieder mehr als drei Stunden zu Hause?«

»Am Freitag ist meine kleine Tournee zu Ende. Dann brauche ich eine Pause, sage ich dir.« Es war selten, dass Sophie sich beklagte. Sie war normalerweise so tough und voller Energie. Wenn selbst sie sagte, etwas wäre anstrengend, dann war es das auch.

»Und du? Wie läuft es bei dir? Erzähl!«

»Das ist eine längere Geschichte.«

»Was ist passiert? Hat Lars dich geärgert?«

Sophie hatte Lars nie über den Weg getraut. »An dem Typ ist alles nur Fassade«, war ihr Urteil gewesen, als sie ihn das erste Mal sah. Als wir dann zusammen waren, hielt sie sich mit ihrer Kritik zwar zurück, aber ich spürte, dass ihre Meinung von ihm sich nicht wesentlich geändert hatte.

Ich hätte auf sie hören sollen. »Das könnte man so sagen.« Mit stockender Stimme begann ich zu erzählen, bis die Worte von ganz allein aus mir heraussprudelten.

»Ach, Emmi. Was für eine Riesenkatastrophe! Du Arme!«

Als ich das Mitgefühl in ihrer Stimme hörte, stiegen mir Tränen in die Augen. Ich brauchte jemanden, der mich in den Arm nahm und mir sagte, dass alles wieder gut würde. Ich wollte nicht länger allein hier herumsitzen ohne eine Perspektive, die über das Pflücken der Stachelbeeren am nächsten Tag hinausging. Zum Glück sprach Sophie weiter, bevor ich völlig im Selbstmitleid versank.

»Weißt du was? Ich könnte ein bisschen Landluft gebrauchen. Wäre es okay, wenn ich übers Wochenende vorbeikomme? Selbstverständlich nur, wenn deine Oma nichts dagegen hat.«

»Das wäre nicht okay, das wäre traumhaft!« Mein Selbstmitleid verwandelte sich blitzartig in übersprudelnde Freude. Ich würde Sophie bei mir haben. Und gleich ein ganzes Wochenende! »Oma wird auch glücklich sein, dich zu sehen.« Sie hatte Sophie nie vergessen, wie sie ihre Eltern überzeugt hatte, mich bei sich aufzunehmen. Ohne sie wäre mein Leben anders verlaufen und zweifellos einsamer.

»Ich hoffe, ihr geht es bald besser.«

»Das hoffe ich auch. Sie vermisst ihr Zuhause sehr.«

»Dann bring ihr ein Stück Zuhause ins Krankenhaus.«

»Das tue ich. Ohne Lunchbox mit selbst gepflückten Früchten aus dem Garten darf ich gar nicht mehr auftauchen.«

»Das klingt gut.« Sophie lachte. »Aber jetzt muss ich mich weiter um den Koffer kümmern. Samstagfrüh düse ich dann zu euch. Du glaubst nicht, wie sehr ich mich darauf freue, euch zu sehen und den Garten zu plündern.«

»Ich freu mich auch auf dich. Und viel Spaß in Frankfurt!«

»Mit Spaß hat meine Aufgabe dort nichts zu tun, aber dennoch danke. Und du, halt die Ohren steif, bis ich da bin.«

»Das mache ich.« Mit einem Lächeln im Gesicht legte ich auf. Sophie würde herkommen. Alles würde gut.

Ein Klopfen an der Tür riss mich aus meinen Gedanken.

»Hallo?«, hörte ich eine bekannte Stimme durch die Tür.

»Es ist offen«, rief ich.

Erik kam herein. »Du bist schon wach, wie ich sehe.«

»Bei meiner Oma wache ich auf, sobald die Sonne aufgeht.«

Er grinste. »Das könnte auch Harveys Schuld sein.«

»Allerdings.« Mir wurde anders. Schlagartig fiel mir wieder ein, dass Erik morgen wegfuhr und ich allein mit dem Terrorhahn zurückblieb.

»Wenn es dir nichts ausmacht, würde ich gern sofort zu den Hühnern. Ich muss noch einiges für meine Reise vorbereiten.«

Ich biss mir auf die Lippen. Ich würde das durchziehen. Für Oma. Es würde schon nicht so schlimm werden. Es waren nur Hühner. »Lass uns loslegen.«

»Gut.« Er ging voraus Richtung Hühnergarten. »Das meiste weißt du. Wir gehen es nur noch mal gemeinsam durch, damit du dich sicher fühlst, wenn ich weg bin, okay?«

Ich nickte skeptisch. Sicher würde ich mich nie fühlen, und wenn wir es hundertmal durchgingen.

»Keine Sorge. Es ist wirklich einfach.«

Er hatte gut reden. Er war ja auch nicht derjenige mit der Angst vor Hühnern. Zu allen, die mich auslachten, weil ich vor den kleinen Viechern Angst hatte, konnte ich nur sagen, dass sie das ach so liebe Federvieh nicht unterschätzen sollten. Schließlich waren Hühner die engsten lebenden Verwandten des Tyrannosaurus Rex. Mich überraschte die enge Verwandtschaft nicht. Ich hatte schon häufiger ähnliche Charakterzüge zwischen ihnen festgestellt.

Inzwischen waren wir beim Hühnergehege angekommen. Als Harvey mich sah, plusterte er sich auf und krähte sich die Seele aus dem Leib. Na toll, jetzt war er auch noch schlecht gelaunt.

»Bereit?«

Ich war zwar alles andere als bereit, aber was sollte ich tun? Schicksalsergeben nickte ich. Meine Hand begann zu zittern.

Verdammt. Ich war doch keine zehn Jahre mehr. Wieso bekam ich das nicht in den Griff?

Erik musterte mich. »Ist alles okay?«

Ich schluckte. »Sicher.« Ich ging dicht hinter Erik her, als er das Gatter öffnete, und achtete penibel darauf, dass er immer zwischen mir und dem Hahn stand. Harvey ließ mich keine Sekunde aus den Augen. Wir holten Tränke und Futternapf aus dem Stall und säuberten beides. Ich schnippelte Gurkenstücke, dann brachten wir den Hühnern das Futter.

Das lief doch ganz gut bisher. Nur schnell den Teller abstellen, dann konnte ich verschwinden. Ich war so nervös, dass mir beim Hinstellen ein paar Gurkenstücke hinunterkullerten. Hastig legte ich sie wieder auf den Teller. Aus dem Augenwinkel sah ich Harvey ankommen. Ich war fast fertig, da nahm er mit einem Mal Anlauf, sprang mit einem Riesensatz auf meine Hand und hackte zu. »Autsch!« Hektisch versuchte ich, das Tier abzuschütteln.

Erik war sofort zur Stelle, riss ihn von mir und klemmte sich den zeternden Hahn unter den Arm. »Bin gleich zurück!« Er ging mit Harvey zum Einzelgehege, das für Glucken und ihre Küken reserviert war und leer stand. Kurzerhand steckte er den wild flatternden Hahn hinein und eilte zu mir zurück. Wie betäubt saß ich neben dem Gurkenteller. Das konnte nicht wahr sein. Wieso hassten mich diese Tiere nur so?

»Der bleibt da drin, bis er sich wieder beruhigt hat.« Erik streckte die Hand nach mir aus. »Lass mal sehen.«

Ein tiefroter Ratscher lief quer über meine Hand, eher eine größere Schramme als eine ernsthafte Verletzung. Erik war schnell genug gewesen. Vorsichtig nahm er meine Hand in seine. Mir lief ein Schauer über den Rücken. »Tut es weh?«

Ich schüttelte den Kopf. Die Schmerzen waren auszuhalten, damit hatte der Schauer nichts zu tun. Es war nur eine Weile her, dass ein Mann meine Hand so zärtlich in seiner gehalten hatte.

»Das haben wir gleich. Komm mal mit.« Er führte mich zur Gartenbank. »Warte hier. Ich bin gleich wieder da.« Er verschwand im Haus und kam kurze Zeit später mit einer Flasche Jod und einem Tupfer wieder. Vorsichtig tupfte er den Kratzer ab. Es brannte kurz und ich zuckte zusammen. Sanft strich er mit den Fingern über meine Handfläche. »Das wird gleich besser«, murmelte er. Es fühlte sich gut an, so umsorgt zu werden. Erik strich vorsichtig ein Pflaster fest. Er hätte ruhig noch eine Weile weiterstreichen können. Ich riss mich zusammen. Es war gerade vierundzwanzig Stunden her, dass meine Beziehung sich in Nichts aufgelöst hatte. Nur weil ich einsam war, würde ich mich nicht Erik an den Hals werfen. Ich war froh, dass irgendjemand nett zu mir war. Mehr steckte nicht dahinter. Und das sollte er gar nicht erst denken. Hastig zog ich meine Hand zurück. »Danke. Es geht schon wieder«, sagte ich und bemühte mich, mein pochendes Herz unter Kontrolle zu bringen.

»Gut. Jetzt mache ich dir einen großen Becher Tee und du erholst dich von dem Schreck, okay?«

»So kenne ich ihn sonst gar nicht«, sagte Erik kopfschüttelnd, als wir in der Küche saßen, vor uns den dampfenden Tee.

»Das hat meine Oma über Harald auch gesagt.« Ich erinnerte mich an den ersten Hahnenangriff. Danach hatte ich mich geweigert, je wieder das Gehege zu betreten. Oma hatte nichts davon wissen wollen. Sie sagte, Harald hätte nichts gegen mich persönlich, aber als guter Hahn müsse er seine Hühnerschar beschützen. Neptun war nun mal ein Fressfeind, auch wenn er nur hatte spielen wollen. Und da ich ihn vor

Harald beschützt hatte, war für den Hahn klar, auf welcher Seite ich stand. Ich müsste ihm zeigen, dass ich keine Bedrohung sei, dann würde er mir vergeben. Mir vergeben, dachte ich empört. Wer hatte denn wem die Hand zerkratzt? Trotz meiner Vorbehalte ließ ich mich darauf ein, dem Hahn noch eine Chance zu geben. Mit gebührendem Abstand beobachtete ich, wie Oma im Hühnergehege auf und ab ging und mit Harald sprach. Er hörte ihr aufmerksam zu und ließ sich genüsslich streicheln. Nach ein paar Minuten winkte sie mich zu sich. Kaum hatte ich das Gehege betreten, wandte Harald seine Aufmerksamkeit mir zu.

»Komm, Emmi, hab keine Angst«, rief mir Oma ermutigend zu. Zögerlich ging ich Schritt für Schritt näher. Sie streckte mir die Hand entgegen und ich griff danach. Wie von der Tarantel gestochen sprang Harald auf und pickte nach meiner Hand. Mit Riesengeschrei und Flügelschlagen jagte er mir hinterher, als ich flugs wie der Wind hinaus aus dem Hühnerstall rannte. Abends lag ich lange weinend im Bett. Es war so unfair. Ich hatte ihm überhaupt nichts getan.

Oma versuchte, mich zu trösten. »Er ist eben ein sehr fürsorglicher Hahn. Er wollte mich beschützen. Ich gehöre für ihn zur Familie. Du hast dich in seinen Augen mit Neptun verbündet. Für ihn bist du die Verräterin, die den Feind in den Hühnerstall gelassen hat.«

»Das habe ich doch überhaupt nicht!«, protestierte ich.

»Aber für ihn sieht es so aus. Und er spürt deine Angst. Die verunsichert ihn und versetzt ihn in Alarmbereitschaft.«

Erst nach einer Riesenportion Erdbeerkuchen mit Vanilleeis ließ ich mich beruhigen. Aber mit Harald wollte ich keine Freundschaft mehr schließen. Ich hatte das Gefühl, er lebte besonders lang, nur um mich zu ärgern. Er erreichte für einen Hahn das methusalemische Alter von zwölf Jahren. Aber auch als Harvey seinen Platz einnahm, hatte ich keine Lust auf einen erneuten Ausflug ins Hühnerreich. Irgendwann gab Oma ihre Versuche auf. »Über kurz oder lang entsteht der Wunsch von allein in dir«, wiederholte sie stattdessen mantraartig alle paar Wochen.

»Was ist nur in ihn gefahren?«, riss Erik mich aus meinem Gedankenausflug in die Vergangenheit.

»Hühner mögen mich einfach nicht«, sagte ich missmutig.

»Das glaube ich nicht. Es gibt einen Grund für sein Verhalten. Sicher vermisst er deine Oma. Vielleicht will er dagegen protestieren, dass du ihren Platz eingenommen hast.«

»Ich verstehe ja, dass es ihm lieber ist, wenn sie ihn betüdelt. Schließlich mag sie ihn. Aber solange sie im Krankenhaus ist, muss er mit mir vorliebnehmen. Und wenn er will, dass ich ihn füttere, sollte er sich besser abgewöhnen, mich zu beißen.«

Erik runzelte die Stirn. »Dass das ausgerechnet heute passiert. Wenn ich zurück bin, kümmern wir uns um das Problem. Wir werden Harvey Manieren beibringen.«

»Ich fürchte, das ist hoffnungslos.«

Er sah mir lange in die Augen. »Das ist es nie.

»Dein Wort in Gottes Ohr. Oder in Harveys.«

Ich fing ein Lächeln von ihm auf. Er schien sich über mich zu amüsieren. »Nimm einen Besen mit. Damit hältst du Harvey auf Abstand, wenn er dir zu nahe kommt. Übermorgen bin ich wieder da.«

Wortlos blickte ich in meine Tasse. Natürlich konnte er mir nicht ständig die Hand beim Hühnerfüttern halten, aber jetzt war ich die nächsten zwei Tage allein mit dem Kampfhahn, der nur darauf wartete, mich aufzufressen.

Erik schaute auf seine Uhr. »Ich lass noch eben Harvey wieder zu den Hühnern, dann muss ich los.«

»Ist gut. Und danke noch mal für deine Hilfe.«

»Das habe ich gern gemacht. Und die Attacke tut mir leid. Ich hätte Harvey besser im Blick haben und die Zeichen früher deuten sollen. Ich habe nur gar nicht damit gerechnet. Er hat noch nie jemanden angegriffen.«

Na toll. Ich wusste es ja, die Hähne mochten mich nicht.

»Kopf hoch.« Er strich sanft mit dem Daumen über meine gesunde Hand. Schon war das Kribbeln wieder da. »Und grüß deine Oma von mir.«

Ich nickte. »Das tue ich. Also dann, bis Donnerstag.«

»Bis dann. Und danke für den Tee.« Er zog seine Hand weg und ging zur Tür. Meine Hand fühlte sich ganz kalt an der Stelle an, wo eben noch sein Daumen gelegen hatte. Als die Tür hinter ihm zufiel, war es mit einem Mal wieder leer in dem kleinen Haus. Ich seufzte und räumte die Teebecher weg. Es war an der Zeit, das tägliche Carepaket für meine Oma zu packen. Hoffentlich ging es ihr heute besser.

Als ich das Krankenzimmer betrat, erschrak ich. Sie war sehr blass. Ich gab ihr einen sanften Kuss auf die Wange. »Wie geht es dir heute?«

»Es geht so. Ein bisschen schlapp. Aber was soll man erwarten, wenn man den ganzen Tag nur im Bett liegt?«

»Sonst ist alles okay mit dir?«

»Natürlich.« Ein Huster unterbrach sie. »Wenn mir diese vermaledeiten Ärzte nur endlich erzählen würden, wann ich nach Hause darf. Denen musst du alles aus der Nase ziehen.« Sie wurde von einem erneuten Hustenanfall geschüttelt.

»Hat sich das mal jemand angehört?«, fragte ich besorgt.

»Das ist nichts. Den hab ich schon länger. Kommt sicher von dem ganzen Staub in der Luft. Ist ja auch viel zu trocken. Seit Wochen hat es nicht geregnet. Das bekommt mir genauso wenig wie den Pflanzen.«

Mich überzeugte ihre Erklärung nicht. Mir gefiel nicht, was ich da hörte. Ich erzählte ihr vom Garten und davon, dass Erik mir geholfen hatte. Sie wurde munterer und im Lauf des Gespräches kehrte etwas Farbe in ihre Wangen zurück. Die neuerliche Attacke von Harvey ließ ich aus. Sie sollte sich keine Sorgen machen, ich würde in ihrer Abwesenheit mit dem Besen auf ihren Prachthahn losgehen. Nachdem wir eine Weile geplaudert hatten, beschloss ich, den Besuch nicht zu lange auszudehnen. Ich wollte sie nicht überanstrengen. Auf dem Weg nach draußen bat ich eine der Schwestern, dass jemand mal meine Oma abhören sollte.

Nachdenklich fuhr ich nach Hause. So kannte ich Oma überhaupt nicht. Vielleicht zerrten die Untätigkeit und die Schmerzen an ihrem Gemüt. Sie war es gewohnt, aktiv und an der frischen Luft zu sein. Ich hoffte, morgen ginge es ihr besser, und ich hätte keinen Grund, mir Sorgen zu machen.

Ich saß auf der Gartenbank und blickte über die Pflanzen. Still war es hier. Und ganz schön einsam. Ich brauchte dringend Ablenkung, damit mir die Decke nicht auf den Kopf fiel. Zum Glück hatte ich einen riesigen Garten voller Obst und Gemüse, das geerntet werden musste. Ich holte die Pflückeimer aus dem Schuppen und nahm mir den ersten Busch vor.

Stundenlang pflückte ich Beeren, bis sich mein Rücken anfühlte, als würde er gleich durchbrechen. Seufzend bog ich ihn langsam wieder gerade. Für heute hatte ich genug im Garten gewerkelt. Ich trug meine Ausbeute nach drinnen, schaltete das Radio ein und füllte den ersten Schwung Johannisbeeren in die Spüle, um sie zu waschen.

Die Sonne verlor zunehmend ihre Kraft und Strenge und nahm die sanftere Gestalt des Abends an. Es war wieder angenehm, sich im Freien aufzuhalten. Ich griff nach dem

Gartenschlauch und drehte das Wasser auf. Ich mochte das abendliche Ritual.

Nach getaner Arbeit ließ ich mich mit einem Glas von Omas selbst gemachtem Beerenwein auf die Gartenbank sinken und streckte meine müden Glieder von mir. Der Wein war köstlich. Er schmeckte wie die Essenz des Gartens.

Mit geschlossenen Augen genoss ich die Abendsonne auf meinem Gesicht, als ich Schritte die Einfahrt heraufkommen hörte. Wer mochte das sein? Hoffentlich nicht der grantige Nachbar. Mit dem wollte ich nicht den Feierabend verbringen.

Aber weit gefehlt. Stattdessen kam eine junge Frau mit kurzen braunen Haaren den Weg herauf, in der Hand eine durchsichtige Flasche. Sie streckte mir die Hand entgegen.

»Hi. Ich bin Bella, die Schwester von Erik. Ich dachte, ich schau mal, ob du nicht Lust auf Gesellschaft hast.«

Sie hatte ein offenes Gesicht und ein sympathisches Lächeln. »Hi. Das ist nett von dir. Setz dich doch.« Ich wies auf einen Liegestuhl.

Bella lachte. »So nett auch wieder nicht. Ich habe es schlicht vor Neugierde nicht mehr ausgehalten. Du bist schließlich die neueste Attraktion im Dorf.« Sie warf mir ein verschmitztes Lächeln zu. Das war eine Frau zum Pferdestehlen.

»Kann ich dir etwas zu trinken anbieten? Ein Glas Beerenwein?«

»Sehr gern. Ich liebe den Beerenwein deiner Oma. Ich habe auch ein kleines Willkommensgeschenk dabei.« Sie überreichte mir die Flasche. »Rhabarber-Gin.«

»Danke. Hast du den gemacht?«

»Ja, ich hoffe, er schmeckt dir.«

»Bestimmt. Ich habe noch nie Rhabarber-Gin getrunken. Hätte ich Tonic-Wasser, könnte ich uns gleich einen mischen.«

Bella schlug sich mit der Hand vor die Stirn. »So ein Ärger. Daran habe ich gar nicht gedacht. Ich bin von mir ausgegangen, ich habe immer Tonic-Wasser im Haus. Ich bring dir morgen eine Flasche vorbei. Hier im Dorfladen wirst du nämlich nicht fündig.« Sie lächelte mich an. »Wenn ich dich gestört habe oder du was vorhast, sag es bitte«, fuhr sie fort. »Dann komme ich ein anderes Mal wieder. Ich wollte dir nur sagen, falls dir die Decke auf den Kopf fällt oder dich wieder ein Kampfhahn angreift, ich stehe zu deiner Verfügung.«

Ich seufzte. »Dann hat Erik dir davon erzählt?«

»Ja. Aber nicht, dass du denkst, er hätte mich hergeschickt«, ergänzte sie eilig.

»Selbst wenn. Ich freue mich, dass du hier bist.« Ich stand auf. »Ich hole dir eben ein Glas.«

Neben dem Glas brachte ich noch eine Tüte Kartoffelchips mit. Bella nahm das Glas mit dem dunkelrot schimmernden Wein entgegen. »Danke. Auf deine Oma. Möge sie schnell wieder gesund und putzmunter bei uns sein.«

»Das hoffe ich auch. Auf Oma!«

Wir genossen den Wein und schauten zu, wie die Abendsonne die Blumen zum Leuchten brachte. »Und hast du dir schon überlegt, wie es weitergeht?«, fragte Bella schließlich. »Du hast wahrscheinlich nicht ewig Urlaub.«

Erik erzählte zu Hause wohl doch nicht alles. »Solange sie in der Klinik ist, bleibe ich hier.« Ich wollte Bella nicht offenbaren, dass ich meinen Job verloren hatte. Vor allem wollte ich nicht, dass sie nachfragte, was der Grund war. Denn dann wurde es richtig kompliziert.

»Dann darf ich mich also freuen, dass du noch ein paar Tage hier bist.«

»Und du lebst mit deinem Bruder zusammen?«

Sie lachte. »Ein bisschen schräg, oder?«

»Aber warum? Ist doch schön, dass ihr euch versteht.«

»Das siehst du so, aber längst nicht jeder.«

»Wer könnte denn was dagegen haben?«

»Nicht jede Frau ist begeistert, ihren Freund mit seiner Schwester teilen zu müssen – und einem Hühnerstall.«

Verdutzt guckte ich sie an. Die Idee war mir gar nicht gekommen, dass Erik eine Freundin haben könnte. Wie dumm von mir. Warum sollte so ein netter und gut aussehender Mann allein sein? »Seine Freundin wohnt bei euch?«, fragte ich vorsichtig. Ich wollte nicht neugierig erscheinen.

Bella schüttelte den Kopf. »Sie ist in die Stadt gezogen. Ich weiß ehrlich gesagt gar nicht, ob da noch etwas läuft. Ich habe sie lange nicht gesehen. Glaub bloß nicht, dass er mich in seine Geheimnisse einweiht, nur weil ich seine Schwester bin. Alles, worüber er mit mir spricht, sind seine Lieblingshühner. Der Kerl ist verschlossen wie ein Grab, wenn es um Gefühle geht.« Sie schüttelte den Kopf. »Das ist nicht gesund, alles so in sich hineinzufressen.«

Ich nickte. Ich konnte selbst nicht sagen, warum ich mit einem Mal so ein Nagen am Herzen verspürte. Ich hatte nicht vor, länger als ein paar Tage hierzubleiben. Dann würde ich zurück nach Berlin gehen, mir einen neuen Job suchen – und mein Leben dort weiterführen. Ich konnte wohl kaum Besitzansprüche entwickeln, weil ein Mann dreimal mit mir gemeinsam die Hühner gefüttert hatte. »Hilfst du Erik beim Hühnerzüchten?«

»Ich? Gott bewahre. Ich übernehme mal das Füttern, wenn er nicht da ist, aber das war es auch schon. Die Hühner sind sein Steckenpferd. Ich komme eigentlich aus dem Hotelfach.«

»Und wie bist du hier gelandet?«

Sie seufzte. »Ach, das ist eine lange Geschichte. Eine Familiengeschichte, um genau zu sein.«

»Die sind meistens lang, nicht wahr?«

»Ja, und kompliziert«, ergänzte sie. »Die Kurzfassung ist, dass ich aus zwei Gründen hergekommen bin. Zum einen wollte ich meiner Großmutter helfen und zum anderen meine gescheiterte Ehe hinter mir lassen.«

»Oh, das tut mir leid.«

Bella seufzte. »Mir hätte klar sein müssen, dass diese Ehe von vorneherein zum Scheitern verurteilt war. Ich wusste, was er für ein Leben führt. Meins sah ja genauso aus. Wir haben beide für die gleiche Hotelkette gearbeitet und waren ständig unterwegs. Kennengelernt haben wir uns bei einer Fortbildung. Das Tolle war, dass wir Verständnis für den Lebensstil des anderen hatten. Der Nachteil wiederum, dass wir uns viel zu selten gesehen haben. Je weiter wir im Unternehmen aufstiegen, desto schlimmer wurde es. Irgendwann bekam er das Angebot, Manager eines Hauses in Asien zu werden. Darauf hatte er all die Jahre hingearbeitet. Natürlich hätte ich mitgehen können, aber das Herumgereise zehrte an meinen Nerven. Ich sehnte mich nach einem Ort, an dem ich bleiben konnte. Ich wollte nicht der Klotz am Bein sein, der ihn an Europa bindet. Es war Zeit, dass wir ehrlich zueinander waren. Wir hatten faktisch nie ein gemeinsames Leben geführt. Es war hart, ihn zu verlieren, aber es war richtig so.«

»Es ist schwer, jemanden zu verlieren, den man liebt.«

Sie seufzte. »Schon. Aber letztlich war es gut so. Manchmal denke ich, wenn unsere Gefühle größer gewesen wären, hätten wir doch einen Weg gefunden, meinst du nicht?

»Möglich. Manchmal muss man aber Entscheidungen treffen, da fühlt sich kein Weg richtig an. Es gibt nur einen, der noch falscher ist als der andere.«

»Vielleicht. Ich bin mir jedenfalls sicher, dass ich mich richtig entschieden habe. Ich bin hier glücklich.«

»Schön, dass du dich mit deinem Bruder so gut verstehst.«

»Wir hatten schon immer ein enges Verhältnis. Vielleicht lag das an den häufigen Umzügen unserer Eltern. Spätestens alle paar Jahre ging es woanders hin. Für meinen Bruder und mich war das schwer. Ständig ein neues Zuhause, eine neue Stadt und neue Freunde. Wir zwei waren die Konstante in unserem Leben, und das ist bis heute so geblieben.«

»Es ist schön, wenn man jemanden hat, der immer für einen da ist.« Ich dachte einen Moment an Sophie. Mit ihr war das genauso. Auch wenn wir uns selten sahen. Sie hatte einen festen Platz in meinem Herzen, egal, was da noch kommen würde. Ich konnte es kaum abwarten, sie zu sehen.

Bella stellte ihr leeres Glas auf dem Tisch ab. »So, ich will dir nicht deinen ganzen Feierabend stehlen. Für heute habe ich dich genug zugequatscht. Aber wenn du Lust hast, besuch mich doch mal. Dann bist du an der Reihe, eine gescheiterte Liebesgeschichte zu erzählen. Jeder hat doch eine.«

Ich lachte fröhlich auf. »Da hast du wohl recht.« Bella mit ihrer warmherzigen und offenen Art gefiel mir. »Sag mir einfach, wann es dir passt, und ich komme rum.«

Auch wenn ich nicht dauerhaft hierblieb, würde ich sie gern wiedersehen. Schließlich hatte ich mir vorgenommen, mehr Zeit bei meiner Oma zu verbringen. Eine Freundin hier im Ort zu haben, wäre schön.

14. ALLEIN UNTER HÜHNERN

Am nächsten Morgen saß ich mit meinem Kaffee auf der Gartenbank und wartete auf Bella. Sie hatte versprochen, vorbeizukommen, um mir mit den Hühnern zu helfen. Es waren keine fünf Minuten vergangen, da kam sie auf den Hof geschlendert.

»Na, bereit für den Ausflug ins Feindesland?«

Ich lachte. »So bereit, wie ich nur sein könnte.«

»Unglaublich, dass dieses Biest dich angesprungen hat. Aber sei beruhigt. Heute hast du mich als Geleitschutz. An mir traut Harvey sich nicht vorbei.« Sie schnappte sich den Besen, der an der Schuppenwand lehnte. »Sicher ist sicher«, sagte sie.

»Du glaubst gar nicht, wie dankbar ich dir bin.« Eine Last fiel von meinen Schultern. Mit Bella und ihrem Besen fühlte ich mich gleich wohler.

»Das ist doch nicht der Rede wert.« Gemeinsam schlenderten wir Richtung Hühnergarten. Bella hielt Ausschau nach Harvey. »Ach, da haben wir ja den Übeltäter.« Der Hahn, der eben noch friedlich im Gras gescharrt hatte, schaute beim Klang ihrer Stimme auf. Er ließ einen grellen Warnruf los. »Ist ja gut, Großer«, rief Bella ihm zu. »Keiner will deinen Damen ans Gefieder.« Zu mir gewandt sagte sie: »Du holst die Futterschale und die Tränke. Ich pass auf, dass Harvey keine Dummheiten anstellt.«

Ich atmete tief durch. »Okay.« Mit Bella als Leibwache würde ich das schaffen. Harvey lief im Hühnerhof herum. Ich ging rasch in den Stall, schnappte mir Futterschale und Tränke und machte mich, so schnell ich konnte, auf den Rückweg. Harvey kam verdächtig nahe heran, wurde von Bella aber sofort mit dem Besen verscheucht. Erleichtert schloss ich die Pforte hinter mir. Ich wusch die Gefäße in der Außenküche, während Bella die Sitzstange und Nester säuberte. Immer wenn Harvey sich zu nahe heranwagte, wedelte sie mit dem Besen vor seiner Nase. Mit den befüllten Gefäßen in der Hand kam ich zurück in den Hühnerauslauf.

»Egal, was er tut, du darfst nicht zurückweichen«, rief mir Bella zu und brachte sich mit ihrem Besen in Position. »Er darf nicht das Gefühl haben, dass er gegen dich gewinnt.«

Ich nickte. Das war leichter gesagt als getan. Harvey blickte auf Bella, den Besen und mich und schien seine Möglichkeiten abzuwägen. Offensichtlich kam er zu dem Schluss, dass seine Chancen ganz gut standen, denn auf einmal legte er ordentlich an Tempo zu und nahm Kurs auf meine Beine.

»Wirst du wohl!«, rief Bella und schob ihn zur Seite. Harvey flatterte auf und pickte wütend auf den Besen ein. »So, Meister. Du machst uns zwei Hübschen jetzt Platz, aber plötzlich.« Harvey versuchte noch zwei Mal, sich am Besen vorbeizulavieren, hatte aber keine Chance gegen Bella. Als wir wieder an der Gartenpforte ankamen, scheuchte sie ihn noch einmal besenschwingend und mit lautem Gezeter davon. »Er darf nicht glauben, dass er uns in die Flucht geschlagen hat«, sagte sie zu mir und schloss die Pforte hinter sich. »Es muss deutlich sein, dass wir gewonnen haben.«

»Meinst du, er lässt uns dann morgen in Ruhe?«

Sie wiegte den Kopf hin und her. »Wohl eher nicht. Er scheint mir ein ganz schöner Dickkopf zu sein. Wenn es nach mir ginge, würden hier keine erzieherischen Maßnahmen angewendet. Mit einem Hahn, der sich nicht benimmt, habe ich kein Mitleid. Es gibt so viele liebe Hähne, die geschlachtet werden, weil keiner sie will. Ich würde Harvey sofort gegen einen der netten austauschen. Aber da deine Oma und Erik auf diesem Hühnerflüsterer-Trip sind, dürfen wir dem Rüpel ja keine Feder krümmen. In die Schranken weisen werde ich diesen Grobian aber, das kannst du mir glauben. Wir zeigen ihm, wer der Boss im Hühnerhof ist.«

Nachdem wir die Hühner fertig versorgt hatten, tranken wir gemeinsam einen Kaffee.

Bella seufzte. »Eine Viertelstunde gönne ich mir noch, dann muss ich wieder gehen. Die Buchhaltung ruft.«

»Oje. Du hast mein tiefstes Mitgefühl.«

»Irgendeiner muss das ja machen.« Sie strich sich die Haare aus der Stirn.

»Für wen machst du denn die Buchhaltung?«

»Unsere Großmutter hatte damit begonnen, ein paar Zimmer zu vermieten, als sie älter wurde und vorhatte, langsam aus der Landwirtschaft auszusteigen. Um ihr Auskommen im Alter zu sichern, wollte sie ein paar Fremdenzimmer einbauen. Ich habe ihr bei der Planung der nötigen Umbauten geholfen, die Formulare bei den Buchungsportalen eingerichtet und ihr ein paar Marketinggrundlagen beigebracht.«

»Das war, als du dich von deinem Mann getrennt hast?«

Bella nickte. »Genau. Anfangs war mein Aufenthalt in Sonnenfelde gar nicht als Dauerarrangement gedacht. Ich wollte meiner Oma unter die Arme greifen und mir dann einen Job in einem zünftigen Landhotel suchen. Aber leider ging es ihr gesundheitlich schlechter. Sie wurde sehr krank. Dann bin ich geblieben und habe mich um sie gekümmert. Vor einem halben Jahr ist sie verstorben.«

»Das tut mir leid.«

Ein betrübtes Lächeln glitt über ihr Gesicht. »Es war vor allem traurig, weil wir davor jahrelang kaum Kontakt hatten. Meine Mutter und sie hatten sich zerstritten. Erst vor ein paar Jahren kam es langsam zu einer Annäherung zwischen meinen Eltern und ihr. Dann hat sie mir von ihren Plänen erzählt. Und eins fügte sich zum anderen. Nach ihrem Tod habe ich dann die Zimmervermietung übernommen.«

»Und wie ist dein Bruder hier gelandet?«

»Er wollte raus aus der Stadt. Er war sein Leben lang ein Landei. Ihn hat der Streit am heftigsten getroffen. Er war so gern hier. Und von heute auf morgen gab es keinen Urlaub mehr bei Oma und Opa im Paradies.«

»So ein Familienstreit ist hart.« Nachdenklich rührte ich in meiner Kaffeetasse. Meine Familie bestand zwar nur noch aus meiner Oma und mir, aber zumindest wusste ich, dass ich mich hundertprozentig auf sie verlassen konnte.

Bella zuckte mit den Schultern. »Ja. Er hat viel Unglück gebracht und letztendlich hatte niemand etwas davon. Aber so ist das manchmal. Nun sind wir hier und ich war lange nicht mehr so glücklich. Auf dem Hof gibt es viel ungenutztes Potenzial. Wir wollen alles etwas größer aufziehen.«

»Ihr macht das gemeinsam?«

»Im Moment sind wir dabei, das zu erweitern. Wir teilen uns die Aufgaben. Erik hat sich ein gutes Netzwerk aufgebaut.

Es hat sich herumgesprochen, dass er so eine Art Hühnerflüsterer ist.« Sie lachte. »Wenn es Streit auf dem Hühnerhof gibt oder eine Henne kränkelt, ist er der Mann der Stunde.«

Es war schön zu hören, in welch liebevollem Tonfall sie von Erik sprach. Die beiden waren offensichtlich ein gutes Team.

»Wenn er etwas braucht, kennt er immer jemanden, der weiß, wie es geht. Viele hier in der Gegend stehen ja vor der gleichen Herausforderung. Sie steigen ganz oder teilweise aus der Landwirtschaft aus, um im Landtourismus ihr Geld zu verdienen.« Sie strich sich die Haare aus der Stirn und wandte ihr Gesicht der Morgensonne zu. »Aber genug von mir, wie sehen deine Pläne für heute aus?«

»Ähnlich wie gestern. Beeren pflücken und meine Oma besuchen.«

Bella nickte. »Im Garten muss ich auch noch werkeln. Aber ich kann morgen früh wieder vorbeikommen, wenn du magst. Es sei denn, du möchtest dich lieber allein in den Hahnenkampf stürzen.«

Ich lachte. Mit Bella war alles so unkompliziert. Ich kam mir gar nicht mehr so dämlich vor, dass ich Angst vor einem Hahn hatte. »Wer weiß, vielleicht ist Harvey ja plötzlich lammfromm.«

Bella schnaubte. »Dein Optimismus in allen Ehren, aber ich glaube, der Junge braucht eine Weile, bis er kapiert, wer der Chef ist. Aber bis dahin haben wir ja unseren Freund, den Besen.«

Ich kicherte und ertappte mich dabei, wie ich mich sogar auf morgen freute. Mit dem Besen in der Hand und Bella an meiner Seite jagte mir Harvey keinen Schrecken ein. Sie nahm alles so locker, das färbte auf mich ab. »Ich freue mich, wenn du zur Unterstützung vorbeikommst.«

»Dann wäre das abgemacht.«

Seufzend stellte sie die leere Tasse zur Seite und erhob sich. »Ich breche jetzt lieber auf. Sonst wird das nichts mehr mit der Buchhaltung. Wegen der Umbauten haben wir derzeit zwar wenig Gäste, aber die Verwaltung will ja trotzdem gemacht werden.«

»Viel Erfolg dabei und danke noch mal für deine Hilfe mit Krawallhahn Harvey!«

Bella lachte. »Immer wieder gern. Das hat Spaß gemacht. Ich wünsch dir noch einen schönen Tag.«

Mit flinken Schritten ging Bella den Kiesweg zur Straße hinunter. Kurz bevor sie um die Ecke bog, drehte sie sich noch mal um und winkte. »Bis morgen dann!«

»Bis morgen!« Und schon war sie hinter den Büschen verschwunden.

Mit dem Kaffeebecher in der Hand überblickte ich den Garten. Ich fand, ich durfte stolz sein auf das, was ich in den paar Tagen geschafft hatte. Das regelmäßige Wässern hatte den Pflanzen gutgetan, genau wie das Unkrautzupfen und Abschneiden der verblühten Zweige und verdorrten Blätter. Der Garten strotzte vor Leben. Am liebsten hätte ich meiner Oma die kleine Grünoase ins Krankenhaus mitgebracht. Ich war mir sicher, dass es ihr besser gehen würde, wenn sie umgeben wäre von ihren botanischen Lieblingen. Ich stutzte. Warum eigentlich nicht? Das war gar nicht schwer. Ich würde ihr jeden Tag eine Skizze von einer Lieblingspflanze mitbringen, bis sie nach Hause durfte. Das würde sie aufmuntern.

Ich holte mein Zeichenzeug und einen Hocker von drinnen und machte es mir im Garten bequem. Auf der Suche nach einem Motiv wanderte mein Blick über die Pflanzen, bis er an dem Stachelbeerbusch hängen blieb, der mir gestern die Finger zerstochen hatte. Meine Oma liebte die süß-sauren Früchte. Der Bruder des piksenden Busches war noch voller Beeren.

Vor dem Pflücken würde ich eine Skizze von ihm anfertigen und nachher konnte ich einen Kuchen backen. Dann hätte sie das Stachelbeer-Rundumpaket.

Ich schaute zufrieden auf mein Werk. Dafür, dass ich etwas aus der Übung war, konnte sich die Zeichnung sehen lassen. Oma würde sich freuen. Ich brachte die Skizze ins Haus und holte einen Pflückeimer aus dem Schuppen. Höchste Zeit die Beeren zu pflücken. Der Kuchen musste in den Ofen.
Bis Mittag hatte ich es geschafft. Die Stachelbeeren waren gepflückt und der Kuchen so weit abgekühlt, dass ich ihn einpacken konnte. Ich verstaute auch die Zeichnung vorsichtig in meiner Tasche, dann war ich abfahrbereit.

Ich hoffte, Oma ging es besser und jemand hatte sich ihren Husten angehört. Ich wäre mehr als erleichtert, wenn sich herausstellte, dass nur die staubige Luft daran schuld war, aber irgendwie konnte ich das nicht glauben.
Sie war allein, als ich das Krankenzimmer betrat. Ich schluckte. Sie sah gar nicht besser aus, ganz im Gegenteil. Auf ihrer Stirn war ein feuchter Film zu sehen und ihre Augen glänzten ungesund. »Hallo Oma«, sagte ich und umarmte sie vorsichtig. Als meine Wange ihre berührte, erschrak ich. Sie glühte. Besorgt blickte ich ihr ins Gesicht. »Ist alles okay mit dir? Du siehst heute gar nicht gut aus.«
»Das sagt man einer Dame nicht«, begann sie, wurde aber vom Husten übermannt. »Es ist nichts. Ich habe nur ein wenig Temperatur, das ist alles. Wohl eine kleine Erkältung.«
Bei dem Wort Fieber läuteten meine Alarmglocken.
Ich wurde unruhig. »Was sagt der Arzt zu deinem Fieber?«
Sie zuckte mit den Schultern. »Die Visite war heute noch nicht hier. Die kommen sicher gleich.«

»Dann warte ich so lange.«

»Tu, was du nicht lassen kannst«, sagte sie zwischen zwei Hustern. »Aber ich sage dir, das ist eine Erkältung.«

Ich hoffte, dass das stimmte. Dennoch wollte ich nicht warten, bis die Ärzte sich irgendwann blicken ließen, sondern machte mich auf die Suche nach einer Schwester. Als ich ihr meine Sorgen schilderte, blickte sie in Omas Patientenakte. »Von Fieber steht hier nichts. Heute früh war alles in Ordnung.«

»Aber jetzt nicht«, sagte ich eindringlich. »Bitte kontrollieren Sie die Temperatur doch noch einmal.«

Es war ihr anzusehen, dass sie fand, ich würde übertreiben. Dennoch begleitete sie mich und maß die Temperatur. Wie sich herausstellte, hatte ich recht. Meine Oma hatte Fieber, noch dazu ziemlich hohes. Kurz darauf kam endlich der Arzt. Als er von der gestiegenen Temperatur hörte, veranlasste er sofort eine Blutentnahme, um der Ursache auf den Grund zu gehen. Oma bekam Tabletten, um das Fieber zu senken. »Machen Sie sich keine Sorgen«, versuchte er mich zu beruhigen. »Wir kümmern uns gut um Ihre Großmutter.«

Na ja. So ganz sicher war ich mir da nicht. Immerhin war ich diejenige, der aufgefallen war, dass sie Fieber hatte.

»Ich weiß nicht, warum um ein bisschen Fieber so ein Gewese gemacht wird«, sagte meine Oma zwischen zwei Hustern. »Ich sag dir, Emmi. Wenn ich zu Hause wäre und meinen Spitzwegerichsirup hätte, wäre ich den Husten längst los. Das ist der Grund, warum ich nie ins Krankenhaus will. Du gehst mit einer Sache rein und kommst mit einer anderen wieder raus. Also, wozu das Ganze?«

»Ach, Omi«, sagte ich und strich ihr über die Hand. So wie der Husten klang, glaubte ich nicht, dass Spitzwegerich allein da helfen konnte. Da fiel mir meine Zeichnung wieder ein.

Vor lauter Sorge hatte ich sie ganz vergessen. Ich zog sie aus der Tasche und überreichte sie ihr. »Hier Omi, ich habe dir einen kleinen Gruß aus deinem Garten mitgebracht.«

»Danke«, sagte sie und nahm das Blatt entgegen. Ein Lächeln erhellte ihr Gesicht, als sie die Zeichnung aufmerksam betrachtete. »Das hast du wunderschön gemacht, mein Kind.« Ich sah, wie ihr die Tränen in die Augen stiegen.

Ich packte den Kuchen aus. »Damit du die Stachelbeeren nicht nur sehen, sondern auch schmecken kannst.«

Sie drückte meine Hand. »Du machst deine alte Oma sehr glücklich. Es bedeutet mir viel, dass du dich so um den Garten kümmerst.« Sie lächelte mich an. »Deine Zeichnung wird mir mehr helfen als all die komischen Mittelchen, die die Ärzte in ihren Schränken und Schubladen haben.«

Sie lehnte die Skizze gegen die Wasserflasche auf ihrem Nachttisch. »Dann habe ich etwas, was ich anschauen kann. Das Fernsehprogramm erträgt ja kein Mensch. Bis auf meine Bettnachbarin. Sobald die im Raum ist, macht sie den Kasten an.« Sie schüttelte den Kopf. »Ich weiß, warum ich zu Hause nie fernsehe. Und immer diese Werbung. Nein, da schaue ich mir doch lieber in aller Ruhe meinen Stachelbeerbusch an.«

Sie griff nach der Gabel und spießte ein kleines Stück Kuchen auf. Langsam kaute sie, Bissen für Bissen. Ich schluckte. Es war eindeutig, dass sie nur aß, um mir einen Gefallen zu tun. Und das, obwohl Stachelbeerkuchen normalerweise einer ihrer Favoriten war.

Wir plauderten noch eine Weile über den Garten und die Hühner. Das Fiebermittel begann zu wirken. Sie fühlte sich nicht mehr so heiß an und wirkte viel klarer. Aber der Besuch strengte sie an. Ich sollte ihr eine Pause gönnen. »Was hältst du davon, wenn ich kurz in die Cafeteria gehe und eine Kleinigkeit esse?«, schlug ich vor. »Ich habe langsam Hunger.«

Oma schüttelte den Kopf. »Ich möchte nicht, dass du den ganzen Tag an meinem Bett verbringst. Du hast im Garten doch genug zu tun.« Sie hob den Zeigefinger mit gespielter Strenge. »Wenn ich wieder zu Hause bin, möchte ich nicht lauter verfaultes Obst an den Büschen hängen haben.«

Ich lachte. »Ist gut, Omi. Dann werde ich mal zusehen, dass ich in der Gefriertruhe noch Platz für die Johannisbeeren finde. Ich komme dann morgen wieder.«

Nach dem Besuch war ich ganz schön aufgewühlt. Mit einem Becher Tee setzte ich mich in den Garten, aber das Stillsitzen wollte mir nicht gelingen. Ich stand auf und holte meine Zeichensachen. Beim Zeichnen gelang es mir meistens, mich abzureagieren.

Mit meinem kleinen Hocker setzte ich mich zu den Blumen. Das sanfte Gackern der Hennen, die im sonnenwarmen Sand ihr Staubbad nahmen, drang zu mir herüber. Die Hühner hatten kein Problem damit, im Augenblick zu leben.

Mir fiel ein, dass ich Erik versprochen hatte, ihnen eine Weile bei ihren Beschäftigungen zuzuschauen. Seufzend schnappte ich mir den Hocker und rutschte näher heran.

Wie die dicke Bertha sich dort im Sand suhlte, war sie das Sinnbild des reinen Glücks und der absoluten Entspannung. Ich lächelte, als mir eine Idee in den Sinn kam. Wenn sich Oma schon über eine Skizze ihrer Stachelbeeren gefreut hatte, was würde sie erst zu einer Zeichnung von Bertha sagen?

15. AUSZEIT VOM LEBEN

Pünktlich zum Frühstückskaffee kam Bella zum Hühnerfüttern vorbei. »Willst du auch eine Tasse, bevor wir uns in die Höhle des Löwen wagen?«, fragte ich sie.

Sie lachte. »Wohl eher in den Stall des Hahnes. Aber gern. Mit ordentlich Koffein im Blut nehme ich es mit zehn Harveys auf.«

Ich holte einen Becher aus der Küche und schenkte ihr ein.

»Danke.« Sie nahm einen Schluck von dem heißen Getränk. »Erzähl, wie geht es Rosemarie?«

Ich schluckte. »Nicht gut. Sie hatte gestern plötzlich Fieber. Die Ärzte haben noch mal Blut abgenommen. Ich hoffe, ich erfahre heute, was bei der Untersuchung rausgekommen ist.«

»Mach dir nicht so viele Sorgen, Emma. Sobald die Ärzte wissen, was sie hat, bekommt sie die passenden Medikamente. Dann geht es ihr sicher bald wieder besser.«

Bellas optimistische Stimme half, meine trüben Gedanken im Zaum zu halten. »Du hast wohl recht.«

»Du wirst sehen, am Wochenende beschwert sie sich schon wieder, dass die Ärzte sie nicht nach Hause lassen.«

»Ich hoffe es.«

»Na komm. Lass uns zu dem Krawallbruder gehen. Nichts macht wacher als ein kleiner Hahnenkampf am Morgen.«

Die Fütterung lief ab wie am Tag zuvor. Harvey suchte eine Chance, eine Attacke zu starten, aber Bella ließ ihm keine. Mit der Zeit schien er sich zu langweilen. Seine Angriffsversuche wirkten weniger ernst gemeint als zu Beginn.

Als wir die Tiere versorgt hatten, schloss Bella zufrieden die Gartenpforte hinter uns. »Das lief doch ganz gut. Langsam kapiert er, dass das nichts wird.«

»Ich hoffe es.«

»Du wirst sicher nachher wieder zu deiner Oma fahren.«

Ich nickte. »Ja, ich wollte gleich los. Ich habe keine Ruhe, bis ich weiß, ob es ihr besser geht.«

»Das verstehe ich. Willst du vielleicht später bei mir vorbeikommen? Du kannst dich nicht immer nur im Krankenhaus und im Garten aufhalten. Du brauchst ein bisschen Ablenkung.«

Da hatte sie recht. Ich musste wirklich zwischendurch etwas anderes sehen. Außerdem war ich unglaublich neugierig auf Bellas und Eriks Zuhause. »Sehr gern.«

»Was hältst du von sieben Uhr?«

»Das passt.«

»Dann erwarte ich dich. Du kannst uns gar nicht verfehlen. Einfach die Straße runter, bis zum Schluss. Wir sind sozusagen das andere Ende vom Dorf.«

Ein Arzt verließ gerade das Zimmer meiner Oma, als ich es betreten wollte. »Guten Tag«, hielt ich ihn auf. »Wie geht es denn meiner Großmutter heute?«

»Guten Tag. Sie sind die Enkelin von Frau Haferkorn?«

Ich nickte.

»Wir haben jetzt die Ergebnisse. Wie es aussieht, hat sie sich eine Lungenentzündung zugezogen.«

Erschrocken blickte ich ihn an. Eine Lungenentzündung in ihrem Alter war eine ernste Sache. Der Schrecken musste mir ins Gesicht geschrieben stehen, denn der Arzt legte beruhigend die Hand auf meine Schulter. »Wir haben den Erreger und können gegen ihn vorgehen. Machen Sie sich keine allzu großen Sorgen. Ihre Großmutter mag alt sein, aber sie ist eine Kämpfernatur. Das ist das Wichtigste.«

»Sie hat schon eine Weile Husten gehabt. Sie hat es immer auf die trockene Luft geschoben.«

Er nickte bedächtig. »Da waren die Bronchien bereits angegriffen. Nun ist der Infekt eine Etage tiefer gewandert und hat sich auf die Lunge gelegt. Wir geben Ihrer Großmutter Penicillin. Jetzt müssen wir beobachten, ob die Antibiose wirkt.«

»Danke«, sagte ich.

»Gern. Morgen wissen wir mehr.«

Ich versuchte, mir die Sorgen nicht anmerken zu lassen, als ich das Zimmer betrat. Schließlich wollte ich Oma aufmuntern und nicht runterziehen.

Sie war erschöpft, freute sich aber sehr über die Zeichnung von Bertha. Ich hatte die Skizze auf Pappe aufgezogen und einen kleinen Aufsteller gebastelt, damit sie sich Bertha auf ihren Nachttisch stellen konnte. Sie war sehr gerührt von meiner Geste. Von der Lunchbox mochte sie bis auf ein paar Blaubeeren nichts essen. Ich hoffte, ihr ginge es morgen wieder besser. Ich blieb nicht lang, denn ihr war deutlich anzumerken, dass ihr Körper gegen die Bakterien kämpfte. Sie sollte ihre Kraft dafür verwenden.

Zurück in Sonnenfelde stürzte ich mich auf die Gartenarbeit. Damit das Gras nicht bald kniehoch sein würde, holte ich den Rasenmäher aus dem Schuppen. Nach dem Mähen begutachtete ich den Gemüsegarten. Alles wuchs und gedieh und glücklicherweise war auch von einer Schneckeninvasion nichts zu sehen. Meine Oma schwor auf ihre mediterranen Kräuter, die sie zur Schneckenabwehr rings um die Gemüsebeete gepflanzt hatte. Thymian, Lavendel und Rosmarin wuchsen dort in rauen Mengen. Wie es aussah, hielt ihr Geruch die Schädlinge wirklich fern. Beruhigt ging ich ins Haus, um meine Zeichensachen zu holen. Nachdem sich meine Oma so über die Zeichnung von Bertha gefreut hatte, wollte ich heute Harvey zu Papier bringen.

Auch wenn ich ihn nicht leiden konnte, machte das Zeichnen Spaß. Harvey war ein gutes Modell. Ich hatte das Gefühl, er schmiss sich richtiggehend in Pose. Immer wieder sah er zu mir herüber, als würde er verstehen, was ich tat.

Die Zeichnung wurde toll. Ich hatte mir Mühe gegeben, seinen Charakter mit einem Funken Humor einzufangen und ihn in all seiner Pracht abzubilden: stolz, ein wenig arrogant, aber auch beeindruckend. Für seine Mithilfe hatte Harvey sich eine Belohnung verdient. Ich riss ein paar Brennnesseln aus einer schattigen Ecke und warf sie ihm hin. Begeistert pickte er daran herum. Auch die anderen Hühner kamen angelaufen. Nur Bertha fehlte. Ich wunderte mich. Sie war sonst die Erste, die ankam, wenn es etwas Leckeres gab. Noch dazu war sie Harveys Lieblingsfrau, die beiden steckten fast immer zusammen. Aber heute war von ihr keine Spur zu sehen. Der Sache musste ich auf den Grund gehen. Mir blieb nichts, als den Hühnerauslauf zu betreten.

Ich hoffte, dass Harvey durch das Futter ausreichend abgelenkt war. Sicherheitshalber nahm ich den Besen mit. Den brauchte ich allerdings gar nicht, denn Harvey kümmerte sich nicht um mich. Entweder war die Sorge, dass die Hühner ihm den Snack wegfraßen, größer als seine Abneigung gegen mich, oder er hatte sich eines Besseren besonnen.

Auch im Stall war keine Spur von Bertha zu finden. Ich inspizierte den Zaun. Vielleicht war sie ausgebüxt. Und tatsächlich. Hinter dem Stall war ein Loch im Zaun. Ein paar Federn hingen dran. Da hatte sich die Ausreißerin hindurchgeschummelt. Das Loch musste ich unbedingt flicken. Aber erst einmal galt es, Bertha wieder einzufangen. Das würde gar nicht so einfach sein, denn hinter dem Zaun wohnte Herr Schneider, der schreckliche Nachbar.

Weiterhin unbeachtet von Harvey verließ ich den Hühnergarten. Ich steckte eine Dose Mehlwürmer ein, Berthas Lieblingsleckerei, und machte mich auf den Weg. Mein Magen zog sich zusammen. Mich mit dem alten Griesgram auseinanderzusetzen, war das Letzte, wonach mir der Sinn stand.

Sein Auto parkte nicht auf der Auffahrt. Anscheinend war er nicht zu Hause. Sicherheitshalber klingelte ich. Ich wartete eine Weile. Niemand öffnete. Ich überlegte. Sollte ich allein einen Blick in seinen Garten werfen? Wenn ich schnell war, würde er gar nichts davon merken. Immerhin war es Bertha und nicht Harvey, die ausgerissen war. Die süße Henne würde ich schon in den Griff kriegen. Ich hoffte nur, er hatte keine Überwachungsanlage. Zuzutrauen wäre es ihm.

Jetzt oder nie, sagte ich mir und bog ums Haus. Ich musste nicht lang suchen. Bertha saß mitten im Blumenbeet und ließ es sich schmecken. Und dem Zustand der Blumen nach zu urteilen, tat sie das schon eine ganze Weile. Wenn der Schneider das sah, würde der sich nie wieder einkriegen.

Zuerst musste ich sie da rausholen. Sanft rief ich ihren Namen. Ich warf ein paar Leckerlis auf den Boden und ging einige Schritte rückwärts. Bertha überlegte nicht lange und schnappte sich die Mehlwürmer. Die nächsten warf ich direkt vor meine Füße. Auch die waren schnell verputzt. Dann war Bertha auch schon bei mir und ließ sich aus der Hand füttern. Ich nutzte die Gunst der Stunde und schnappte mir das Huhn. Das war doch gar nicht so schlecht gelaufen.

Schnell ging ich mit Bertha unterm Arm nach Hause. Als ich sie zu den anderen setzte, hatte ich den Eindruck, dass Harvey mir einen dankbaren Blick zuwarf. Vielleicht lag das aber auch nur an meiner Erleichterung. Vor das Loch im Zaun stellte ich fürs Erste das leere Gluckengehege, damit Bertha nicht gleich wieder entwischen konnte. Das würde ich später in Ruhe flicken. So weit, so gut. Blieb noch das zerrupfte Blumenbeet. Ich überlegte. Die Blumen, die Bertha gefressen hatte, wuchsen hier im Garten in rauen Mengen. Vielleicht konnte ich ein paar ausgraben und drüben einpflanzen. Möglicherweise fiel das gar nicht auf. Eventuell ging Herr Schneider nicht täglich in den Garten, und nach ein paar Tagen würde es aussehen, als wäre nichts gewesen.

Ich wollte es riskieren. Ich holte eine kleine Schaufel und grub die Pflanzen aus. Als ich genug beisammen hatte, machte ich mich auf, zu retten, was zu retten war.

Der Nachbar war immer noch nicht zurück. Ich rupfte die zerstörten Pflanzen raus und setzte die neuen ein. Bei den Blumen, die nur angenagt waren, schnitt ich die angeknabberten Blüten und Blätter ab. Schließlich klopfte ich die Erde wieder fest, damit ihm nicht gleich auf den ersten Blick auffiel, dass hier herumgebuddelt worden war.

Immer wieder schaute ich über die Schulter. Er durfte mich auf keinen Fall erwischen. Endlich war ich fertig. Jetzt fehlte nur noch etwas Wasser. Auf der Terrasse entdeckte ich eine Gießkanne, die sogar gefüllt war. Schnell goss ich die frisch gesetzten Pflanzen, stellte die Kanne zurück und sah zu, dass ich Land gewann.

Als ich die Auffahrt zu Omas Haus hochging, hörte ich ein Auto die Straße entlangkommen. Flugs ging ich weiter. Mein Herz klopfte mir bis zum Hals. Das war gerade noch mal gut gegangen.

Nach der Aufregung ließ ich es den Rest des Nachmittags ruhig angehen. Ich fand, ich hatte eine Pause verdient. Ich legte mich mit einem Liebesroman aus Omas Bücherregal in den Liegestuhl und genoss die Sonne, bis es Zeit war, zu Bella aufzubrechen. Bevor ich ging, pflückte ich noch einen Sommerblumenstrauß für sie, dann machte ich mich auf den Weg. Ich freute mich auf den Besuch.

Nach einer knappen Viertelstunde erreichte ich den Hof der Geschwister. Die Scheunentür stand offen. Dahinter sah ich Bella, die gerade kleine Pakete im Regal stapelte. Ich ging zu ihr hinüber. »Hi!«, rief ich ihr zu.

»Hallo, Emma.« Sie begrüßte mich mit einem Kuss auf die Wange.

Ehrfürchtig blickte ich mich in dem großen hellen Raum um. Das Licht war warm und freundlich. Man fühlte sich sofort geborgen. »Ist das deine Werkstatt?«

»Inzwischen schon. Ich habe sie zu meiner gemacht, weil ich es nicht ertragen habe, dass sie leer stand. Ich wollte sie wieder mit Leben füllen. Ich hatte das Gefühl, das ist auch für Erik besser.«

»Wieso?«

»Er hat das Atelier eingerichtet.«

»Ehrlich?« Das hatte alles Erik geschaffen?

»Für seine Freundin«, ergänzte Bella. »Wahrscheinlich sollte ich lieber Ex-Freundin sagen.«

Deswegen strahlte dieser Raum so viel Wärme aus. Weil er voller Liebe eingerichtet worden war. Ich spürte, wie sich mein Herz zusammenzog. Er musste sie sehr geliebt haben. Vielleicht tat er das immer noch. »Sind sie denn offiziell getrennt?«

Bella räumte weiter Tonklumpen ins Regal. »Ich habe seit Wochen nichts von ihr gehört, mehr weiß ich auch nicht. Ich will nicht nachbohren und Wunden aufreißen. Es hat ihn sehr getroffen, als sie ging. Er hat gedacht, sie werden hier zusammen alt. Weißt du, die ganz romantische Nummer. Er würde sich um die Tiere und den Hof kümmern und sie, die Künstlerin, sich in der Werkstatt ausleben. Am Wochenende würden sie gemeinsam auf Bauernmärkte fahren und Keramiken verkaufen. Aber da hat er die Rechnung ohne Friederike gemacht.«

»Sie wollte das nicht?«

Bella schüttelte vehement den Kopf. »Nein. Über die Werkstatt hat sie sich anfangs schon gefreut, wer würde das nicht, aber je mehr Zeit verstrich, desto unwohler fühlte sie sich.«

»Wie kann man sich an diesem Ort denn unwohl fühlen?«

Bella zuckte mit den Schultern. »Friederike erinnerte mich an unsere Mutter. Ihr fiel es auch schwer, an einem Ort zu bleiben.«

Ich war fassungslos. Es gab haufenweise Künstlerinnen, die für so eine Werkstatt alles gegeben hätten. Und dann noch zusammen mit dem Mann, den man liebte. Was konnte man denn noch wollen?

»Ich habe sie gefragt, ob sie mir nicht das Töpfern beibringt«, erzählte Bella, während sie das letzte Paket ins Regal hievte. »Ich wollte, dass sie sich hier wohlfühlt, dass sie eine Freundin hat, mit der sie etwas teilen kann. Ich wollte, dass sie bleibt. Mein Bruder war glücklich mit ihr. Das hier war sein Traum. Aber es half nichts. Sie hat von der Stadt geträumt.«

»Das ist traurig.« Wie schrecklich, wenn man glaubte, einen gemeinsamen Traum mit der großen Liebe zu erfüllen, und dann stellte sich heraus, dass man ihn allein geträumt hatte.

Bella legte den Arm um mich und führte mich aus der Scheune. »Aber genug von der Vergangenheit. Ich finde die Gegenwart viel erfreulicher. Wie schön, dass du da bist. Setz dich doch auf die Terrasse. Ich hole uns was zu trinken. Was möchtest du?«

»Ach, ich würde ja gern den Rhabarber-Gin kosten. Zu Hause bin ich noch nicht dazu gekommen.«

»Ich mix uns zwei. Bin gleich wieder da.«

Ich lehnte mich in dem gemütlichen Sessel zurück und schaute mich auf dem Hof um. Zu dem Bauernhaus gehörten viele Nebengebäude. Die roten Ziegelbauten leuchteten anheimelnd in der Abendsonne. Ich fühlte mich sofort wohl hier. Unweit vom Haupthaus lag der großzügige Hühnergarten. Eine bunt gemischte Hühnerschar stolzierte darin umher. Besonders gefielen mir die Haubenhühner mit ihren lustigen Federhelmen.

Aber auch der Garten war außergewöhnlich gestaltet. Ich grinste. Die vielen kleinen Kürbisse stachen mir zuerst ins Auge. Eines der Geschwister musste ein großer Kürbisliebhaber sein. Die orangefarbenen Köpfe waren von Reihen großer Sonnenblumen flankiert. Gemüsebeete schlossen sich an mit Zucchini, Gurken, Karotten und allem, was man sich in einem Bauerngarten nur vorstellen konnte. Direkt am Haus zogen sich lange wilde Blühstreifen mit zart blühenden Kräutern und Blumen entlang. Die Geschwister hatten Fingerspitzengefühl bewiesen und einen wahrhaft friedlichen und idyllischen Ort geschaffen. Hier konnte man zur Ruhe kommen.

Bella kehrte mit zwei Gläsern zurück und setzte sich neben mich. »Cheers, meine Liebe!«

»Cheers!« Wir stießen an und nahmen beide einen Schluck. Mmh, lecker. Der Gin schmeckte in der Tat nach Rhabarber.

»Erzähl. Wie geht es Rosemarie?«, wollte Bella wissen.

»Leider nicht gut. Sie hat eine Lungenentzündung.«

»Oje.« Bella schaute mich erschrocken an.

»Zumindest bekommt sie jetzt Penicillin. Wenn es anschlägt, müsste es ihr bald besser gehen.«

»Das wird es bestimmt. Ach, das tut mir so leid. Dann muss sie ja noch länger im Krankenhaus bleiben, die Arme.«

»Ja. Das passt ihr auch gar nicht.«

»Das kann ich mir vorstellen.« Bella schwenkte nachdenklich ihr Glas mit dem rosafarbenen Gin in der Hand. »Aber nun zu dir. Wie ist es dir heute noch ergangen?«

Ich seufzte. »Das war ein Tag, kann ich dir sagen.«

»Nun bin ich aber gespannt.« Sie beugte sich zu mir.

Ich nahm einen großen Schluck Gin zur Stärkung und erzählte ihr in allen Details von Berthas Abenteuer in Nachbars Garten. Als ich ihr schilderte, wie ich die Blumen bei meiner Oma ausgebuddelt hatte, um sie beim Nachbarn wieder einzupflanzen, brach sie in schallendes Gelächter aus.

»Die Geschichte ist gut, Emma. Herrlich. Zu gerne wäre ich dabei, wenn der olle Griesgram durch seinen Garten schleicht und misstrauisch die Blumen beäugt.«

»Hör bloß auf. Hoffentlich merkt er nichts.«

»Und wenn schon. Was soll er dir vorwerfen? Dass die eine Blume jetzt drei Zentimeter weiter rechts wächst als früher?« Sie winkte ab. »Den Kerl darfst du nicht ernst nehmen. Das tut hier keiner. Es ist nämlich genau andersrum. Er ist derjenige, der hier allen das Leben schwer macht, seit er hier ist.«

Erstaunt blickte ich sie an.

»Seit der vor zwei Jahren aus Berlin hergezogen ist, macht er nichts als Ärger. Typisch Großstädter – Anwesende natürlich ausgenommen«, schob Bella hastig nach. »Ihr seid nicht die Ersten, mit denen er sich anlegt. Einen Bauern hat er wegen seiner Schweine verklagt, einen anderen wegen Sägearbeiten und den dritten wegen der Pferdeäpfel, die die Pferde angeblich immer absichtlich direkt vor seinem Haus fallen lassen.«

»Das passt zu ihm. Ich verstehe nur nicht, wie meine Oma das gemacht hat. Ich kann mir nicht vorstellen, dass sie heimlich Hühner aus Herrn Schneiders Garten retten musste.«

Bella zuckte mit den Schultern. »Ich vermute mal, dass sie die Zaunkontrolle in letzter Zeit ausfallen ließ, weil es ihr nicht so gut ging. Und die findige Bertha hat ihre Chance auf Freiheit gleich genutzt.«

»Aber ausgerechnet Bertha? Die ist doch so verkuschelt und kümmert sich um alle. Die kommt mir gar nicht vor wie eine Ausbrecherin.«

»Tja, in manchen steckt eben mehr, als es auf den ersten Blick den Anschein hat. Das ist wohl bei Hühnern nicht anders als bei Menschen.«

»Es wäre mir nur lieb gewesen, wenn sie ihre freiheitsliebende Persönlichkeit nicht gerade entdeckt hätte, wenn ich auf sie aufpasse.« Ich nahm noch einen Schluck Gin. Er schmeckte köstlich, war aber ganz schön stark. Mein Kopf fühlte sich mit einem Mal so leicht an. »Es gibt aber auch einen Lichtblick in all dem Chaos. Meine Freundin Sophie kommt am Wochenende vorbei.«

Bella quietschte auf. »Das schreit nach einer Party. Ihr müsst unbedingt zu uns kommen. Das ist wahrscheinlich die einzige Gelegenheit in den nächsten fünf Jahren, dass ich mit mehr als zwei Leuten unter 40 feiern kann.«

»Natürlich kommen wir.« Ich lachte. »Eine Party in Sonnenfelde, dass ich das noch erleben darf.«

»Wem sagst du das. Ich sehe schon, Sonnenfelde steht eine große Zukunft bevor. Ich hab's im Gefühl.«

Wie sie da so saß, mit funkelnden Augen in der warmen Abendsonne, die ihrem Haar einen rötlichen Schimmer verlieh, fühlte ich, dass das stimmte. Es gab keinen Ort, an dem ich gerade lieber gewesen wäre.

16. EIN SCHLUSSSTRICH

Und schon war es Freitag. Offiziell war ich noch nicht gekündigt, auch wenn es sicher nur eine Frage von Tagen war, bis die Kündigung eintrudelte nach meinem halben Nervenzusammenbruch während des Meetings mit den Keksgiganten. Das würde Niels mir nicht verzeihen. Er hatte noch nie Verständnis für Schwäche gezeigt. Wenn ein Mitarbeiter nicht lieferte, war er schnell Geschichte. Das hatte ich nicht nur einmal miterlebt. Darum machte ich mir keine Illusionen, dass es in meinem Fall anders wäre.

Vielleicht hatte Niels die Kündigung an Lars' Adresse geschickt und sie lag auf der Kommode herum. Wer wusste schon, ob der meine Post weiterleitete. Als ich noch nachgrübelte, ob ich Niels eine Mail mit meiner aktuellen Adresse schicken sollte, klingelte das Telefon. Mir wurde mulmig. Hoffentlich waren das keine schlechten Nachrichten aus der Klinik. Ich hob den Hörer ab. »Hallo?«

»Hallo, Emma. Hier ist Niels.«

Vor Schreck ließ ich fast das Telefon fallen. Woher hatte er diese Nummer? Aber wahrscheinlich hatte Anna die von Lars bekommen. »Das ist ja eine Überraschung«, erwiderte ich, weil mir nichts Besseres einfiel.

»Ich wollte hören, wie es dir geht. Und deiner Großmutter.«

Irritiert runzelte ich die Stirn. Wollte er wissen, ob das ein günstiger Moment für eine Kündigung war? »Meine Großmutter hat ihre OP hinter sich, aber sie hat sich leider zusätzlich eine Lungenentzündung zugezogen, darum wird sie noch eine Weile im Krankenhaus bleiben müssen.«

»Das tut mir leid. Ich hoffe, sie erholt sich bald.«

»Ja, das hoffe ich auch.« Warum rief er an? Sicher nicht, um Small Talk zu betreiben.

Niels räusperte sich. »Emma, ich wollte noch mal mit dir sprechen, nachdem am Montag die Emotionen so hochgekocht sind.«

»Okay«, sagte ich langsam. Ich wusste es. Jetzt kam die Kündigung.

»Ich wollte mich erkundigen, wie viel Zeit du noch brauchst und wann du zurückkommst.«

Ich traute meinen Ohren kaum. Woher dieser verständnisvolle Ton?

»Ich habe immer gern mit dir zusammengearbeitet.«

Das glaubte ich sofort. Schließlich hatte ich klaglos 50 Stunden und mehr die Woche gearbeitet und die Arbeit über alles in meinem Leben gestellt. Sicher bedauerte er es, mich zu verlieren. Andererseits warteten da draußen Hunderte junge Designer darauf, meine Stelle einzunehmen. Er würde meinen Abschied verkraften. Nach einer nachdenklichen Pause, die sicher einkalkuliert war, fuhr er fort. »Ich habe über die ganze Sache nachgedacht. Du warst die letzten zwei Jahre eine gute Mitarbeiterin und ich fände es schade, dich zu verlieren. Der

Kunde war begeistert von der Kampagne. Dein Verpackungsentwurf kam gut an.«

Ach, daher wehte der Wind. Der Kunde wollte die Packung weiterentwickeln und ich war nicht da. Das war aber nicht mehr mein Problem. Sollte Anna das machen. Ich redete mir nicht ein, dass ich unersetzlich sei.

»Hör zu«, fuhr er fort. »Ich mache dir ein Angebot. Du hängst zwei Wochen Urlaub bei deiner Oma dran – bezahlten versteht sich. Bis dahin hat sie sich bestimmt erholt und du dich auch. Dann kommst du zurück. Na, wie klingt das?«

Das klang nach einer Rückkehr ins Land des Grauens, zurück zu Anna und zum permanenten Arbeitsstress. »Ich denke nicht, dass das für mich infrage kommt.«

»Wieso?«

Das war die Gelegenheit, Anna heimzuzahlen, dass sie mir hinter meinem Rücken meinen Freund ausgespannt hatte. Wenn ich Niels erzählte, was sie bei ihren Außenterminen in Wirklichkeit getrieben hatte, konnte ich ihr das Leben schwer machen. Aber wollte ich das? Was hatte ich davon, wenn Niels sie rausschmiss? Ich wollte nicht zurück. Ich wollte etwas anderes. Und ich wollte nicht, dass das Neue so begann.

»Emma«, hakte er nach, »siehst du nicht, dass ich dir die Hand ausstrecke? Ergreif die Chance.«

O nein. Ich hatte bereits eine Chance bekommen. Die Chance, noch einmal neu anzufangen. Etwas zu machen, das mich erfüllte. Ich wollte keine Tinder-Profile für Kekse entwickeln. Ich hatte zwar keine Ahnung, wie mein Leben weitergehen würde, aber eines wusste ich: so nicht. »Nein, Niels. Ich werde nicht zurückkommen.«

»Das funktioniert so nicht, Emma.« Sein Tonfall war nicht mehr ganz so verständnisvoll wie eben.

»Was funktioniert nicht?«

»Du kannst nicht einfach hier alles stehen und liegen lassen. Die Keksfirma will die Verpackung weiterentwickeln.« Ich sah beinahe, wie er rot anlief.

»Nun, das müsst ihr dann wohl ohne mich tun.«

»Ich habe mehr als genug Verständnis gehabt«, polterte er. »In unserer Branche wird nun einmal viel verlangt. Das ist jedem klar, der bei uns anfängt.«

»Genau das ist der Grund, dass ich denke, ich bin in der Agentur nicht am richtigen Platz.« Na ja, und wegen der Tatsache, dass seine Top-Mitarbeiterin meinen Freund auspeitschte.

»Es gibt Kündigungsfristen!«, zeterte er. »Ich erwarte, dass du herkommst und diese Verpackung fertigstellst. Danach kannst du meinetwegen bleiben, wo der Pfeffer wächst. Ich war lange genug verständnisvoll. Aber wenn es so nicht klappt, dann eben auf die harte Tour.«

Das war Niels, wie er leibte und lebte. Wenn er seinen Willen nicht bekam, konnte er innerhalb von Minuten zum bockigen Kind mutieren. So viel zu Annas Einfluss.

Ich seufzte. »Niels. Können wir dieses Gespräch bitte etwas sachlicher fortführen.«

»Ich bin total sachlich!«, brüllte er. Auf einmal herrschte Stille. »Was machst du denn da, ich hab doch gesagt, ich führe das Gespräch?«, rief eine Frau aus dem Hintergrund. Ich seufzte. Diese Stimme würde ich überall wiedererkennen. Ich hörte ärgerliches Raunen. Eindringlich redete Anna auf ihn ein. Dann war es still. Ich wartete. Es raschelte am anderen Ende und das Telefon wurde wieder in die Hand genommen.

»Hallo, Emma«, vernahm ich Annas samtige Stimme. Durchs Telefon hörte ich ihre Absatzschuhe auf dem Hochglanzboden der Agentur klacken. »Ich gehe jetzt mit dir in mein Büro, da können wir beide in Ruhe reden.«

»Okay«, sagte ich gedehnt.

Eine Tür fiel zu. Ich hörte ein genüssliches Seufzen. Sicher hatte sie sich in ihren gemütlichen Chefsessel sinken lassen. »Nun sind wir ohne Zuhörer. Also, zuerst einmal vergisst du alles, was Niels in den letzten fünf Minuten gesagt hat. Ich hab ihm vorher klargemacht, dass er dich nicht überzeugen wird, aber er musste es ja unbedingt versuchen.« Sie seufzte genervt. »Stümper.«

Ich wartete ab. Was sie jetzt wohl wieder auf Lager hatte?

»Männer wissen einfach nicht, wie man taktisch geschickt an eine Sache herangeht. Das weiß Niels nicht und Lars auch nicht.«

Ich war verwirrt. Was hatte das alles mit Lars zu tun? »Wieso Lars?«, konnte ich mir nicht verkneifen zu fragen.

Sie seufzte wieder genervt auf. »Der stellt sich genauso dämlich an. Ich hab ihm gesagt, er soll aufpassen mit dieser Squash-Geschichte und seinem Chef. Des Mannes Ego ist sein sensibelstes Körperteil. Sein Boss hat sich neulich mit Lars' verhasstem Kollegen darüber amüsiert, wie vernichtend er Lars geschlagen hat. Lars hat alles mit angehört. Beim nächsten Match ist ihm dann die Sicherung durchgebrannt.«

Ich war mehr als verwundert. Offensichtlich hatte Anna nicht besonders viele Freunde. Sie musste ganz schön einsam sein, wenn sie ausgerechnet mir das alles erzählte.

»Er hat seinen Chef schonungslos abgezogen«, fuhr sie fort. »Ich habe die Hände überm Kopf zusammengeschlagen. Wie kann man nur so dumm sein? So etwas bringt auch nur ein Kerl fertig. Der Schaden war jedenfalls angerichtet. Sein Chef hat natürlich kapiert, dass all seine Gewinne zuvor eine abgekartete Sache waren. Als Lars' Triumphgefühl verraucht war, dämmerte ihm, dass das eine ganz schön dumme Aktion war. Das Erste, was ihm daraufhin einfiel, war, bei mir um

Hilfe zu betteln.« Eine Pause am anderen Ende. »Was soll ich da tun?«, empörte sie sich. »Er hat es verbockt, also soll er es geradebiegen. Meint er, ich würde dreimal vor seinem Chef die Peitsche schwingen und er fiele vor mir auf die Knie?« Sie schnaubte. »Na ja, die Beförderung kann er sich abschminken, das steht fest.«

Langsam kam ich mir vor wie das Sorgentelefon. Auch wenn die Geschichte interessant war, hätte ich trotzdem gern gewusst, warum Anna eigentlich mit mir reden wollte.

»Ich bin ein bisschen abgeschweift«, stellte sie fest. Das konnte man durchaus sagen. »Eigentlich wollte ich mit dir über die Abfindung sprechen.«

»Abfindung?« Ich war verwirrt. Bei Niels klang das eben aber noch ganz anders.

»Ich sag ja, vergiss, was er gesagt hat. Ich hatte mit ihm alles so schön ausgehandelt, aber dann hat er sich in den Kopf gesetzt, dass er dich mit seinem tollen Verhandlungsgeschick doch dazu kriegt, wiederzukommen. Nur weil er zu bequem ist, jemand Neues einzuarbeiten. Egal. Wir wollen jetzt über dich sprechen. Da dein Entschluss feststeht, ist es das Beste, wenn wir Nägel mit Köpfen machen, meinst du nicht?«

»Das kommt wohl auf die Nägel an«, antwortete ich ruhig.

Sie lachte kurz auf. »Ganz genau. Und ich habe ziemlich gute Nägel ausgesucht.«

»Ich bin gespannt.« Das war ich wirklich.

»Da du nicht zurückkommen willst, schicken wir dir die Kündigung. Dazu zahlen wir dir drei Monatsgehälter weiter.«

Ich konnte mir ein Grinsen nicht verkneifen. Diese Frau überraschte mich immer wieder und zum ersten Mal im Positiven. Das konnte mir nur recht sein. Außerdem hatte ich mehr als genug für dieses Geld gearbeitet, wenn ich an all die

Wochenenden und Abende dachte, die ich der Agentur geschenkt hatte. »Das klingt nach einem fairen Angebot.«
»Wunderbar. Dann schick doch die Unterlagen bitte unterschrieben zurück, sobald du sie hast.«
»Das mache ich.«
»Gut«, sagte Anna. »Und eines noch, Emma, ich hoffe wirklich, du weinst Lars keine Träne nach. Meiner Meinung nach ist er nämlich eher ein Spinner als ein Winner.«
Mit leichtem Herzen und einem breiten Grinsen im Gesicht legte ich auf. Die Agentur war endgültig Vergangenheit. Ich wusste, dass ich mich richtig entschieden hatte. Ich war bereit für ein neues Leben.

Ein paar Stunden später erfuhr mein Optimismus einen gehörigen Dämpfer. Das war kein guter Besuch im Krankenhaus. Obwohl das Penicillin laut den Ärzten anschlug, war meine Oma schwach und müde. Nach einer Viertelstunde kam die Schwester bereits herein und meinte, es wäre besser, wenn ich meiner Großmutter etwas Ruhe gönnte.

Ich folgte ihr aus dem Krankenzimmer und bat sie, den Arzt zu holen, damit ich noch mal mit ihm sprechen konnte. Zum Glück hatte er kurz Zeit für mich, aber großartig weiterhelfen konnte er mir auch nicht. Er bat mich, optimistisch zu bleiben. »Ihre Großmutter ist eine alte Dame. Da dauert es seine Zeit, bis die Medizin wirkt. Haben Sie Geduld. Ihre Großmutter sprüht vor Lebenswillen. Das ist mindestens so wichtig wie das Antibiotikum.«

Ich wünschte, ich hätte seine Zuversicht mit nach Sonnenfelde nehmen können. Ich hoffte, die Gartenarbeit würde mich ablenken. Unermüdlich pflückte ich Johannisbeeren, Stachelbeeren und Blaubeeren und füllte Omas Gefriertruhe Beutel um Beutel mit den Früchten des Sommers. Aber je mehr Zeit verstrich, desto deprimierter wurde ich. Ich ertrug den Gedanken nicht, dass Oma allein im Krankenhaus lag und ich weder bei ihr sein noch ihr sonst helfen konnte. Ein dicker Kloß saß seit Stunden in meiner Kehle. Der Frieden, den ich für gewöhnlich fühlte, wenn ich nach getaner Arbeit auf der Gartenbank saß, wollte sich nicht einstellen. Ich ließ mich auf die Bank sinken und vergrub das Gesicht in meinen Händen.

»Emma, ist alles in Ordnung?«

Ich schrak zusammen und sah auf. Erik blickte mich besorgt an. Vorsichtig setzte er sich zu mir. »Ist etwas mit deiner Oma?«

Ich schüttelte den Kopf. »Nein, alles unverändert. Es geht ihr nicht besser, aber auch nicht schlechter.«

»Das ist schwer auszuhalten, nicht wahr?«

Sein verständnisvoller Tonfall gab mir den Rest. »Ich fühle mich so hilflos«, brachte ich noch hervor und biss mir auf die Lippe. Die Tränen warteten nur darauf, sich ihren Weg zu bahnen. »Ich kann gar nichts für sie tun.«

»Ist schon gut«, murmelte er. Er schloss die Arme um mich und strich mir sanft über den Rücken. »Du tust mehr für sie, als du meinst. Ihr Garten sah noch nie so gut aus und es macht sie sehr glücklich, dass du dich den Hühnern wieder annäherst.«

Ich spürte seine Lippen in meinem Haar. Es war mir egal, was das bedeutete. Ich brauchte seine Nähe. Ich brauchte es, dass jemand für mich da war und mich in den Armen hielt. Ich schmiegte die Wange an seine Brust. Für einen Moment waren Ängste und Zweifel weit weg. In seiner Umarmung lag so viel Wärme, dass ich am liebsten den ganzen Tag darin verbracht hätte, aber ich riss mich zusammen und löste mich von ihm. »Wie war deine Reise?«, fragte ich.

»Erfolgreich. Und du bist gut zurechtgekommen?«

»Dank Bellas Hilfe, ja. Bei ihr hat sich Harvey benommen.«

Erik lachte laut auf. »Das glaube ich. Sie kann ein ganz schöner Hühnerschreck sein.«

Ein leises Lächeln stahl sich auf mein Gesicht. Seine Gegenwart tat mir gut. Die Ruhe, die er ausstrahlte, übertrug sich auf mich.

»Was hältst du davon, wenn wir Harvey und seinen Frauen einen Besuch abstatten?«, schlug er vor.

Seitdem ich die Zeichnung von Harvey angefertigt hatte, war irgendetwas mit mir passiert. Der Hahn jagte mir nicht mehr solche Angst ein. Ich nahm ihn eher als Persönlichkeit wahr. Gestern war er friedlich gewesen und ich glaubte, er würde auch heute nicht auf mich losgehen. Schon gar nicht, wenn sein großer Freund Erik dabei war.

Harvey wirkte erleichtert, als Erik durch die Tür trat. Sofort kam er auf ihn zugelaufen und begrüßte ihn. In aller Ruhe ließ er sich das Gefieder streicheln und reckte Erik zutraulich das Köpfchen entgegen. Er wirkte nicht im Mindesten aggressiv oder gereizt.

»Bereit?«

Ich nickte. Erik zog eine Handvoll Sonnenblumenkerne aus seiner Hosentasche hervor und fütterte den Hahn. Dabei rutschte er Stück für Stück dichter zu mir. Sachte legte er eine Hand auf mein Knie, während er beruhigend auf Harvey einredete. Ich hielt die Luft an. Die Wärme von Eriks Fingern breitete sich in meinem Bein aus. Sanft strich er Harvey übers Gefieder. Ich spürte, wie mir das Blut in die Wangen stieg.

Bertha gesellte sich zu uns. Erik steckte den beiden Leckerbissen zu, bis alles verfüttert war. Harvey suchte noch eine Weile, aber als er nichts mehr fand, stolzierte er davon, um im Gras nach Futter zu picken. Nicht ein einziges Mal hatte er versucht, nach mir zu hacken. Wie es aussah, hatte er mich akzeptiert.

Bertha ließ sich weiter von Erik streicheln. »Bertha ist eine besonders liebe Henne und eine fabelhafte Glucke. Du müsstest sie mal zusammen mit einer Schar Küken sehen.« Aus seinen Worten klang echte Zuneigung heraus. Wärme durchströmte mich, als er mir Bertha in den Arm drückte. »Streichle sie ruhig. Sie tut keiner Fliege was zuleide.«

Bertha machte mir keine Angst. Es war ja nicht das erste Mal, dass ich die Henne im Arm hielt. Bella hatte ihrem Bruder anscheinend nichts von der Rettungsaktion erzählt.

Sanft streichelte ich über das Federkleid der Henne. Sie schaute mich neugierig an. Als ich sie mir bei der gestrigen Rückholaktion unter den Arm geklemmt hatte, war mir gar nicht aufgefallen, wie flauschig sich ihre Federn anfühlten.

Wie ich da so saß, die weichen Federn der Henne kraulte und Eriks Arm an meinem spürte, hatte ich das Gefühl, wir drei befänden uns in einem Kokon, in den die Außenwelt nicht eindringen konnte. Erik ließ ebenfalls die Hand über Berthas Gefieder gleiten. Immer wieder berührten sich unsere Finger. »Sie mag dich«, sagte er mit einem Lächeln.

Ich freute mich über sein Lob wie ein Teenager. Es war überraschend schön, dieses Huhn zu streicheln. Zum ersten Mal seit meiner Kindheit fühlte ich mich wohl in Gegenwart der Hühner. Eriks Gesicht war mir so nahe, dass seine Wange meine Schulter streifte. Irgendwann wusste ich nicht mehr, ob er das Huhn oder meine Hand streichelte. Keiner von uns sprach ein Wort. Ich spürte seine Berührungen so intensiv, dass ich an mich halten musste, um nicht meine Finger seinen muskulösen Arm hinaufwandern zu lassen. Ich schaute zu ihm auf. Seine Augen funkelten und sein Blick streifte meine Lippen. Ich legte meine Finger auf seine Hand und schluckte.

Plötzlich gackerte das Huhn auf. Erik lachte. »Ich glaube, da fühlt sich jemand nicht genug beachtet.«

»Meinst du, sie ist eifersüchtig?«

Sein Mund näherte sich meinem Ohr. Seine Lippen berührten meine Wange, während er sprach. »Da hat sie allen Grund dazu«, sagte er leise.

Das Herz klopfte mir bis zum Hals. Mein Gehirn war wie leer gefegt. Ich fühlte den Hauch seiner Lippen und seine Finger auf meiner Hand. Was passierte hier gerade? »Komm, entlassen wir Bertha wieder in die Freiheit. Nicht dass Harvey noch eifersüchtig wird, wenn seine Lieblingshenne zu viel Zeit mit uns verbringt.« Er stellte Bertha vorsichtig auf den Boden. Sogleich trippelte sie zu den anderen Hennen hinüber. Er reichte mir die Hand, um mir aufzuhelfen, und ließ sie auch nicht los, als ich ihm gegenüberstand. Sekunde für Sekunde versank ich tiefer in seinen Augen. Mein Herz raste. Was machte dieser Mann mit mir? Ich hatte keine Ahnung, wie es jetzt weiterging.

Mit einem Mal ließ Eriks Blick mich los. Seine Hand löste sich von mir. »Wie es aussieht, bekommst du Besuch«, sagte er in einem Tonfall, der verriet, dass er sich über den Überraschungsgast nicht unbedingt freute.

Ich drehte mich um. Oh nein. Herr Schneider. Das konnte nur eines bedeuten. »Guten Tag, Herr Schneider«, sagte ich zu ihm, als er näher kam. Ich durfte mir bloß nichts anmerken lassen.

»Tag.« Mit finsterer Miene und den Händen in den Hosentaschen kam er auf mich zugestapft.

»Womit kann ich Ihnen helfen?«

»Ich habe da ein paar interessante neue Pflanzen in meinem Garten«, sagte er und schaute mich aus zusammengekniffenen Augen an.

»Oh tatsächlich? Wie schön.« Ich hoffte, meine Wangen waren nicht so rot, wie sie sich anfühlten.

»Ich habe sie nur nicht selbst gepflanzt.«

»Das ist ja ein interessantes Phänomen.«

Erik schaute verwirrt von einem zum anderen.

»Dann war wohl eine Blumenfee bei Ihnen«, sagte ich kühn. Angestrengt versuchte ich, meine Gesichtszüge unter Kontrolle zu halten. Ich würde nichts zugeben. Er hatte nur Vermutungen. Außerdem hatte ich nichts kaputtgemacht. Gut, Bertha schon, aber ich hatte die Schäden ja ausgebessert.

»Sehr witzig«, murrte er und musterte mich schweigend. »Ich beobachte Sie«, sagte er schließlich, zeigte mit dem Finger auf mich und stapfte grimmig davon.

Wir schauten Herrn Schneider hinterher, wie er das Grundstück verließ. »Auf die Geschichte, die dahintersteckt, bin ich jetzt aber gespannt«, sagte Erik leise zu mir.

»Ach, ich weiß auch nicht, was er will«, antwortete ich leichthin.

Erik verstand, dass seine Neugierde unbefriedigt bleiben würde. »Brauchst du morgen Hilfe?«, wechselte er das Thema.

Ich schüttelte den Kopf. »Danke, aber ich schaff das.« Ich wollte mir und ihm beweisen, dass ich das allein hinkriegte. Auch wenn ich zugeben musste, dass ich mich in seiner Nähe wohler fühlte, als es mir gefiel.

»Das freut mich, Emma.« Sein Lächeln kam von Herzen. »Dann sehen wir uns morgen Abend?«

Für einen Moment war ich verwirrt. Dann fiel es mir ein. Richtig. Die Party. »Ja. Ich komme mit meiner Freundin Sophie.«

»Bella ist schon ganz aus dem Häuschen. Und bringt bloß nichts zu essen mit. Mit dem, was sie da vorbereitet, könnten wir das ganze Dorf versorgen.« Um seine Augen bildeten sich kleine Lachfalten. Am liebsten hätte ich mit dem Finger sanft darübergestrichen.

»Deine Schwester ist eine so warmherzige Person.«

»Sie muss sich immer um alle kümmern. Das liegt ihr im Blut. Du kannst ihr keinen größeren Gefallen tun, als sie eine Party schmeißen zu lassen. Da ist sie im siebten Himmel.«

»Ich freue mich sehr auf morgen Abend.«

Er beugte sich zu mir und drückte mir einen sanften Kuss auf die Wange. »Ich mich auch, Emma.«

Wie versteinert blickte ich ihm nach, als er den Weg zur Pforte hinunterlief. Ich fühlte noch die Wärme seiner Lippen auf meiner Haut. Himmel, was war das gerade gewesen?

17. FINAL GOODBYE

Den ganzen Vormittag war ich schon hibbelig. Ich hatte frische Blaubeeren gepflückt, Kuchen gebacken und neben meinem Bett eine Luftmatratze als Schlaflager für Sophie hergerichtet. Ich konnte es nicht abwarten, sie in die Arme zu schließen. Vor knapp zwei Stunden hatte sie angerufen, dass sie gleich losfahren würde. Bald wäre sie endlich hier. Da hörte ich auch schon das Knirschen von Autoreifen und ein Hupen. Sophie! Ich rannte zur Tür und riss sie auf.

Meine Freundin sprang aus dem Wagen. »Emma, ich kann's gar nicht fassen.«

»Wie schön, dass du da bist!« Ich drückte sie so fest an mich, dass sie aufquietschte.

»Nicht so doll, du zerquetschst mich noch!«

Lachend ließ ich sie los und musterte sie von Kopf bis Fuß. Ihr kurzes blondes Haar sah wie immer aus, als käme sie frisch vom Friseur, und ihre Augen sprühten vor Energie. Das war die Sophie, die ich kannte. »Gut siehst du aus. Das Jet-Set-Leben bekommt dir.«

Sophie schaute sich im Garten um. »Manchmal beneide ich dich. So einen Ort, an dem die Zeit stillsteht, könnte ich auch gebrauchen. Aber ich weiß, dass das nur sentimentale Vorstellungen sind. Für so ein Leben bin ich nicht gemacht. Umso mehr freue ich mich, wenn ich hier ab und zu eine Auszeit genießen darf.«

»Die Auszeit hast du dir mehr als verdient.«

Sie nahm ihre Reisetasche und folgte mir nach drinnen. Die Tasche stellte sie aufs Bett, zog ihr Partykleid heraus und hängte es auf einen Bügel. »Ich wäre dann so weit. Der Rest kann warten. Wollen wir gleich zu deiner Oma fahren?«

Ich nickte. »Gute Idee. Sie wartet sicher schon auf dich. Sie hat sich so gefreut, als ich ihr erzählt habe, dass du kommst.«

Beim Verlassen des Schlafzimmers zog ich die Tür hinter uns zu. »Nicht, dass Neptun noch seine Krallen an deinem schönen Kleid ausprobiert, wenn er sich mal wieder ins Haus verirrt.«

Als wir Omas Zimmer betraten, atmete ich erleichtert auf. Ihre Wangen hatten wieder etwas Farbe und ihre Augen wirkten nicht mehr matt, sondern strahlten sogar ein wenig, als sie sah, wen ich dabei hatte. »Sophie!« Sie streckte ihre Arme aus.

Sophie drückte sie zärtlich an sich. »Rosemarie. Wie schön, dich zu sehen. Auch wenn ich wünschte, wir würden uns in deinem entzückenden Häuschen treffen und nicht in diesem sterilen Klotz.« Sie schaute sich in dem fahlgrün gestrichenen Zimmer um. Omas Zimmernachbarin war heute zur

Abwechslung auch in ihrem Bett. Auf unseren Gruß hin schaute sie kurz von ihrem Kreuzworträtsel auf, um uns zuzunicken. Sofort senkte sie den Kopf wieder und rätselte weiter. Anscheinend gehörte sie nicht zu der geselligen Sorte. Wir zogen zwei Stühle an Omas Bett heran und setzten uns zu ihr.

»Steriler Klotz trifft es genau«, sagte Oma und wurde von einem Huster unterbrochen.

»Das klingt nicht gut«, stellte Sophie fest.

»Man gewöhnt sich dran«, winkte sie ab.

»Na, ich hoffe nicht! Was Emmi erzählt hat, hat mich ganz schön beunruhigt. Ein gebrochenes Bein und obendrauf eine Lungenentzündung? Was machst du nur für Sachen?«

»Tja, dieser Sommer hat es in sich.«

»Das kann man so sagen.« Sophie strich Oma über den Arm. »Aber erzähl, wie geht es dir? Was meinen die Ärzte?«

»Sie sagen, es geht aufwärts. Aber im selben Atemzug sagen sie auch, dass es noch eine Weile dauert, bis ich nach Hause darf. Ja, was denn nun?«

»Du solltest das nicht auf die leichte Schulter nehmen.«

Oma runzelte die Stirn. »Du klingst genau wie Emma.«

»Ja, weil sie recht hat. Wir sorgen uns um dich, Rosemarie. Darum hörst du bitte auf das, was die Ärzte dir raten.«

Oma lächelte sie an. »Ich höre so ungern auf das, was mir jemand sagt. Das macht nämlich überhaupt keinen Spaß.«

Sophie blickte sie streng an. »Es kann ja auch nicht alles immer Spaß bringen. Manchmal muss man da einfach durch.«

Oma blinzelte mir zu. »Sie ist ja noch genauso streng wie früher. Hast du sie deswegen mitgebracht?«

Ich lachte. »Das war zwar nicht der Grund, aber es trifft sich gut.«

»Na ja. Was das Kind sagt, ist ja nicht ganz verkehrt. Wenn es nur hier nicht so schrecklich langweilig wäre.« Sie seufzte.

»Dann wäre ich nicht so schlecht gelaunt und müsste mich nicht ständig aufregen.«

»Kannst du denn nicht wenigstens ein bisschen fernsehen zur Ablenkung?«, fragte Sophie.

»Ich hab's probiert. Aber das hält man nicht aus.« Sie beugte sich vor. »Davon abgesehen guckt meine Nachbarin den halben Tag Krankenhausserien und solche Dinge«, flüsterte sie uns zu. »Ich bin froh, dass sie endlich mal die Kiste ausgestellt hat. Dieses Geflimmer geht mir schrecklich auf die Nerven.«

Ich schmunzelte. Die große Freundschaft würde das nicht werden hier im Zweibettzimmer. Aber wenn Oma sich wieder aufregen konnte, war sie definitiv auf dem Weg der Besserung.

Sophie legte ihr die Hand auf den Arm. »Kann ich dir vielleicht etwas vom Kiosk bringen? Ein Buch oder ein paar Zeitschriften gegen die Langeweile?«

»Na, ob das Blättern in diesen Klatschheftchen etwas Sinnvolles ist, weiß ich nicht«, murrte sie.

Sophie lächelte und drückte ihre Hand. »Ach komm. Den ganzen Tag die Wand anzustarren, ist noch schlimmer.«

Schicksalsergeben seufzte sie. »Na gut. Obwohl es mir nicht passt, dass du dafür dein Geld verplemperst.«

»Ach Rosemarie. Da habe ich schon für viel schlimmere Dinge mein Geld verplempert.« Sie drückte ihr einen sanften Kuss auf die Wange, dann ging sie hinab zum Kiosk.

Als Sophie weg war, drehte sich meine Oma zu mir. »Nun sag, was machen Hühner und Garten? Geht es allen gut?«

»Alle sind wohlauf.« Ich erzählte ihr, wie Bella mir geholfen hatte, dass Erik wieder zurück war und Harvey tatsächlich friedlicher wurde. Ein paar Details ließ ich weg. Alles musste sie nun auch nicht wissen.

Sie sah mich lange an, als ich geendet hatte. »Das ist mir schon das letzte Mal aufgefallen. Du sprichst viel von Erik.«

Ich spürte, wie die Röte mir bis über die Ohren kroch. »Er ist ja auch nett und hat mir sehr mit den Hühnern geholfen.«

Oma nickte nachdenklich. »Er ist ein guter Mann. Aber er hat ein sanftes Herz. Geh vorsichtig damit um, hörst du?«, mahnte sie und schaute mich durchdringend an.

»Oma!«, sagte ich.

»Na ja, in Berlin wartet ja immer noch Lars auf dich, nicht wahr?«, betonte sie mit strengem Blick.

Ich wurde rot. Stimmt. Ich hatte ihr noch gar nichts von dem Beziehungsende erzählt. Erst hatte ich sie nicht aufregen wollen und dann hatte ich es schlicht vergessen. »Der wartet nicht mehr auf mich«, sagte ich schlicht.

»Ach so?« Erstaunt blickte sie mich an. »So plötzlich?«

Ich wurde verlegen. Die Einzelheiten wollte ich ihr lieber nicht offenbaren. »Nun ja. Es sind ein paar Dinge vorgefallen, die gezeigt haben, dass wir doch nicht zusammenpassen.«

»Und was für Dinge waren das, wenn ich fragen darf?«

Ich räusperte mich. »Es gab da eine andere Frau.« Ich hoffte, sie würde sich damit zufriedengeben.

»Tatsache?«

Ich nickte.

Sie dachte eine Weile darüber nach. »Nun. Ich hatte nie den Eindruck, dass er dich wirklich wertschätzt.«

»Da hast du wohl recht.«

»Umso mehr solltest du aufpassen, was du tust. Denn dafür, dass deine Beziehung erst seit ein paar Tagen beendet ist, erzählst du viel von Erik.«

»Er ist ein hilfsbereiter Nachbar, das ist alles.« Meine Stimme wackelte. Überzeugend klang das nicht. Aber ich war ja selbst nicht davon überzeugt. Wenn ich daran dachte, wie seine Lippen meine Wange streiften und seine Hand meine hielt, kribbelte es schon wieder in meinem Magen.

»Ich kenne das Leuchten in deinen Augen, Emmi. Versteh mich nicht falsch. Ich habe nichts gegen Erik, ganz im Gegenteil, aber er braucht jemanden, in dessen Herzen Platz für ihn ist. Du sagst immer, dass dein Leben in Berlin ist. Er ist keine Pflanze, die in der Großstadt gedeiht.« Sie gähnte. Ich merkte, wie ihre Augenlider schwer wurden. Sie war noch ganz schön mitgenommen, auch wenn ihr das nicht passte.

Ich streichelte sachte ihre Hand. »Mach ruhig die Augen zu. Ich warte hier einfach auf Sophie.«

Sie nickte und schloss die Augen. »Richte ihr bitte liebe Grüße von mir aus.«

»Das mache ich.« Ich gab ihr einen sanften Kuss auf die Wange und wartete, bis meine Freundin zurückkam. Als sie mit einer Handvoll Magazinen das Zimmer betrat, war Oma bereits am Einschlafen. Sophie legte die Zeitschriften auf ihren Nachttisch und leise verließen wir das Zimmer.

Auf dem Weg zum Auto dachte ich darüber nach, was Oma gesagt hatte. Ich mochte Erik, aber mehr? Fürs Erste war ich damit ausgelastet, meine Wunden zu lecken und vor allem einen Plan für die Zukunft zu entwickeln. Ein Techtelmechtel mit Erik stand nicht auf meiner To-do-Liste. Sobald es Oma besser ging, würde ich wieder nach Berlin zurückkehren. Das war kein guter Zeitpunkt, um romantische Gefühle zu entwickeln.

Gestern waren einfach die Hormone mit mir durchgegangen. Außerdem gab es da noch Eriks Ex-Freundin. Ich hatte ebenfalls keine Lust, eine Übergangslösung zu sein. Das Kribbeln, das ich spürte, wenn ich an ihn dachte, würde schon wieder vergehen, wenn ich mich zusammenriss.

Ich richtete meine Aufmerksamkeit wieder auf Sophie, die mich aufmerksam von der Seite betrachtete. Ich sah ihr an, dass sie nur zu gern in meinen Gedanken gestöbert hätte.

Den Nachmittag verbrachten wir faulenzend in der Sonne. Neptun hatte sich zu uns gesellt und sich auf der Terrasse genüsslich eingerollt. Ich erzählte Sophie noch einmal in allen Details die Geschichte von Lars und Anna und meinem letzten Tag in der Agentur. Sie lauschte fasziniert. Als ich zu der Stelle kam, wo ich Lars mit nacktem Hinterteil über unserem Sofa vorgefunden hatte, brach sie in schallendes Gelächter aus. »Oh nein, Emma, das glaube ich einfach nicht!« Sie wischte sich die Augen. »Zum Glück wohnst du nicht mehr dort, ich hätte das Sofa nie wieder mit den gleichen Augen wie zuvor betrachten, geschweige denn darauf sitzen können.«

»Ich auch nicht.« Ich musste selbst grinsen. Bei Sonnenschein, in Sophies Gesellschaft und mit einem Stück Blaubeerkuchen in der Hand kam mir die Geschichte gar nicht mehr so schrecklich vor. Ich war nur froh, dass das hinter mir lag, und bereit, nach vorn zu schauen. Die Stunden tröpfelten vor sich hin. Mit Sophie fühlte sich alles so vertraut an, als hätten wir uns gestern das letzte Mal gesehen. Lange hatte ich keinen so entspannten Nachmittag verlebt.

Als es Zeit war zu gehen, schnitt ich ein paar Hortensien ab und steckte sie zu einem farbenfrohen Sommerstrauß für Bella zusammen. Gemütlich schlenderten wir hinüber zum Hof der Geschwister. Ich musste zugeben, dass ich aufgeregt war. Erik würde heute da sein. Ich wusste nicht, wie ich mit ihm umgehen sollte nach gestern Nachmittag. Sophie hatte ich nur erzählt, dass er mir mit den Hühnern geholfen hatte. Ich wollte, dass sie sich unbeeinflusst ein Bild von ihm machte. Ich war gespannt, wie er ihr gefiel.

Bella hatte auf der Terrasse ein wahres Wunder vollbracht. Unzählige Lichterketten und Lampions hingen in den

Bäumen. Auf dem Tisch standen Kerzen und verschiedene kleine Vasen mit bunten Blumen, die farblich zum Geschirr passten. Die Teller hatte sie sicher selbst getöpfert. Es war so festlich und gleichzeitig gemütlich, dass man sich sofort eingeladen fühlte, Platz zu nehmen.

»Bella!«, Ich schloss sie zur Begrüßung in die Arme. »Du hast dir so viel Mühe gemacht! Es sieht traumhaft aus.«

Sie lachte. »Warte, bis du erst das Essen siehst.« Sie nahm mir die Blumen ab. »Danke, die sind wunderschön. Ich stell sie gleich ins Wasser.«

Sophie schaute sich um und staunte. »Wow, ist das hübsch hier. Hier würde ich auch gern Urlaub machen.«

Bella lächelte sie freundlich an. »Ich führe dich herum, wenn du alles genauer ansehen möchtest.«

»Das wäre fantastisch.« Sophie war Feuer und Flamme. Sie ließ sich nicht nur Bellas Keramikscheune zeigen, sondern interessierte sich auch brennend für die alten Nebengebäude. »Was man hier daraus machen könnte«, schwärmte sie. »Wenn ich mich umschaue, schießen mir tausend Ideen in den Kopf.«

Bella lachte. »Warum kommst du nicht her und unterstützt uns? Wir planen einen größeren Umbau. Da könnten wir gut Hilfe gebrauchen.«

Doch Sophie schüttelte den Kopf. »Ich habe vielleicht Business-Ideen, aber auf dem Land leben – das ist nichts für mich. Ein Wochenende ist toll, aber ich gehöre woanders hin.«

Erik wartete auf der Terrasse auf uns. Mein Herz pochte laut, als ich ihm gegenüberstand. »Hallo, Erik«, sagte ich. Als ich noch überlegte, ob ich auch ihn zur Begrüßung umarmen sollte, tat er schon den ersten Schritt.

»Hallo, Emma. Schön, dass ihr da seid.« Ich spürte seine Hände auf den Schultern, als er mir einen Begrüßungskuss auf die Wange gab. Er roch so gut, schoss es mir durch den Kopf.

Er duftete nach Zitrone und Kräutern und einem Hauch Bergamotte.

Für einen Moment blieb seine Hand auf meinem Arm liegen. Seine Augen flackerten auf, als ich hineinschaute. Ich riss mich zusammen und trat einen Schritt zur Seite. »Erik, das ist meine Freundin Sophie«, sagte ich und versuchte, mein klopfendes Herz zu beruhigen. Ich musste mich beherrschen, bevor das Ganze außer Kontrolle geriet.

Nachdem die beiden sich miteinander bekannt gemacht hatten, setzten wir uns und schon brachte Bella die ersten Teller nach draußen. Erik hatte nicht übertrieben. Von dem, was sie da auffuhr, hätte eine Großfamilie satt werden können. Das war Fingerfood vom Feinsten. Eine Platte mit kleinen Leckereien folgte auf die nächste. Mozzarellakügelchen zu sonnenwarmen Minitomaten, Spieße mit marinierten Zucchini und Schafskäse, leckere Salate mit Wildkräutern, frisch gebackenes Brot. Sie hörte gar nicht auf, immer neue Köstlichkeiten aufzutragen. Es war himmlisch, so verwöhnt zu werden. Sophie saß zu meiner Rechten, Erik auf der anderen Seite.

Während des Essens musterte ich ihn verstohlen aus den Augenwinkeln. Er war attraktiv auf eine unaufdringliche Art. Er war einer der Männer, die sich keine großen Gedanken um ihr gutes Aussehen machten.

Sophie war neugierig, mehr von den Plänen der Geschwister zu erfahren. Aber auch Sophies Erzählungen aus ihrem Leben als Unternehmensberaterin lauschten alle gebannt.

Bella schüttelte irgendwann nur noch den Kopf. »Ich weiß, warum ich keine Lust mehr hatte auf die Arbeit in diesen großen Läden. In einer Hotelkette geht es ja auch nicht anders zu als in den Firmen, die du so besuchst.«

»Das stimmt.« Sophie lächelte. »Nur der Ausblick ist bei euch meist besser.«

Nach dem Essen lehnten wir uns satt und zufrieden in den Liegestühlen zurück, genossen den obligatorischen Rhabarber-Gin und schauten dem Spiel der Kerzen zu.

Es war so gemütlich auf der Terrasse. So stellte ich mir das ideale Leben vor. Nach einem langen Tag abends mit Freunden beisammensitzen und in die Weite schauen, den Sonnenuntergang bei guten Gesprächen genießen und die frische Luft einatmen. Ich wurde wehmütig bei dem Gedanken, all das bald wieder zu verlassen.

Sophie schaute hinaus in die Dämmerung, die sich langsam auf die Felder senkte. »Ist das schön hier«, seufzte sie. Sie rutschte etwas dichter an mich heran und hakte sich bei mir ein. »Weißt du, was ich vermisse?«

Ich schüttelte den Kopf.

»Dir beim Einschlafen Geschichten zu erzählen und kichernd einzuschlafen.«

Oh ja, daran konnte ich mich gut erinnern. In Sophies Elternhaus hatten wir ein Zimmer geteilt und uns jeden Abend Geschichten erzählt. Das war schön gewesen und sehr tröstlich in der Zeit, als es mir nicht gut ging. Nach und nach war es zu unserer Tradition geworden.

»Meine Wohnung steht fast die ganze Zeit leer.« Sie drückte meine Hand. »Ich würde mich freuen, wenn du zu mir ziehst. So würden wir uns wenigstens ab und zu sehen, ohne dass du Angst haben müsstest, dass ich dir auf die Nerven falle.«

»Du fällst mir nie auf die Nerven.« Eine innere Wärme erfüllte mich. Ich war dankbar, dass ich solch eine großartige Freundin hatte. Keine Schwester könnte mir näherstehen.

»Ich will dich nicht drängeln. Erst mal soll Oma gesund werden. Du betüdelst sie selbstverständlich, solange es nötig ist. Aber sobald sie sich in ihrem Häuschen muckelig eingerichtet hat, könntest du zu mir kommen. Meine Wohnung steht immer für dich offen, das weißt du.«

Ich spürte Eriks Blick auf mir ruhen. Irgendwie gefiel es mir nicht, dass er unser Gespräch mit anhörte. Ich wusste auch nicht, wieso. Ich mochte ihn, klar, aber mir war genauso klar, dass das hier nicht auf ewig weitergehen konnte. Ich musste zurück in die Stadt und einen Job finden. Nur von Sonnenuntergängen und Johannisbeeren konnte ich auf Dauer nicht leben. Trotzdem wollte ich nicht, dass er dachte, ich sei mit einem Bein schon wieder in der Großstadt.

Mein Herz brannte bei der Vorstellung, dass ich ihn und Bella nur noch sehen sollte, wenn ich Oma besuchte. Ich würde die beiden vermissen. Wenn ich an Eriks fürsorgliche Art dachte, wurde ich schwermütig. Ich hatte es mir in einem Traumexil gemütlich gemacht, aber früher oder später musste ich in die Realität zurück. Ich konnte nicht hierbleiben. Irgendwann war mein Geld alle, und dann?

Auf einen späten Abend folgte ein früher Morgen. Die Hühner hatte ich längst gefüttert und auch Neptun war schon versorgt, als Sophie gähnend die Treppe runterkam.

»Guten Morgen, Langschläferin«, begrüßte ich sie.

»Mein Biorhythmus ist total durcheinander. Ich wusste eben nicht, ob es neun Uhr abends oder morgens ist.«

»Es muss hart sein, so zu leben wie du.«

Sie winkte ab. »Ich will es ja so. Es mag anstrengend sein, aber dafür spüre ich in jeder Sekunde, dass ich am Leben bin.«

Ich schenkte ihr einen Kaffee ein. »Ich finde es bewundernswert, wie du das durchziehst. Ich könnte das nicht.«

Sie lächelte mich an. »Das musst du ja auch gar nicht. Ich weiß, das ist keine einfache Zeit für dich, Emmi, aber versuch die Chance zu sehen, die darin liegt. Du kannst neu anfangen und genau das tun, was du willst.« Sie zwinkerte mir zu. »Und dein Hühnerflüsterer ist auch nicht zu verachten.«

»Du magst ihn?«

»Natürlich gehört er eher zu der Sorte ›schweigsamer, gut aussehender Einzelgänger‹, aber ja, er gefällt mir. Nicht nur, weil er meiner besten Freundin im Kampf gegen Hahn Harvey zur Seite stand, sondern auch, weil er warmherzig ist. Wie nett er mit seiner Schwester umgeht. Und dann sind da diese Blicke, die er dir zuwirft, wenn er denkt, du siehst es nicht.« Sie grinste. »Wobei die Blicke, die du ihm zuwirfst, auch nicht zu verachten sind.«

Ich biss mir auf die Lippe. Sophie war meine beste Freundin. Aber ich war verwirrt. »Ich gebe zu, dass ich ihn mag.«

»Ihn magst?«, unterbrach mich Sophie. »Du bist total verrückt nach ihm. Ich hätte euch gestern am liebsten gefragt, ob ihr zwei euch nicht in den Stall zurückziehen und die Sache aus der Welt schaffen wollt.«

»Sophie! Untersteh dich!«

Sie lachte. »Ich hab's ja nicht gemacht.«

»Na gut, vielleicht mag ich ihn auch ein bisschen mehr, aber wo soll das hinführen? Die Sache hat doch keine Zukunft.«

»Warum? Wer sagt, dass du hier weg musst?«

»Hier leben? Wie soll das funktionieren?«

Sie nahm sich ein Hörnchen und tunkte eine Ecke in den Kaffee. »Du könntest als Freelancerin arbeiten. Du suchst dir die Kunden selbst aus und hast nicht so viel Stress. Dazu hast du ein Dach über dem Kopf, das dich nichts kostet.«

»Für ein paar Wochen. Ich weiß nicht, ob meine Oma so erpicht darauf ist, dass ich wie eine Krankenschwester um sie herumwusle.« Ich goss einen kräftigen Schuss Honig in die kleine Schale mit Joghurt, die vor mir stand, und verrührte ihn mit den Blaubeeren.

»Eine Krankenschwester will sie sicher nicht, aber eine liebevolle Enkelin. Du bist ihr Ein und Alles. Sie wäre überglücklich, wenn du bleiben würdest. Es muss ja nicht für immer sein, nur bis du dich sortiert hast und es ihr besser geht.«

»Gestern hast du noch gesagt, ich soll bei dir einziehen. Heute erzählst du mir das genaue Gegenteil.« Mhm. Dieser selbst gemachte Blaubeerjoghurt war einfach zu lecker.

»Dass du zu mir kommst, ist das, was ich mir ganz egoistisch für mich selbst wünsche«, erklärte Sophie. »Aber nachdem ich gesehen habe, wie du hier aufblühst, muss ich zugeben, dass das Beste für dich wohl anders aussieht.« Sophie legte mir die Hand auf den Arm. »Wenn ich zurückdenke an früher, als du von den Wochenenden bei deiner Oma zurückkamst. Wie glücklich du warst, als hättest du deinen Akku aufgeladen. Du brauchst die Natur, Emma. Ich weiß gar nicht, wie du es die letzten Monate in dieser Dachwohnung mit Lars ausgehalten hast.« Sophie griff sich ein zweites Hörnchen. Die Landluft machte ihr Appetit.

Ich zuckte mit den Schultern. »Ich habe wohl gedacht, es wäre an der Zeit, erwachsen zu werden.«

»Aber das heißt doch nicht, dich von der zu verabschieden, die du wirklich bist. Das genaue Gegenteil ist der Fall.«

Ich dachte nach. »Das alles macht mir Angst, verstehst du das? Mein Leben entgleitet mir. Es war alles so einfach und klar. Ich hatte einen Job, einen Freund und ich wusste, wo ich war. Jetzt weiß ich gar nichts mehr.«

»Und doch habe ich das Gefühl, du warst noch nie so nah dran an dem, was du eigentlich bist.«

»Vielleicht.«

Sophie merkte mir den inneren Tumult an und wechselte das Thema. »Hast du was von Lars gehört?«

Ich schüttelte den Kopf. »Meine Pflanzen sind noch bei ihm und auf dem Dachboden stehen auch ein paar Kisten.«

»Oje. Aber den Schlüssel hast du noch?«

Ich nickte. Den hatte ich wohlweislich mitgenommen.

»Fahr doch hin, wenn er im Büro ist. Lass einen Zettel da und schmeiß den Schlüssel in den Briefkasten.«

Das war eine gute Idee. So musste ich ihm nicht begegnen. »Das stimmt eigentlich. Tagsüber ist er nie da – außer natürlich montags, wenn er angeblich Homeoffice macht.« Zum Glück versetzte es mir keinen Stich mehr, daran zu denken.

»Ich kann einen Tag länger bleiben«, schlug Sophie vor. »Dann fahren wir Dienstagfrüh gemeinsam in die Stadt. Falls er aus irgendeinem blöden Zufall doch zu Hause ist, musst du ihm zumindest nicht allein gegenübertreten.«

»Das würdest du tun?«

»Na klar.«

Ein Stein fiel mir vom Herzen. »Du glaubst gar nicht, wie dankbar ich dir bin.«

»Du schläfst bei mir, wir kochen etwas und machen uns einen schönen Großstadtabend. Du warst so lang nicht mehr bei mir. Und ich muss erst Mittwoch wieder weg.«

Das war für Sophies Verhältnisse ein richtig ausgedehnter Urlaub. »Aber wer kümmert sich um die Hühner? Und Neptun ist ja auch noch da.«

»Ach komm, Emma. Das ist doch nur für eine Nacht. Vielleicht kann Erik nach den Tieren schauen. Eine Dose Katzenfutter wird er schon auch noch öffnen können.«

Ich zögerte. Es wäre tatsächlich schön, eine Nacht bei Sophie zu verbringen. Dann wäre die Vorstellung, in Lars' Wohnung zu müssen, nicht ganz so deprimierend. Trotzdem war es mir unangenehm, Erik oder Bella zu fragen. Als wäre das der Beginn vom Abschied.

»Na, komm schon. Spring über deinen Schatten.«

»Okay. Wenn es meiner Oma morgen soweit gut geht und einer der beiden Zeit hat, machen wir das.«

»Prima. Du wirst sehen: Das klappt schon alles.«

Ich seufzte. Dann gab ich mir einen Ruck und stand auf. Es würde nicht einfacher werden, Erik zu fragen, je länger ich wartete, darum konnte ich es auch gleich tun.

»Wird schon schiefgehen«, rief mir Sophie aus dem Liegestuhl hinterher. Sie hatte gut reden. In ihrer eleganten Sommergarderobe mit Strohhut auf dem Kopf sah sie aus wie ein Filmstar, der auf der Suche nach dem einfachen Leben war – um drei Wochen später in seine Villa mit Pool zurückzukehren. Ich lächelte. Es war schön, sie da zu haben.

Bella war gerade dabei, ein paar Gartenstühle neu zu streichen.

»Guten Morgen!«, rief ich ihr zu.

»Guten Morgen. Was verschafft mir die Ehre des morgendlichen Sonntagsbesuchs? Ich vermute, du bist nicht hier, um mit mir diese alten Schätze wieder zum Strahlen zu bringen?«

»Ich würde dir gern helfen, aber Sophie würde wahrscheinlich irgendwann denken, dass ich in den Dorfteich gefallen bin. Eigentlich wollte ich Erik sprechen.«

»Der ist leider unterwegs.« Ich sah förmlich, wie die Neugierde hinter Bellas Stirn kribbelte. »Vielleicht kann ich ihm was ausrichten.«

»Das wäre lieb. Ich wollte ihn fragen, ob er sich um Neptun und die Hühner kümmern könnte. Ich muss in die Stadt und Pflanzen bei meinem Ex abholen. Langsam mache ich mir Sorgen, ob er sie nicht vertrocknen lässt. Im Anschluss möchte ich eine Nacht bei Sophie anhängen.«

»Klar machst du das. Erik wird die Hühner schon versorgen. Und falls nicht, bin ich auch noch da. Mach dir keine

Sorgen. Verbring einen schönen Tag mit deiner Freundin und hol dir den Rest deines Lebens zurück. Solche toxischen Verbindungen sind nicht gut, und wenn sie nur aus ein paar Balkonpflanzen bestehen. Man muss sie kappen, um sich wieder frei zu fühlen.«

»Danke. Du bist die Beste.«

»Ach, halb so wild. Wann fahrt ihr los?«

»Dienstag. Mittwoch bin ich zurück. Den Schlüssel lege ich unter die Fußmatte.«

»Na, dann wünsche ich dir eine schöne Zeit.« Sie erhob den Zeigefinger und blickte mich streng an. »Aber nicht zu schön, nicht dass du nachher nicht mehr zu uns zurückkommst.«

Wir umarmten uns zum Abschied, dann überließ ich Bella wieder dem Schleifpapier und den alten Stühlen. Ein mulmiges Gefühl blieb dennoch zurück. Es fühlte sich so an, als würde ich mich klammheimlich davonschleichen.

Viel zu schnell verflog die Zeit mit Sophie. Nun gab es keinen Aufschub mehr. Wir standen vor der Haustür, durch die ich so viele Monate jeden Tag ein- und ausgegangen war. »Lars ist mit Sicherheit bei der Arbeit«, sagte ich. Es war seltsam, den Flur wieder zu betreten. Schweigend stiegen wir die Treppen hoch.

Sophie drückte meine Hand. Als ich aufschloss, pochte mir das Herz bis zum Hals. Vorsichtig trat ich ein und lauschte.

»Die Luft ist rein«, sagte Sophie.

»Wie man's nimmt.« Ich schnupperte. »Was stinkt denn hier so?« Also nach Patchouli und Annas Parfüm roch das nicht. Eher nach ... Katzenpipi? Ich war verwirrt.

Ein forderndes Maunzen schallte aus dem Wohnzimmer zu uns. Verdutzt blickten wir uns an. »Scheint so, als wäre doch jemand zu Hause«, sagte Sophie.

Neugierig gingen wir ins Wohnzimmer. Laut miauend und mit aufrechtem Schwanz kam uns eine kleine Siamkatze entgegen und schaute uns herausfordernd aus ihren blauen Augen an. »Na hallo, du Hübsche!« Sofort kam sie auf uns zu und strich um meine Beine. Ich ließ sie meine Hand beschnuppern. »Und du bist ganz allein hier, du Arme? Da langweilst du dich bestimmt gewaltig.«

»Wie es scheint, hat Lars eine neue Mitbewohnerin«, bemerkte Sophie trocken und kraulte sie hinter den Ohren. »Hätte ich nicht gedacht, dass er im Geheimen so eine verkuschelte Seele ist.«

Ich kam aus dem Staunen nicht mehr raus. Lars eine Katze? Die verloren doch Haare und machten Dreck. Am Ende zerkratzten sie noch die guten Ledermöbel. Wenn ich mit einer Sache nicht gerechnet hätte, dann, dass Lars sich ein Haustier anschaffte. »Lars wollte nie ein Tier«, rätselte ich. »Als ich laut darüber nachdachte, eine Katze aus dem Tierheim zu holen, wäre ihm vor Schreck fast der Espresso aus der Hand gefallen.«

»Tja. Aber hier steht sie, unsere Kleine.« Sophie schien Gefallen an der Katze zu finden und bedachte sie großzügig mit Streicheleinheiten. Sie war hübsch und hatte wache leuchtend blaue Augen. »Vielleicht ist es Annas Katze und er passt auf sie auf, weil sie unterwegs ist?«

Ich schüttelte den Kopf. »Nein. Anna hat eine Katzenhaarallergie, das weiß ich.«

»Umso erstaunlicher. Verhaut sie ihm denn etwa gar nicht mehr den Hintern?«

Ich zuckte mit den Schultern. »Neulich am Telefon war sie jedenfalls nicht gut auf ihn zu sprechen. Er hat sich's mit seinem Chef verscherzt und die Beförderung ist flöten.«

Sophie kicherte. »Na, da hat es sich wohl ausgepeitscht.«

»Vielleicht hat er sein Herz entdeckt, nachdem die Eiskönigin ihn abserviert hat«, spekulierte ich. »Auf einmal hat er sich einsam gefühlt, ganz allein auf dem Ledersofa. Wer weiß.«

Sophie warf mir einen spöttischen Blick zu. »Ernsthaft? Redest du von dem Ex-Freund, der seine Klamotten immer sofort in die Waschmaschine gesteckt hat, wenn ihr aus Sonnenfelde kamt, weil ein Haar von Neptun dran sein könnte?«

Ich grinste. »Hast ja recht. Irgendeinen Grund muss es aber geben, warum dieses süße Wesen sich hier aufhält.«

»Und anscheinend soll sie wohl länger bleiben«, sagte Sophie und wies mit einem Nicken zur Wand gegenüber. Das war mir noch gar nicht aufgefallen. Dort war eine Unmenge an Kartons aufgestapelt. Alle bedruckt mit der Aufschrift *Royal Kitty*. »Meine Güte, was will er denn nur damit? Das ist ja mehr als ein Jahresvorrat Katzenfutter.«

»Jetzt bleibt noch die Frage, wo Kitty sich erleichtert hat. Weit weg kann es jedenfalls nicht sein.« Wir folgten der Geruchsspur. Ich konnte mir ein Grinsen nicht verkneifen, als ich den feuchten Fleck auf dem teuren Ledersofa sah. Da hatte Lars aber gut was zu tun, wenn er nachher nach Hause kam. Aber das geschah ihm nur recht. Was ließ er auch die arme Katze den ganzen Tag allein.

Sophie zuckte mit den Schultern. »Tja, auch auf die Gefahr hin, dass es eines der ungelösten Rätsel der Menschheit bleiben wird, wie Kitty bei Lars eingezogen ist, schlage ich vor, dass wir jetzt deine Sachen ins Auto einladen.«

Ich nickte. »Gute Idee. Ich möchte gern hier weg sein, bevor der Katzenpapa nach Hause kommt. Lass uns erst die Sachen vom Dachboden holen.« Sophie folgte mir zur Tür. »Pass nur auf, dass unsere Kitty nicht davonläuft.«

»Klar«, erwiderte sie. »Ich hab die Tür im Blick.«

Viel war es nicht, was wir nach unten tragen mussten. Nur ein paarmal die Treppen hoch und runter, dann wäre der Besuch in der Vergangenheit beendet.

Ein letztes Mal ging ich nach oben, um meine Rose vom Balkon zu holen, dann waren wir hier fertig. Sophie wartete beim Auto.

Ich machte einen abschließenden Rundgang durch die Wohnung. Kitty folgte mir auf den Fersen. Am liebsten hätte ich sie mitgenommen. Sie wäre eine süße Freundin für Neptun. Bei uns hätte sie sicher mehr Spaß als allein in Lars' Wohnung.

Nicht nur das Futter war von *Royal Kitty* stellte ich fest. Auch der Fressnapf, der Kratzbaum sowie das Katzenkörbchen. Lars schien Fan der Marke zu sein. Selbst das Katzenklo auf ›meinem‹ alten Balkon trug das Logo.

Bis auf einen Stapel mit Post fand ich nichts, was noch mir gehörte. Ich schüttelte den Kopf. Ich hatte gewusst, dass er die Briefe nicht weiterleiten würde. Ich verstaute sie in meiner Handtasche und ging auf den Balkon, um den letzten Blumentopf zu holen. Ich klemmte mir die Pflanze unter den Arm, zog die Balkontür hinter mir zu und verriegelte sie. Ich war bereit, all das endgültig hinter mir zu lassen.

Mit einem Mal ging die Wohnungstür auf. »Dachte ich mir doch, dass ich dich hier finde, nachdem ich Sophie unten gesehen habe.« Ich zuckte zusammen. Lars. Hätte er nicht fünf Minuten später nach Hause kommen können? »Zum Glück war sie damit beschäftigt, einen Topf ins Auto zu hieven«, fuhr er fort. »Sie hätte mich sonst bestimmt nicht hineingelassen.« Sein Lächeln wirkte bemüht, nicht so lässig wie sonst. Er sah ziemlich gestresst aus.

»Du bist aber früh hier.«

Er nickte bloß. Natürlich ging es mich nichts mehr an, was er in seiner Wohnung machte und was die kleine Katze hier tat, aber ich konnte meine Neugierde nicht bezähmen. Wenn ich ihn nun schon traf, musste ich wissen, was es mit ihr auf sich hatte. »Du hast eine Katze«, stellte ich das Offensichtliche fest. »Und ziemlich viel Katzenfutter.« Genervt legte er eine Einkaufstasche auf dem Esstisch ab. Das Thema ging ihm gehörig auf den Zeiger. »Ja«, sagte er. Er klang ziemlich angespannt. »Blöderweise frisst Royal Kitty es nicht. Sie will nur selbst gekochtes Essen.« Wow. Er hatte die Katze nach dem Katzenfutter benannt. Wie einfallsreich. »Wäre es nicht schlau gewesen, erst mal eine Packung zu testen, bevor du einen Jahresvorrat bestellst?«

»Ich hab das Zeug umsonst bekommen«, murmelte er.

»So viel?«, wunderte ich mich.

»Von der Arbeit.«

Ich starrte ihn an. »Dein Chef schenkt dir eine Palette Katzenfutter?«

»Nicht mein Chef, ein Kunde. Ich habe einen neuen Aufgabenbereich«, sagte er kühl.

»Katzen?«, konnte ich nur fassungslos fragen. Wenn mir die Rose nicht gerade schmerzhaft in den Arm piksen würde, wäre ich mir ziemlich sicher, dass ich das hier gerade nur träumte, so absurd war das alles.

»Ja. Ich bin jetzt in der Abteilung Lifestyle. Genauer gesagt habe ich jetzt einen Job als Petfluencer.«

»Petfluencer?« Ich lebte wohl manchmal wirklich hinter dem Mond.

Lars versuchte, wichtig auszusehen. Aber so wirklich gelang ihm das nicht. »Ja. *Royal Kitty* ist ein bedeutender neuer Kunde. Und ich wurde abgestellt, Cat Content zu produzieren. Darum arbeite ich im Moment viel vom Homeoffice aus.«

Ein Grinsen breitete sich auf meinem Gesicht aus, als mir dämmerte, was das hieß. Sein Chef hatte ihn degradiert. Denn der Job war eines ganz sicher nicht: das nächste Karrieresprungbrett. Noch dazu verschmähte die hübsche Katze das Futter des Großkunden. Das brachte mit Sicherheit auch keine neuen Bonuspunkte. Schadenfreude war sicherlich kein feiner Wesenszug, aber wenn es um Lars ging, fand ich, ich hatte mir ein wenig davon verdient. »Dann wünsche ich dir viel Erfolg mit deinem neuen Job«, sagte ich mit strahlendem Lächeln und presste meine Rose dichter an mich. Die Pikser bekam ich kaum mit, so sehr war ich damit beschäftigt, das Lachen zu unterdrücken, das sich seinen Weg bahnen wollte.

Ich kramte den Schlüssel aus der Tasche und legte ihn auf den Tisch. »Hier, den brauche ich nicht mehr. Ich habe alles.«

Lars nickte mir zu. »Mach's gut, Emma. Tut mir leid, wie die Sache gelaufen ist.« Er sagte das, als hätten sich die Dinge ganz ohne sein Zutun ereignet. Aber das war mir egal. Er gehörte nicht mehr zu meinem Leben. Sollte er mit Anna, Royal Kitty oder sonst wem glücklich werden, mich ging das nichts mehr an.

Ich fühlte mich befreit. Ich konnte einfach gehen und musste diesen Mann, dem ich nicht das Geringste bedeutet hatte, nie mehr wiedersehen. »Tschüss, Lars«, sagte ich und ging mit meiner Rose hocherhobenen Hauptes an ihm vorbei, ohne mich noch einmal umzudrehen.

18. LANDLEBEN

Am nächsten Tag war ich gleich nach dem Frühstück zu meiner Oma gefahren. Ich hatte es nicht länger ausgehalten, da ich unbedingt wissen wollte, ob es ihr besser ging. Erleichtert verließ ich nun ihr Zimmer. Sie war zwar noch nicht fit, aber das Fieber war deutlich gesunken, genau wie die Entzündungswerte. Natürlich strengte sie alles noch an und auch der Husten war noch nicht verschwunden, aber das brauchte nun einmal seine Zeit.

Erik war in meiner Abwesenheit da gewesen und hatte sie besucht. Das rechnete ich ihm hoch an. Worüber die zwei sich unterhalten hatten, verriet sie mir allerdings nicht.

Im Flur begegnete ich dem Arzt, mit dem ich neulich schon gesprochen hatte. »Guten Tag«, hielt er mich auf. »Es ist schön zu sehen, dass es Ihrer Großmutter wieder besser geht.«

»Allerdings. Ich bin sehr erleichtert, dass es bergauf geht.«
Er nickte bedächtig. »Ja. Aber sie darf jetzt nicht leichtsinnig werden. Wie es aussieht, hatte Ihre Großmutter schon eine Weile Probleme mit ihrer Lunge. Wir müssen sie gut aufpäppeln. Der Herbst steht vor der Tür. Wir dürfen keinen Rückfall riskieren. Mit einer Lungenentzündung ist nicht zu spaßen, schon gar nicht in dem Alter.«
»Was schlagen Sie vor?«
»Das Beste wäre, wenn sie noch ein paar Wochen zur Kur fahren würde, um sich zu erholen. In guter Umgebung, bei frischer Luft, moderater Bewegung und Atemgymnastik. Und vor allem Ruhe. Meinen Sie, Sie könnten mir dabei helfen, Ihre Großmutter dazu zu überreden?«
»Ich werde alles tun, was in meiner Macht steht.«
Er nickte mir zu. »Dann bis zum nächsten Mal.« Mit eiligen Schritten ging er weiter den Gang hinunter.
Natürlich könnte ich drei Wochen länger bleiben. Es war ja nicht so, dass ich unglaublich viele wichtige Termine hätte. Außerdem musste ich meine Gedanken sortieren. Wo könnte ich das besser tun als im Haus meiner Oma. Miete zahlte ich keine und konnte mich gleichzeitig nützlich machen, sodass Oma mit einem beruhigenden Gefühl abfahren könnte.
Nach Sophies Besuch spürte ich umso deutlicher, dass ich nicht wieder bereit war für den Stress, der mein Leben in Berlin bestimmt hatte. Mir tat die Entschleunigung gut.
Jetzt wollte ich aber schnell nach Hause. Obwohl ich nur zwei Tage weg gewesen war, hatten mir das kleine Häuschen und Sonnenfelde gefehlt.

Ich stieg aus dem Auto und atmete tief durch. Die warme aromatische Luft erfüllte mich. Ich warf einen Blick ins Hühnergehege. Dort sah alles gut aus. Die Tiere waren versorgt worden. Ob nun Bella oder Erik da gewesen war, konnte ich natürlich nicht sagen. Ich würde später zu den beiden rübergehen und mich bedanken. Aber erst einmal musste ich mich um den Garten kümmern. Die Pflanzen brauchten dringend Wasser.

Neptun kam sofort angesprungen, als ich den Gartenschlauch ausrollte. »Na, mein Großer«, sagte ich und beugte mich zu ihm hinunter, um ihn am Kopf zu kraulen. Der Kater maunzte und rieb sich an meinem Hosenbein. »Hast du mich vermisst?« Ich strich ihm über den Rücken. »Ich hab dich jedenfalls vermisst.«

Sobald ich den Schlauch aufgedreht hatte und das Wasser auf die Erde rieselte, fühlte ich mich wieder zu Hause. Die ganze Geschichte mit Lars, mir und Anna kam mir so weit weg vor, als sei das nur ein Film gewesen, den ich gesehen hatte. Und ein ziemlich skurriler noch dazu. Ich genoss den Duft der feuchten Erde. Der Stress der Begegnung mit Lars fiel von mir ab, als würde ich alles mit dem Wasser abspülen, das Strahl für Strahl in die Erde rieselte.

Als ich mit der Gartenpflege fertig war und Neptun gefüttert hatte, machte ich mich auf den Weg zu Bella und Erik. Bevor ich ging, steckte ich einen Schirm ein. Die Wolken, die sich am Himmel zusammenzogen, gefielen mir nicht. Als kleines Dankeschön nahm ich eine Schale Blaubeeren mit. Außerdem wollte ich die beiden für Samstag zum Abendessen einladen.

Erik saß bei einer Tasse Kaffee vor der Tür und las die Zeitung. Von Bella war nichts zu sehen.

»Hi«, sagte ich. Ich fühlte mich eigentümlich verlegen, so als hätte ich ihn versetzt.

»Hi«, sagte er. Er wirkte etwas unterkühlt. Ob ich nicht die Einzige war, die das Gefühl hatte, sich ohne Abschied davongemacht zu haben? »Bella ist drinnen«, sagte er, wie um klarzustellen, dass mein Besuch ihm ja wohl nicht gelten konnte.

Ich nickte, unsicher, was ich tun sollte. Ich hielt die Schale mit den Beeren hoch. »Ich habe ein paar Blaubeeren mitgebracht als Dankeschön, dass ihr euch um die Hühner gekümmert habt, als ich weg war.«

Er nickte, ohne aufzugucken. »Und – war es schön in Berlin?«

Was sollte ich dazu sagen? Seine Sachen beim Ex-Freund abzuholen, gehörte definitiv nicht zur Top-Ten-Liste eines Berlin-Besuchs, aber der Abend in Sophies Wohnung war schön gewesen. »Komisch, wieder dort zu sein«, versuchte ich mein Gefühlschaos in einen Satz zu bringen.

»Inwiefern? Komisch, weil man sich wieder dran gewöhnen muss, oder komisch, weil es nicht mehr zu dir passt?«

Verwundert blickte ich ihn an. Warum war er so seltsam drauf? Wäre er Lars, würde ich mich jetzt eingeschnappt in die Ecke setzen und so tun, als wäre nichts los. Aber er war nicht Lars. Und ich hatte keine Lust mehr auf solche Dinge. Ich wollte nicht in der Schwebe sein. Ich wollte wissen, was los war. »Bist du sauer auf mich?«, fragte ich stattdessen.

Erstaunt blickte er mich an. Damit hatte er wohl nicht gerechnet. »Wieso sollte ich?«

»Ich weiß nicht. Sag du es mir.«

Er schaute hinaus in die Landschaft und schwieg. Na, das fing ja gut an. »Ich wollte dich besuchen«, sagte er nach einer Weile. »Aber da warst du schon Richtung Berlin unterwegs.«

Plötzlich erschien Bella auf der Türschwelle. »Emma! Du bist wieder zurück!« Sie kam auf mich zu und umarmte mich. Ich hatte sie so ins Herz geschlossen. Ich liebte ihre impulsive Art. »Ich wollte gerade das Abendessen machen«, quasselte sie weiter. »Bleib doch, ich würde mich freuen. Immer nur zusammen mit dem eigenen Bruder zu futtern, ist auf Dauer nicht so erbaulich.

»Ich hab das gehört«, grummelte er.

»Das solltest du auch.«

Das war typisch. Ich kam her, um die beiden zum Essen einzuladen und stattdessen wollte Bella mich auf einmal bekochen. »Lass mich dir wenigstens helfen!«

»Da gibt es nicht viel zu helfen. Genieß lieber die Sonne und leiste meinem grantigen Bruder Gesellschaft, wenn du magst.« Mit einem Lachen verschwand sie im Haus. Dabei hätte ich im Moment lieber zehn Kilo Kartoffeln geschält, als neben dem mürrischen Erik zu hocken. Ich überlegte fieberhaft, wie ich das Eis brechen könnte.

»Es tut mir leid, wie ich mich gerade aufgeführt habe«, sagte er mit einem Mal. Ich biss mir auf die Lippe. Er sah mir so lange in die Augen, dass mir ganz kribbelig wurde. »Ich nehme an, Bella hat dir von Friederike erzählt?«, unterbrach er das Schweigen.

Ich zögerte. »Ein wenig.«

Er seufzte. »Das sieht ihr ähnlich. Sie ist so ein Tratschweib. Das war sie schon immer. Deswegen kann sie auch so gut mit den Menschen. Ehrlich, sie passt aufs Land. Sie ist diese Frau, die es in jedem Dorf gibt, die jeden kennt und alles weiß, weil sie so nett ist, dass jeder ihr sofort das Herz öffnet und ihr all seine Geheimnisse anvertraut.« Er schüttelte den Kopf.

»Aber du nicht«, sagte ich vorsichtig.

»Ich lebe mit ihr zusammen. Das ist dicht genug. Schließlich ist sie meine Schwester, nicht meine Freundin.«

Ich hatte meine Zweifel, ob er einer Freundin gegenüber offener wäre. Aber offensichtlich hatte er vor, sein großes Schweigen zu brechen.

»Wie du weißt, war ich Tierarzt, bevor ich hergezogen bin.«

Ich nickte.

»Ich wohnte in einer Kleinstadt. Nichts Großartiges, eine kleine Fußgängerzone, die nötigsten Geschäfte, jeder kennt jeden. Wie so was eben ist.«

»Hattest du da auch Hühner?«, unterbrach ich ihn.

Er nickte. »Ich hatte einen kleinen Hühnergarten. Allerdings mit nur einem Hahn, noch dazu einem leiseren, um meine Nachbarn nicht zu sehr zu stressen. Friederike habe ich in meiner Praxis kennengelernt. Sie kam mit ihrer Katze dorthin. Das Tier war alt und schwach und mochte nicht mehr leben. Friederike war so unglücklich deswegen. Das ging mir richtig ans Herz. Als ich sie ein paar Tage später in der Stadt traf, habe ich sie zum Kaffeetrinken eingeladen. Und so begann alles.«

Ich nickte. Manchmal waren es die kleinen Begegnungen, die unser Leben grundlegend veränderten.

»Wir stellten fest, dass wir viel gemeinsam hatten«, fuhr er fort. »Wir fühlten uns beide beengt. Sie hatte eine winzige Werkstatt. Immer beklagte sie sich, dass sie zu wenig Platz hätte, um sich entfalten zu können. Als ich hierherkam und Bella besuchte, dachte ich, das wäre die Lösung für uns beide. Ich habe ihr die Scheune ausgebaut. Ich dachte, das würde sie glücklich machen. Aber unsere Sehnsüchte waren nicht die gleichen. Sie träumte vom aufregenden Künstlerleben in der Großstadt, ich von der Freiheit in der Natur. Sie hatte hier das Gefühl, das Leben zu verpassen. Das hat sie mir immer wieder gesagt. Ich hingegen hatte das Gefühl, das richtige Leben endlich gefunden zu haben. Das passte einfach nicht.«

Ich nahm meinen ganzen Mut zusammen. Ich musste es wissen. »Dann seid ihr kein Paar mehr?«

Er schüttelte den Kopf. »Schon eine ganze Weile nicht mehr. Wir hatten es nur nicht offiziell ausgesprochen. An dem

Tag, als du bei Bella warst, habe ich ihr die letzten Keramiken zurückgebracht. Danach bin ich zu dir gefahren. Aber das Haus war leer und dein Auto nicht da. Bella erzählte mir dann, dass du nach Berlin fahren wolltest.«

»Hat sie dir auch gesagt warum?«

»Nein. Ich habe sie auch nicht gefragt. Ich nehme an, die Großstadt hat dir wohl gefehlt.«

»Eher meine Balkonblumen«, bemerkte ich trocken.

Fragend sah er mich an.

»Ich habe meine Pflanzen bei meinem Ex abgeholt.«

»Ach so.«

Er schwieg eine Weile. »Es tut mir leid«, sagte er schließlich. »Ich hätte einfach Bella fragen sollen.«

»Das ist immer eine gute Idee«, sagte Bella, die gerade mit einem großen Teller Antipasti nach draußen kam. »Greift zu, ihr Lieben. Ich hoffe, ihr habt euch vertragen?«

Erik sandte mir ein Lächeln über den Tisch. »Ich denke schon«, sagte ich und erwiderte das Lächeln.

»Na prima. Dann schmeckt das Essen gleich noch mal so gut.« Sie wies auf den Teller. »Greif zu, Emma.«

»Eigentlich bin ich hergekommen, um mich zu bedanken, nicht, um mich bekochen zu lassen«, protestierte ich.

»Entspann dich. Das habe ich schon verstanden. Wir genießen deine Gesellschaft, weißt du. Es ist uns eine Freude, dich hier zu haben.«

Es wurde ein geselliger Abend. Die beiden nahmen meine Einladung zum Essen an. Bella war begeistert. Aber auch Erik taute auf. Er war richtig witzig. Wir sprachen über die Hühner. Bella amüsierte sich über Harvey, der so handzahm geworden war. Ich erzählte von Sophies Wohnung. Die beiden hingen an meinen Lippen, als würde ich eine Siedlung auf dem Mars beschreiben. Aber so ähnlich kam es mir auch vor.

Sophie lebte in einer *Gated Community*. Die todschicke Wohnanlage war von Toren und neuester Hightech-Überwachung gesichert. »Ich habe mich noch nie so unsicher gefühlt wie in dieser Anlage. In meiner alten Wohnung habe ich mir nicht ein einziges Mal Gedanken gemacht, dass jemand einbrechen könnte. Dort schon. Aber Sophie gefällt es.«

Bella fragte nach meiner Oma. Ich erzählte vom Vorschlag des Arztes. »Ich halte das für eine gute Idee. Zu Hause würde sie sich sofort wieder übernehmen. Ich kenne sie. Ich könnte ihr tausendmal sagen, sie soll sich in den Sessel setzen. Dann würde sie eben um vier Uhr früh aufstehen und alles heimlich erledigen.«

Bella lachte. »Das wäre ihr durchaus zuzutrauen. Ich hoffe nur, du kannst sie überreden.«

»Gemeinsam mit dem Arzt kriege ich das schon hin.«

Bella blickte mich nachdenklich an. »Wie lange soll die Kur denn dauern?«

»Drei Wochen, sagte der Arzt.«

»Und bleibst du so lange hier?«

Ich nickte. »Einer muss sich ja um das Haus kümmern. Und es ist nun nicht so, dass in Berlin Massen an Leuten händeringend auf mich warten. Vielleicht ist es ganz gut, dass ich noch ein paar Wochen habe, um mich zu sortieren.«

Bella nippte an ihrem Glas. »Ich freu mich jedenfalls, wenn du hierbleibst, Emma. Und nicht nur für ein paar Wochen, das weißt du.« Ich schluckte. Ihre offene Zuneigung tat gut. Das hatte mir die letzten Jahre gefehlt. »Denk in Ruhe drüber nach. Zeit hast du ja jetzt genügend.«

»Das ist wahr.« Am Himmel türmten sich immer düsterere Wolken auf. Den ganzen Nachmittag hatte es schon gegrummelt. »Ich sollte mich besser auf den Weg machen, wenn ich trocken nach Hause kommen will.«

Bella blickte nach oben. »Oder du wartest das Gewitter ab und gehst danach.«

»Danke, das ist lieb, aber es war ein langer Tag und ich bin ziemlich müde.«

»Dann ruh dich aus. Wir sehen uns spätestens am Samstag.«

»Vielleicht schau ich vorher noch mal vorbei.«

»Gern. Du bist jederzeit willkommen.«

Bella drückte mich zum Abschied herzlich an sich, während Erik krampfhaft darauf bedacht schien, fünf Zentimeter Abstand zwischen uns zu wahren. Der Kuss auf der Wange kribbelte trotzdem.

Kaum hatte ich den Hof verlassen, spürte ich die ersten Tröpfchen. Ich legte einen Zahn zu, um dem großen Gewitterschauer, der jeden Moment losbrechen würde, zu entgehen. Aber es half nichts. Nach ein paar Metern öffneten sich die Schleusen, als würde jemand eimerweise Wasser herunterkippen. Mist. Meinen Schirm hatte ich natürlich bei Bella und Erik liegen lassen. Innerhalb einer Minute war ich klitschnass.

Im Garten angekommen, rannte ich trotzdem nicht sofort hinein. Ich wollte das Gefühl des sommerlich warmen Gewitterregens auskosten. Er erinnerte mich an meine Kindheit. So viele glückliche Erinnerungen stiegen in mir hoch, als ich den strömenden Regen auf mich niederprasseln ließ.

»Da war ich wohl zu spät.«

Ich zuckte zusammen. Erik? Ich öffnete die Augen und starrte ihn verwirrt an.

»Du hast deinen Schirm vergessen. Ich wollte ihn dir hinterherbringen, aber das hat sich jetzt wohl erledigt«, sagte er mit einem Lächeln, als er mich von Kopf bis Fuß musterte. Die Klamotten klebten an meiner Haut. Er trat einen Schritt näher, reichte mir den Schirm und war binnen weniger

Momente ebenfalls durchnässt. Das Wasser lief ihm die Stirn hinab.

»Danke«, sagte ich und nahm das überflüssige Utensil entgegen. Unsere Hände streiften sich. Ein Kribbeln durchfuhr mich. Ich hielt den Schirm in der Hand und starrte Erik an.

Er strich mir eine nasse Haarsträhne aus der Stirn. »Ich freue mich, dass du bleibst«, sagte er ruhig und sah mich weiter an.

Ich schluckte. »Ich mich auch.«

Er legte seine Finger auf meine Wange. Fragend schaute er mich an. Auf uns prasselte der Regen in unverminderter Intensität nieder, aber ich spürte ihn gar nicht. Ich fühlte nur die Wärme von Eriks Hand. Ich trat näher auf ihn zu und griff in seine Haare. Schon spürte ich seinen Mund auf meinen Lippen, sanft und warm. Ich schloss die Augen. Das fühlte sich gut an, so nah und echt. Lange war ich nicht mehr so geküsst worden. Ich erwiderte seinen Kuss und wünschte mir, wir könnten für alle Zeiten hier so stehen bleiben, nur wir zwei, inmitten der Naturgewalt, umhüllt vom warmen Regen. Für einen Moment war es mir egal, ob das vernünftig war oder eine Zukunft hatte. Es fühlte sich einfach richtig an.

Mit einem Mal löste er sich von mir. Er sah mir tief in die Augen und streichelte sanft über mein Haar. Dann zog er mich an sich und hielt mich so fest im Arm, dass ich ihn von Kopf bis Fuß an mir spürte. Ein warmes Gefühl durchströmte mich, als er mich so hielt. An diese Nähe könnte ich mich gewöhnen. »Ich gehe jetzt lieber«, murmelte er in mein Haar, bevor er sich von mir löste und mich ein letztes Mal küsste. Mein ganzer Körper protestierte dagegen, aber mein Verstand sagte, dass das höchste Eisenbahn war, denn in ein paar Minuten würde ich für nichts mehr garantieren können.

Ich sah ihm hinterher. Langsam verschwand er im Regen. Ich spürte diesen unglaublich intensiven Kuss immer noch, nicht nur auf meinen Lippen. Dieser Kuss hatte sich bis in den letzten Winkel meiner Seele gestohlen. Und er hatte mehr Fragen aufgeworfen als beantwortet. Ich hatte nicht die geringste Ahnung, wie das jetzt weitergehen sollte.

19. SOMMERNÄCHTE

Ich musste Bertha vom Nest schieben, um an die Eier zu kommen. »Ich weiß, meine Kleine. Du würdest gern brüten. Aber das muss bis zum Frühjahr warten.« Sie ließ ein sanftes Protestgackern erklingen, schien sich dann aber mit ihrem Schicksal abzufinden und trollte sich davon. Das ging seit einigen Tagen so. Ich hätte ihr gern den Wunsch erfüllt, aber solange ich nicht wusste, wie es mit mir und Oma weiterging, wollte ich keine Kükenschar in die Welt setzen.

Ich betrachtete Bertha genauer. Was war los mit ihr? Ihr Gefieder sah so eigentümlich zerrupft aus. Hoffentlich wurde sie nicht krank. Ich musste die Henne aufpäppeln. Oma würde es mir nie verzeihen, wenn ihr etwas passierte. Ich sollte Erik darauf ansprechen. Vielleicht wusste er Rat.

Heute Abend würden er und Bella zum Essen kommen. Ich wollte ein richtiges Landessen auftischen. Ich ging hinüber in den Gemüsegarten. So vieles war gerade reif, dass mir die Entscheidung schwerfiel. Ich könnte als Vorspeise eine Kürbissuppe machen. Das war eine gute Idee. Zum Nachtisch Blaubeerküchlein. Fehlte nun noch die Hauptspeise. Flammkuchen mit geröstetem Gemüse wäre etwas. Das war einfach zuzubereiten und die Zutaten hatte ich auch da.

Das meiste konnte ich vorbereiten, sodass ich nicht ewig in der Küche stehen musste. Es gab nichts Schlimmeres, als Gäste einzuladen, um dann den halben Abend in der Küche zu verbringen. Das Essen bereitete mir keine Sorgen. Viel schwieriger war der Rest des Abends. Ich hatte keine Ahnung, wie ich Erik gegenübertreten sollte. Der Kuss hatte mich aus der Bahn geworfen. Die Gefühle, die er entfacht hatte, glommen immer noch nach und ich hätte am liebsten die Glut wieder angefacht. Mein ganzer Körper schrie danach, genau wie meine Seele, aber der Kopf sagte, dass ich verrückt war. Trotzdem konnte ich nicht aufhören, von Eriks weichen Lippen zu träumen.

Ich musste mich dringend ablenken und machte mich auf die Suche nach einem reifen Kürbis. Die kleinen Kürbisse, die Oma anpflanzte, waren sowieso immer früh ernteeif, aber dieses Jahr waren sie besonders zeitig dran. Das lag wahrscheinlich an der Unmenge an Sonnenstunden, die sie genossen hatten.

Ich tauchte einen Löffel in die Suppe. Perfekt. Cremig und würzig. Genau so sollte sie sein. Sie musste nur noch warm gehalten werden. Auch die Blaubeerküchlein standen zum Abkühlen auf dem Grillrost und verbreiteten ihren sommerlich köstlichen Duft. Das Ofengemüse für den Flammkuchen war geschmort, der Speck angebraten und der Schmand wartete darauf, auf dem ausgerollten Teig verstrichen zu werden. Den Flammkuchen würde ich in den Ofen schieben, bevor ich die Suppe servierte. So gab es keinen Stress.

Obwohl die Haustür sperrangelweit offen stand, klingelte es. Die beiden wollten mich wohl nicht einfach so überfallen. Schnellen Schrittes ging ich zum Eingang. Erik schaute mich mit einem schiefen Lächeln an. Er streckte mir einen riesigen Feldblumenstrauß entgegen.

Das Herz klopfte mir bis zum Hals. Was wurde das hier? »Danke. Der ist wunderschön. Aber wo hast du deine Schwester gelassen?«

Verlegen starrte er auf die Blumen. »Bella lässt sich entschuldigen. Es tut ihr außerordentlich leid, aber wir haben eine spontane Buchung und sie muss die Zimmer vorbereiten. Außerdem muss einer die Gäste begrüßen.«

»Und du lässt sie die ganze Arbeit allein machen?«, fragte ich erstaunt.

Er hob die Schultern. »Sie hat darauf bestanden. Sie sagte, es wäre unverzeihlich, wenn wir beide absagen.«

Ich starrte ihn prüfend an. Ich war mir ziemlich sicher, dass Bella die Geschichte vorgeschoben hatte, um uns zu einem Vier-Augen-Date zusammenzubringen. Ich wusste nicht, ob mir das recht war. Ich wusste ja nicht einmal, was ich von dem Regenkuss halten sollte. Was wollte Erik von mir? Und was wollte ich? Es war verwirrend, aber wir konnten nicht ewig im Eingang stehen bleiben. »Komm rein. Ich stell die Blumen ins Wasser, dann essen wir.« Ich wusste nur, dass dieser Mann mir ein gehöriges Kribbeln verpasste.

Erik lehnte sich an die Küchenwand. »Was macht Harvey?«, fragte er und lenkte das Gespräch auf unverfängliches Terrain.

Ich war dankbar dafür. Meinetwegen konnten wir den ganzen Abend über Hühner sprechen. »Er benimmt sich. Aber ich drehe ihm nie den Rücken zu. Wir können ihn ja nachher besuchen. Aber erst wird gegessen.«

»Gute Entscheidung. Ich hab schon richtig Hunger.«

Ich lächelte. »Das ist gut. Du musst schließlich den Anteil deiner Schwester mit aufessen.«

»Na, die wird sich ärgern.«

Ich lachte. »Setz dich schon mal raus.«

Er nahm am gedeckten Gartentisch Platz, während ich den Flammkuchen belegte und in den Ofen schob. Mit zwei Tellern Kürbissuppe in der Hand ging ich nach draußen. »So, hier kommt die Vorspeise.«

»Mhmm. Kürbissuppe. Das wird meine erste dieses Jahr.«

»Meine ebenso.« Ich nahm ihm gegenüber Platz, vermied aber den Blick in seine Augen. »Guten Appetit.«

»Guten Appetit«, erwiderte er.

In andächtigem Schweigen tauchten wir unsere Löffel in die Suppe. »Köstlich«, sagte Erik. »Der Geschmack versüßt einem den herannahenden Herbst.«

»Von dem merke ich bisher nicht viel. Noch bin ich in Sommerstimmung.«

»Du hast jeden Sommer hier verbracht, nicht wahr?«

Ich nickte. »Für mich begann der Sommer, sobald ich den Garten meiner Oma betreten hatte.«

»Du Glückliche.«

»Bei euch war alles etwas komplizierter durch den Familienstreit, nicht wahr?«

»Ja. Das war nicht schön. Uns Kinder betraf das Ganze ja eigentlich gar nicht. Wir waren mit niemandem zerstritten. Trotzdem mussten wir es ausbaden.«

»Worum ging es denn bei dem Streit?«

»Als mein Opa starb, wollte unsere Mutter sich ihren Erbteil auszahlen lassen. Damit riskierte sie, dass der Hof verkauft werden musste. Oma wollte, dass er als unser Erbe erhalten blieb und musste schließlich eine Hypothek auf den Hof aufnehmen, um meine Mutter auszuzahlen.«

Die Suppe hatten wir inzwischen ausgelöffelt. Ich holte den Flammkuchen von drinnen. Es war haarscharf, zwei Minuten länger und man hätte damit jemanden erschlagen können. Ich schnitt Erik ein Stück ab. »Warum wollte deine Mutter denn unbedingt das Geld, wenn es solchen Unfrieden brachte?«

»Sie hat nie viel für den Hof empfunden. Ihr Leben lang ist sie als Reisejournalistin um die Welt gezogen. Du kannst dir nicht vorstellen, wie groß meine Fotosammlung ist. Ich habe Bilder von den absonderlichsten Orten der Welt. Von jedem Ort schickt sie uns Briefe und Fotos.«

»Das finde ich schön. Auch wenn sie unterwegs war, wollte sie, dass ihr an ihrem Leben teilhaben könnt.«

»Schon. Dennoch war sie nicht bereit, das Leben mit uns zu teilen. Ihre Freiheitsliebe war ihr wichtiger als die Familie. Wir waren viel allein mit unserem Vater. Je älter ich wurde, desto länger wurden ihre Reisen. Und kostspieliger. Da kam ihr das Erbe gerade recht.« Nachdenklich kratzte er mit seiner Gabel auf dem Holzbrett. »Die Jahre zogen ins Land und Oma wurde älter. Sie fand, dass es an der Zeit war, dass der Hof statt all des Streits Frieden in die Familie brachte. Sie hatte immer gehofft, dass jemand aus der Familie den Hof übernehmen würde, wenn sie zu alt für die Landwirtschaft war, und suchte den Kontakt zu uns.«

Erik erzählte, wie sie langsam wieder zueinandergefunden hatten. Er war sehr froh, dass er noch Zeit mit seiner Großmutter verbringen konnte, bevor sie starb. Inzwischen war der Flammkuchen aufgegessen und ich ging nach drinnen, um Kaffee zu kochen. Erik begleitete mich.

»Und deine Mutter?«, fragte ich ihn, als ich Wasser in den Kocher füllte.

»Die hat nie wieder einen Fuß auf den Hof gesetzt. Seit Bella und ich hier wohnen, war sie nicht einmal in Europa.«

Ich nahm den Kaffee aus dem Schrank und bereitete uns zwei Tassen zu. »Das war sicher nicht einfach für euch.«

»Nein, war es nicht. Aber es hat uns beide noch enger zusammengeschweißt.« Erik nahm mir die Tassen ab und trug sie nach draußen. Ich folgte mit der Milch und dem Gebäck.

Die Sonne schien auf den Tisch. Ich genoss den Kaffee und ein Blaubeertörtchen. Es war köstlich, fruchtig und zart. Der perfekte Abschluss des gemeinsamen Abendessens. Es war schön, mit Erik hier in der wärmenden Abendsonne auf der Terrasse zu sitzen. Sogar Neptun gesellte sich zu uns und rollte sich unter dem Tisch ein. Solange ich die Gedanken an den Kuss im Regen verdrängte, genoss ich Eriks Gegenwart einfach nur. Aber je länger ich ihm gegenübersaß, desto mehr musste ich daran denken. Ich spürte wieder seine Lippen auf meinem Mund und ertappte mich dabei, wie ich gedankenverloren mit dem Finger über die Lippen fuhr.

»Genug von der Vergangenheit«, holte Erik mich in die Gegenwart zurück. Ich blickte auf und sah in Eriks leuchtende Augen. »Sollen wir nach unserem Rabauken sehen?«

Ich schielte auf das letzte Blaubeertörtchen. Viel lieber hätte ich es noch gegessen, anstatt mich um Harvey zu kümmern. Andererseits hatte ich das Gefühl, ich rutschte unwillkürlich immer näher zu Erik hinüber. Wenn das so weiterging, saß ich bald auf seinem Schoß. »Gern«, sagte ich darum und sprang auf, nicht ohne dem Törtchen einen letzten bedauernden Blick zuzuwerfen.

Gemeinsam schlenderten wir zum Hühnergarten. Ich öffnete das Tor und ging voraus. Harvey kam sofort auf uns zu. Er ließ ein lautes Krähen hören und flatterte mit den Flügeln. Dann legte er den Kopf schief und schien zu überlegen, ob er einen Angriff starten sollte, um Erik zu beweisen, dass er immer noch der Chef war.

»Siehst du den dicken Ast da vorne?«, fragte Erik mich.
Ich nickte.

»Geh langsam hin, lass Harvey dabei nicht aus den Augen. Heb den Ast hoch. Halt ihn einen Moment und lass ihn wieder fallen. Dann gehst du weg und lässt Harvey die Möglichkeit, den Ast zu untersuchen.«

Ich tat, was er vorgeschlagen hatte. Harvey betrachtete die Szene interessiert. Als ich mit Erik ein Stück weiterging, näherte er sich dem Ast und inspizierte ihn genauer. Er trat dagegen, versuchte, ihn wegzurollen und pickte drauf herum. Dann schaute er mich sehr lange prüfend an. Plötzlich drehte er ab und ging zu Bertha, ohne mich eines weiteren Blickes zu würdigen.

Erik lachte. »Er ist nicht dumm. Er hat gesehen, dass du viel stärker bist als er und er es nicht mit dir aufnehmen kann. Ich denke, er hat endgültig verstanden, wer der Boss ist.«

»Wir werden sehen.« Ob das gute Benehmen anhielt, musste sich noch zeigen. »Mein eigentliches Sorgenkind ist Bertha. Sie wirkt niedergedrückt und sieht ganz zerzaust aus. Kannst du sie dir mal anschauen?«

»Na klar. Nach meinem Lieblingsmädchen schaue ich doch immer.« Er warf mir einen Blick zu, der mich ganz verwirrte. Sicher interpretierte ich da etwas hinein. Erik ging zu der Henne und kniete sich vor sie. Sachte strich er über ihr Gefieder. Harvey hatte sich inzwischen davongetrollt und durchsuchte den Boden hingebungsvoll nach Würmern. »Na, meine Hübsche, was fehlt dir denn?«, sagte Erik, während er Bertha auf den Arm nahm. »Oh, ich verstehe, was du meinst. Die gute Bertha sieht ziemlich zerrupft aus an der Brust.«

»Kommt sie vielleicht in die Mauser?«

»Möglich, es könnte aber auch was anderes sein. Ist dir aufgefallen, dass Bertha sich anders verhält als sonst?«

»Sie schimpft immer mit mir, wenn ich ihr die Eier wegnehme. Ich habe den Eindruck, sie würde gern brüten.«

Erik nickte. »Das passt. Es könnte ein Brutfleck sein. Den bekommen Hennen manchmal, wenn sie brüten oder es gerne möchten.«

»Dann ist es also nichts Bedenkliches?«

Er schüttelte den Kopf. »Wir werden sie im Auge behalten, aber ich denke, wir müssen uns keine Sorgen machen.«

Erleichtert strich ich über ihr Gefieder.

Erik lächelte mich an. »Es ist schön, dass du dich langsam mit den Hühnern wohlfühlst.«

»Ich hatte ja gute Unterstützung.« Eriks Hand berührte meine Finger in Berthas Gefieder. Mir stockte der Atem. Behutsam strich er über meine Finger. Ich suchte in seinen Augen eine Antwort auf die Frage, die ich nicht zu stellen wagte.

Sanft legte er die Hand auf meine Wange. »Ich denke, wir können Bertha wieder zu den anderen laufen lassen.«

Ich nickte, setzte die Henne vorsichtig auf die Erde und lehnte mich gegen Eriks Hand. Zärtlich streichelte er meine Wange. Sein Daumen fuhr vorsichtig über meine leicht geöffneten Lippen. Er beugte sich näher zu mir. Ich spürte seinen Atem auf meinem Gesicht. Seine Lippen suchten meine und ich spürte ihre Wärme und Weichheit. Er zog mich zu sich heran und flüsterte: »Ich weiß ja nicht, wie es dir geht, aber ich fühle mich beobachtet.« Ich folgte seinem Blick. Zu unserer Linken saßen drei Hühner und starrten uns missbilligend an.

Ich zögerte, ihn loszulassen. Ich hatte Angst, dass die Magie dahin war, sobald wir den Hühnergarten verließen. Er griff nach meiner Hand und zog mich zur Pforte. »Überlassen wir die Damen ihrem Galan.«

Er schloss das Tor hinter uns. Ich blickte ihn an, unschlüssig, wie es weitergehen sollte. Ich für meinen Teil wollte mehr von dem, was ich gerade bekommen hatte. Vielleicht war es die laue Sommernacht, vielleicht der Blaubeerkuchen und Eriks Nähe, aber für diesen Moment verstummten die Zweifel in meinem Kopf. Ich wollte sehen, wohin uns das führte.

»Willst du noch mit reinkommen?«, fragte ich ihn leise.

»Es ist so schön hier, wollen wir nicht noch ein wenig draußen bleiben?«, schlug er vor und strich mir dabei sanft die Haare aus der Stirn. Er umfasste meine Taille und zog mich an sich. Sanft begann er, meinen Hals zu küssen. Seine Hand wanderte unter mein T-Shirt und strich meinen Rücken hinab.

»Und wenn jemand kommt?«

»Wer soll denn da kommen?«, murmelte er zwischen seinen Küssen. Das fühlte sich so gut an. Ich sollte meinen Verstand in die Wüste schicken. Meine Lippen suchten seinen Mund. Er ließ mich ein und spielte mit meiner Zunge. Mein Atem ging schneller. Meine Güte, wie sehr ich diesen Mann wollte.

»Frau Haferkorn! Jetzt habe ich aber wirklich die Nase voll!«

Ich zuckte zusammen. Die schrille Stimme von Omas Nachbarn schallte über den Gartenzaun. »Holen Sie sofort Ihr Huhn zurück.«

Ich musste kichern. »Einen Moment, Herr Schneider.« Verschwörerisch blickte ich Erik an. Wenn der alte Griesgram wüsste, was sich auf unserer Seite des Zaunes gerade abspielte.

»Bin gleich bei Ihnen«, rief ich Herrn Schneider zu. Hastig zog ich mein T-Shirt zurecht, dann ging ich mit Erik als moralische Unterstützung hinüber zum grantigen Nachbarn.

Stirnrunzelnd blickte Herr Schneider Erik an. »Ach, der Tierdoktor. Haben die Viecher jetzt auch noch die Geflügelpest? Ich sollte das Gesundheitsamt rufen.«

»Ich kann Ihnen versichern, dass die Hühner kerngesund sind«, sagte Erik in bemüht neutralem Tonfall. »Aber danke, dass Sie sich so um sie sorgen. Es ist schön, einem wahren Tierfreund zu begegnen.« Mit einem Lächeln, das so echt wirkte, dass man kaum die Ironie darin erkannte, nickte er Herrn Schneider zu. »Wo haben Sie das Huhn denn gesehen?«

»Da hinten, beim Gemüse. Ich finde das nicht besonders hygienisch, das kann ich Ihnen sagen.«

Offenbar mochte die gute Bertha Herrn Schneider ebenso wenig wie ich. Erik fand sie völlig verängstigt hinter einem Busch versteckt. Der böse Nachbar hatte sicher so auf sie eingeschimpft, dass sie sich nicht mehr heraustraute. Erik pflückte ein paar Kräuter und hielt sie ihr entgegen. Mit einigen Sonnenblumenkernen und freundlichen Worten hatte Erik sie schnell hervorgelockt. Nachdem er ihr ein paarmal übers Gefieder gestreichelt hatte, griff er sich das Huhn und stand auf. »Das wäre erledigt. Dann wollen wir die Dame mal wieder zu ihren Schwestern hinüberbringen.« Er nickte Herrn Schneider zu und wandte sich mit Bertha unterm Arm zum Gehen. »Einen schönen Abend noch.«

Ich murmelte einen Abschiedsgruß und sah ebenfalls zu, dass ich möglichst schnell verschwand, bevor ihm noch etwas einfiel, weswegen er meckern konnte.

Nachdem Erik Bertha in den Stall zu ihren Kolleginnen gebracht hatte, grinste er mich an. »Mir scheint, ich war vorhin ein wenig abgelenkt, als ich die Tür geschlossen habe. Das kluge Tier hat das gleich ausgenutzt.«

Er kam auf mich zu. Je näher er kam, desto mehr kribbelte es in meinem Magen. Ich hatte nicht vergessen, womit wir beschäftigt gewesen waren, als Herr Schneider über den Zaun gebrüllt hatte. Und Erik auch nicht, wenn ich seinen Blick sah.

»Hier draußen wird es langsam frisch«, sagte er. »Außerdem will ich nicht, dass Herr Schneider durch den Zaun hindurchschielt.«

»Dann sollten wir hineingehen«, brachte ich nur noch hervor. Erik folgte mir so nah, dass ich seine Wärme spürte. Ich schluckte. Mir fiel nichts ein, was ich sagen konnte. Aber Erik sah mich auch nicht an, als wäre er zum Reden mitgekommen. Er kam mir näher, bis er direkt vor mir stand. Das Feuer in seinen Augen war ansteckend. Ich fühlte mich, als hätte er mein Innerstes zum Lodern gebracht. Als er so dicht vor mir stand, dass ich nur einen Finger ausstrecken musste, um ihn zu berühren, fielen sämtliche Zweifel von mir ab. Ich schlang die Arme um seinen Hals und presste meine Lippen auf seine. Sein Mund öffnete sich leicht, und zärtlich knabberte ich an seiner Lippe. »Ich glaube, ich habe dir noch gar nicht mein Zimmer gezeigt«, murmelte ich in sein Ohr.

»Dann sollten wir das schleunigst nachholen«, erwiderte er.

Ich ergriff seine Hand und zog ihn die Treppe hinauf.

»Mach die Tür hinter dir zu«, murmelte ich, als wir oben angekommen waren. »Es sei denn, du möchtest, dass Neptun gleich ins Bett gehüpft kommt und uns zusieht.«

Er schloss die Tür und blickte mich an. Seine Augen funkelten verheißungsvoll. Ich hatte keine Geduld mehr. Schnell zog ich mein Shirt über den Kopf und nahm sein Gesicht zwischen die Hände. Ich war süchtig nach diesen Küssen. Wie machte er das nur? Als würde in meinem Inneren alles dahinschmelzen. Aber egal, wie er das machte: Hauptsache, er hörte nicht damit auf. Leidenschaftlich und zärtlich zugleich strichen seine Hände meinen Rücken entlang. Geschickt öffnete er meinen BH und ließ ihn zu Boden gleiten. Mit einer geschmeidigen Bewegung streifte er sein Shirt über den Kopf. Dann zog er mich an sich. Es nahm mir fast den Atem, seinen

Oberkörper an meinem zu spüren. Wir waren uns so nah und doch nicht nah genug. Hastig streifte ich meine Hose ab und sah zu, wie Erik das Gleiche tat. All meine Sinne waren bis zum Äußersten gespannt. Ich konnte es nicht abwarten, ihn noch näher zu fühlen. Wir sanken auf das weiche Bett.

Ich rollte mich auf ihn und begann, seinen Hals zu küssen, während er mit zarten Bewegungen meinen Rücken streichelte. Ich spürte, wie seine Erregung wuchs, als ich mit den Fingerspitzen über seine Brust fuhr. »Ich möchte nirgendwo anders sein als hier mit dir«, murmelte er in mein Ohr.

Mir ging es genauso. Es tat gut, von ihm gehalten zu werden, ihn zu spüren und mich zu spüren. Ich wusste nicht, wie lange es her war, dass ich so viel Intensität und Nähe mit jemandem geteilt hatte. Mit Lars hatte sich das nie so angefühlt. Aber er war der Letzte, an den ich nun denken wollte.

Ich setzte mich auf und blickte Erik in die Augen. Die Leidenschaft, die ich dort fand, floss direkt in meine Adern. Wie viel Gefühl dieser Mann in einen Blick legen konnte. »Ich will dich noch näher spüren«, raunte er. Er drehte mich auf den Rücken. »Jetzt bist du dran, dich verwöhnen zu lassen«, murmelte er und begann, sanft meinen Hals zu küssen. Er verweilte bei meinen Brüsten und liebkoste sie zärtlich, bis seine Hand weiter nach unten wanderte. Ich schloss die Augen und atmete genüsslich ein.

»Schau mich an«, murmelte Erik. »Ich will sehen, wie es dir gefällt.« Ich tat ihm den Gefallen und schaute ihm direkt in die Augen. Er hielt meinen Blick fest, während er mich weiter streichelte. Mein Atem ging immer schneller. Ich konnte ein Stöhnen nicht mehr zurückhalten. Erik griff nach der Jeans, die neben dem Bett lag, und zog aus der Hosentasche ein Kondom hervor, das er sich hastig überstreifte. Sobald er sich wieder zu mir drehte, schlang ich die Beine um ihn. Ich wollte

ihn und mich mit jeder Faser meines Körpers fühlen. Seine Arme umschlossen mich, als würde er mich nie wieder loslassen. »Oh, Emmi«, murmelte er in mein Ohr.
»Ich will hier nie wieder weg«, hauchte ich.
»Dann bleib.«

Als ich die Augen aufschlug, dämmerte es. Erik lag auf der Seite und lächelte mich an. »Guten Morgen.«
Ich gähnte. »Guten Morgen. So früh schon wach?«
Er grinste. »Ich bin es gewohnt, mit den Hühnern, besser gesagt Hähnen, aufzustehen.« Sanft strich er mir die Haare aus dem Gesicht. »Hast du gut geschlafen?«
»Wie ein Murmeltier.« Ich kuschelte mich in seine Arme. »Es ist schön, mit dir in den Armen in den Tag zu starten.«
»Mhmm, ist das schön«, schnurrte ich, als er sanft meinen Rücken kraulte. »Hast du etwas Besonderes vor heute?«
»Ich mache eine kleine Reise. Ich besuche einen befreundeten Geflügelzüchter in Süddeutschland. Wir treffen uns manchmal zum Hühnertausch.«
»Wann bist du zurück?«
»Morgen Abend. Ich melde mich von unterwegs. Ich muss leider schon gehen. Meine Hühner wollen versorgt werden und ich muss noch Sachen packen.« Er gab mir einen sanften Kuss auf die Stirn. »Bleib du ruhig liegen.«
Ich kuschelte mich wieder unter der Decke ein. »Dann wünsche ich dir eine gute Reise. Und komm nicht mit zu vielen neuen Hühnern wieder.«
Er lächelte. »Wir werden sehen. Was das angeht, habe ich mich nicht unter Kontrolle. Das ist wie bei anderen der Gang in den Schuhladen.«
Ich grinste. »Vielleicht sollte ich als strenge Gouvernante mitkommen und auf dich aufpassen.«

»Du wirst schon von deinen Hühnern als Aufpasserin gebraucht.«

Mein Magen zog sich zusammen. Alles war noch so frisch, dass ich ihn nicht sofort wieder gehen lassen wollte. Er gab mir einen letzten zärtlichen Kuss, der mich augenblicklich nach mehr verlangen ließ.

Bevor ich jedoch die Arme um ihn schlingen konnte, löste er sich von mir. »Ich muss jetzt wirklich los. Ich wünsche dir einen schönen Tag.«

Mit schnellen Schritten verschwand er die Treppe hinab. Ich blieb unter der Decke liegen. Ich wollte dieses wohlige Gefühl so lang festhalten, wie es ging, aber die Emotionen, die in mir tobten, verhinderten, dass ich noch mal einschlief. Ich war viel zu aufgewühlt. Das Kopfkissen roch nach ihm und brachte Bilder der letzten Nacht zurück. Seufzend schlug ich die Decke zurück. Ich wäre gern noch länger in meinen Träumen geblieben, aber die Welt da draußen wartete auf mich. Die Hühner wollten gefüttert werden, der Garten brauchte Wasser und Oma erwartete meinen Besuch.

Ich war leicht angespannt, als ich den Hühnergarten betrat. Harvey behielt ich die ganze Zeit im Blick. Er hingegen musterte mich nur kurz, als ich hineinkam. Betont lässig wandte er den Kopf ab. Hätte er Schultern, hätte er wohl damit gezuckt, um zu sagen: »Mir doch egal. Dann bist du halt der Chef.«

Ich gab den Hühnern erst die Schale mit den Körnern, dann stellte ich den Teller mit ihren Lieblingsleckerbissen hin, auf den sie sich alle stürzten. Ich verteilte das Gemüse und Obst, das ich großzügig für sie geschnippelt hatte, füllte das Wasser auf und machte den Stall sauber. Die ganze Zeit strafte Harvey mich mit Nichtbeachtung. Es war, als wollte er sagen: »Mag ja sein, dass du stärker bist, aber deswegen muss ich dich noch lange nicht mögen.« Als ich alles erledigt hatte, legte ich den Riegel wieder vor. Ein unwillkürliches Lächeln stahl sich auf meine Lippen. Das war gar nicht schlimm gewesen.

Da fiel mir ein, dass ich ja noch einmal nach Bertha schauen wollte. Als ich nach so kurzer Zeit wieder den Hühnergarten betrat, musterte mich Harvey abermals flüchtig, bevor er sich wieder abwandte. Meinetwegen konnte er gern die beleidigte Leberwurst spielen, solange er mich in Ruhe ließ. Aber Bertha sah ich dennoch nicht. Hoffentlich war sie nicht wieder zum Nachbarn ausgebüxt. Ich suchte das ganze Gehege ab, bis ich sie in einem versteckten Winkel hinter einigen Büschen entdeckte. Die arme Bertha steckte im Zaun fest und gackerte ganz aufgeregt, als sie mich sah. Von ihrem Federkleid abgesehen, das jetzt noch ein bisschen zerrupfter aussah, ging es ihr aber gut. Immerhin hatte ich die Stelle gefunden, wo sie neuerdings abhaute. Nachdem ich Bertha zurück zu ihren Freundinnen gebracht hatte, machte ich mich daran, das Loch zu flicken. Vielleicht hörten jetzt die Überraschungsbesuche bei Herrn Schneider auf.

Nachdem ich meine Gartenarbeit erledigt hatte, schaltete ich den Wasserkocher ein. Als ich gerade auf das heiße Wasser wartete, klopfte es an der Tür. Die Post war da.

Normalerweise waren die Briefe alle für meine Oma, aber heute war tatsächlich einer für mich dabei, und zwar von meiner alten Agentur. Ungeduldig öffnete ich den Umschlag und zog mein Arbeitszeugnis hervor. Fassungslos überflog ich es. Niels lobte mich in den höchsten Tönen. Ich konnte nicht glauben, was er da schrieb. Als ich fertig mit Lesen war, schüttelte ich den Kopf. Das war Annas Art, mir zu danken, dass ich sie nicht verraten hatte. Ich legte den Brief zur Seite. Er war eine Brücke in mein altes Leben. Aber wollte ich dieses Leben zurück, dieses irrsinnige Tempo?

Ich hatte begonnen, mir ein neues Leben aufzubauen. Die neue Pflanze war noch filigran und zerbrechlich, aber sie wuchs. Und ich für meinen Teil wollte gern zuschauen, in welche Richtung sie sich streckte, wenn man ihr den Freiraum ließ. Ich war froh, dass ich noch drei Wochen vor mir hatte, bis ich mich entscheiden musste, wohin mein Weg mich führte. Ich genoss den neuen Rhythmus, in dem mein Leben sich bewegte. Nie hätte ich gedacht, dass ich das mal sagen würde, aber ich liebte es, morgens von Harveys Geschrei aufzuwachen, die Fenster zu öffnen und tief durchzuatmen. Ich konnte mir nicht vorstellen, das wieder aufzugeben. Unwillkürlich wanderten meine Gedanken zu Erik. Genauso wenig wollte ich ihn aufgeben. Auch wenn ich nicht wusste, was ihn und mich erwartete. Es war einen Versuch wert.

20. EIN BESONDERES GESCHENK

Eine Woche später war es so weit. Meine Oma wurde in die Rehaklinik zur Kur verlegt. Mit vereinten Kräften hatten der Doktor und ich es geschafft, sie zur Kur zu überreden. Die schönen Bilder von der Nordseeinsel Borkum, auf der sich die Klinik befand, hatten sicher auch einiges dazu beigetragen. Ich war richtig aufgeregt, als ich die Packliste vom Arzt durchging, fast so, als würde ich selbst verreisen.

Mit gepackten Koffern und ein wenig wehmütig fuhr ich zum Krankenhaus, um für die nächsten drei Wochen Abschied von ihr zu nehmen. Ich überreichte dem Fahrer das Gepäck, in dem ich noch die eine oder andere Leckerei versteckt hatte, damit meine Oma ein Stückchen ihres Gartens dabeihatte.

Ich drückte sie fest an mich. »Mach's gut, Omi«, sagte ich. »Ich wünsche dir eine wundervolle Zeit. Pass gut auf dich auf und hör ein bisschen auf das, was die Ärzte sagen, okay?«

Sie lachte. »Ich gebe mir Mühe. Und du gibst gut acht auf meine Mädchen und Harvey, den Schlawiner.« Sie warf mir einen langen Blick zu. »Und auf dein Herz. Ich möchte keinen Scherbenhaufen vorfinden, wenn ich zurückkomme.«

Ich spürte, wie ich rot anlief. Ich hatte keine Ahnung, wie meine Oma wissen konnte, was zwischen Erik und mir lief. Dieses Thema wollte ich aber auch nicht auf dem Klinikparkplatz erörtern. »Ich passe auf alle gut auf«, sagte ich und gab ihr einen dicken Kuss auf die Wange. »Ich freu mich schon, wenn du gesund und munter zurückkehrst.«

Nach einer weiteren festen Umarmung bestieg sie den Krankentransporter und bald verschwand der Wagen hinter der Kurve. Ich atmete tief durch. Ich war froh, dass meine Oma in die Rehaklinik fuhr. Der Luftwechsel würde ihr guttun. Bald wäre sie sicher wieder auf den Beinen, wie ich sie kannte. Aber was tat ich dann? Die drei Wochen kamen mir wie eine Gnadenfrist vor, in der ich Ordnung in mein Leben bringen musste. Da ich das hier auf dem Parkplatz eher nicht hinbekommen würde, stieg ich ins Auto und machte mich auf den Heimweg.

Zurück am Haus bereitete ich mir als Erstes eine Tasse Tee, setzte mich auf die Gartenbank und genoss die Sonnenstrahlen. Ich kam mir inzwischen wie eine richtige Landfrau vor. Die Gefriertruhe war voll, was ich nie für möglich gehalten hätte. Wie hatte meine Oma das in den letzten Jahren nur hinbekommen, all das Obst unterzubringen? Ich musste sie bei Gelegenheit unbedingt fragen. Ich beschloss, Marmelade zu kochen, um ein wenig Platz in der Tiefkühltruhe zu schaffen. Im Garten reifte ja schließlich auch einiges an Gemüse heran, das verarbeitet werden wollte.

Nachher hatte ich vor, Bella zu besuchen. Sie kochte zwar sicher selbst Marmelade ein, aber vielleicht konnte ich ihr ja ein paar Sorten mitbringen, die sie noch nicht kannte. Ich machte mich an die Arbeit. Genug Obst hatte ich ja. In Omas Speisekammer fand ich ein ganzes Regal voller leerer Gläser in allen Größen und Formen, die nur darauf warteten, gefüllt zu werden. Am besten gefielen mir die kleinen bauchigen Gläser, von denen einige vorhanden waren, und ich trug sie in die Spüle hinüber.

Das Ganze ging schneller als gedacht. Bald schon stand eine Reihe an Gläsern mit Stachelbeer- und Johannisbeermarmelade vor mir. Allerdings kamen sie mir furchtbar nackt vor. Mein Blick blieb an den Gartenzeichnungen hängen, die sich auf der Anrichte stapelten. Das wäre eine gute Idee. Meine Heimbüro-Ausstattung hatte ich ja glücklicherweise hier. Ich machte mich daran, die Zeichnungen von den Beeren einzuscannen. Ich bearbeitete sie ein wenig am Computer und druckte die Etiketten aus. Die Zeit verflog nur so.

Nachdem ich die Etiketten aufgeklebt hatte, wühlte ich in Omas Riesenschublade mit den Stoffresten, bis ich ein größeres Stück schönen Leinenstoff gefunden hatte. Ich schnitt mit der Zackenschere ein paar Kreise aus und befestigte sie mit etwas Leinenzwirn um den Deckel der Marmeladengläser.

Es machte Spaß, meiner Kreativität freien Lauf zu lassen und ein Produkt von Anfang bis Ende zu gestalten. Die Marmelade bestand aus Beeren, die ich gepflückt und eingekocht hatte, dazu kam die selbst entworfene Verpackung. Das verschaffte mir ein tolles Gefühl. Lange war ich nicht mehr so stolz gewesen auf etwas, das ich gemacht hatte.

Nach getaner Arbeit setzte ich mich mit einer frischen Tasse Tee für eine kleine Pause in den Garten und schaute hinüber zu den Hühnern. Ich musste unbedingt noch mal nach Bertha gucken. Beim Füttern hatte sie sich vor mir versteckt und da ich rechtzeitig beim Krankenhaus sein musste, hatte ich nicht die Zeit gehabt, nach ihr zu suchen.

Mittlerweile verstand ich, was meine Oma an ihr fand. Sie war eine Seele von Huhn. Ich hatte sie richtig ins Herz geschlossen. Aber auch der Rest der Hühnerschar war mir mit jedem Tag, an dem ich mich um sie kümmerte, ein Stückchen mehr ans Herz gewachsen. Selbst mit Harvey hatte ich meinen Frieden gemacht. Gegenseitige Toleranz konnte man das wohl nennen. Er hatte anscheinend beschlossen, seine Energien besser bei den Hennen einzusetzen, als mit der Frau zu kämpfen, die ihn und seine Damen fütterte.

Die Gartenpforte schwang quietschend auf. Erik trat herein, ein breites Lächeln im Gesicht und einen großen Karton mit Löchern unterm Arm. »Ich habe eine Überraschung dabei. Ich hoffe, du freust dich. Falls nicht, sag es mir bitte. Dann nehme ich sie wieder mit.«

Jetzt war ich aber neugierig. Und auch aufgeregt. Erik hatte ein Geschenk für mich? Was konnte das sein? Und was bedeutete es, wenn er mir etwas schenkte?

Er hielt mir den Karton entgegen. »Vielleicht bringst du den mal in den Hühnergarten hinüber und öffnest ihn vorsichtig.«

Ich nahm den Pappkarton und trug ihn in den Auslauf. Ich hoffte nur, er hatte keinen Freund für Harvey mitgebracht. Der war gerade so friedlich geworden. Ich brauchte keinen Zweithahn, der wieder seine Kampflust anstachelte. Ich setzte den Karton vorsichtig ab und öffnete den Deckel. Mir blieb der Mund offen stehen, als ich hineinguckte. »Oh du meine Güte, was ist denn das?«, rief ich entzückt und brach in Lachen aus.

»Ich fand, es war an der Zeit, dass du deine eigenen Hühner bekommst.«

»Solche habe ich noch nie gesehen. Die sehen aus wie lebendige Plüschtiere.« Die drei kleinen Hühner hatten aber auch gar nichts mit Riesenhahn Harald, dem Schrecken meiner Kindheit, zu tun. Das waren kleine fluffige Wollknäuel.

»Ich habe diese Puschel bei meinem Züchterfreund entdeckt und musste gleich an dich denken. Das sind Seidenhühner. Ich dachte, die könnten dir gefallen. Sie sind klein und kuschelig, liebevolle Mütter und davonfliegen können sie auch nicht. Ihre Federstruktur lässt es nicht zu.«

Reflexhaft streckte ich die Hand nach einer der kleinen Hennen aus und nahm sie hoch. Neugierig schaute sie mich an. Sie machte keine Anstalten, davonzuflattern. Sanft strich ich ihr übers Gefieder. »Die Federn sind ja noch weicher als Neptuns Fell«, sagte ich andächtig und setzte das kleine Tierchen wieder vorsichtig zu seinen Schwestern.

»Ich würde vorschlagen, dass wir die Mädels von den anderen Hühnern separieren, damit sie sich aneinander gewöhnen können. Setz sie doch erst einmal in das leere Gluckengehege.«

Ich nickte und brachte die kleinen Plüschhühner hinein. Aufgeregt gackernd liefen sie in ihrem neuen Übergangs-Zuhause umher. Mein Herz schlug schneller. So ein besonderes Geschenk hatte ich noch nie bekommen. »Danke«, sagte ich und schluckte. Ich spürte, wie sich eine einzelne Träne aus meinem Augenwinkel davonstehlen wollte und wischte sie mit dem Handrücken fort. »Die sind so was von goldig.«

Erik gab mir einen sanften Kuss auf die Wange. »Genauso goldig wie du«, murmelte er in mein Ohr. Das Strahlen seiner Augen reichte bis in mein Herz hinein.

Ich nahm die leere Futterschale und das Trinkgefäß aus dem kleinen Stall. »Was hältst du davon, wenn wir ein Begrüßungsmahl für die Kleinen zubereiten, um sie im Hühnergarten willkommen zu heißen?«

Erik nickte. »Am besten bringen wir den anderen Hühnern auch was mit. Wir wollen ja keinen Futterneid provozieren.«

Wir gingen in den Gemüsegarten, um etwas frisches Grünzeug für meine neuen Haustiere zu pflücken.

»Und, war deine Oma guter Dinge?«, fragte Erik mich, während wir Karottengrün aus der Erde rupften.

»Und wie. Sie hätte dem Pfleger beinahe den Rollstuhl aus der Hand gerissen, damit sie schneller aus der Klinik herauskommt. Am liebsten wäre sie natürlich nach Hause gefahren, aber als der Arzt ihr eindringlich erklärt hat, dass sie sich ganz bald wieder bei ihm vorfinden wird, wenn sie sich nicht auskuriert, ist sie handzahm geworden.«

Ich pflückte eine kleine Gurke, dann gingen wir hinüber zur Außenküche, um das Grünfutter anzurichten.

»Es wird ihr guttun, sich in einer gesunden Umgebung nur um sich zu kümmern«, sagte Erik, während ich die Gurke klein schnitt.

»Das denke ich auch. Und ich weiß, dass sie immer von der Nordsee geträumt hat. Aber irgendwie hat sie es sich nie zugestanden, dort mal einen Urlaub zu verbringen. Nun kommt sie endlich doch einmal dahin.« Ich richtete das Grünzeug in zwei Tellern an. Einen für die neuen Hühner und den anderen für die Stammbelegschaft.

Wir gingen mit dem Futter ins Hühnergehege. »Versuch mal, deinen neuen Freundinnen das Grünzeug aus der Hand zu geben«, sagte Erik. »Da können sie wahrscheinlich nicht widerstehen.« Er hatte recht. Die kleinen Puschelwesen waren so zutraulich, als würden sie mich ewig kennen. Es war herzerwärmend.

Erik kniete sich neben mich. »Du musst deinen Hühnern noch Namen geben.« Zärtlich streichelte er meinen Rücken.

Ich betrachtete die drei kleinen Wesen, die eifrig an den Gurkenstückchen herumpickten, und überlegte. »Die kleine Weiße hier heißt Daisy, weil sie so zart und süß aussieht. Die mit dem wilden Schopf kriegt den Namen Tigerlilly wegen ihres orangefarbenen Gefieders. Und die Graugescheckte nenne ich Rose. Sie trägt die gleiche Frisur wie meine Oma.«

Erik lachte. »Da wird sich Rosemarie sicher freuen.«

Als die Seidenhühner ihren Anteil verzehrt hatten, verteilten wir die restlichen Leckereien an die anderen Hühner. Da fiel es mir auf: wieder keine Spur von Bertha. Das gab es doch nicht. Ich hatte das Loch im Zaun geflickt. Sie konnte nicht schon wieder abgehauen sein.

Erik suchte mit mir den ganzen Hühnergarten ab. Wir schauten hinter jeden Strauch und in jede Ecke, aber keine Spur von Bertha. Auch die Zaunkontrolle ergab nichts. Bertha blieb verschwunden. »Wo kann sie denn nur hin sein?«, sagte ich beunruhigt. Ich geriet in Versuchung, heimlich beim Nachbarn im Garten zu suchen. Den Gedanken verwarf ich aber sofort wieder. Vielleicht würde er sonst mit dem Jagdgewehr auf mich losgehen.

»Das Loch im Zaun ist dicht. Ich weiß nicht, wie sie nach drüben gekommen sein sollte. Theoretisch wäre es möglich, dass sie über den Zaun flattert. Auch wenn das eher unwahrscheinlich ist, weil sie es noch nie zuvor getan hat. Aber wer weiß, vielleicht wollte sie sich ein ungestörtes Plätzchen zum Brüten suchen.«

Ich hob die Augenbrauen. »Na, ob da Nachbars Garten der geeignete Ort wäre?«

Er lächelte mich an. »Da nimmt ihr zumindest niemand die Eier weg.«

Das stimmte natürlich. »Aber da bleibt immer noch die Frage, wie sie da rübergekommen ist.«

Erik überlegte. »Nun. Entweder, sie ist über den Zaun geflattert oder irgendwer hat sie mitgenommen …« Er machte eine betretene Pause.

»Aber das würde ja bedeuten …«, begann ich und brach den Satz ab. Ich wollte es nicht aussprechen.

Bedauernd schüttelte er den Kopf. »Manchmal verschwinden Hühner, die viel draußen sind. Auch wenn sie gute Versteckmöglichkeiten und Schutz haben.« Er drückte sanft meine Hand.

»Aber wären nicht irgendwelche Spuren zu sehen, wenn ein Raubvogel sie geholt hätte? Ich weiß nicht, Federn oder so?«

»Nicht unbedingt. Für einen Habicht wäre Bertha allerdings zu schwer. Der hätte eher vor Ort versucht, sie aufzufressen. Und dann wären Spuren da. Aber ein Fuchs schnappt sich schon mal ein Huhn und rennt damit davon.«

»Aber auch der müsste doch irgendwo durch den Zaun gekommen sein.«

»Oder oben drüber oder unten durch. Füchse können gut springen und graben. Mit Bertha im Maul käme der Fuchs allerdings auch nicht so leicht darüber.«

Ich schluckte. Erik sah, wie nahe mir das Ganze ging. Er zog mich sanft an sich und streichelte meinen Rücken. »Warte ab, vielleicht hat sie es doch irgendwie zum Nachbarn geschafft. Spätestens wenn du es von drüben keifen hörst, weißt du, wo sie ist.«

Meine Kehle schnürte sich zusammen. Hoffentlich. »Ich gehe mal rüber und klingle. Vielleicht hat er sie gesehen.«

Den Nachbarn zu besuchen stand zwar ganz unten auf meiner Wunschliste, aber ich wollte nichts unversucht lassen. Zum ersten Mal sehnte ich mich regelrecht danach, von ihm angemotzt zu werden.

Aber auch diese Hoffnung war vergebens. Herr Schneider sagte, er hätte kein Huhn gesehen und wenn ich nicht in der Lage wäre, auf die Tiere aufzupassen, sollte ich sie besser weggeben. Dann knallte er mir die Tür vor der Nase zu.

Ich schluckte. Was, wenn Bertha verschwunden blieb? Wenn sie doch der Habicht geholt hatte? Wie sollte ich das nur Oma beibringen?

Erik legte die Arme um mich. Seine Wärme tröstete mich. »Wer weiß, vielleicht hat Bertha sich doch beim Nachbarn versteckt. Gib die Hoffnung nicht auf.«

Schweren Herzens akzeptierte ich, dass ich im Moment nichts weiter tun konnte, als zu hoffen, dass sie von allein wieder angeflattert kam. Erik strich mir über den Rücken. Ich ergriff seine Hand und wir gingen gemeinsam zum Haus zurück. Wir setzten uns auf die Gartenbank. Zärtlich streichelte er meine Hand. »Und was hast du heute noch vor?«

»Ich bin mit deiner Schwester verabredet. Sie wollte mir ihre Töpfersachen zeigen.«

Er lachte. »Sieh dich vor, dass sie dich aus der Scheune wieder rauslässt. Wenn sie loslegt, gibt es kein Halten mehr.«

»Das käme mir sehr gelegen. Solange ich nur nicht an die arme Bertha denken muss.«

Er zog mich an sich und gab mir einen Kuss. »Bella bringt dich sicher auf andere Gedanken. Ich habe leider gleich einen Termin bei einem Bauern. Sein Hahn malträtiert auf einmal seine Lieblingshenne, nachdem die beiden jahrelang ein Herz und eine Seele waren. Ich soll gucken, was da los ist.«

»Na, dann wünsche ich dir viel Erfolg bei der Eheberatung.« Ich rang mir ein Lächeln ab.

»Danke. Sehen wir uns bei mir, wenn ich fertig bin?«

»Das wäre schön.« Ich gab ihm einen sanften Kuss auf den Mund. Es war ungewohnt, im Alltag so vertraut mit ihm umzugehen.

Erik drückte mich fest an sich. »Ich freu mich auf nachher«, sagte er und erwiderte meinen Kuss, sodass kein Zweifel blieb, dass er meinte, was er sagte.

Als er gegangen war, packte ich die Marmeladengläser ein und machte mich auf den Weg zu Bella. Es half ja nichts, hier herumzusitzen und Trübsal zu blasen.

Ich traf Bella in der Töpferscheune an, beide Hände an der Drehscheibe. »Hallo, meine Liebe«, rief sie mir fröhlich entgegen. Ihre Wangen waren gerötet und sie hatte Tonspuren in den Haaren. »Ich würde dich ja umarmen, aber danach würdest du so aussehen wie ich.«

»Kein Problem. Das holen wir einfach später nach.« Beeindruckt schaute ich zu, wie elegant und leicht ihre Hände über den sich drehenden Ton glitten. »Das sieht schön aus.«

»Und es macht Spaß. Kannst du töpfern?«

Ich schüttelte den Kopf. »Nicht wirklich. Ich habe an der Uni mal einen Kurs belegt, aber viel gelernt habe ich nicht.«

Sie strich sich eine Strähne aus dem Gesicht, was ihr den nächsten Tonklecks im Haar bescherte. »Wenn du willst, kann ich es dir beibringen. Vielleicht ist es hier eher dein Ding als in einem muffigen Uniraum.«

Ich lachte. »Der Raum war gar nicht so muffig, eher der Dozent.«

»Versuch's doch mal, einfach nur zum Spaß. Du brauchst eine Beschäftigung. Du kannst nicht immer nur von morgens bis abends Unkraut jäten und Johannisbeeren pflücken.«

»Das wird auch langsam schwierig. Die letzten Beeren muss man mit der Lupe suchen. Dafür werden die frühen Apfel- und Birnensorten langsam reif. Du siehst: Langeweile kommt bei mir nicht auf.«

»Trotzdem. Du brauchst einen kreativen Ausgleich.«

Ich überlegte. »Warum eigentlich nicht? Aber ich warne dich. Beim letzten Versuch wollte der Ton nie so wie ich. Eine Musterschülerin wirst du in mir nicht haben.«

»Ich bin nicht auf der Suche nach einer Musterschülerin, sondern nach jemandem, mit dem ich Spaß haben kann.«

»Na, damit kann ich dienen, hoffe ich.« Das Drehen der Töpferscheibe hatte fast etwas Hypnotisches. Ich konnte meine Augen kaum abwenden.

»Sehr schön. Ich habe auch gleich eine erste Hausaufgabe für dich. Überlege dir, was du machen möchtest. Aber nimm dir für den Anfang nicht zu viel vor. Das frustriert nur. Also plane nicht gleich ein 36-teiliges Kaffeeservice, okay?«

Ich lachte. »Das hatte ich nicht vor.« Mir kamen sofort die ersten Ideen, als ich mich in Bellas Reich umschaute. Dicke Blöcke aus verschiedenfarbigem Ton lagerten in den Regalen, Dosen mit Glasuren standen neben Gläsern voller Pinsel. In Körben und Kisten lagen Messer, verschiedenste Werkzeuge zum Modellieren, Ausstechformen, Ornamentroller, Drahtschlingen und alles, was das Keramikerherz sich nur wünschen konnte. Im Regal daneben warteten fertige Töpfereien darauf, gebrannt zu werden. »Ich würde gern eine schöne Obstschale als Willkommensgeschenk für Oma töpfern«, schlug ich vor.

»Gute Idee. Überleg dir doch schon mal, welche Farben dir gefallen und wie groß sie sein soll.«

Ich nickte. »Mache ich. Wann legen wir los?«

Bella dachte nach. »Die nächsten Tage habe ich ziemlich viel zu tun. Wie sieht es bei dir am Wochenende aus?«

»Das passt. Da ich nicht mehr jeden Tag in die Klinik fahren muss, habe ich eigentlich immer Zeit.«

»Gut. Dann komm Samstag einfach vorbei, wann es dir passt. Ich bin den ganzen Tag da.«

»Vielen Dank. Ich bin schon so gespannt.«

»Aber ich warne dich: Ich habe vor, dich als Übungsobjekt zu gebrauchen. Ich überlege, ob ich nicht Kurse für die Gäste anbieten soll. Glaubst du, das würde ihnen Spaß machen?«

»Bestimmt. Ich kann mir gut vorstellen, dass die Leute den Landurlaub mit kreativer Betätigung verbinden wollen. Das passt wunderbar zusammen. Aktive Entspannung sozusagen.«

Bella nickte nachdrücklich. »Du sagst es. Die meisten Menschen, die herkommen, haben genau wie du kaum oder gar keine Erfahrung im Töpfern. Es wäre ideal, wenn ich bei dir austesten könnte, ob ich nicht zu viel verlange. Es soll sich niemand gestresst fühlen von meinen Aufgaben.«

»Ich stehe voll und ganz zu deiner Verfügung. Davon abgesehen bist du der unstressigste Mensch, der mir je begegnet ist. Die Leute werden den Kurs lieben.«

»Danke. Du machst mir Mut.«

Die Vase, die Bella formte, nahm langsam Gestalt an. Klein und schlank wuchs sie nach oben. Das Richtige für zarte Wildkräuter oder Wiesenblumen. »Mir gefällt die Idee: Wochenenden für gestresste Großstädter.«

»Du hast recht. Genau so sollte ich das vermarkten. Vielleicht magst du mir bei der Planung helfen?«

»Gern. Zwischen Gartenpflege und Hühnerfüttern habe ich im Moment genug Zeit.«

Bella strahlte. »Apropos Hühner: Was sagst du zu deinen kleinen Wollpuscheln? Sind sie nicht absolut entzückend.«

»Und wie. Mir ist das Herz aufgegangen, als ich sie gesehen habe. Und sie kamen genau im richtigen Moment, um mich aufzumuntern, denn Bertha ist verschwunden.«

Bella schaute mich erschrocken an. »Oh nein. Die liebe Bertha!«

Ich nickte. »Der Augenstern meiner Oma. Keine Spur von ihr, keine einzelne Feder. Einfach weg.«

Ganz in Gedanken legte Bella ihre lehmverschmierte Hand auf meinen Arm. »Ich kann mir nicht vorstellen, dass ein Fuchs Bertha geholt hat. Das glaube ich einfach nicht.«

Ich zuckte mit den Schultern. »Ich habe sogar beim Nachbarn geklingelt. Er hat sie auch nicht gesehen.«

»Trotzdem. Gib die Hoffnung nicht auf, Emma. Ich hab's im Gefühl, dass sie wieder auftaucht.«

Ich seufzte. »Hoffentlich hast du recht.«

Inzwischen war Bella mit ihrer kleinen Vase fertig und nahm sie vorsichtig von der Töpferscheibe ab. »So, die kann jetzt erst mal trocknen. Ich wasch kurz meine Hände, dann führe ich dich herum. Du wirst sehen, so schwer ist Töpfern nicht. Ich mache das auch erst seit einem Jahr. In der Zeit habe ich so viel gelernt.«

»Ich bin gespannt«, sagte ich und folgte ihr.

Bella hatte Unmengen an Schalen, Bechern, Vasen und Eierbechern getöpfert. Jedes Stück war ein Unikat, in verschiedenen sanften Naturtönen lasiert, ganz schlicht und natürlich gehalten. Sie gefielen mir sehr. Sie ergänzten sich gut und die Farben harmonierten wundervoll miteinander. »Sie sind wunderschön, Bella.« Ich sah, wie sie sich über mein Kompliment freute. »Man käme nie darauf, dass du dich erst seit einem Jahr damit befasst.«

»Schön, dass sie dir gefallen. Ich wollte Stück für Stück das Frühstücksgeschirr für unsere Feriengäste austauschen.«

»Das ist eine prima Idee.«

»Komm, wir gehen rüber. Genug vom Töpfern für heute.«

Als wir am Wohnhaus ankamen, überreichte ich ihr meine Tasche. »Ich hab noch was für dich.«

»Warum sagst du das nicht gleich?«, rief Bella begeistert. »Ich liebe Geschenke. Auch wenn das wirklich nicht nötig gewesen wäre.«

»Und ob das nötig war. Allein für deine Hilfe mit Terrorhahn Harvey werde ich dir ewig dankbar sein.«

»Ach, das hast Spaß gemacht«, winkte sie ab. »Ich konnte doch nicht zulassen, dass sich der kleine Kerl wie der letzte Chauvi aufführt. Männern muss man manchmal ein paar Manieren beibringen.«

Bella packte vorsichtig die Marmeladengläser aus und stellte sie auf den Tisch. »Hast du die selbst gemacht?«, fragte sie ehrfürchtig. Sie nahm ein Glas in die Hand und betrachtete es genauer. »Das sind ja deine Zeichnungen auf den Etiketten, Emma! Du bist ja verrückt. Die sind der absolute Wahnsinn. Und dazu diese schönen Marmeladendeckchen aus Leinen mit dem passenden Zwirn. Das ist so voller Liebe fürs Detail gestaltet, einfach wunderschön.«

Ganz ohne mein Zutun stahl sich ein Lächeln auf mein Gesicht. Bellas Lob bedeutete mir viel.

»Ehrlich, Emma, deine Gläser werden sich toll auf dem Frühstückstisch machen zusammen mit meinem getöpferten Geschirr. Das will ich übrigens auch in den kleinen Hofladen stellen, den wir gerade ausbauen.«

»Prima. Das werden die Leute bestimmt gern als Andenken mitnehmen.«

»Das gilt genauso für selbst gemachte Marmelade. Die Leute lieben handgefertigte Produkte, aber nicht jeder hat das Händchen oder die Muße dafür. Mir kommt da gerade so eine Idee.« Sie musterte mich mit einem Lächeln. »Was hältst du davon, wenn du noch ein paar Gläser herstellst? Genug Beeren müsstest du ja in der Tiefkühltruhe haben.«

So viel, wie ich in die Truhe gestopft hatte, würde meine Oma sicher nicht bis zum nächsten Sommer aufessen können. Da konnte ich etwas abzweigen. »Ein paar Gläser könnte ich dir machen.«

»Das wäre super. Ich habe zwar auch selbst gekochte Marmelade, aber natürlich nicht in so tollen Gläsern. Und

Johannisbeermarmelade habe ich zum Beispiel überhaupt nicht. Deine Gläser wären ein richtiger Hingucker im Laden.« Bella blickte mich streng an. »Und du wirst dich von mir dafür bezahlen lassen, hast du verstanden?«

Ich schüttelte vehement den Kopf. »Du hast mir so viel geholfen. Da ist es doch das Mindeste, dass ich mich mit ein paar Gläsern Marmelade revanchiere.«

Bella stemmte die Hände in die Hüften. »Es ist eine Sache, wenn du mir zwei, drei Gläser Marmelade mitbringst. Das ist ein tolles Geschenk und darüber freue ich mich. Aber hier geht es ums Geschäft. Ich nehme ja auch Geld für die Übernachtungen. Also ist es nur fair, dass ich dir die Marmelade bezahle.« Sie legte den Arm um mich. »Du musst nicht das Gefühl haben, dass du uns etwas schuldig bist, weil wir dir geholfen haben. Das macht man so unter Freunden.«

Ich zögerte.

Sie stupste mir mit dem Ellenbogen in die Seite. »Sieh es mal so. Hinter meinem Angebot steckt ein großes Stück Egoismus. Ich will nämlich, dass du hierbleibst, und wenn du hier Geld verdienst, stehen meine Chancen besser. Ich warne dich jetzt schon mal vor: Wenn die Marmeladen gut laufen, kannst du mit Folgeaufträgen rechnen. Unsere Urlauber lieben es, Landprodukte als Andenken mitzunehmen.«

Ich lächelte. Es war eine rührende Geste von ihr. Ich würde mich freuen, wenn die Marmeladengläser mit meinen Zeichnungen Bellas Gäste begeistern könnten. Sachen herzustellen, die den Menschen schöne Erinnerungen an ihre unbeschwerte Urlaubszeit bescherten, machte definitiv glücklicher als sich sexistische Kekswitze auszudenken.

Vielleicht konnte ich noch mehr solcher Produkte entwickeln. Wenn der Umbau erst mal abgeschlossen war, würden auch wieder mehr Gäste herkommen. Vielleicht gefielen ihnen meine Sachen ja tatsächlich. Die Zeichnungen machten sich nicht nur gut auf den Marmeladengläsern, ich konnte mir meine Hühnerporträts auch als Drucke für die Wand vorstellen oder die Beerenmotive auf Notizbüchern aus recyceltem Naturpapier. Es war auf jeden Fall einen Versuch wert.

Schließlich wollte ich nicht wieder so leben, wie ich es die letzten paar Jahre getan hatte. Ich wollte ein Leben, das seinen Namen verdiente, ohne 60-Stunden-Woche, dafür mit entspannten Wochenenden mit meiner Oma. Und Bella und Erik wollte ich auch nicht aus meinem Leben verlieren. Ob das mit Erik und mir eine Zukunft hatte, wusste ich nicht, schließlich war alles noch so frisch, aber ich wünschte mir sehr, dass er ein Teil meines Lebens blieb.

21. LIEBE IM HÜHNERSTALL

Die Tage rannten nur so davon. Schon war die erste Woche von Omas Kur vorbei. Zwei Wochen blieben noch bis zu ihrer Heimkehr. Bertha war zu meinem großen Kummer nicht wieder aufgetaucht. Erik hatte den ganzen Zaun abgesucht und keine Schwachstelle gefunden. Ich hatte sogar noch mal meinen Nachbarn aufgesucht, um nach Bertha zu fragen.

Er reagierte sehr ungehalten, als ich erneut nachfragte.

»Sie werden die Erste sein, die erfährt, wenn ich eines Ihrer Viecher in meinem Garten entdecke. Und jetzt möchte ich Sie bitten, mein Grundstück zu verlassen und mich nicht mehr mit Ihren realen oder imaginären Hühnern zu belästigen.«

Es half wohl nichts, langsam musste ich mich damit abfinden, dass sie doch dem Fuchs zum Opfer gefallen war.

Daisy, Tigerlilly und Rose hingegen gediehen prächtig. Sie trösteten mich ein wenig über Berthas Verlust hinweg. Ich liebte es, sie zu streicheln und mit mir herumzutragen. Sie waren so zutraulich und kletterten ständig auf mir herum.

Mit den anderen Hühnern hatten sie sich ebenfalls angefreundet. Ich hatte den Eindruck, auch Harvey rechnete es mir hoch an, dass ich ihm die süßen Flauschbälle geschenkt hatte. Er suchte häufig ihre Nähe und zeigte ihnen die besten Leckereien, die er sonst immer für Bertha reserviert hatte.

Was ich nie für möglich gehalten hätte: Selbst Neptun schloss die Plüschhühner ins Herz. Die ersten Tage sah ich ihn neugierig ums Hühnergehege schleichen. Ich hatte schon Sorge, er würde überlegen, wie er ins Gehege käme, um sich die Kleinen zu schnappen. Aber weit gefehlt. Am nächsten Tag erwischte ich ihn, wie er eine tote Maus durch den Zaun schob. Er schaute ertappt auf, fast ein wenig verlegen. Die drei Hennen freuten sich über das Geschenk und kamen mit großem Gegacker angestürmt. Ich fand den Anblick der Seidenhühner, die an der armen Maus herumpickten, etwas verstörend und schaute lieber in die andere Richtung.

Zwei Tage später brachte Neptun wieder eine Maus bei den Hühnern vorbei. Er schien Freundschaft mit ihnen schließen zu wollen. Ich konnte mir das nach seiner lebenslangen Hühner-Antipathie nicht recht erklären.

Als ich Erik davon erzählte, lachte er. »So ungewöhnlich ist das nicht. Hühner sind keine Vegetarier, sie fressen durchaus auch Fleisch und mögen nicht nur Würmer. Sie würden vielleicht nicht selbst auf Mäusejagd gehen, aber wenn jemand die Arbeit für sie übernimmt, sind sie durchaus mit einem zusätzlichen Happen einverstanden.«

»Das erklärt aber noch nicht, warum Neptun den Seidenhühnern auf einmal Geschenke vorbeibringt. Sonst hat er mir die toten Mäuse auf die Fußmatte gelegt.«

Erik grinste. »Bist du etwa eifersüchtig?«

Ich lachte. »Auf tote Mäuse als Freundschaftsbeweis kann ich verzichten. Aber die Seidis sind die ersten Hühner, die für ihn nicht zum Feindeslager gehören. Am Ende denkt er, sie wären gar keine Hühner, weil sie so anders aussehen. Vielleicht mag er sie deswegen«, mutmaßte ich.

Erik warf mir einen belustigten Blick zu. »Oder er hat es sich von dir abgeguckt? Früher bist du Harvey und den Hennen aus dem Weg gegangen. Aber seit die Seidis da sind, sieht er dich ständig im Hühnergehege mit ihnen kuscheln und sie streicheln. Er muss realisiert haben, dass von ihnen keine Gefahr ausgeht. Vielleicht will er einfach mitspielen.«

»Na, das fehlte mir noch.« Mir lag nichts daran, eine erneute Hahn-Attacke zu provozieren, indem ich eine Katze in den Hühnergarten ließ. Das eine Mal vor zwanzig Jahren hatte mir gereicht.

Erik war indes mit dem weiteren Ausbau der alten Scheune beschäftigt. »Wenn wir vom Fremdenverkehr leben wollen, müssen wir erweitern. Die paar kleinen Zimmer, die Oma eingebaut hat, bringen nicht genug ein.« Nun war er dabei, alles auszumessen und einen Plan zu entwerfen, wie viele Zimmer oder Wohnungen in die alten Gebäude hineinpassten.

Bella saß neben mir am Tisch, vor sich einen Stapel Notizen und Kalkulationen. Da Bella und Erik im Gegensatz zu Oma Internet- und Handyempfang hatten, hatte ich mein Notebook mit hergebracht. Ich suchte halbherzig Agenturen heraus, bei denen ich mich bewerben konnte. Vielleicht hatte Sophie recht und ich könnte als Freelancerin arbeiten oder Teilzeit, dann müsste ich nur ein paar Tage die Woche nach Berlin. Den Rest der Zeit könnte ich hier Marmelade kochen, zeichnen und neue Produkte für Bellas Laden entwerfen.

Jetzt waren es nur noch eineinhalb Wochen, bis Oma wiederkam. Langsam musste ich mir überlegen, wie ich in Zukunft mein Geld verdienen wollte.

Bella blickte von ihren Unterlagen auf. »Kommst du voran?«

»Geht so«, gab ich zu.

»Motivation sieht aber auch anders aus.«

Ich zuckte mit den Schultern. »Ich weiß eben nicht wirklich, was ich will.«

Bella schüttelte den Kopf. »Du weißt genau, was du willst, du traust dich nur nicht, es dir einzugestehen.« Sie legte den Stift zur Seite. »Sieh mal«, fuhr sie fort. »Du möchtest doch überhaupt nicht zurück nach Berlin. Es steht dir quer über die Stirn geschrieben, dass du hierbleiben willst. Trotzdem zwingst du dich halbherzig dazu, etwas zu suchen, was du gar nicht willst. Aber weißt du was? So wird das nichts.«

Ich seufzte. »Du hast ja recht. Aber Geld verdienen muss ich eben auch.«

»Du siehst die Möglichkeiten nicht, die direkt vor deiner Nase liegen. Vor dir sitzt deine erste Kundin. Und ich meine nicht die Marmeladenbestellung. Mir ist klar, dass du von Johannisbeeren allein nicht leben kannst. Aber im Zuge unserer Erweiterung könnte ich deine Hilfe gebrauchen. Ich will unsere Homepage professioneller gestalten lassen. Ich wäre froh, wenn du mich dabei unterstützt.«

Ich drückte ihre Hand. »Das ist lieb von dir und ich stelle sehr gern gemeinsam mit dir etwas auf die Beine. Aber langfristig bräuchte ich weit mehr als eine Homepage, um davon leben zu können.«

»Schau über den Tellerrand hinaus, Emma. Bedarf für Gestaltung gibt es nicht nur in der Stadt. Viele Bauern schwenken auf Agrotourismus um. Sie wären froh, wenn ihnen jemand bei diesen Fragen helfen könnte. Davon abgesehen hast du null Konkurrenz weit und breit.«

Ich spielte mit meinen Fingern. »Das klingt zwar schön, aber auch wieder zu schön, um wahr zu sein. Ich weiß nicht, ob ich mir das zutraue. Selbstständig zu sein ist schwer. Und dann auch noch hier vom Land aus? Ich kann ja schlecht von Hof zu Hof fahren und klingeln, ob nicht jemand einen Flyer für seinen Hofladen haben will.«

»Aber so in etwa. Mund-zu-Mund-Propaganda funktioniert hier draußen hervorragend. Ich kenne viele Leute. Ich kann dafür sorgen, dass sich das rumspricht.« Sie schaute mir ernst in die Augen. »Du bist die Einzige, die dir im Weg steht.«

Ich seufzte. Ich war immer froh gewesen, dass Niels und Anna diesen Part übernommen hatten und ich mich ausschließlich ums Design kümmern konnte. Aber hier müsste ich alles allein machen, Akquise, Buchhaltung, einfach alles. War das das Richtige für mich, so ganz allein, ohne jemanden, der Aufträge an Land zog? Ich wusste es nicht.

Was ich wusste, war, dass ich in den letzten Wochen zurück zu meiner Kreativität gefunden hatte. Schaffen und Gestalten waren für mich nicht mehr gleichbedeutend mit Stress wie in den letzten Jahren, sondern Mittel zur Selbstverwirklichung und zum Ausdruck meiner Gefühle und Stimmungen geworden. Ich wünschte mir nichts mehr, als dass das so bliebe.

»Es ist dein Leben, Emma«, unterbrach Bella meine Gedanken. »Ich will dich zu nichts überreden. Ich kann dir nur raten, hör auf dein Herz. Mein Herz sagt mir, du gehörst hierhin. Und das sage ich nicht nur, weil ich mich freue, eine Freundin gefunden zu haben. Nein. Du wirkst, als wärst du schon immer hier gewesen. Das Haus deiner Oma, der Garten und du, ihr bildet eine Einheit.«

»Aber bald kommt sie zurück. Und was mache ich dann?«

»Geh einen Schritt nach dem anderen. Wenn man weiß, wo man hin will, findet man einen Weg. Und ich glaube kaum, dass deine Oma dich aus dem Haus wirft. Sie freut sich doch, wenn du bleibst. Wenn du die ersten Kunden gefunden hast, kannst du dir immer noch etwas Eigenes suchen, falls ihr das Gefühl habt, ihr hockt euch zu eng auf der Pelle.«

Aus Bellas Mund klang das so einleuchtend. Möglicherweise hatte ich tatsächlich nur Angst, mich auf etwas Unbekanntes einzulassen. Vielleicht sollte ich es wagen. Es hieß doch immer, man wuchs mit seinen Aufgaben.

Zuerst würde ich mir Bellas Planungen anschauen, damit ich wusste, was auf mich zukam. Das war eine überschaubare Aufgabe. Bella hatte recht. Ein Schritt nach dem anderen.

»Zeig mal, was ihr vorhabt«, sagte ich. »Dann kann ich mir schon mal Gedanken über die neue Homepage machen.«

Bella erklärte mir ihre Pläne für die Umbauten. Sie wollten nicht nur neue Zimmer einbauen, sie planten auch Gemeinschaftsräume, die für das gemeinsame Abendessen genutzt werden konnten. »Oder für andere Dinge. Erik macht auch gerne eine Bildershow über die einheimische Tier- und Pflanzenwelt, wir sind da ganz offen. Wir richten uns nach den Wünschen der Gäste.«

»Das klingt spannend. Ich mach mir ein paar Gedanken und zeig dir in den nächsten Tagen die ersten Vorschläge. Die Homepage soll ja nicht nur gut aussehen, sondern auch leicht zu bedienen sein, damit ihr neue Inhalte selbst einpflegen könnt.«

»Ach ja, wo du schon dabei bist, könntest du auch einen Flyer und Postkarten entwerfen. Ich möchte in der Region mehr Werbung für uns machen und die Flyer in den Cafés, Läden, Fremdenverkehrszentren und so weiter auslegen.«

Ich nickte. »Das ist eine gute Idee. Das mache ich gern.«

Die Sonne schien. Den Computer hatte ich nach draußen mitgenommen und genoss die Spätnachmittagssonne auf der Terrasse. Mein Blick wanderte zum Hühnergarten. Bertha war nun schon seit zwei Wochen verschwunden. Ich machte mir langsam keine Hoffnungen mehr, dass sie noch mal auftauchte, auch wenn ich nach wie vor nicht verstand, wie der Räuber Bertha entführt hatte. Ein Fuchs hätte zwar über den Zaun ins Gehege klettern können, aber er hätte es unmöglich mit Bertha im Maul wieder zurück geschafft. Schwachstellen im Zaun hatten wir auch keine entdeckt. Es blieb ein Rätsel.

Ich hoffte, dass die Seidenhühner meine Oma ein bisschen über Berthas Verlust hinwegtrösten konnten. Mein Herz hatten sie jedenfalls im Sturm erobert, und da meine Oma alle Hühner liebte, würden sie es bei ihr wahrscheinlich noch viel schneller schaffen.

Ich wandte mich der Arbeit zu. In den letzten Tagen hatte ich ein erstes Konzept für die Website vom »Sonnenquartier« entwickelt. Bella war von den ersten Entwürfen begeistert. Jetzt wartete ich auf Fotos, die Erik vorbeibringen wollte.

Die Wartezeit hatte ich mir mit der Arbeitssuche vertrieben. Neben mir lag eine Liste Berliner Agenturen, die ich herausgesucht hatte. Auch wenn ich entschlossen war, mir hier auf dem Land etwas aufzubauen, wollte ich eine finanzielle Absicherung haben, falls das Ganze nicht sofort erfolgreich war. Vielleicht gab es einen Agenturchef da draußen, der sich darauf einließ, mich als Freelancerin oder als Teilzeitkraft einzustellen, immerhin hatte ich Annas sagenhaftes Arbeitszeugnis. Das musste doch die Chefs beeindrucken. Nun saß ich an einem Lebenslauf, den ich zusammen mit einer Initiativbewerbung verschicken wollte.

Ich warf einen Blick auf die Uhr. Erik musste bald hier sein. Mein Herz zog sich beim Gedanken an ihn zusammen. Er hatte es mittlerweile bis in den letzten Winkel erobert. Ich konnte mich nicht erinnern, je zuvor so verliebt gewesen zu sein. Da hörte ich seine vertrauten Schritte im Garten.

»Hallo, mein Schatz.« Er drückte mir einen zärtlichen Kuss auf die Lippen.

»Hallo.« Ich erwiderte den Kuss langsam und genüsslich. Die Arbeit konnte auch ein paar Minuten warten. Schließlich löste ich mich von ihm. »Hast du mein Arbeitsmaterial dabei?«

Er zog einen Stick aus der Hosentasche. »Hier. Alles drauf, was an Fotomaterial von Hof, Haus und Garten existiert.«

»Prima. Ich richte das Ganze so ein, dass ihr die Bilder ohne viel Aufwand später austauschen könnt.«

Er musterte mich eindringlich. »Was meinst du mit später?«

»Na, wenn der Umbau fertig ist. Dann könnt ihr selbstständig die Fotos austauschen.«

Er machte eine Pause. »Glaubst du, du bist dann nicht mehr hier?«

Irritiert blickte ich ihn an. »Warum sollte ich denn nicht mehr hier sein? Es wäre nur einfacher für Bella, wenn sie nicht immer warten muss, bis ich Zeit habe. Was ist denn heute los mit dir?«, fragte ich ihn erstaunt. Dann sah ich, dass sein Blick auf der Adressliste hängen geblieben war.

»Die sind alle in Berlin«, sagte er tonlos.

Da fiel der Groschen bei mir. »Du denkst, ich will wieder nach Berlin gehen«, stellte ich fest.

»Was soll ich denn denken, wenn ich sehe, dass du eine Liste mit zehn Berliner Agenturen vor dir liegen hast, an die du gerade Bewerbungen schreibst.«

»Aber das heißt doch nicht, dass ich dich verlasse«, sagte ich sanft.

Er schwieg. »Es fühlt sich aber so an«, sagte er dann.

»Ich will hier nicht weg, Erik, aber ich muss Geld verdienen. Es gibt doch Wege, das zu verbinden. Wenn ich Teilzeit arbeite oder als Freelancerin, muss ich nicht jeden Tag in Berlin sein. Parallel kann ich mir dann hier etwas aufbauen.«

Sein Gesicht war so verschlossen, wie ich es noch nie gesehen hatte. »Das glaubst du doch selbst nicht, Emma. Wenn du erst einmal wieder in dieser Maschinerie drin bist, verschlingt sie dich erneut. Alles fängt damit an, dass dein Chef dich fragt, ob du nicht ausnahmsweise mal länger arbeiten kannst, und du bringst es nicht übers Herz, Nein zu sagen. Oder der wichtige Kunde wird Montag erwartet und du hast Freitag den Entwurf noch nicht fertig. Du weißt, wie es letztes Mal ablief. Willst du dir das antun? Und uns?«

Das düstere Schreckensszenario, das Erik da an die Wand malte, gefiel mir nicht. »Aber so muss es nicht laufen.«

Er schüttelte traurig den Kopf. »Ach, Emma. Ich glaube dir ja, dass du das nicht willst, aber wolltest du es beim letzten Mal?«

»Von irgendetwas muss ich aber leben. Was sollte ich deiner Meinung nach tun?«

»Es geht nicht darum, was du sollst, sondern was du willst. Du könntest vieles machen. Aber was tust du als Erstes? Das hier. Darum wirkt es für mich so, als hättest du schon längst beschlossen, wie dein Weg weitergehen soll, und das, ohne auch nur mit mir darüber zu reden.« Seine Vorwürfe taten verdammt weh. Aber an seinem Gesicht sah ich, dass sie ihm genauso wehtaten. »Schmeiß nicht das weg, was wir haben, Emma. Das hier ist etwas Besonderes.«

»Ich weiß«, sagte ich und mein Herz zog sich bei seinen Worten zusammen. Noch nie hatte ich so viel für einen Mann empfunden. Ich wollte ihn nicht verlieren.

Er sah mich eindringlich an. »Auf diesem Weg, der da auf dem Tisch liegt, verlieren wir uns. Ich kann nicht noch einmal mein Herz an eine Frau hängen, die mit dem Kopf immer in der Stadt ist. Ich will dich, Emma, ich will ein Leben mit dir, aber du bereitest gerade das Ende davon vor.«

Er saß nicht einmal einen Meter von mir entfernt, aber zwischen uns lag ein meilenweiter Abgrund.

»Bitte, Emma, denk darüber nach, was du tust. Gib uns eine Chance.« Er stand auf. Mit jedem Schritt, den er sich von mir entfernte, tat mein Herz ein bisschen mehr weh.

Ein paar Tage später saß ich niedergeschlagen am Rechner und fügte die Bilder vom Hof auf Bellas Website ein, als es an der Tür klopfte. Mein Herz begann zu pochen. Ob es Erik war? Die letzten Tage hatten wir uns nicht gesehen. Er war unterwegs gewesen, um sich nach Materialien für den Innenausbau umzusehen.

»Herein«, rief ich. Ich schluckte. Ich war gleichzeitig erleichtert und enttäuscht, als nicht Erik, sondern seine Schwester den Kopf durch die Tür steckte.

»Hi«, sagte sie und lächelte mich warmherzig an. Ein Stein fiel mir vom Herzen. Ich hatte schon Sorgen gehabt, dass Bella auch sauer auf mich war. Aber vielleicht hatte er gar nicht mit ihr geredet, so ein Geheimniskrämer wie er war.

»Das ist lieb, dass du vorbeischaust«, sagte ich.

Bella ließ sich mit einem Seufzer auf einen Stuhl fallen.

»Möchtest du einen Tee?«, fragte ich sie. »Du siehst aus, als könntest du eine Stärkung gebrauchen.«

»Gern. Ich bin ein bisschen k. o., muss ich gestehen.«

»Ist viel zu tun auf der Baustelle?«, fragte ich mitfühlend und stand auf, um den Wasserkocher anzuwerfen.

Sie stöhnte. »Ich habe das Gefühl, ich muss nicht nur auf zwei, sondern auf zehn Hochzeiten gleichzeitig tanzen. Und dann sind da noch die Buchungsanfragen. Wir nehmen im Moment zwar nur Anfragen übers Wochenende an, weil es unter der Woche wegen des Umbaus zu laut ist, aber auch die Wochenendgäste wollen betreut werden.«

»Haben sich fürs kommende Wochenende denn Gäste angemeldet?«

»Ja, aus deiner alten Heimat.«

»Aus Berlin?« Bildete ich es mir ein oder warf sie mir einen bedeutungsvollen Blick zu. Egal, ich wollte nicht länger ums heiße Eisen herumlavieren. »Hast du mit Erik gesprochen?«

»Das tue ich zwangsweise täglich, aber ja, auch darüber.« Sie seufzte. »Du glaubst ja nicht, was das für eine Arbeit war, ihm aus der Nase zu ziehen, was los ist zwischen euch.«

»Ich hoffe, du bist jetzt nicht auch noch auf mich sauer.«

»Ach was. Warum auch? Deine gesamte Lebensplanung ist von heute auf morgen über Bord geflogen. Da ist es nicht einfach, sich neu zu orientieren. Ich finde es völlig verständlich, dass deine Gedanken in alle möglichen Richtungen zielen.«

Ein Stein fiel mir vom Herzen. »Da bin ich aber froh. Erik hat nicht so entspannt reagiert.« Ich stellte einen Becher Kräutertee vor ihr ab.

»Danke.« Bella verdrehte die Augen. »Er kann manchmal etwas melodramatisch sein. Aber er regt sich nur auf, weil er Angst hat, dich zu verlieren. Auch wenn ihr euch noch nicht lange kennt, bedeutest du ihm viel, Emma.«

Ich schluckte. »Er mir ja auch. Und ich will gar nicht weg von hier. Aber ich brauche nun mal einen Job.«

»Das verstehe ich. Und ich weiß, dass dein Herz hier schlägt. Ich habe Erik gesagt, er soll nicht den gleichen Fehler zweimal begehen. Er soll nicht versuchen, dich zu etwas zu machen, was du nicht bist. Ich würde mir nichts mehr wünschen, als dass du hierbleibst, aber wenn du meinst, dass im Moment dein Platz in Berlin ist, dann ist das so. Ich hoffe nur, du bleibst uns dann trotzdem erhalten.«

»Natürlich. Mein altes Leben will ich auf keinen Fall zurück.«

»Das glaube ich dir. Ich bin fest der Meinung, dass sich eine Lösung für all das finden wird. Glaub an dich. Wenn du selbst Schreckschraube Anna von deiner Arbeit überzeugen konntest, warum sollte es dir hier nicht gelingen? Du hast mir so schöne Flyer gestaltet. Warum machst du nicht für dich welche? Und Visitenkarten? Leg die hier in den Cafés aus. So viel Arbeit ist das nicht.« Sie grinste. »Es gibt ja nicht so viele. Über kurz oder lang kommt sowieso jeder vorbei. Parallel könntest du versuchen, übers Internet Kunden zu gewinnen. Du bist eine kreative Person. Dir fällt doch sicher etwas ein.«

Ich drückte ihre Hand. »Es tut gut, dass du an mich glaubst. Ich habe nachgedacht darüber, was Erik gesagt hat. Es ist Quatsch, dass ich mich nach etwas umschaue, was beim letzten Mal schon nicht funktioniert hat. Es ist naiv zu denken, dass es diesmal anders läuft. Ich will einen anderen Weg gehen. Denn wenn ich es gar nicht erst ausprobiere, werde ich nie erfahren, ob es geklappt hätte.«

»Das ist die richtige Einstellung. Und ich habe es ernst gemeint, als ich sagte, ich unterstütze dich.«

»Danke. Ich nehme deine Hilfe sehr gern in Anspruch.« Ich drückte Bella fest an mich.

Sie löste sich von mir und nahm einen großen Schluck Tee. »So, bevor wir jetzt ganz rührselig werden, habe ich ein Anliegen. Hast du am Wochenende schon was vor?«

Ich schüttelte den Kopf. Es war das letzte Wochenende vor der Rückkehr meiner Oma. Das Einzige, was anstand, war der Hausputz. Und so groß war das Haus nicht, das hatte ich in ein paar Stunden erledigt. »Nein, ich bin für alles zu haben.«

Bella drehte ihren Teebecher hin und her. »Prima. Ein paar Businesstypen haben sich kurzfristig für ein Brainstorming-Wochenende eingemietet. Kannst du vielleicht vorbeikommen und mich ein bisschen unterstützen?«

»Na klar. Ich helf dir gern. Ich könnte mit den Leuten auch in den Garten gehen und zeichnen, falls sie Lust haben. Wenn man so intensiv nachdenkt, ist das eine gute Form der Entspannung für zwischendurch.«

»Das ist eine super Idee. Ich freu mich drauf. Vielleicht ergibt sich auch die Gelegenheit, dass wir drei ein bisschen brainstormen. Ich arbeite an unserem Alleinstellungsmerkmal. Was unterscheidet uns von den anderen Höfen, die ihre Scheunen in Ferienwohnungen umwandeln. Warum sollten die Leute zu uns kommen und nicht zu einem der 500 anderen Urlaub-auf-dem-Land-Anbieter in Brandenburg.«

»Euch beide gibt es nur hier. Ihr macht den Unterschied. Die Menschen suchen den persönlichen Kontakt, das individuelle Erlebnis. Das fehlt ihnen in der heutigen Gesellschaft. Am glücklichsten sind die Leute, wenn ihr ihnen eure Zeit schenkt. Töpfere mit ihnen. Erik kann sie mit in den Hühnerstall nehmen. Dort können sie sich ihr Frühstücksei aussuchen. Und abends bietet ihr ein Lagerfeuer an und einen gemeinsamen Grillabend. Die Menschen lieben so was.«

Bella stellte die leere Tasse beiseite. »Schön, dass ich auf deine Hilfe zählen kann.«

»Das kannst du immer.«

Sie lächelte mich an. »Ich werde Erik berichten, dass du keinen Umzugswagen nach Berlin geordert hast. Mach dich darauf gefasst, dass er übermorgen zerknirscht vor der Tür steht.«

»Ich habe ein richtig schlechtes Gewissen. Meinst du nicht, ich sollte zu ihm rübergehen?«

Bella schüttelte den Kopf. »Lieber nicht. Ich kenne ihn. Er braucht manchmal etwas Zeit, um Dinge zu verarbeiten. Vertrau mir. Er wird kommen.«

Also vertraute ich auf Bellas Worte und ihre Erfahrung als Schwester und hoffte, dass ich das Richtige tat. Er fehlte mir und ich wollte nichts lieber, als mich mit ihm zu versöhnen. Ich hielt es kaum aus. Zwei Tage gab ich ihm. Höchstens. Wenn er dann nicht auftauchte, um die Wogen zu glätten, würde ich zu ihm gehen.

22. FRIEDE, FREUDE, EIERKUCHEN

Bella kannte ihren Bruder. Als ich zwei Tage später auf meiner Gartenbank darüber nachgrübelte, ob ich nicht langsam die Dinge selbst in die Hand nehmen sollte, kam Erik mit seinen langen Schritten die Auffahrt herauf. Mir stockte der Atem. Ich hoffte, Bella würde recht behalten mit ihrer Abwarte-Taktik.

»Hi, Emma.«

»Hi.« In seinen Augen suchte ich nach einer Antwort. Warm und liebevoll blickten sie mich an. Und ein wenig verlegen. Ich schöpfte Hoffnung.

»Es tut mir leid«, sagten wir beide gleichzeitig.

Ich lachte erleichtert auf. »Ich glaube, das mit dem Entschuldigen haben wir jetzt abgehakt.«

Eriks Augen funkelten. »Du hast mir gefehlt.«

»Du mir auch. Und den Seidis ebenso. Sie gucken immer ganz erwartungsvoll, wenn ich allein in den Hühnergarten komme, als wollten sie sagen: Wo ist denn der andere?«

Erik ergriff meine Hand und zog mich Richtung Garten. »Na, dann sollten wir sie nicht länger warten lassen, oder?«

Ich lachte. »Unbedingt.«

Er öffnete die Pforte. Die Seidenhühner kamen aufgeregt herbeigetrappelt und wuselten um ihn herum. Er beugte sich hinab, um ihr flauschiges Gefieder zu streicheln. Als sie spitzkriegten, dass er keine Leckereien dabeihatte, trollten sie sich wieder. Ich drehte mich zu Erik. Die Spannung in der Luft war greifbar. »Ich habe mich miserabel gefühlt, nachdem du weg warst«, begann ich.

Er strich sich die Haare aus der Stirn. »Frag mich mal. Ich kam mir vor wie der letzte Mistkerl auf Erden. Ich dachte, du willst nichts mehr von mir wissen nach meinem Auftritt.«

»So schnell wirst du mich nicht los.« Wir sahen uns in die Augen und mit einem Mal lösten sich all die Anspannung, das Verletztsein und die Angst einfach in Luft auf. Ich wollte diesen Mann und er wollte mich. Gemeinsam würden wir eine Lösung finden, und wenn ich jeden Tag hundert Gläser Marmelade kochen müsste. Meine Haut kribbelte unter seinem Blick. Meine Lippen konnten seine gar nicht schnell genug finden. Warm und zärtlich war sein Kuss und voller Leidenschaft, sodass meine Knie weich wurden. Ich versank in diesem Kuss. Es gab nur noch ihn und mich, das friedliche Gackern der Hühner und das Rauschen des Windes in den Bäumen.

Doch sehr schnell und unsanft wurden wir in die Realität zurückgeholt. »Frau Haferkorn! Nun reicht es aber! Haben Sie jetzt Ihren ganzen Hühnerstall rübergelassen, um mein Grundstück zu verwüsten?«, klang es durch die Hecke.

Erik und ich fuhren auseinander. Verblüfft starrten wir uns an. »Hast du auch gerade ein Déjà-vu?«, fragte mich Erik leise.

Ich kicherte. »Ich bin gleich bei Ihnen, Herr Schneider«, rief ich über den Zaun. Ich war total aufgeregt. Konnte es sein, dass Bertha doch noch bei ihm aufgetaucht war? Aber was meinte er mit ganzer Hühnerstall? Rasch blickte ich mich um.

Erik teilte meine Gedanken. »Außer Bertha sind doch alle hier?«, murmelte er.

»Na, wir werden gleich sehen, was er meint.«

Herr Schneider erwartete uns an der Gartenpforte. »Sie waren am Teich«, zeterte er und zeigte wild fuchtelnd in die Richtung. »Dann sind sie ins Gebüsch gerannt. Ich warne Sie. Sie ersetzen mir alles, was das Federvieh kaputtmacht.«

»Jetzt lassen Sie uns erst mal schauen, was überhaupt los ist in Ihrem Garten«, versuchte Erik ihn zu beruhigen.

Ich platzte fast vor Spannung. Konnte es sein, dass wir gleich Bertha wiederfanden?

Missmutig begleitete er uns. »Da hatte Ihre Großmutter die Tiere ja noch besser im Griff, und das will was heißen.«

Ich ließ das kommentarlos stehen. Viel wichtiger als mich über Herrn Schneider aufzuregen, war jetzt, Bertha zu finden.

»Da ist sie«, rief Erik und zeigte auf einen dichten Busch, der sich raschelnd bewegte. Vorsichtig näherte er sich den Zweigen. »Sie bleiben bitte zurück«, sagte er zu Herrn Schneider. Beruhigend redete er auf Bertha ein, deren Kopf ich nun auch zwischen den Zweigen erblickte.

Bertha! Sie war es wirklich. Ein Stein fiel mir vom Herzen. Also hatte sie doch nicht der Fuchs geholt. Aber wieso war sie wieder ausgerissen? Und gleich so lang?

Vorsichtig streckte Erik die Hand nach ihr aus. Bertha gackerte laut, schlug mit den Flügeln und verschwand noch tiefer im Gebüsch. Hatte sie zu lange die Freiheit genossen?

»Nicht mal ein Huhn einfangen kann der. Toller Hühnerflüsterer«, murmelte mein Nachbar. Ich verdrehte die Augen. Sollte er doch versuchen, das verschreckte Huhn einzufangen. Wahrscheinlich hatte er auf Bertha eingeschrien und sie total verängstigt, bevor wir rüberkamen.

Doch was war das? Kleine zirpende Geräusche drangen aus dem Gebüsch. Wenn nur endlich der zeternde Nachbar seinen Mund halten würde, könnte ich orten, von wo die Töne kamen. »Können Sie bitte für einen Moment ruhig sein?«, fuhr ich ihn an. »Sie wollen doch, dass wir das hier schnell über die Bühne bringen. Dazu müssen Sie aber aufhören, so ein Theater zu veranstalten. Sie verschrecken die Tiere.«

Mürrisch verschränkte er die Arme vor der Brust und murmelte etwas davon, dass das immer noch sein Grundstück wäre und er hier so viel Theater veranstalten könnte, wie er wollte, ganz im Gegensatz zu meinen Hühnern.

Erik redete beruhigend auf die Henne ein. Sachte schob er die Blätter zur Seite und stutzte. Sein Gesicht verzog sich zu einem breiten Grinsen. »Na, sieh mal einer an, Bertha.«

Vorsichtig hockte ich mich neben ihn. Das aufgeplusterte Huhn sah mich trotzig an. Ich traute meinen Augen kaum. Unter Berthas Gefieder guckte mit einer Mischung aus Angst und Neugierde eine kleine Schar flauschiger Küken hervor. »Du bist aber eine Geheimniskrämerin.«

Bertha ließ es zu, dass wir ihr sanft übers Gefieder strichen. »Wie es aussieht, ist sie doch über den Zaun geflogen, um ihre Eier auszubrüten«, sagte ich mit einem seligen Lächeln im Gesicht.

Erik grinste. »Du hast sie ihr ja immer weggenommen.«

»Hör auf!«, protestierte ich. »Jetzt hab ich ein richtig schlechtes Gewissen. Arme Bertha, du wolltest nur in Ruhe deine Küken ausbrüten. Und weil ich dich nicht gelassen habe, musstest du türmen. Hoffentlich ist den Kleinen nichts passiert hier draußen.«

»Ich denke nicht«, beruhigte Erik mich. »Die letzten Nächte war es nicht besonders kalt. In der Natur leben die Tiere ja auch draußen. Bertha hat sie sicher gut gewärmt.«

»Wenn Sie jetzt noch so freundlich sein könnten, Ihre Hühner einzusammeln, bevor die mir hier noch alles verdrecken, wäre ich Ihnen wirklich verbunden«, nörgelte Herr Schneider von der Seite. Dessen Herz ließ sich wohl durch gar nichts erweichen, nicht einmal durch den Anblick von Bertha und ihren Küken, deren Köpfchen durch das Gefieder ihrer Mama lugten.

»Sicher, Herr Schneider«, erwiderte Erik unverändert gut gelaunt. Schnell hatte er eine Kiste organisiert, in der wir Bertha und die Kleinen transportieren konnten.

»Auf Wiedersehen, Herr Schneider«, rief ich ihm beim Hinausgehen zu, als wir mit der Kiste unterm Arm sein Grundstück verließen.

»Na, hoffentlich nicht zu bald«, murrte er. Er blieb im Gartentor stehen, bis wir außer Sichtweite waren, als ob er sicherstellen wollte, dass wir die Hühner wirklich zu uns brachten und nicht auf einmal wieder freiließen.

Wir quartierten die kleine Familie im Gluckenstall ein und versorgten sie mit Futter und Wasser. Nachdem Erik sich überzeugt hatte, dass alle wohlauf waren, überließen wir sie sich selbst. Erik und ich gingen ins Haus, um ganz ungestört von Nachbarn und Hühnern Versöhnung zu feiern.

Die nächsten Tage lief ich wie auf rosa Wolken. Wenn ich nicht im Hühnergarten war und völlig verzückt Bertha und ihre Küken betüdelte, half ich Erik und seiner Schwester mit dem Programm für die Wochenendgäste. Nebenbei fand ich auch noch Zeit, neue Zeichnungen anzufertigen und ein wenig am Computer zu arbeiten. Bella hatte mich beauftragt, Anhänger für die selbst gepflückten Kräuter, die sie im Laden verkaufte, zu entwerfen. Also zeichnete ich Salbei, Kamille, Petersilie, Thymian und Rosmarin und druckte meine Zeichnungen auf kleine Anhänger aus Naturpapier.

Bella wünschte sich, dass ich Stück für Stück all ihren Produkten, die sie im Hofladen anbot, ein neues Outfit verpasste. Im Gegenzug würde sie mich zu den Bauern und in die Cafés der Region begleiten, um meine Flyer und Visitenkarten zu verteilen, wenn ich so weit war. Mit ihrer Unterstützung konnte ich mir das viel eher vorstellen. Sie kam mit jedem sofort ins Gespräch.

Dieser Deal war mir viel lieber, als dass sie mich ständig für alles bezahlte, schließlich war sie meine Freundin. Außerdem konnte ich die Produkte, die ich für sie erstellte, fotografieren und die Bilder für meinen Flyer verwenden.

Auch Erik hatte gute Neuigkeiten für mich. Der Landrat hatte ihn neulich zu sich gerufen, weil er anscheinend einen Harald-Klon bei sich hatte, der immer auf seine Tochter losging. Nun sollte Erik ihm helfen. Bei dem Besuch waren sie ins Gespräch gekommen und der Landrat hatte Erik erzählt, dass in nicht allzu ferner Zukunft auch Omas Haus am Ende von Sonnenfelde Internetanschluss bekommen sollte. Das waren ziemlich gute Aussichten für mein junges Unternehmen.

Ich war also voller Optimismus und hatte die Agentursuche in Berlin endgültig abgehakt. Ich wollte meine ganze Energie hier hineinstecken. Erik hatte recht, selbst wenn ich nur drei Tage die Woche in Berlin wäre, wäre der Stress doch den Rest der Woche immer in meinem Kopf präsent.

Bis zum Samstag hatten wir ein Programm erarbeitet, das für zwei Wochen Urlaub gereicht hätte. Gespannt erwarteten wir die Ankunft der Gäste. Ich war nervös. Ich hoffte, dass nicht gleich Niels im Doppelpack auftauchte. Solche Businesstypen konnten anstrengend sein. Andererseits würde sich jemand wie Niels nie freiwillig hierherverirren.

Als die beiden aus dem Wagen stiegen, atmete ich erleichtert auf. Zwei sympathische junge Männer, denen das Flair der Großstadt anhaftete, kamen auf uns zu. Der eine war der typische Designer: schlank, gepflegt und im schwarzen Rollkragenpullover zur dunklen Jeans. Sein Begleiter wirkte wie jemand aus der Coachingbranche. Er trug helle, weite Kleidung aus fließenden Stoffen, sicher aus Naturfasern, sah deswegen aber nicht weniger geschmackvoll aus als sein Kollege.

Bella schüttelte den beiden als Erste die Hand. »Hi!«, sagte sie mit einem Lächeln. »Schön, dass ihr hier seid. Ich bin Bella, das sind Emma und mein Bruder Erik.«

»Ich bin Ben. Das ist Robert«, sagte der Mann im dunklen Outfit. »Wir freuen uns, hier zu sein. Es sieht fantastisch aus bei euch.« Wohlwollend schaute er sich um und erblickte den Hühnerstall. »Ihr habt ja Hühner!«, rief er begeistert aus. »Wäre es möglich, dass wir mal zu ihnen ins Gehege dürfen?«

»Jederzeit«, sagte Erik mit leuchtenden Augen. Ich musste grinsen. Ben hatte soeben einen neuen Freund gewonnen. »Wenn ihr eine Pause braucht vom Brainstormen, könnt ihr sie gern in Gegenwart der Hühner verbringen. Das macht den Geist wieder frei.«

»Ich glaube sofort, dass man sich in Gegenwart von Hühnern entspannt. Sie leben total im Moment. Ich kann mir gut vorstellen, dass die Beschäftigung mit den Hühnern auch positiv für die Teambildung ist. Die gemeinsame Arbeit mit Tieren verbindet.«

Erik nickte anerkennend. Wenn Ben nicht aufpasste, konnte er sich den Rest des Wochenendes Eriks Hühnerphilosophie anhören. »Hühner sind Yoga für den Geist«, sagte er.

Verdutzt blickte ich ihn an. Wo hatte er den Satz denn hergezaubert?

Bella übernahm. »Ich schlage vor, dass ich euch erst einmal euer Zimmer zeige, damit ihr eure Sachen loswerden könnt?«

Die beiden folgten ihr und bedachten auf dem Weg nach drinnen das Haus und den Garten mit neugierigen Blicken.

In den nächsten Stunden sah ich die zwei Gäste nur aus der Ferne. Interessiert ließen sie sich von Bella den Hof und die Keramikscheune zeigen. Sie beschlossen, die sonnigen Stunden zu nutzen, stellten einen Tisch auf die Wiese, legten einen Packen Papier darauf und redeten. Zuerst schrieb einer, dann der andere. Manchmal starrten sie schweigend in die Ferne, manchmal schrieb jeder für sich. Zwischendurch brachte ihnen Bella kühle Getränke und kleine Snacks und sie ließen sich von Erik den Hühnergarten zeigen.

Am frühen Abend brachten sie die Sachen herein. Um acht Uhr sollte es Abendessen geben, bis dahin wollten sie sich in ihrem Zimmer erholen.

Bella verschwand in der Küche und Erik bereitete das Lagerfeuer vor. Es sollte dafür sorgen, dass wir es auch zu späterer Stunde noch gemütlich hatten.

Das Essen war wie immer fabelhaft. Bella hatte einen großen Topf Pasta gemacht mit einer Soße aus sonnenwarmen Tomaten, dazu einen gemischten Salat aus dem Garten. Ben und Robert schienen sich rundum wohlzufühlen.

Als wir später mit einem Glas Wein in der Hand um das Lagerfeuer saßen, suchte ich das Gespräch mit Robert. Ich wollte mehr über die beiden erfahren. »Ihr plant ein neues Konzept für eure Agentur?«

»Wir sind hier, um frei und ergebnisoffen Ideen zu entwickeln. Das ist sozusagen unser erstes Team-Event, auch wenn wir noch ein sehr kleines Team sind.«

Ich lachte. »Ich wünschte, die Team-Events, die ich miterleben musste, wären so abgelaufen. Mein Chef stand darauf. Aber diese Tage waren einfach nur grauenhaft.« Ich erzählte vom Paintball und den anderen Scheußlichkeiten, die Niels sich für uns ausgedacht hatte.

»Du hast mein vollstes Mitgefühl«, sagte Robert. »Das ist ungefähr das Gegenteil von dem, was man tun sollte, wenn man daran interessiert ist, dass das Team zueinanderfindet.«

»Wäre es nicht schön, wenn diese Tage wirklich der Teambildung und nicht der Profilierung der Alphatiere dienten?«

Ben hatte uns zugehört und mischte sich ein. »Dabei wäre das so wichtig, sich zwischendurch frei zu machen von allem, was sonst den Alltag bestimmt. In der Stadt lenkt uns so viel ab. Das Leben, der Stress, Social Media. Ich weiß nicht, wie oft ich zu Hause auf mein Handy schaue. Es ist schon ein Reflex. Sobald ich einen Moment Freiraum habe, greife ich zum Telefon, bevor ich nachdenken konnte, was ich tun möchte. Sofort versinke ich in den Nachrichten und im Möchtegern-Leben anderer Leute. Wenn ich hier im Gras liege und den Hühnern beim Sandbaden zuschaue, brauche ich kein Facebook und Co.«

»Das geht mir ganz genauso«, sagte ich.

»Lebst du auch hier?«, wollte Ben wissen.

»Ich wohne momentan bei meiner Oma. Sie war krank und ich kümmere mich um die Tiere und den Garten.«

»Ah, verstehe. Und wo lebst du sonst?«

Die beiden waren mir auf Anhieb so sympathisch mit ihrer herzlichen und offenen Art, dass ich das Gefühl hatte, ich konnte ihnen mein Herz öffnen. »Die Arbeit in der Berliner

Agentur, wo ich zuvor war, passte nicht mehr zu mir«, ergänzte ich. »Ich habe die Auszeit hier zum Anlass genommen, alles auf den Prüfstand zu stellen, und ich bin zu dem Schluss gekommen, dass ich mein altes Leben nicht zurück will.«

»Das verstehe ich besser, als du dir vorstellen kannst«, schaltete Robert sich ins Gespräch ein.

»Ich habe mich fehl am Platz gefühlt«, erläuterte ich. »Ich mochte dieses gehypte Umfeld nicht. Ein schwacher Ersatz für ein Leben, in dem man stolz sein kann auf das, was man tut. Hier erkenne ich seit langer Zeit wieder, was mir gefehlt hat: das gute Gefühl, etwas Sinnvolles zu tun. Das ist durch kein Geld der Welt zu ersetzen.«

Robert lehnte sich zu mir. »Die Art, wie diese Agenturen geführt werden, erlaubt keine Freiheit der Ideen. Dieses Gerede davon, unter Strom zu stehen, immer am Ball zu sein, 24 Stunden am Tag, ist toxisch. Jeder Mensch braucht Freiräume. Die gehören dazu. Ohne Entspannung gibt es auf Dauer keine Kreativität.«

Mir entwich ein unwillkürlicher Seufzer. Wenn das jemand mal den Agenturchefs beibrächte.

Fragend blickte Ben mich an.

»In der Werbung hat sich diese Einsicht leider noch nicht rumgesprochen«, erklärte ich.

Robert bedachte mich mit einem nachdenklichen Blick. »Ich weiß aus eigener Erfahrung, wie es nicht funktioniert. Ben und ich haben lange Jahre in den ganz großen Agenturen gearbeitet. Karriere gemacht, wie man so schön sagt, und Geld wie Heu verdient. Bis ich irgendwann nicht mehr konnte. Der Tag, an dem alles zusammenbrach, begann gar nicht anders als die Tage davor. Ich bin morgens aufgestanden, hab mir meinen Kaffee gemacht, alles war wie immer. Aber als ich vor dem Fenster meines teuren Townhouse stand und auf meinem

Handy flüchtig die Termine für den Tag überflog, konnte ich auf einmal nicht mehr. Ich fühlte mich so unsagbar müde, dass mir schon der Weg zur U-Bahn wie ein unüberwindliches Hindernis erschien. Ich habe mich auf einen Stuhl gesetzt und hinausgestarrt. Den ganzen Tag habe ich den Wolken zugeschaut, wie sie am Himmel vorbeizogen. Meine Telefone hatte ich ausgestellt. Ich habe nicht einmal Bescheid gesagt, dass ich nicht komme. Alles war mir zu viel. Ben hat sich furchtbare Sorgen gemacht. Er kam nachmittags bei mir vorbei. Erst habe ich nicht aufgemacht. Aber er hat so penetrant geklingelt und da ich keine Ahnung hatte, wie ich die Klingel ausschalten kann, habe ich ihn schließlich reingelassen, nur damit der Krach aufhört. Ich konnte ihm nicht sagen, was mit mir los war, aber er hat mich auch so verstanden.« Er warf Ben einen liebevollen Blick zu. »Er ist den ganzen Abend bei mir geblieben. Am nächsten Morgen hat er mich zum Arzt geschleift und dann fand ich mich ziemlich schnell in einer Klinik wieder. Es hat eine Weile gedauert, bis ich wieder richtig bei mir war, aber es tat gut, diesem Irrenhaus entkommen zu sein – und damit meine ich nicht die Klinik.«

»Das war sicher eine harte Zeit«, warf ich ein.

»Ja, gleichzeitig war es das Beste, was mir passieren konnte.«

»Das war die Gelegenheit für uns, etwas Eigenes auf die Beine zu stellen«, ergänzte Ben. »Ich hatte gesehen, was dieses System mit Robert angerichtet hatte. Was es mit uns allen auf die eine oder andere Art anrichtete. Robert und ich wollen es besser machen. Wir wissen ja, was schiefläuft.«

Robert nickte. »Diese pausenlose Verfügbarkeit, der Stress, immer da zu sein, immer arbeiten zu müssen und bloß keine Pausen zu machen, seine Zeit nicht zu vergeuden, führt dazu, dass wir uns nur noch im Kreis drehen. So kommt man nicht voran. Bei all dem pausenlosen Gerenne hatte ich doch seit

Jahren nur auf der Stelle getreten. Wir müssen lernen loszulassen, um Dinge zu begreifen.«
Ich nickte. Er sprach mir aus tiefster Seele. Den Rest des Abends war ich recht schweigsam. Er hatte viel in mir aufgewühlt. Glücklicherweise gehörten die beiden offenbar zu den Menschen, mit denen man nicht nur gut reden, sondern auch gut schweigen konnte.

Am nächsten Morgen frühstückten wir alle gemeinsam. Auf dem Tisch standen frische Brötchen, Honig vom Nachbarhof, die obligatorischen Frühstückseier und meine Marmeladen. Robert und Ben griffen nach einem Hörnchen und ließen sich von Bella einen Kaffee einschenken.

»Danke«, sagte Ben. »Der Kaffee duftet himmlisch und der gedeckte Tisch sieht einfach nur toll aus. Diese handgetöpferten Teller sind eine Wucht. Welche Farbenpracht.«

Bella war zwar verlegen, freute sich aber sichtlich über das Kompliment. »Danke!« Ihre Wangen färbten sich rosafarben. Das stand ihr.

»Habt ihr schon konkrete Vorstellungen, wie es weitergeht mit eurer Agentur?«, fragte ich Robert.

»Unser Fokus liegt auf nachhaltigem Marketing und Design. Wir arbeiten daran, lokale Landprodukte in der Großstadt zu vermarkten. Wir wollen das Beste aus Brandenburg nach Berlin bringen. Dafür entwickeln wir ein Label. *Heimatgrün* heißt es. Die Produkte, die wir unter die Leute bringen wollen, sind 100 Prozent bio und 100 Prozent Brandenburg.«

»Das klingt spannend«, sagte ich. Verpackungsdesign war nun einmal mein Steckenpferd. Auch wenn Nachhaltigkeit in unserer Agentur nie besonders gefragt gewesen war, hatte ich mich viel damit beschäftigt. »Nachhaltiges Verpackungsdesign ist relevant für jeden, der etwas verkauft. Der Markt boomt. Viele Kunden interessieren sich dafür. Man kann diese Entwicklung nicht länger ignorieren.«

»Du bringst es auf den Punkt«, sagte Ben. »Bei den Bauern haben wir die Chance, direkt am Produkt anzusetzen. Viele Händler sind interessiert daran, Waren aus der Region in die Geschäfte zu bringen. Die Kunden verlangen danach. Wir wollen die Bauern mit unseren Verpackungen beliefern, damit ihre Produkte für den Handel noch interessanter werden. Wir wollen ihnen ein funktionierendes Konzept bieten. Ein Dach, unter das sie schlüpfen können.«

»Dieses Label soll ein Anfang sein«, ergänzte Robert. »Wir wollen Unternehmen unterstützen, nachhaltiger zu agieren. Wir wollen sie dazu bringen, etwas herzustellen, das die Leute nicht nur konsumieren, sondern das für sie einen Mehrwert hat.« Er schnitt ein Brötchen auf und griff nach der Johannisbeermarmelade. Dann hielt er das Glas in die Höhe und inspizierte es. »Genau so etwas schwebt mir vor, wenn ich an das Design für das Label denke. Das sieht so authentisch aus und voller Gefühl.« Er wandte sich an Bella. »Kann ich dir vielleicht ein Glas abkaufen als Inspiration?«

Bella lachte. »Du kannst eine Marmelade mitnehmen – oder du sprichst mit der Designerin. Die sitzt nämlich direkt neben dir.«

Überrascht schaute er auf. »Die Zeichnungen sind von dir?«

Ich nickte. »Die habe ich im Garten meiner Oma gemacht.«

»Die sind wirklich gut.«

»Danke.«

Nachdenklich schaute er die Gläser noch eine Weile an. Dann stellte er sie wieder ab.

»Ich bin neugierig, was ihr auf dem Hof so alles plant«, sagte Ben. »Erzählt doch ein bisschen davon, wenn ihr mögt.«

Erik und Bella ließen sich das nicht zweimal sagen. Sie waren so begeistert von ihren Ideen, dass man ihnen keinen größeren Gefallen tun konnte, als sie davon reden zu lassen.

Ben und Robert hörten aufmerksam zu. »Ihr habt einen Rohdiamanten. Ihr könnt etwas Großartiges daraus schaffen. Wie wäre es, wenn ihr die Gemeinschaftsräume so plant, dass man sie auch für Meetings nutzen kann?«

Bella nickte. »Wir wollten sowieso mindestens einen Medienraum einrichten. Damit wir den Gästen Bilder von der Umgebung zeigen können oder vielleicht mal einen Film, wenn das Wetter tagelang am Stück scheußlich ist. Der Raum ist flexibel nutzbar. Ein Team-Meeting könnte man wunderbar darin veranstalten.«

Ben nickte. »So viel braucht man nicht. Genügend Stromplätze, ein Flipboard und einen Beamer, um eine Präsentation an die Wand werfen zu können. Ich sehe es schon vor mir: *das Sonnenquartier – ihr Work & Relax-Retreat auf dem Land.*«

Bella lachte. »Ich dachte, ihr seid hergekommen, um für euch ein Konzept zu erarbeiten? Wie es aussieht, macht ihr das gerade für uns.«

Ben hob die Schultern. »Entschuldige, aber wenn ich etwas mit Potenzial sehe, sprudeln die Ideen aus mir heraus. Wenn ihr das als aufdringlich empfindet, sagt Bescheid, dann halte ich meinen Mund. Also, ich versuche es zumindest.«

»Aber nein«, protestierte Bella. »Wir sind froh über jede Anregung.«

»Das ist ein paradiesischer Ort«, sagte Robert. »Das perfekte Retreat für gestresste Großstädter. Man könnte wunderbare Achtsamkeitswochenenden für Teams hier veranstalten.«

»Das finde ich gut«, mischte ich mich ein. »Ich bin sicher nicht die Einzige, die so was gern in einem angenehmen Rahmen verbringen würde.«

Ben nickte eifrig. »Das glaube ich auch nicht.«

Die beiden hatten Glück. Auch der Sonntag zeigte sich von seiner sonnigen Seite und so konnten sie wieder den Vormittag im Garten verbringen.

Viel zu schnell rückte der Nachmittag heran und die zwei würden bald abreisen. Als Stärkung für die Heimfahrt lud Bella die beiden zum Pfannkuchenessen ein, was sie begeistert annahmen. Sie waren schwer beeindruckt, als sie sich an den gedeckten Tisch setzten. »Wow«, sagte Ben. »Das sind aber viele Pfannkuchen.«

Bella brachte bereits die nächste Fuhre herein. »Und es werden noch mehr. Eier haben wir genug.« Als sie auch den letzten Stapel herbeigeschafft hatte und sich ebenfalls setzte, schenkte Ben ihr eine Tasse Tee ein. »Hab vielen Dank, liebe Bella. Du machst uns den Abschied nicht leichter mit diesem Verwöhnprogramm.«

Sie warf ihm ein bezauberndes Lächeln zu. »Oh, ihr könnt gern hier einziehen, wenn ihr wollt.«

Ben grinste zurück. »Du wirst lachen, aber so weit davon entfernt sind unsere Pläne gar nicht.«

»Jetzt bin ich aber neugierig«, sagte Bella.

»Wir würden gerne regelmäßig wiederkommen. Die Atmosphäre hier ist so inspirierend. Außerdem wären wir in der Nähe unserer zukünftigen Kunden. Von hier aus können wir die Bauern vor Ort besuchen und versuchen, sie von unserem Konzept zu überzeugen. Wir haben auch überlegt, ob wir nicht ganz aufs Land ziehen sollen, uns aber dagegen entschieden. Wir möchten das Optimum beider Welten verbinden und wir glauben, wir können das am besten von Berlin aus. Ab und zu brauchen wir aber eine kleine Auszeit, und euer kleines Paradies hier wäre dafür genau richtig.«

»Und nicht nur das«, ergänzte Ben. »Eure Pläne für den Team-Raum haben es uns angetan. Wenn unsere Firma größer wird, wovon wir fest ausgehen, könnten wir hier fantastische Meetings veranstalten. Es wäre der ideale Ort für uns.«

»Nur eines fehlt noch«, unterbrach ihn Robert und machte eine dramatische Pause. Fragend schauten wir alle ihn an.

Sein Blick wanderte zu mir. »Wir könnten gut Unterstützung für unser plastikfreies Verpackungskonzept gebrauchen. Wir suchen jemanden, der sich mit Verpackungen auskennt. Themen wie Upcycling interessieren uns. Was passiert mit der Verpackung, nachdem der Inhalt aufgebraucht wurde? Wie können wir ihr ein zweites Leben geben? Kreatives Denken ist also gefragt.« Er schaute mich bedeutungsvoll an. Mir wurde ganz kribbelig. Meinte er etwa, das, was ich heraushörte? »Und wir glauben, dass du dafür genau die Richtige bist. Wir wären glücklich, wenn wir dich in unser Team holen könnten. Du passt zu uns, Emma.«

Ich war sprachlos. Es wäre mehr als traumhaft, mit den beiden zusammenzuarbeiten.

»Kannst du dir vorstellen, für uns als Freelancerin tätig zu werden? Fest anstellen können wir im Moment noch niemanden. Aber wir könnten schauen, wie sich die Dinge entwickeln.«

Ich schluckte. »Ich wäre wahnsinnig gern dabei.«

»Prima. Wenn wir wieder in Berlin sind, schicke ich dir alle Details zu. Wir werden uns bestimmt einig.«

»Da bin ich mir sicher.« Ich war so begeistert, dass ich alles unterschrieben hätte.

Ben zückte sein Handy und machte ein Bild von dem Korb mit den verschiedenfarbigen Eiern in der Mitte des Tisches. »Wunderschön. Dieses Bild nehme ich mit. Der Korb mit den bunten Eiern ist ein so schönes Bild für Vielfalt.«

Als die beiden abgefahren waren, standen Bella und ich eine Weile nachdenklich im Hof und blickten ihnen nach. Ich war noch ganz erfüllt von den Gesprächen, von der Gemeinsamkeit. Ich spürte wieder eine Perspektive. So, als würden die Dinge sich jetzt ganz natürlich entwickeln.

Bella legte den Arm um mich »Siehst du, du hast gar nicht den falschen Beruf. Du hast ihn nur auf die falsche Art und Weise ausgeübt. Auf eine Art, die nicht zu dir passt.«

Ich musste an die Kekskampagne von Anna denken. Es kam mir mit einem Mal so absurd vor, dass es nur wenige Wochen her war, dass ich an diesem schrecklichen Zeug gearbeitet hatte. »Ich habe wohl etwas länger gebraucht, herauszufinden, was zu mir passt. Aber langsam komme ich dahinter.«

»Deine Oma wird sich freuen, wenn du ihr davon erzählst.«

Ich nickte. In ein paar Tagen würde sie zurück sein. Ich freute mich darauf, ihr von Ben und Robert zu berichten und ihr meine süßen Plüschhühner zu zeigen. Bertha verstand sich bestens mit ihnen. Sie hatten sofort Freundschaft geschlossen, als sie und die Küken aus dem Gluckengehege zu ihnen kamen. Die Seidis waren begeistert von den Küken und hatten sie fast genauso betüdelt wie Bertha selbst. Es war rührend, die Hühner mit den Kleinen zu beobachten. Sie brachten ihnen alles bei, was ein Huhn wissen musste im Leben.

23. OMA IM HAUS

Heute war es so weit. Oma kam zurück. Als ich gestern mit ihr telefoniert hatte, klang sie genauso resolut wie vor ihrer Erkrankung. Während der Reha hatten wir selten und wenn, dann nur kurz miteinander gesprochen. Oma meinte, sie wäre so beschäftigt, dass sie gar nicht dazu käme. So war ich gespannt zu hören, wie es ihr die letzten Wochen ergangen war.

Sie hatte darauf bestanden, allein mit dem Zug zu kommen. »Was soll der Aufwand, Kind?«, hatte sie gesagt. »Ich werde zum Zug gebracht und beim Umsteigen finde ich sicher einen jungen Mann, der mir mit dem Koffer hilft. Hol mich doch vom Bahnhof ab. Das wäre lieb.«

Da ich aus langer Erfahrung wusste, dass es nutzlos war, mit Oma zu streiten, hatte ich zugestimmt.

Nun stand ich auf dem Bahnsteig und wartete auf den Zug, der überraschend pünktlich einfuhr. Ich hielt nach ihr Ausschau. Viele Menschen stiegen nicht aus, sodass ich sie rasch erspähte. Gut gelaunt winkte sie mir zu. Ein Schaffner half ihr mit dem Gepäck. Schnell war ich bei ihr und nahm ihm den Koffer ab. »Oma«, rief ich und drückte sie an mich. »Schön, dass du wieder da bist.«

»Ich freue mich auch, wieder hier zu sein«, antwortete sie.

Ich trat einen Schritt zurück und musterte sie. Ihre Augen funkelten und sie hatte richtig Farbe bekommen. Die Seeluft hatte ihr auf alle Fälle gutgetan.

»Ich schlage vor, du bringst mich so schnell nach Sonnenfelde, wie es nur geht«, sagte sie und hakte sich bei mir ein. Ich zog den Koffer hinter mir her. Auf dem Weg zum Auto plapperte sie in einer Tour. Sie hatte eine gute Zeit gehabt, nette Leute kennengelernt und ihrem Bein und der Lunge ging es viel besser. Jetzt freute sie sich auf zu Hause.

Wir waren tatsächlich schnell da. Auf den Straßen war nicht viel los gewesen. Sobald wir das Gepäck abgestellt hatten, führte ich Oma zu den Hühnern. Sie war begeistert von den Seidenhühnern und mehr noch natürlich von Bertha und ihren kleinen fluffigen Federwesen.

»Sieh mal einer an, Bertha. Du machst auch, was du willst, nicht wahr?« Sie lachte.

»Ganz wie ihre Besitzerin«, sagte ich mit einem Grinsen.

»Hast du den vier Kleinen schon Namen gegeben?«

Ich schüttelte den Kopf. »Ich wollte auf dich warten.«

Oma legte die Hand auf meine. »Sie sind geschlüpft, als du hier warst. Darum sollst du sie auch benennen.«

Ich überlegte. Sie sahen so süß aus, richtig zum Anbeißen. »Vanilla, Cupcake, Cookie und Honey«, sagte ich.

Oma nickte zufrieden. »Das sind gute Hühnernamen.« Sie lächelte mich verschmitzt an. »Apropos cake? Im Haus duftet es so verführerisch. Ob du deine alte Oma wohl auf ein Tässchen Tee mit Kuchen einladen möchtest?«

»Unbedingt«, erwiderte ich und verließ Arm in Arm mit ihr den Hühnergarten.

Als wir gemütlich vor einer Kanne Tee und einem noch warmen Stachelbeerkuchen saßen, blickte Oma mich plötzlich ernst an. »Emma, wir beide müssen miteinander reden.«
Ich schluckte. Das klang gar nicht gut. So sprach meine Oma nur, wenn ich etwas ausgefressen hatte. Schlagartig fühlte ich mich, als sei ich zehn Jahre alt.
»Du weißt, ich rede nicht gern um den heißen Brei herum.«
Oh ja, das wusste ich nur zu gut.
»Ich habe jemanden kennengelernt auf der Kur.«
»Das ist schön«, sagte ich erleichtert. Anscheinend ging es mir doch nicht an den Kragen. »Wer ist denn der Glückliche?«
»Hubert heißt er. Kapitän im Ruhestand. Er hat es an der Lunge wie ich und er hat ein herrliches Haus auf Mallorca.«
»Okay«, sagte ich langsam. Wollte meine Oma jetzt nach Mallorca auswandern wegen eines Kurschattens?
»Mir geht es wieder gut, aber die Ärzte haben gesagt, im Winter muss ich aufpassen. Ich bin infektanfälliger als vorher und aus einer Erkältung kann dann schnell eine Bronchitis werden. Darum hat Hubert vorgeschlagen, ich solle ihn im Winter besuchen.« Sie ließ erst einmal sacken, was sie gesagt hatte. »Und mit Besuch meinte er einen Besuch, der ein paar Monate dauert.« Sie beobachtete mich mit Argusaugen, um an meinem Gesicht ablesen zu können, was ich davon hielt.
Ich war total überrumpelt. Das war das erste Mal, dass meine Oma etwas von einem Mann erzählte, seit mein Opa gestorben war. Und das war zwanzig Jahre her. »Und du hast die Einladung angenommen?«
Sie nickte. »Ich bin die letzten zwanzig Jahre nicht verreist. Das sollte ich nachholen, solange ich noch kann.«

Ich wusste nicht, was ich davon halten sollte. Ich kannte diesen Hubert ja nicht einmal. Ich hoffte, sie wusste, was sie da tat. »Das sind große Neuigkeiten«, sagte ich schließlich.

»Ich weiß. Auch für dich. Denn die Frage ist, was willst du tun? Ich möchte sobald wie möglich hinfliegen und die Insel noch im Herbst genießen. Für Haus und Garten würde ich jemanden finden, der ab und zu nach dem Rechten schaut, aber meine Hühner, die könnte ich nicht allein lassen. Die müsste ich weggeben, wenn du nach Berlin gehst. Vielleicht könnte ich Erik fragen, ob er sie nimmt.«

Ich spürte einen Stich im Herzen. Meine Oma ohne ihre Hühner? Undenkbar. »Aber Oma! Du kannst dich nicht von Bertha trennen.«

»Das möchte ich auch gar nicht. Es bricht mir das Herz, wenn ich daran denke, vor allem, da Bertha jetzt so süße Küken hat.« Sie nippte an ihrem Tee. »Aber ich bin nicht naiv, Emma. Dies ist meine Chance, noch einmal mit einem Mann glücklich zu sein. Denn bei aller Liebe zu meinen Hühnern können sie doch nicht die Gegenwart eines Menschen ersetzen, den man liebt.«

Ich war völlig perplex. Was hatte dieser Kapitän da auf der Nordseeinsel nur mit meiner Oma angestellt?

»Ich weiß, das ist viel zu verdauen. Es wäre ja kein Abschied für immer. Im Frühjahr bin ich zurück. Länger halte ich es ohne dich und Sonnenfelde gar nicht aus.« Sie zwinkerte mir zu. »Vielleicht komme ich auch früher wieder, falls Hubert und ich uns an die Gurgel springen.«

Sie nahm einen kräftigen Schluck Tee. »Emma, ich möchte dich zu nichts zwingen. Aber die Hühner brauchen jemanden. Die Frage ist, willst du dieser Jemand sein?«

Sie machte eine Pause, um ihre Worte wirken zu lassen, und lächelte mich zärtlich an. »Ich habe beobachtet, wie du mit ihnen umgegangen bist. So viele Jahre habe ich versucht, dich und die Hühner zu versöhnen, und endlich ist es gelungen. Zwar nicht durch meine Hand, aber egal. Das Ergebnis zählt. Du siehst glücklich aus, Emma. So glücklich wie lange nicht. Ich sage ja nicht, dass es die Lösung für dich sein muss, hierzubleiben. Aber es könnte eine sein. Du kannst hier mietfrei leben und alles tun, wonach dir der Sinn steht. Du könntest sogar nach Berlin pendeln. Die entscheidende Frage ist: Willst du hier leben?« Nach ihrer langen Rede spießte sie ein Stück Stachelbeerkuchen auf ihre Gabel. »Du musst nicht sofort antworten, aber in den nächsten Tagen müsste ich wissen, woran ich bin, um alles in die Wege zu leiten.«

Alles in mir kribbelte. Ich musste nicht überlegen. »Du kannst meine Antwort sofort haben.«

Ich sah den Hoffnungsschimmer in ihren Augen.

Ich ergriff ihre Hand. »Ich möchte hierbleiben. Unbedingt.«

Ein Lächeln erhellte Omas Gesicht. »Das ist gut«, sagte sie zufrieden. Lange saßen wir so da. Ich konnte immer noch nicht fassen, was sie mir zwischen zwei Tassen Tee und einem Stück Kuchen erzählt hatte.

Für Oma war die Sache damit geklärt. Noch am selben Abend telefonierte sie mit Hubert. Am nächsten Tag besuchten wir Erik und wählten im Internet einen Flug aus. Viel gemeinsame Zeit würde nicht bleiben vor ihrer Abreise. Die Sehnsucht nach dem Kapitän a.D. musste groß sein.

Auch wenn die Zeit knapp bemessen war, genossen wir sie umso mehr. Es war schön zu sehen, wie gut es ihr wieder ging, auch wenn sie nicht ganz so fit war wie vor ihrer Erkrankung. Meist hielt sie sich im Erdgeschoss auf. Ich freute mich für sie, dass sie Hubert auf Mallorca hatte. Die neue Liebe tat ihr gut und das warme Mittelmeerklima würde sein Übriges dazu beitragen.

In die kleinen Seidenhühner war meine Oma ganz vernarrt. »Du weißt, was es bedeutet, dass Erik dir Hühner schenkt und dann auch noch solche Kuscheltiere, nicht wahr?«

Ich wurde rot. Ich hatte immer noch nicht mit ihr über Erik und mich gesprochen. Wenn er da war, hielt er sich zurück. Ich war ihm für die Rücksichtnahme dankbar. Aber nun war es an der Zeit, Tacheles zu reden, und ich erzählte ihr, wie sich die Dinge zwischen uns entwickelt hatten.

»Und du bist dir sicher, dass er der Richtige ist? Immerhin ist es nicht besonders lange her, dass du mit Lars zusammen warst.« Streng blickte sie mich an.

»Mehr als sicher, Oma. In den zwei Jahren mit Lars habe ich nicht ansatzweise so viel empfunden wie für Erik in fünf Minuten. Ich will der Sache mit uns eine Chance geben.«

Zufrieden nickte sie. »Gut« war alles, was sie noch sagte.

Unsere gemeinsame Zeit neigte sich dem Ende zu. Nächste Woche wollte Oma nach Mallorca aufbrechen. Ich wünschte ihr von Herzen, dass Hubert sie glücklich machte. Die beiden schienen sich wirklich gern zu haben. Sie telefonierten jeden Abend und ich hörte sie kichern wie zwei verliebte Teenager.

Oft gaben wir uns den Hörer in die Hand. Nachdem Oma mit Hubert gesprochen hatte, rief ich Sophie an. Da das Skypen nur bei Erik funktionierte, waren wir zur altmodischeren Kommunikationsform übergegangen, zumindest solange Sophie in Deutschland war. Ansonsten schrieb sie mir gut gelaunte Mails aus Übersee, die ich immer abrief, wenn ich bei Erik war. »Pass auf«, sagte sie neulich. »Wenn das so weitergeht, schreiben wir uns bald Briefe.«

Ich hätte nichts dagegen. Ich hatte mich so an mein neues Lebens- und Arbeitstempo gewöhnt, dass ich mir kaum mehr vorstellen konnte, wie ich die letzten zwei Jahre gelebt hatte.

Als Sophie erfuhr, dass Oma zu Hause war und bald schon wieder unterwegs sein würde, wollte sie unbedingt vorbeikommen, bevor sie nach Mallorca aufbrach. »Das letzte Mal habe ich sie gesehen, als sie schwach und blass auf ihrem Kissen lag. Ich würde dieses Bild in meinem Kopf gern gegen eins von Rosemarie im Garten eintauschen.«

Da Oma immer glücklich war, Sophie zu sehen, war der Besuch schnell vereinbart und am nächsten Wochenende stand Sophie vor der Tür.

Sie war begeistert von den Seidenhühnern, Berthas Küken und davon, sich von Oma und mir bekochen zu lassen.

Genüsslich lehnte sie sich nach ihrem dritten Teller Gemüseeintopf zurück. »Für die tolle Landküche könnte ich ja doch manchmal schwach werden und aufs Land ziehen.«

»Du auf dem Land?« Ich schüttete mich fast aus vor Lachen. »Was wärst du ohne deine Arbeit?«

»Ach«, sagte Sophie mit einem wohligen Seufzer. »Mit drei Tellern Gemüseeintopf im Bauch ist mir die Karriere gar nicht mehr so wichtig.«

»Ich sag's doch immer wieder: Liebe geht durch den Magen.« Oma tätschelte Sophies Hand. »Bei uns kannst du jedenfalls immer auf einen selbst gekochten Eintopf zählen.«

Sophie legte die Arme um sie. »Ach, Rosemarie. Es ist schön hier bei euch, selbst ohne Eintopf – auch wenn der natürlich das Tüpfelchen auf dem i ist.«

»Und, was habt ihr zwei heute noch vor?«, wollte Oma wissen.

Ich stapelte die benutzten Teller und trug sie zur Spüle. »Wir wollten nachher rüber zu Bella und Erik gehen.«

»Gute Idee. Ich lege in der Zeit ein Mittagsschläfchen ein.«

»Was hältst du davon, wenn du dich schon mal hinlegst und wir zwei die Küche sauber machen, bevor wir gehen?«

»Ich bin schon weg«, sagte sie, drückte mir einen Kuss auf die Stirn und verschwand im Schlafzimmer. Abwasch war ihr schon immer ein Graus gewesen.

Sophie und ich drehten das Radio leise auf und widmeten uns dem dreckigen Geschirr. »Nun sind wir unter uns«, sagte Sophie, während ich den Kochtopf schrubbte. »Erzähl. Wie läuft es so mit deinem Hühnerflüsterer?«

Ich lachte. »Ganz gut, glaube ich. Ich denke gar nicht so viel darüber nach, ehrlich gesagt. Ich weiß nicht, ob das zu deinem Faible für strukturierte Lebensplanung passt, aber ich versuche, im Moment zu leben. Die großen Planungen habe ich auf später verschoben.«

»Für mich sieht es aus, als fährst du damit ganz gut.«

Ein wohlig warmes Gefühl breitete sich in mir aus. »Es ist so entspannt mit ihm. Er hat ein offenes Herz. Und wie es aussieht, hat er mir darin einen Platz eingeräumt.«

»Einen ziemlich großen Platz, oder?«

Ich grinste. »Ich hoffe doch.«

»Sonst hätte er dir nicht die niedlichsten Hühner der Welt geschenkt. Ich meine, der Mann liebt Hühner. Einen größeren Liebesbeweis gibt es nicht.«

»Da hast du wahrscheinlich recht.«

»Es ist jedenfalls offensichtlich, dass er es geschafft hat, nicht nur die Hühner zu becircen, sondern auch dich.«

Wir räumten leise das Geschirr weg, dann machten wir uns auf den Weg zu den Geschwistern. Sophie wollte unbedingt schauen, wie weit der Ausbau fortgeschritten war.

Sophie ließ sich herumführen und den Umbau in allen Details von Bella erklären. Sie war begeistert.

»Das mit dem Team-Raum finde ich super. Ein Work-Retreat auf dem Lande. Das ist genau das, was die Leute suchen. Der perfekte Ort für Team-Meetings und Events. Alle reden doch immer von der Work-Life-Balance und ihr praktiziert das. Genau so etwas brauchen meine Kunden. Sie wissen es nur noch nicht. Aber dafür haben sie ja mich. Glaubt mir, ich sorge dafür, dass sie herkommen. Und wenn sie begeistert zurück sind, werde ich sie zwingen, euch weiterzuempfehlen. Ich kann sehr überzeugend sein. Bald werdet ihr euch vor Anfragen nicht mehr retten können.« Sie lachte. »Ihr werdet euch noch wünschen, ihr hättet mich nie eingeweiht.«

»Das würdest du für uns tun, Sophie?«, fragte Bella und Rührung schwang in ihrer Stimme mit.

Sie seufzte. »Ja. Auch wenn ich mir ins eigene Fleisch schneide.« Sie blickte mich voller Wärme an. »Natürlich möchte ich, dass du zu mir kommst. Was ich aber noch viel mehr will, ist, dass du glücklich wirst, und ich habe das Gefühl, dass das Erste das Zweite ausschließt.«

Als wir nach einem geselligen Nachmittag zu meiner Oma zurückkehrten, fanden wir sie im alten Schuppen vor, wo sie zwischen lauter Gerümpel herumstöberte. Mir blieb fast das Herz stehen. Was machte sie dort? Das passte nicht wirklich zu ihrem Versprechen, alles ganz langsam anzugehen.

»Du willst jetzt aber nicht den Schuppen entrümpeln?«

»Keine Sorge, das ist nicht meine Absicht.« Trotzdem blieb sie im Schuppen, schaute sich um und schob hier und da etwas zur Seite, um weiter vorzudringen.

»Suchst du etwas Bestimmtes?«

»Nein. Ich wollte nur gucken, in welchem Zustand der Schuppen so ist.«

Ich starrte mit ihr gemeinsam in die Tiefe des Raumes, in dem sich alte Möbel und sonstiges Gerümpel stapelten, bedeckt von einer dicken Staubschicht. »Sieht alles ganz gut aus, würde ich sagen. Es ist trocken, die Balken sind stabil. Dem Steinboden passiert sowieso nichts. Kein Grund zur Sorge, würde ich sagen. Es steht viel unnützes Zeug herum. Wenn du willst, könnte ich das mit Erik entrümpeln, während du weg bist. Im Winter haben wir bestimmt viel Muße dafür. Ich weiß ja nicht, was du vorhast, aber wenn du dir ein Nähzimmer oder einen Wintergarten oder so einrichten willst, können wir dir gern helfen.«

Meine Oma drückte mir die Schulter. »Du bist ein Engel, Emmi. Aber ich dachte an etwas anderes. Das ist schließlich nicht nur ein einfacher Schuppen, das ist ein altes Nebengebäude, massive Bauweise, und wie es aussieht, alles intakt.«

Erstaunt blickte ich sie an. »Bist du bei Bella und Erik auf den Geschmack gekommen und willst jetzt auch Zimmer vermieten?« Zuzutrauen wäre ihr alles.

Sie schüttelte den Kopf. »Nein. Ich denke nur darüber nach, wie wir unser Zusammenleben langfristig gestalten wollen. Als ich weg war, hast du hier Wurzeln geschlagen. Das habe ich mir immer gewünscht. Ich will, dass die Wurzeln sich noch tiefer in die Erde graben. Nicht, dass du im Frühjahr die Flucht ergreifst, weil ich dir durch meine dauernde Anwesenheit auf die Nerven falle.« Sie hob die Hand, als ich sie unterbrechen wollte. »Bevor du anfängst zu protestieren, lass mich aussprechen. Auch wenn ich es nicht wahrhaben will, ich werde nicht jünger. Ich habe keine Lust mehr auf dieses Häuschen mit der ganzen Arbeit und den steilen Treppen. Nicht nur, weil das Heruntersegeln kein besonders angenehmes Erlebnis war, sondern auch, weil meine Lunge nicht mehr jünger wird. So eine kleine ebenerdige Wohnung wäre viel mehr nach meinem Geschmack.« Prüfend sah sie mich an.

»Das kommt sehr überraschend«, sagte ich. »Ich hatte nicht damit gerechnet, dass du ausziehen willst.«

»Wir könnten hier eine Wohnung für mich einbauen. Dann habe ich ein eigenes Reich und wir kommen uns nicht in die Quere, wenn ich hier bin.« Sie griff nach meiner Hand. »Ich würde gern noch ein paar Jahre in deiner Nähe verbringen, Emmi. Du würdest mich sehr glücklich machen, wenn du das Haus übernimmst. Du passt hierher. Das hast du schon immer getan.«

In meinem Kopf wirbelten tausend Gedanken durcheinander. Das kam so plötzlich. Natürlich liebte ich das alte Haus, aber die Vorstellung, dass es meins sein sollte, überwältigte mich. Es war für mich untrennbar mit Oma verbunden. Aber sie hatte recht. Das tägliche Treppauf und Treppab war anstrengend. Und auch wenn wir uns gut verstanden, wäre es auf Dauer besser, wenn jede von uns ihren Freiraum hätte.

»Du verlierst aber auch keine Zeit«, sagte Sophie amüsiert.

»Man soll das Eisen schmieden, solange es heiß ist.« Oma zwinkerte ihr zu.

Sophie lachte. »Da hast du vollkommen recht.«

Oma hakte sich bei ihr ein. »Wenn ich nicht da bin, kannst du mein Domizil nutzen. Falls dir dein turbulentes Leben mal über den Kopf wächst. Zumindest im Winter. Im Frühjahr musst du mit Emmis Gästezimmer vorliebnehmen.«

Sophie legte den Arm um ihre Schultern. »Das ist eine fabelhafte Idee und sehr lieb von dir.«

»Ich habe noch das Geld von der Lebensversicherung deines Opas«, sagte Oma zu mir. »Das liegt auf dem Konto. Ich habe es nie benötigt. Ich hatte hier ja immer alles, was ich brauchte. Im Lauf der Jahre habe ich zusätzlich einiges angespart. Das sollte für den Umbau reichen.«

»Emmi und Erik werden sicher gerne mit Hand anlegen. Erik hat sich ja als richtiger Heimwerkerkönig entpuppt. Er ist bestimmt begeistert von der Idee.«

Oma nickte. »Mir gefällt, was er drüben auf die Beine stellt. Ich weiß, er kann viel und bei allen anderen Dingen kennt er die Leute, die so was können. Ich vertraue ihm.«

Ich drückte sie an mich. »Ich kann ja nur für mich sprechen, aber Wände verputzen und solche Dinge schaffe ich. Ich fühle mich auch wohler, wenn du nicht mehr die Treppen hoch- und runterkraxelst.«

»Dann wäre das abgemacht. Ich rufe ihn nachher an, wann er vorbeikommt, um die Details zu besprechen. Wenn er einverstanden ist, stelle ich euch beiden eine Vollmacht aus. Dann könnt ihr loslegen, wenn ich unterwegs bin.«

Sophie lachte. »Du machst das richtig. Die Arbeitsaufträge verteilen und dann ab nach Mallorca zum Überwintern.«

Oma lachte. »Das habe ich mir gut ausgedacht, nicht wahr? Die Wohnung wird hinreißend, das weiß ich. Genauso hinreißend wie mein Hubert. Denn obwohl er nahezu perfekt ist, brauche ich auch ein wenig Freiraum von ihm.«

Ich schmunzelte. »Damit er wieder Sehnsucht nach dir kriegt?«

Omi winkte ab. »Nein. Damit ich die Sehnsucht nach ihm nicht verliere. Ich bin in einem Alter angelangt, in dem ich keine Lust mehr habe, mir noch mal jemand Neuen zu suchen. Ich möchte, dass Hubert mein Traummann bleibt. Und das geht am besten, wenn er nicht immerzu verfügbar ist.«

Als Oma Erik am Telefon von ihren Plänen erzählte, erklärte er sich sofort bereit, vorbeizukommen. Er war Feuer und Flamme von der Idee.

Er untersuchte den Schuppen und prüfte Fenster, Türen und Wände, so gut das auf die Schnelle eben ging. »Das Häuschen hat Potenzial. Die Wände sind solide und der Steinboden hält noch locker ein paar Hundert Jahre aus. Das Dach sieht intakt aus und die Fenster brauchen nur ein bisschen Farbe. Bleibt also der Innenausbau. Ich habe ein paar gute Jungs an der Hand, die uns dabei helfen. Ich schicke sie in den nächsten Tagen mal rüber, dann können sie sich das anschauen und ein Angebot machen. Emmi und ich werden natürlich kräftig mithelfen, aber für die sanitären Anlagen und die Elektrik möchte ich lieber Profis dazuholen.«

Oma nickte. »Wie gesagt: Ich vertraue euch. Ihr kriegt das schon hin. Wegen der Finanzen reden wir, wenn du die Pläne von den Handwerkern hast.«

Er lächelte sie warmherzig an. »So machen wir's. Mir gefällt die Idee. So habt ihr beide euren Freiraum, damit das Ganze auf Dauer funktionieren kann.« Er grinste mich an. »Obwohl du natürlich auch bei mir Unterschlupf finden kannst.«

Oma blickte ihn stirnrunzelnd an. »Na, immer langsam mit den jungen Pferden«, murmelte sie.

Er lachte. »Keine Angst. Ich finde es gut, wenn jeder von uns sein eigenes Reich hat.« Er legte den Arm um mich. »Ich freue mich jedes Mal, Emmi und die Seidenhühner zu besuchen.«

»Ich hoffe aber doch, dass du dich über mich ein kleines bisschen mehr freust als über die Hühner«, protestierte ich.

Seine Augen funkelten. »Nicht nur ein bisschen, meine liebe Emma. Mit dir können nicht einmal die Seidis mithalten.«

»Emmi, das süßeste Huhn im Stall«, fiel Sophie lachend dazwischen.

Ich blickte in Eriks Augen und das Strahlen darin nahm mich gefangen. Sophie und meine Oma erschienen mir auf einmal Lichtjahre entfernt zu sein. Er beugte sich zu mir und seine Lippen berührten meine. Ich schloss die Augen und erwiderte seinen zärtlichen Kuss. Ich wusste nicht, ob ich mich jemals zuvor so zu Hause gefühlt hatte, so geborgen und gehalten. Die Zukunft erschien voller wunderbarer Möglichkeiten. Zum ersten Mal im Leben hatte ich das Gefühl, dass alles so war, wie es sein sollte. Und das fühlte sich ziemlich perfekt an.

Liebe Leserin, lieber Leser,

ich hoffe, Sie hatten viel Vergnügen mit Emma, ihrem Hühnerflüsterer, Hahn Harvey und natürlich Oma Rosemarie.

Wenn Sie in Zukunft immer über meine Neuerscheinungen auf dem Laufenden bleiben möchten, tragen Sie sich gern in meinen Newsletter ein.

https://janinavennrosky.de/newsletter/

Neben Neuerscheinungen informiere ich Sie über meine Lesungs- und Messetermine oder sende Ihnen auch gelegentlich ein leckeres Rezept, passend zur Jahreszeit und meinen Büchern.

Wenn Ihnen Emmas Geschichte gefallen hat, würde ich mich sehr freuen, wenn Sie Lust hätten, auf Amazon oder einem anderen Portal eine Rezension zu schreiben. Schon ein paar Zeilen über Ihre Leseeindrücke helfen dabei, dass noch weitere Leserinnen und Leser meine Geschichten entdecken.

Herzlichst, Ihre Janina Venn-Rosky

Danke

An Alexander für dein zu jeder Tages- und Nachtzeit für all meine Überlegungen und Fragen offenes Ohr. Vielen Dank für deine Bereitschaft, dich ausnahmslos auf alles einzulassen, was aus meiner Feder fließt, und dafür, dass du meinen Humor verstehst und meine weiblichen Bösewichte magst.

An die liebe Simone, die das Manuskript in seiner Rohfassung begutachtet hat und mit viel Liebe zum Detail jeden Satz und jedes Wort kritisch unter die Lupe genommen hat. Vielen Dank für deine Unterstützung, deinen Enthusiasmus und deine vielen hilfreichen Anregungen.

An meine Lektorin Anita für die wie immer vertrauensvolle, freundschaftliche und professionelle Zusammenarbeit. Dein kritisches Auge hat dem Manuskript wieder den letzten Schliff verliehen.

An alle lieben BloggerInnen. Tausend Dank für eure Unterstützung, den lebendigen Austausch und eure Liebe zu den Büchern.

An alle RezensentInnen, die mich an ihren Gedanken teilhaben lassen und mit ihren Rezensionen dabei helfen, dass noch mehr Menschen meine Geschichten entdecken.

Und natürlich ganz besonders an all meine LeserInnen, für die ich meine Geschichten schreibe. Danke für Ihr Interesse und die Zeit, die Sie mit meinen Büchern verbringen. Ihr Feedback bedeutet mir viel.

Happy End mit Honigkuss

Liebe ist jedes Risiko wert.

Mit Inbrunst und Leidenschaft kämpft Autorin Mia für Das Liebesglück ihrer Heldinnen. In ihrem eigenen Leben ist für Herzklopfen und romantische Sehnsüchte hingegen kein Platz. Große Gefühle existieren für Mia nur zwischen zwei Buchdeckeln.

Doch was ist, wenn Fantasie und Realität plötzlich durcheinandergeraten und lang verborgene Wünsche an die Oberfläche drängen? Solch ein Chaos kann Mia gar nicht gebrauchen. Ihr neues Buch droht in einem Desaster zu enden und auch ihr Herz schwebt in großer Gefahr.

Gelingt es Mia, die so lange die Fäden in der Hand hielt, loszulassen und den Weg zum Happy End zu finden?

Liebe in Teedosen

ein Liebesroman
von
Janina Venn-Rosky

Ein Roman über die Kraft der Freundschaft, die Magie der Farben und den Geschmack von Teeküssen

Die große Liebe liegt bereits hinter Anastasia. Heute verschenkt sie ihr Herz lieber an verstoßene Möbel, die sie mit viel Fantasie in neue Lieblingsstücke verwandelt.

Als sie eines Tages das charmante *Tea Time* entdeckt, ist sie sofort fasziniert von dem kirschroten Teeladen und seiner temperamentvollen Inhaberin.

Aber Anastasia findet nicht nur duftende Tees und gute Freundinnen im *Tea Time*. Ihr begegnet auch ein ungehobelter Gentleman mit dem Talent, sie zur Weißglut zu bringen. Seine funkelnden Bernsteinaugen wollen sie dennoch einfach nicht loslassen ...

Ist in Anastasias Herz wirklich kein Platz mehr für die Liebe?

*** mit den Lieblingsrezepten aus dem TEA TIME für genussvolle Teestunden ***

Als Taschenbuch und eBook erhältlich bei amazon.de. Das Hardcover ist in jeder Buchhandlung zu bestellen. *Liebe in Teedosen* ist der erste Teil der *Tea Time*-Trilogie.

Kein Tee für Mr. Darcy

von
Janina Venn-Rosky

Ein Roman über große Träume, echte Freundinnen
... und Mr. Darcy

Ein echter Gentleman versucht, mit viel Fantasie und etlichen Tassen Tee das Herz von Bloggerin Jane zu erobern. Doch Jane wird das seltsame Gefühl nicht los, dass ihr romantischer Verehrer irgendetwas vor ihr verheimlicht.

Als auch noch ein Brief von Mr. Darcy höchstpersönlich bei Jane eintrudelt, ist das Chaos perfekt. Stück für Stück kommt Jane dahinter, dass auch der mysteriöse Mr. Darcy so einiges zu verbergen hat ...

Jane muss sich entscheiden, mit wem sie ihren Tee trinken will. Doch das ist alles andere als einfach. Wird Janes Herz ihr in diesem Dschungel aus Geheimnissen, Liebe und Sticheleien den Weg weisen?

*** mit neuen köstlichen Rezepten aus dem TEA TIME ***

Kein Tee für Mr. Darcy ist der zweite Teil der *Tea Time*-Trilogie. Als Taschenbuch und eBook erhältlich bei amazon.de. Das Hardcover ist in jeder Buchhandlung zu bestellen.

Sehnsucht nach Teeküssen

von
Janina Venn-Rosky

Mach dich auf Überraschungen gefasst, wenn du deinen Träumen folgst ...

Das Letzte, was Olivia sich wünscht, ist ein neuer Mann. Im Tea Time, dem romantischen Teesalon, hat sie nach ihrer Scheidung ihr Glück und gute Freundinnen gefunden.

Alles wäre perfekt, wenn es da nicht diesen attraktiven Teehändler gäbe, der wie ein Irrlicht immer wieder in ihrem Leben auftaucht. Doch die Salonbesitzerin denkt gar nicht daran, sich noch einmal das Herz brechen zu lassen.

Vergessen kann sie den Abenteurer aber auch nicht. Doch obwohl die zwei eine gemeinsame Leidenschaft verbindet, gehen ihre Träume in unterschiedliche Richtungen. Soll Olivia der Liebe dennoch eine zweite Chance geben?

*** mit drei neuen köstlichen Rezepten aus dem TEA TIME ***

Sehnsucht nach Teeküssen ist der letzte Teil der *Tea Time*-Trilogie. Als Taschenbuch und eBook erhältlich bei amazon.de. Das Hardcover ist in jeder Buchhandlung zu bestellen.

Der perfekte Kuss

eine Liebesgeschichte
von
Janina Venn-Rosky

Was tust du, wenn du hoffnungslos romantisch bist, aber dein Leben nicht zu deinen Gefühlen passt?

Nichts läuft wie geplant im Leben von Elli Blumberg. Ihre Ehe ist gescheitert, die Karriere zum Stillstand gekommen und ihre Hipsterkollegin Peggy treibt sie langsam, aber sicher in den Wahnsinn.

Als auch noch das 20-jährige Klassentreffen vor der Tür steht, steigen in Elli Erinnerungen hoch an eine magische Winternacht, in der ihr Leben für einen Moment perfekt schien. Doch das Wiedersehen verläuft ganz anders als erwartet und Elli muss feststellen, dass es nicht immer gut ist, wenn sich Fantasie und Realität begegnen.

Wird sich Ellis große Sehnsucht nach einem Happy End dennoch erfüllen?

Eine mitreißende Liebesgeschichte voller Humor, die von den magischen Momenten in unserem Leben erzählt, die die Macht haben, alles zu verändern ...

Die Fee im Absinth

Liebe im Mondschein

Ein zauberhafter Roman über die Sehnsucht nach der großen Liebe, wahrer Freundschaft und dem Funken, der uns einzigartig macht.

Wir brauchen Glamour, weil wir die Wirklichkeit schon kennen.

Auf der Suche nach der Liebe und einem Plan vom Leben verbringt Velda ihre Tage mit schlecht bezahlten Jobs und ihre Nächte in schummrigen Bars. Alles, was sie tagsüber nicht erreicht, scheint ihr nachts zum Greifen nah.

Endlich scheinen sich ihre Sehnsüchte zu erfüllen. Doch als es darauf ankommt, hält ihr Traummann nicht zu ihr und sie droht, an ihrer Liebe zu zerbrechen. Halt findet Velda bei der optimistischen Grace und der glamourösen Filmdiva Estelle.

Wird Velda mit der Hilfe ihrer Freundinnen den Weg zurück ins Leben und zur Liebe finden?

Eine berührende Liebesgeschichte, die uns entführt in eine Welt voller Romantik, Nostalgie und Glamour.

Made in the USA
Columbia, SC
04 January 2022